버지니아 울프 독서법

버지니아 울프 독서법

초판 1쇄 발행   2021년 8월 31일

지은이   버지니아 울프
옮긴이   정명진
펴낸이   정명진
디자인   정다희
펴낸곳   도서출판 부글북스
등록번호   제300-2005-150호
등록일자   2005년 9월 2일

주소   서울시 노원구 공릉로 63길 14(하계동 청구빌라 101동 203호)
         (01830)
전화   02-948-7289
전자우편   00123korea@hanmail.net
ISBN   979-11-5920-141-7 03840

버지니아 울프 독서법

Essays On How To Read

버지니아 울프 지음   정명진 옮김

독서가 버지니아 울프

먼저 『버지니아 울프 독서법』은 영어로 단행본으로 출간된 책을 번역한 것이 아니라는 점을 밝힙니다. 버지니아 울프가 남긴 많은 에세이들 중에서 독서와 관련 있는 것만을 골라서 단행본으로 묶은 책입니다. 따라서 이 책에 담긴 에세이들은 많은 독자들이 이미 다른 경로로 부분적으로 접했을 수 있는 글들입니다. 소설가와 에세이스트, 서평가, 출판업자, 페미니스트였던 버지니아 울프가 진정한 독서가란 어떤 존재인가 하는 물음에 답하고 있습니다. 끊임없이 읽는 다양한 책들의 내용을 놓고 머릿속으로 격하게 토론을 벌이는 울프의 정신세계가 고스란히 전해오는 듯합니다. 영국 런던에서 발행되는 주간 문학 비평지 TLS에 게재된 에세이가 주를 이룹니다.

이 책의 제목을 글자 그대로 받아들여 버지니아 울프가 나름대로 독서법을 제시할 것이라는 기대를 품지 않기를 바랍니다. 버지니아 울프가 독서와 관련해 제시하는 유일한 조언은 절대로 타인의 조언을 듣지 말라는 것이니까요. 어떤 책을 읽든, 자신의 본능을 따르고 자신의 이성을 활용해 스스로 결론을 내리는 것이 중요하다는 점을 강조하고 있습니다. 그러니까 버지니아 울프만의 독서법을 들여다보자는 것이 이 책의 기획 의도입니다.

이 책에 담긴 에세이 19편을 번역하면서 받은 인상은 울프의 독서 세계가 너무도 깊고 넓으며, 책을 소재로 한 글임에도 건드리는 영역이 대단히 다양하다는 것이었습니다. 또 에세이 모두가 한 편의 잘 짜인 단편 소설 같다는 인상도 받았습니다. 지금까지 책을 가까이하며 살고 있음에도 언제 한 번 버지니아 울프처럼 독서를 해볼 수 있을까 하는 부러운 마음이 들기도 했습니다.

번역자의 입장에서, 울프가 영국인들이 러시아 소설을 읽는 현상에 관한 의견을 밝힌 에세이 '러시아인의 관점'이 특별한 느낌으로 다가왔습니다. 울프가 그 에세이를 쓰던 당시(1925년)에 영국에서 많이 읽혔던 톨스토이와 도스토예프스키, 안톤 체호프 등을 지진이나 철도 사고로 인해 옷뿐만 아니라 예절이나 성격의 특성까지 잃어버린 사람으로 묘사하고 있습니다. 여기서 사고란 당연히 번역을 가리킵니다. 러시아어에서 영어로 옮겨지는 과정에 단어들의 소리와 무게와 억양, 단어들 상호간의 관계는 말할 것도 없고 의미까지 어느 정도 바뀌지 않을 수 없으니, 노골적으로 표현하면 러시아 문호들의 작품이 문학적인 요소는 다 제거되고 어느 정도 훼손된 줄거리만 남을 뿐이라는 지적이었습니다. 이 책도 마찬가지일 것 같습니다. 일반적으로 버지니아 울프에 대해 문체가 눈부시고 유머 감각이 탁월하고 감수성이 특별하다고 평가하고 있습니다만, 번역본에서 그런 것이 느껴지지 않는 것 같아 안타깝습니다. 그래도 의미 훼손만은 최소한으로 줄이기 위해 노력했습니다만, 그것도 영어 텍스트를 다시 읽을 때마다 의미가 조금씩 달라지는 것 같으니 장담하기가 어려울 듯합니다. 정말 다행하게도 이 책을 다시 찍을 기회를 갖게 된다면, 그 훼손을 다시 조금이라도 더 줄이도록 노력하겠습니다.

소설가가 쓴 독서 에세이이니, 울프의 창작 방식을 엿볼 수 있는 좋은 기회가 될 수도 있습니다. 이 책에 담긴 '베닛 씨와 브라운 부인'이 버지니아의 책 『야곱의 방』에 대한 아놀드 베닛의 비판을 반박하는 글이니까요. 이 에세이를 읽으면 울프뿐만 아니라 당시 모더니즘을 추구하던 작가들의 창작 방식을 엿볼 수 있습니다. 아놀드 베닛은 이 비평으로 비평가로서의 명성에 큰 타격을 입었다고 합니다. 베닛이 울프를 비판하는 내용의 비평을 쓴 것이 1922년이었으니, 딱 100년 전의 일입니다.

버지니아 울프는 어떤 작품이 훌륭한지를 판단하는 기준으로 다시 읽고 싶은 마음을 느끼게 하는지 여부를 꼽고 있습니다. 옮긴이에게는 너무나 당연하겠지만, 이 에세이들도 다시 읽고 싶을 뿐만 아니라 거기서 다뤄진 톨스토이의 『전쟁과 평화』와 몽테뉴의 『수상록』, 기번의 『로마 제국 쇠망사』도 꼭 다시 읽고 울프처럼 리뷰를 쓰고 싶다는 마음이 생겼습니다.

지금 우리 사회에 페미니즘을 둘러싸고 논란이 자주 일어나는데, 울프가 활동하던 당시의 페미니스트는 어떤 것을 추구했는지 이 책을 통해 간접적으로 확인할 수 있습니다. 버지니아의 에세이에는 이런 등장인물들이 많이 소개됩니다. 남자들은 운명의 명령에 맞서 바다 같은 확트인 공간에서 투쟁을 벌입니다. 그들은 자연과는 갈등을 빚어도 인간들과는 평화롭게 지냅니다. 운명의 가혹함을 한탄하는 소리를 아주 경멸합니다. 여자들은 사회 속에서 자신의 위치를 지킬 수 있는 능력과 용기를 갖췄습니다. 여자들은 정신의 야비함에서 비롯된 것이 아니라면 어떤 잘못도 너그럽게 대하는 그런 마음을 가졌습니다. 여기서 말하는 야비한 정신이란 높은 곳에 설 때 오만하거나 잔인하거나 가혹해지고 낮은 곳에 설 때 비열하거나 의기소침해지는 그런 정신을 말합니다.

끝으로, 지금 이 책을 읽으려는 당신은 독서가일까요? 버지니아 울프의 기준은 꽤 까다롭습니다. 몇 개 분야의 책들을 집중적으로 읽는 사람은 독서가가 아닙니다. 그런 사람은 전문가에 속합니다. 실용서 위주로 책을 읽는 사람도 독서가라고 할 수 없겠지요. 울프가 말하는 독서가는 자신이 몸담고 있는 시대와 지역을 초월하려고 노력하는 사람입니다. 그래서 울프는 당연히 독서가에게도 책을 읽을 때 지성과 상상력, 통찰력을 두루 동원할 것을 요구합니다. 요즘 독서 경향이 갈수록 가벼운 쪽으로 흐르고 있습니다. 쉽게 읽히지 않는 책은 아예 읽으려

들지도 않는 것 같습니다. 그런 독서를 통해 책읽기의 즐거움을 기대하는 것은 좀 민망할 듯합니다. 한 세기 전에 작품 활동을 시작한 소설가 버지니아 울프의 독서 세계를 탐험해보겠다고 생각하고, 그 자체가 즐거움일 수 있는, 진득한 책읽기를 한번 시도해보시는 것은 어떨까요?

옮긴이

차례

01

책은 어떻게 읽어야 하나?[1]

우선, 에세이의 제목 끝에 의문 부호가 붙어 있다는 사실을 강조하고 싶습니다. 나 자신이 이 질문에 대답할 수 있다 하더라도, 그 대답은 오직 나에게만 적용될 것이며 여러분에게는 해당되지 않지요. 정말로, 다른 사람에게 독서에 관해 해 줄 수 있는 유일한 조언은 절대로 타인의 조언을 듣지 말고, 자신의 본능을 따르고, 자신의 이성을 이용하고, 스스로 결론을 내리라는 것입니다.

나와 여러분 사이에 이 점에 대해 동의가 이뤄진다면, 나는 자유롭게 몇 가지 아이디어와 제안을 제시할 수 있습니다. 왜냐하면 나의 아이디어와 제안 때문에 여러분이 한 사람의 독서가로서 누릴 수 있는 가장

---

1 1926년 1월에 영국 켄트 주의 한 사립 여자 학교에서 한 강연이다.

중요한 자질인 독립을 속박 당하는 일은 없을 테니까요.

어쨌든, 책들과 관련해서 어떤 법칙들이 마련될 수 있을까요? 워털루 전투[2]는 분명히 모두가 다 아는 날에 벌어졌습니다. 하지만 『햄릿』(Hamlet)이 『리어 왕』(King Lear)보다 더 훌륭한 희곡일까요? 아무도 대답하지 못합니다. 이 질문에 각자가 스스로 결정을 내려야 하지요.

권위자들이 가발과 법복을 아무리 위엄 있게 갖춰 입고 있다 하더라도, 그들이 우리의 서재에 들어오는 것을 허용하고, 그들이 우리에게 읽는 방법과 읽어야 할 책들, 그리고 우리가 읽는 책들에 부여해야 할 가치들에 대해 말하도록 내버려두는 것은 그런 안식처의 숨결인 자유의 정신을 파괴하는 것이지요. 다른 곳에서는 우리가 법률과 관행에 묶일 수 있지만, 거기서 우리를 규제하는 것은 아무것도 없습니다.

그러나 상투적인 표현이 용납된다면, 우리 모두는 자유를 누리기 위해 당연히 자제력을 발휘할 줄 알아야 합니다. 단 한 그루의 장미 나무에 물을 주느라 집안 온 곳에 물을 뿌리면서 권력을 무식하게 낭비해서는 안 되지요. 우리는 권력이 요구되는 바로 그 지점에 권력을 정확히 강력하게 쏟을 줄 알아야 합니다. 아마 이것이 우리가 서재에서 직면하는 첫 번째 어려움들 중 하나일 것입니다.

그렇다면 '바로 그 지점'은 어디일까요? 서재는 뒤죽박죽 혼동의 어

---

2 1815년 6월 18일 오늘날의 벨기에 워털루 인근에서, 나폴레옹 보나파르트가 이끄는 프랑스 제국 군대가 영국 군대와 네덜란드 군대 등 연합군을 상대로 벌인 전투를 말한다. 여기서 나폴레옹이 패하면서 프랑스 제1 제국이 붕괴했다.

떤 거대한 집합에 지나지 않는 것처럼 보일 수 있습니다. 시와 소설, 역사와 회고록, 사전과 정부 간행물이 있고, 온갖 기질과 인종, 시대의 남녀들이 다양한 언어로 쓴 책들이 있습니다. 이런 책들이 서가에서 서로 붙어 있지요. 그리고 서재 밖에서는 당나귀가 울고 있고, 여자들이 펌프 가에서 잡담을 나누고 있고, 망아지들이 들판을 질주하고 있습니다. 우리는 어디서 시작해야 할까요? 이런 가지각색의 카오스를 어떤 식으로 질서 있게 정리해야 우리가 읽는 것으로부터 가장 깊고 가장 넓은 즐거움을 끌어낼 수 있을까요?

책에도 픽션과 전기, 시 등 종류가 있기 때문에, 그것들을 분류하고 그런 다음에 각 장르로부터 그것이 우리에게 줄 수 있는 것을 받아들여야 한다고 말하는 것은 충분히 쉽지요. 그럼에도, 책이 우리에게 줄 수 있는 것이 무엇인지에 대해 묻는 사람은 거의 아무도 없습니다.

우리 대부분은 픽션에 대해서 그것이 실화인지를 묻고, 시에 대해서 그것이 거짓인지를 묻고, 전기에 대해서 그것이 아첨하는 내용이 아닌지를 묻고, 역사에 대해서는 그것이 우리의 편향을 강화하는 것이 아닌지를 물으면서, 모호하고 분산된 마음으로 책을 대합니다. 책을 읽을 때 그런 온갖 선입관을 버릴 수 있다면, 그것 자체로 충분히 훌륭한 독서의 시작이 될 것입니다.

저자에게 강요하려 하지 말고, 여러분 자신이 바로 그 저자가 되도록 노력해 보세요. 저자의 동료가 되고 공범자가 되어 보세요. 처음부터 유보적인 태도로 앞에 나서길 꺼리면서 비판한다면, 그러는 여러분은 여러분 자신이 지금 읽고 있는 것으로부터 최대한의 가치를 끌어내지 못하도록 가로막고 있습니다. 그러나 마음을 최대한 넓게 연다면, 첫 몇 문장들의 급격한 전개와 방향 전환으로부터 거의 지각 불가능할 만큼 섬세한 신호와 힌트들을 읽어냄으로써, 여러분은 다른 어떤 인간과도 다르지 않는 한 인간 존재 앞에 서게 될 것입니다.

여러분 자신을 그 인간 존재 속으로 푹 빠뜨리고, 여러분 자신이 그 인간 존재를 훤히 알도록 해 보세요. 그러면 곧 여러분은 저자가 여러분에게 훨씬 더 명백한 무언가를 주고 있거나 주려고 노력하고 있다는 사실을 깨닫게 될 것입니다.

먼저 소설을 읽는 방법을 고려한다면, 어느 소설의 32개의 장(章)은 무언가를 하나의 건물처럼 형성하고 통제할 수 있는 것으로 만들려는 시도이지만, 단어들은 벽돌에 비해 손에 잘 만져지지 않으며, 읽는 것은 보는 것보다 훨씬 더 길고 복잡한 과정입니다. 소설가가 하는 일의 요소들을 최대한 빨리 이해하는 길은 소설을 읽는 것이 아니라 소설을 쓰는 것입니다. 단어들의 위험과 어려움을 놓고 여러분이 직접 실험하는 것이 최선의 방법이란 말이지요.

그렇다면 여러분에게 뚜렷한 인상을 남긴 어떤 사건을 하나 떠올려 보세요. 예를 들면, 여러분이 길모퉁이에서 대화하고 있는 두 사람을 어떤 식으로 지나쳤는지에 대해 생각해 볼 수 있지요. 나무가 흔들렸고, 가로등이 춤을 쳤고, 대화의 분위기는 밝으면서도 비극적이었으며, 하나의 전체 광경이, 하나의 완전한 생각이 그 순간에 담긴 것 같지요.

그러나 그것을 글로 다시 구성하려고 노력할 때, 여러분은 그 장면이 천 개의 상충하는 인상들로 깨어진다는 사실을 확인할 것입니다. 그래서 어떤 인상은 죽여야 하고, 어떤 인상은 강조해야 하지요. 그 과정에 여러분은 아마 감정 자체에 대한 이해를 모두 잃게 될 것입니다.

이제는 흐릿하고 모호한 문장이 담긴 여러분의 노트를 옆으로 밀쳐 놓고, 위대한 소설가, 예를 들어, 다니엘 디포(Daniel Defoe)나 제인 오스틴(Jane Austen), 토머스 하디(Thomas Hardy)의 작품 첫 몇 페이지를 읽어 보세요. 이제 여러분은 그들의 탁월성을 더 잘 평가할 수 있을 것입니다. 그것은 우리가 다른 인물, 즉 다니엘 디포나 제인 오스틴, 토머스 하디의 앞에 있기 때문이기도 하지만, 우리가 다른 세상에 살고 있기 때문이기도 하지요.

『로빈슨 크루소』(Robinson Crusoe)에서, 우리는 평탄한 길을 터벅터벅 걷고 있으며, 사건은 순서대로 일어나고, 사실과 사실의 순서가 명확합니다. 그러나 만약에 확 트인 공간과 모험이 디포에게 모든 것을 의미한다면, 그런 것들은 제인 오스틴에겐 아무것도 의미하지 않습니다. 거기엔 응접실이 있고, 대화하는 사람들이 있으며, 그들의 대화 중 많은 것은 그들의 성격을 드러내고 있습니다.

응접실과 그것의 영향들에 익숙해질 때 하디로 관심을 돌리면, 우리는 한 번 더 세게 회전하는 셈입니다. 황무지가 우리 주위에 있고, 별들이 머리 위에서 반짝입니다. 지금은 정신의 이면이 노출되고 있지요. 말하자면, 다른 사람들과 무리를 이루고 있을 때 나타나는 밝은 면이 아니라, 고독 속에서 가장 두드러지는 어두운 면이 드러나고 있는 것입니다. 우리의 관계들은 사람 쪽으로 향하지 않고, 자연과 운명 쪽으로 향하고 있습니다.

이 세계들은 서로 다르지만, 각각의 세계는 그 자체로 일관성을 보이고 있습니다. 각각의 세계를 창조하는 자는 자신의 관점의 법칙들을 지키려고 애쓰고 있으며, 수준이 다소 떨어지는 작가들이 같은 책에서 두 가지 종류의 세계를 소개함으로써 독자들을 혼란스럽게 만드는 예가 너무나 자주 있음에도 불구하고, 앞에 제시한 훌륭한 작가들의 관점의 법칙들은 아무리 큰 긴장을 불러일으키더라도 우리를 혼란스럽게 만드는 일은 절대로 없습니다.

따라서 이 위대한 소설가에서 저 위대한 소설가로, 예를 들어, 제인 오스틴에서 토머스 하디로, 토머스 러브 피콕(Thomas Love Peacock)에서 앤터니 트롤로프(Anthony Trollope)로, 월터 스콧(Walter Scott)에서 조지 메러디스(George Meredith)로 옮겨가는 것은 곧 뿌리가 뽑히는 것이며, 이쪽으로 던져졌다가 저쪽으로 던져지는 것이나 마찬가지입니다. 소설을 읽는 것은 힘들고 복잡한 기술이지요. 지각력도 대단히 섬세해야 할 뿐만 아니라, 소설가, 즉 위대한 예술가가 여러분에게 주는 모든 것을 제대로 이용하길 원한다면 상상력도 대담하게 발휘할 수 있어야 합니다.

그러나 서가에 꽂혀 있는 이질적인 집단을 얼핏 보는 것만으로도 여러분은 작가가 '위대한 예술가'인 경우가 매우 드물다는 사실을 알아차릴 것입니다. 특히 한 권의 책이 예술 작품이 되는 경우는 너무나 드물지요. 예를 들어, 소설과 시와 서로 뺨을 맞대고 서 있는 전기들과 자서전들, 그러니까 오래 전에 죽어 잊힌 위대한 인간들의 삶을 우리는 그것들이 "예술"이 아니라는 이유로 읽기를 거부할 것입니까? 아니면 그것들을 읽되 다른 목적을 갖고 다른 방식으로 읽을 것입니까? 우리는 그것들을 우선 호기심을 채우기 위해, 말하자면 우리가 간혹 밤에 아직 불이 켜져 있는 상태에서 커튼을 내리지 않아 층마다 인간 삶의 다양한 양상을 보여주고 있는 어떤 집 앞을 서성거릴 때 일어나는 그런 호기심을 충족시키기 위해 읽을 것입니까? 그런 상황에 처하는 경우에 우리는 그 사람들의 삶에 대해 호기심을 강하게 느끼게 됩니다. 하인들은 서로 머리를 맞대고 쑥덕거리고 있고, 신사들은 만찬을 즐기고 있고, 소녀들은 파티를 위해 옷을 차려 입고 있고, 늙은 부인은 창가에서 뜨개질을 하고 있습니다. 그들은 누구이며, 그들이 하는 일은 무엇이며, 그들의 이름과 직업은 무엇이며, 그들은 어떤 생각을 품고 있고 어떤 도전에 나서고 있을까요?

전기와 회고록은 그런 질문에 대답하고, 무수히 많은 그런 집들의 불을 밝히지요. 전기와 회고록은 사람들이 죽을 때까지 일상의 삶을 영위하고, 노력하고, 실패하고, 성공하고, 먹고, 증오하고, 사랑하는 모습을 보여줍니다. 그리고 가끔 우리가 보고 있을 때, 집이 흐려지다가 사라지고, 철제 난간도 사라지고, 우리는 멀리 바다에 나가 있습니다. 우리는 사냥도 하고, 항해도 하고, 전투도 벌이고 있습니다. 우리는 미개인들과 군인들 틈에 있습니다. 우리는 위대한 원정에 참여하고 있습니다. 혹은 우리가 여기 잉글랜드에, 런던에 남아 있기를 원한다면, 장면이 변합니다. 길은 좁아지고, 집은 작고 비좁으며 창에 다이아몬드 형의 창유리가 끼워져 있고 고약한 냄새를 풍기고 있습니다.

우리는 존 던(John Donne)이라는 시인이 그런 집에서 밀려나는 것을 보고 있습니다. 이유는 벽이 너무 얇은 탓에 아이들의 울음소리가 벽을 뚫고 들려오기 때문이지요. 우리는 책들의 페이지들 사이에 난 길들을 통과하면서 그를 따라 트위크넘[3]으로, 또 귀족들과 시인들이 만나던 유명한 장소인 베드퍼드 부인의 공원으로 갔다가 발길을 돌려 언덕 아래에 자리 잡은 훌륭한 집 윌턴으로 가서 메리 시드니(Mary Sidney)[4]가 여자 형제에게 『아르카디아』(Arcadia)[5]를 읽어주는 소리를 듣고, 습지를 산책하고, 유명한 그 연애 소설에 나오는 왜가리들을 본 다음에 레이디 펨브로크(Lady Pembroke)인 앤 클리퍼드(Anne Clifford)와 함께 다시 북쪽으로 그녀의 황무지까지 여행하든가 아니면 도시로 뛰어들면서 검정 벨벳 정장을 차려 입은 가브리엘 하비(Gabriel Harvey)[6]가 에드먼드 스펜서와 시를 놓고 토론을 벌이는 모습을 보면서 말을 자제

3 　영국 런던 남서부의 교외 지역.

4 　시로 명성을 얻은 최초의 영국 여성 중 한 명(1561-1621)으로, 에드먼드 스펜서(Edmund Spencer)와 윌리엄 셰익스피어(William Shakespeare)와 함께 그 시대의 유명 작가로 통했다.

5 　필립 시드니(Philip Sidney)가 16세기 말에 쓴 연애 소설.

6 　영국의 유명한 학자이자 작가(1552?-1631).

하지요.

어둠과 광휘가 교차하는 엘리자베스(Elizabeth) 1세 여왕(재위 1558-1603) 시대의 런던에서 비틀거리며 손으로 더듬으며 나아가는 것보다 더 매력적인 것은 없습니다. 그러나 거기에 머무는 것은 절대로 불가능한 일이지요. 윌리엄 템플(William Temple)[7]과 조너선 스위프트(Jonathan Swift)[8], 로버트 할리(Robert Harley)[9], 헨리 존(Henry St. John)[10] 같은 사람들이 우리를 손짓해 부르고, 그러면 우리는 그들의 언쟁들을 풀고 그들의 성격들을 해독하는 데 몇 시간을 보냅니다. 그러다가 그 작가들이 싫증나면, 우리는 다이아몬드 반지를 낀 검정 옷차림의 부인을 지나쳐 새뮤얼 존슨(Samuel Johnson)과 올리버 골드스미스(Oliver Goldsmith)와 데이비드 개릭(David Garrick)을 찾아 어슬렁거리거나, 원한다면 해협을 건너가서 볼테르(Voltaire)와 드니 디드로(Denis Diderot), 드팡 부인(Madame du Deffand)을 만났다가 잉글랜드로, 트위크넘으로 돌아올 수 있지요.

어떤 장소들과 어떤 이름들은 거듭 나타납니다. 트위크넘은 베드퍼드 부인이 한때 정원을 두었던 곳이고, 훗날 알렉산더 포프(Alexander Pope)가 살던 곳이지요. 거기서 우리는 스트로베리 힐의 호레이스 월

---

7   영국 정치가이자 에세이스트(1628-1699).

8   영국계 아일랜드의 소설가이자 성공회 성직자(1667-1745).

9   영국의 정치인(1661-1724)으로, 문화계에서 후원 활동을 많이 펼쳤다.

10   영국 정치인이자 관리, 정치 철학자(1670-1751).

폴(Horace Walpole)의 집으로 갈 수 있습니다. 그러나 월폴은 새로운 인물들을 우리에게 소개하고, 방문할 집도 아주 많고 눌러야 할 벨도 아주 많습니다. 그래서 우리가 예를 들어 미스 베리(Miss Berry)의 집 문 앞에 서서 저 위쪽에서 새커리(William Makepeace Thackeray)가 오는 것이 보이면 잠시 멈칫하는 것도 이상한 일이 아닙니다. 새커리는 월폴이 사랑했던 여인의 친구이니까요. 그래서 단순히 이 친구에서 저 친구로, 이 정원에서 저 정원으로, 이 집에서 저 집으로 옮겨가면서, 우리는 영국 문학의 한쪽 끝에서 다른 쪽 끝까지 두루 섭렵하다가, 만약에 우리가 지금 이 순간을 그 앞에 흘러간 모든 순간들과 구별할 수 있다면, 긴 여정에서 깨어나면서 자신이 다시 현재로 돌아와 있다는 사실을 확인하게 될 것입니다.

그렇다면, 이것은 우리가 이 삶들과 편지들을 읽을 수 있는 방법들 중 하나입니다. 우리는 그것들이 과거의 많은 유리창들의 불을 밝히도록 할 수 있습니다. 우리는 죽은 유명한 인물들이 평소의 버릇대로 하는 모습을 볼 수 있습니다. 우리는 가끔 우리 자신이 그들과 매우 가깝고 그들의 비밀을 알고 있다는 공상에 빠지며, 또 가끔은 그들이 쓴 희곡이나 시를 끄집어내서 그 작품들이 저자 앞에서는 다르게 읽히는지 확인할 것입니다.

그러나 이것은 다른 질문들을 불러일으킵니다. 이런 질문을 던져야 합니다. 한 권의 책은 그것을 쓴 저자의 삶의 영향을 어느 정도 받을까요? 다시 말해, 인간적인 측면이 작가적인 측면을 해석하도록 내버려

두는 것은 어느 정도 안전할까요? 또 작가의 인간적인 측면이 우리의 내면에 불러일으키는 공감과 반감을 우리는 어느 정도로 받아들이거나 부정해야 할까요? 단어들이 너무나 섬세하고 저자의 성격을 너무나 쉽게 반영하게 되니 말입니다.

이런 것들이 우리가 삶들과 편지들을 읽을 때 우리를 압박하는 질문들이지요. 이 질문들에 우리는 스스로 대답해야 합니다. 이유는 너무나 개인적인 문제에서 타인들의 선호에 좌우되는 것만큼 불행한 일은 없으니까요.

그러나 우리는 그런 책들을 또 다른 목적으로, 그러니까 문학을 알거나 유명한 인물들과 친숙해지기 위해서가 아니라, 우리 자신의 창의력을 새롭게 되살리고 다듬기 위해 읽을 수도 있습니다. 서가 오른쪽에 열린 창문이 없는가요? 책을 읽다가 밖을 내다보는 것도 얼마나 큰 즐거움인지 모릅니다. 그때 펼쳐지는 장면은 그 자연스러움으로, 그 무관함으로, 그 영속적인 움직임으로 너무나 큰 활력을 안겨주지요. 망아지들이 들판을 힘차게 질주하고 있고, 부인은 샘에서 양동이에 물을 채우고 있고, 당나귀는 머리를 뒤로 젖히고 낑낑 소리를 길게 내고 있습니다. 어떤 서재든 그곳에서 보다 중요한 부분은 남자들과 여자들과 당나귀들의 삶에서 그런 덧없는 순간들을 기록한 것에 지나지 않지요.

모든 문학은 연륜이 쌓임에 따라 나름의 쓰레기 더미를 갖게 됩니다. 말하자면, 사라진 어투로 더듬거리며 어설프게 들려주는, 흘러간 순간들과 망각된 삶들에 관한 기록이지요. 그러나 만약에 여러분 자신이 그 쓰레기를 읽는 즐거움까지 받아들이기로 마음을 먹는다면, 여러분은 주형공(鑄型工)에게 던져진 인간 삶의 유물들에 깜짝 놀랄 것이고, 정말로 압도당하고 말 것입니다. 그 유물이 한 통의 편지일 수도 있는데, 그것이 얼마나 멋진 통찰력을 보여줄 수 있는지 모릅니다. 또 그 유물이 몇 개의 문장일 수 있지만, 그것들이 제시하는 전망이 너무나 훌륭할 수 있지요.

가끔은 하나의 완전한 이야기가 마치 어떤 위대한 소설가의 손을 거친 것처럼 아름다운 유머와 비애감과 완전감과 함께 모습을 드러내지만, 그럼에도 그것은 단지 캡틴 존스(Captain Jones)의 이상한 이야기를 기억하고 있는 늙은 배우 테이트 윌킨슨(Tate Wilkinson: 1739-1803)일 뿐이고, 아서 웰슬리(Arthur Wellesley)[11] 밑에서 복무하다가 리스본에서 아름다운 소녀와 사랑에 빠진 젊은 장교일 뿐이고, 텅 빈 응접실에서 바느질감을 떨어뜨리면서 버니 박사(Dr. Burney)의 훌륭한 조언을 받아들여 리쉬(Rishy)와 달아나지 않았더라면 하고 한숨짓는 마리아 앨런(Maria Allen)[12]일 뿐입니다. 이것들 중 어떤 것도 가치를 지니지 않고 아주 하찮지만, 망아지가 들판을 질주하고 부인이 샘에서 양동이에 물을 채우고 당나귀가 울음소리를 내고 있는 사이에, 이따금 쓰레기 더미를 뒤져 거대한 과거 속에 묻혀 있던 반지들과 가위와 부러진 코들을 발견해서 서로 꿰어 맞추는 것도 아주 재미있는 일입니다.

11 영국군 총사령관과 총리를 지낸 군인이자 정치가(1769~1852). 나폴레옹 전쟁 때 명성을 얻었다.

12 버니 박사와 리쉬, 마리아 앨런은 영국 풍자 소설가이자 극작가인 패니 버니(Fanny Burney: 1752~1840)의 회고록에 등장하는 사람들이다.

그러나 우리는 결국엔 쓰레기 읽기에 지치고 맙니다. 우리는 윌킨슨이나 번베리(Bunbury), 마리아 앨런 같은 인물들이 우리에게 제공할 수 있는 반(半)의 진리를 보완하는 데 필요한 것을 찾는 작업에 지칩니다. 그들은 통달하고 제거하는 예술가의 능력을 갖추지 못했지요. 그들은 자신의 삶에 대해서도 완벽한 진실을 말하지 못할 것입니다. 그들은 아주 훌륭할 수 있는 이야기를 꼴사납게 훼손시켰습니다.

그들이 우리에게 제공할 수 있는 것은 사실들이 전부였으며, 사실들은 대단히 열등한 형태의 픽션이지요. 따라서 우리의 내면에선 절반의 진실과 추정을 빨리 정리하고, 인간 성격의 미세한 차이를 찾는 일을 그만두고, 보다 위대한 추상을, 픽션의 보다 순수한 진실을 즐기려는 욕망이 점점 더 커집니다. 따라서 우리는 치열하고 일반적이고 디테일을 모르는 감정을, 또 규칙적이고 반복되는 박자에 의해 강조되는 그런 감정을 갖게 되는데, 이 박자를 자연스럽게 표현하고 있는 것이 시이지요. 그때는 바로 시를 읽을 시간이고, … 우리가 거의 시를 쓸 수 있는 때입니다.

서풍이여, 그대는 언제나 불어 오려나?
약간의 비라도 내린다면.
그리스도여, 나의 사랑이 나의 품 안에 있고
내가 다시 나의 침대에 있다면![13]

13　14세기 또는 15세기의 작품으로 알려진 시 '서풍'(Western Wind)'의 일부.

시의 효과는 너무나 강하고 직접적이기 때문에, 당장은 시 자체의 감각 외에 다른 감각은 전혀 없지요. 그때 우리가 얼마나 심오한 깊이에 닿는지 모릅니다. 우리의 몰입은 너무나 신속하고 완전합니다. 여기엔 꼭 붙잡을 것도 없으며, 우리가 비상(飛翔)하도록 만드는 것도 전혀 없습니다. 픽션의 착각은 점진적이고 픽션의 효과는 단계를 거치지만, 이 4행을 읽을 때, 그것을 쓴 사람이 누구인지 묻거나, 존 던의 집이나 시드니의 비서에 대해 생각하거나, 그 행들을 과거의 복잡함과 세대들의 승계 속에서 파악하기 위해 읽기를 멈추는 사람이 있을까요?

시인은 언제나 우리의 동시대인이지요. 당장 우리의 존재가, 개인적인 감정이 격한 충격을 받을 때처럼 중심 쪽으로 향하면서 수축됩니다. 후에, 감각들이 더 큰 원들을 그리면서 우리의 정신을 뚫고 퍼져나가기 시작하는 것은 사실입니다. 보다 멀리 떨어져 있던 의미들에도 그 물결이 가닿고, 그러면 이 의미들은 소리를 내며 말을 하기 시작하고, 우리는 반응과 반향을 알게 됩니다. 시의 강렬함은 엄청 넓은 범위의 감정을 건드리지요. 시인의 다양한 기술을 알기를 원한다면, 다음에 소개하는 시들을 서로 비교해 보기만 하면 됩니다. 시인은 우리를 행위자인 동시에 방관자로 만들 수 있고, 시인은 펠스태프[14]나 리어 왕 같은 등장인물 속으로 마치 그것이 장갑인 양 자신의 손을 끼워 넣을 수 있고, 시

---

14 셰익스피어의 희곡 작품 세 곳에 등장하는 인물 존 펠스태프를 말한다. '헨리 4세' 중 1막과 2막에서 두드러진 역할을 한다. '헨리 5세'에서 무대에 등장하지 않는 가운데 칭송의 소리를 듣는다.

인은 영원히 응축하고 확장하고 언명할 능력을 갖고 있습니다. 첫 번째 시의 힘과 솔직함과 두 번째 시의 유연함을 비교해 보세요.

나는 한 그루 나무처럼 쓰러져 나의 무덤을 발견하리라.
오직 내가 슬퍼한다는 것만을 기억하면서.[15]

순간순간이 모래의 떨어짐으로 헤아려지네.
모래시계처럼. 길지 않은 세월이
우리를 마모시켜 무덤으로 몰아붙이는데,
우리는 그것을 방관하고 있네.
흥청대며 낭비하던 쾌락의 시대가 마침내
절실해지며 슬픔으로 끝나지만,
방탕에 물린 삶은
한숨을 내쉬며 모래를 하나씩 헤아리네.
그러다가 마지막 모래 하나가 떨어지네.
그러면 불행은 끝나고 휴식에 들어가네.[16]

아니면 다음 시의 명상적인 차분함과 그 다음 시의 끝없는 사랑스러

15 존 플레처(John Fletcher:1579-1625)와 프랜시스 보몬트(Francis Beaumont:1584-1616)의 희곡 '하녀의 비극'(The Maid's Tragedy) 4막 중에서.

16 영국 시인이자 극작가인 존 포드(John Ford: 1586-1639?)의 희곡 '연인의 우울'(The Lover's Melancholy) 중에서.

움을 비교해 보세요.

젊든 늙었든

우리의 운명은, 우리라는 존재의 가슴과 고향은

무한과 함께 하네. 오직 거기서만

우리의 운명은 희망과 함께 하네. 절대로 죽지 않는 희망,

노력, 기대, 욕망,

그리고 언제나 생겨나려고 하는 그 무엇과[17]

흐르는 달은 하늘 높이 올라가고

그리고 어디에도 머물지 않네

부드럽게 달은 위로 올라가누나

그리고 그 곁을 한두 개의 별이 지키고[18]

아니면 이 시의 화려한 공상과 비교해 보세요.

그리고 삼림지를 자주 찾는 자는

산책을 절대로 멈추지 않을 것이고

---

17   윌리엄 워즈워스(William Wordsworth:1770-1850)의 시 '서곡'(The Prelude) 중에서.

18   새뮤얼 테일러 콜리지(Samuel Taylor Coleridge:1772-1834)의 '늙은 선원의 노래'(The Rime of the Ancient of the Ancient Mariner) 중에서.

저 깊은 아래 숲속의 빈터

광대한 세상의 타오르는 불길

위로 향하던 부드러운 불꽃 하나가

그에겐 그늘 속의

크로코스(Crocus)[19]처럼 보이네[20]

'The cat is out of the bag'[21]이라는 문장만 생각해 봐도, 읽기의 진정
한 복잡성이 쉽게 이해됩니다. 첫 번째 과정, 즉 인상들을 최대한의 이
해력으로 받아들이는 것은 독서 과정의 반에 지나지 않지요. 어떤 책으
로부터 즐거움을 온전히 얻기를 원한다면, 그 과정은 다른 반에 의해
완성되어야 합니다.

우리는 수많은 인상들에 대해 판단을 내려야 합니다. 우리는 종잡을 수
없이 지나가는 이 형태들을 갖고 견고하고 지속적인 하나의 인상을 만들
어내야 합니다. 그러나 그 인상을 직접적으로 만들지는 못합니다. 독서의
먼지가 가라앉도록 기다려야 합니다. 갈등과 의문이 수그러들 때까지 기다
려 보세요. 산책하거나, 대화하거나, 장미꽃의 시든 꽃잎을 따거나, 잠을 청

---

19 그리스 신화에 나오는 인간 젊은이이다. 그는 스밀락스(Smilax)라는 님프와의 연애에
실망한 뒤에 신들에 의해 같은 이름의 식물이 되었다.

20 에베니저 존스(Ebenezer Jones: 1820-1860)의 시 '세상이 불탈 때'(When the World is
Burning)의 일부.

21 '어떤 비밀이나 놀라운 일이 은연중에 드러났다'는 뜻이다. 이 표현의 유래는 명쾌하지 않
지만 한 가지 설은 이렇다. 동물들을 자루에 담아서 팔던 시장에서 자루에서 새끼 돼지 대신에
고양이가 나와서 사람들을 놀라게 한 데서 비롯되었다고 한다. 15세기 이후로 쓰인 표현이다.

하도록 하세요. 그러다 보면 어느 순간에 뜻하지 않게, 그 책이 다른 모습으로 돌아올 것입니다. 어쨌든, 이 변화의 과정을 맡은 것은 자연이니까요.

이제 그 책은 하나의 완전체로서 정신의 맨 위로 떠오를 것입니다. 그리고 그 책은 하나의 완전체로서 각 단계별로 받아들여진 책과 다를 것입니다. 이제 디테일은 저마다 각자의 자리에 꼭 들어맞습니다. 우리는 그 형태를 처음부터 끝까지 봅니다. 그것은 외양간 같거나 돼지우리 같거나 성당 같지요. 그러면 우리는 책과 책을, 건물과 건물을 비교하듯이 비교할 수 있게 됩니다. 그러나 이 비교 행위는 우리의 태도가 변했다는 것을 의미하지요. 우리는 더 이상 작가의 친구들이 아니고 작가의 심판관이지요. 친구로서 아무리 호의적이어도 지나치지 않듯이, 우리는 심판관으로서 아무리 엄격해도 지나치지 않습니다.

그 책들은 범죄자들, 말하자면 우리의 시간과 감정을 낭비하게 한 책들이 아닌가요? 그 책들은 더없이 교활한 사회의 적들이 아닌가요? 말하자면, 사회를 타락시키거나 더럽히거나 대기에 부패와 질병을 퍼뜨리는 책들이 아닌가요?

판단에 엄격해야 합니다. 각각의 책을 그 장르에서 가장 위대한 책들과 비교해 보세요. 그때 우리의 마음에 우리가 읽고 또 평가를 통해서 하나의 결정체로 굳어진 책들의 형태들이 떠오릅니다. 예를 들면, 『로빈슨 크루소』나 『엠마』(Emma)[22], 『귀향』(The Return of the Native)[23] 같

22   제인 오스틴의 소설.
23   토머스 하디의 소설.

은 작품이 있지요.

그 소설들을 이 작품들과 비교해 보세요. 최근에 나온 보잘것없는 소설들도 최고의 작품과 함께 평가받을 권리를 누립니다. 시도 마찬가지입니다. 리듬에 도취된 상태에서 깨어나고, 단어들의 광채가 사라질 때, 환상 같은 어떤 형태가 우리에게 돌아오는데, 이것을 우리는 『리어왕』이나 『페드르』(Phèdre)[24], 『서곡』과 비교해야 합니다. 혹은 이런 작품들과 비교하지 않는다면, 그 시와 같은 종류의 시 중에서 가장 훌륭한 작품과 비교하면 됩니다. 그리고 새로 발표한 시와 픽션의 새로움은 그 시나 픽션의 특징들 중에서 가장 피상적인 특징이라는 것을, 옛날의 작품들을 판단할 때 잣대로 삼았던 기준을 완전히 다시 만드는 것이 아니라 약간만 바꾸면 된다는 것을 우리는 알아야 합니다.

그렇다면, 읽기의 두 번째 부분, 즉 작품들을 판단하고 비교하는 일이 첫 번째 부분, 그러니까 빠른 속도로 몰려드는 무수히 많은 인상들을 받아들일 수 있도록 마음을 여는 것만큼 단순하다고 추정하는 것은 어리석은 짓일 것입니다. 여러분 앞에 책이 놓여 있지 않은 상태에서 읽기를 계속하고, 실체가 잡히지 않는 이 형태와 저 형태를 서로 대비시키고, 그런 비교를 생생하고 분명하게 하기 위해서, 충분한 이해력을 갖고 충분히 폭넓게 읽는 것은 정말 어려운 일입니다. 한 걸음 더 나아가, "어떤 종류의 책이라거나, 어떤 가치를 지니는 책이라거나, 이 부분

---

[24]   장 라신(Jean Racine)의 희곡.

에서 실패하고 저 부분에서 성공하고 있다거나, 이것은 그다지 좋지 않고 저것은 훌륭하다"는 식으로 말하는 것은 훨씬 더 어려운 일이지요.

독서가의 의무 중 이 부분을 수행하려면 상상력과 통찰력, 학문이 꽤 필요합니다. 그런데 어느 한 정신이 이런 자질들을 충분히 물려받는 경우는 무척 드물답니다. 자신감 넘치는 사람도 자신의 내면에서 그런 힘들의 씨앗 그 이상의 것을 발견하는 것은 불가능하지요. 그렇다면, 독서의 이 부분의 역할을 스스로 벗어던지고, 가운을 걸치고 가발을 쓴 도서관의 권위자들인 비평가들이 우리를 대신해서 그 책의 절대적 가치라는 문제를 해결하도록 허용하는 것이 더 바람직하지 않을까요?

절대로 그렇지 않습니다. 그런 일은 불가능합니다. 우리는 공감의 가치를 강조할 수 있으며, 또 책을 읽으면서 우리의 정체성을 잊을 수도 있습니다. 그러나 우리는 완전히 공감하거나 우리 자신을 완전히 몰입시킬 수는 없다는 사실을 잘 알고 있습니다. 우리의 내면에 "저건 싫어, 저건 사랑스러워!"라고 속삭이는 악령이 언제나 있기 때문이지요.

정말이지, 시인들과 소설가들과 우리의 관계가 너무나 친밀한 까닭에 우리가 다른 사람이 끼어드는 것을 참아주지 못하는 것은 바로 우리가 미워하고 사랑하기 때문입니다. 그리고 결과가 혐오스럽고 우리의 판단이 잘못되었을지라도, 우리의 취향, 그러니까 우리를 통해서 강한 진동을 보내는 감각 신경이 우리의 최고의 광원(光源)입니다. 우리는 감정을 통해 배우며, 우리가 우리의 특성을 억누를 때엔 반드시 그 특성이 약해지게 되어 있습니다. 그러나 시간이 흐름에 따라, 아마 우리는 자신의 취향을 훈련시킬 수 있을 것이고, 따라서 취향을 어느 정도 통제하는 것이 가능할 것입니다.

우리의 취향이 시나 픽션, 역사, 전기 등 온갖 종류의 책들을 탐욕스럽게 즐기다가 읽기를 멈추고 오랫동안 현실 세계의 다양성과 부조화를 볼 때, 우리는 자신의 취향이 약간 변하고 있다는 것을 발견하게 될 것입니다. 취향이 그다지 탐욕스럽지 않고 보다 사색적인 모습을 보이게 되지요. 취향은 우리에게 특별한 책들에 대한 판단을 안겨줄 뿐만 아니라, 책들에 어떤 공통점이 있다는 식으로 말해줄 것입니다.

취향은 이렇게 말할 것입니다. 잘 들어 봐. 이것을 뭐라고 불러야 하지? 그리고 취향은 그때 공통적인 특성을 불러내기 위해서 아마『리어왕』을 읽어주고, 이어서『아가멤논』(Agamemnon)[25]을 읽어줄 것입니다. 그러면 우리의 취향이 우리를 안내하는 가운데, 우리는 어떤 책들을 함께 묶는 특성들을 찾아 특정한 책 그 너머까지 나아갈 것이고, 우리는 그 특성들에 이름을 붙임으로써 우리의 지각에 질서를 부여할 어떤 규칙을 다듬어낼 것입니다. 우리는 그런 구분에서 소중한 즐거움을 얻지요.

그러나 하나의 규칙은 그것이 책들과의 접촉을 통해서 끊임없이 깨어지는 때에만 살아 있으며, 따라서 사실과 동떨어진 상태에서, 그러니까 진공 속에 존재하는 규칙들을 만드는 것보다 더 쉽고 더 쓸모없는

25　B.C. 6세기와 5세기에 걸쳐 활동한 고대 그리스의 대표적인 비극 작가 아이스킬로스 (Aeschylus)가 쓴 비극.

일은 없지요. 그렇기 때문에 마침내 여기서 이 어려운 시도에서 우리가 차분함을 지키기 위해서 우리에게 문학을 하나의 예술로 가르칠 수 있는 매우 드문 작가들에게 관심을 돌리는 것이 바람직합니다. 콜리지와 존 드라이든(John Dryden), 존슨을 고려해 보도록 하지요.

비평가로서의 그들과 시인과 소설가로서의 그들은 놀라울 만큼 서로 깊이 연결되어 있습니다. 그들은 우리 정신의 흐릿한 깊은 속에 떠다니고 있는 모호한 생각들을 찾아내서 견고하게 다듬지요. 그러나 그들이 우리를 도울 수 있는 때는 우리가 스스로 독서하는 과정에 떠올리게 된 질문들과 의견들을 갖고 그들을 찾을 때뿐입니다. 만약에 우리가 그들의 권위 아래에 모여 울타리 그늘 아래의 양들처럼 쉬고 있다면, 그들은 우리를 위해서 아무것도 하지 못합니다. 우리가 그들의 결정을 이해할 수 있는 때는 오직 그 결정이 우리 자신의 결정과 갈등을 빚으며 그것을 이길 때뿐이지요. 독서가 이런 식이라면, 다시 말해 책을 읽는 것이 상상력과 통찰력과 판단력이라는 희귀한 자질들을 요구하는 것이라면, 여러분은 아마 문학이 매우 복합적인 예술이라고, 또 평생 독서를 해도 우리가 문학의 비평에 소중한 기여를 하지 못할 것이라고 결론을 내릴 것입니다.

우리는 독자로 남아야 합니다. 우리는 비평가이기도 한 드문 존재들의 소유물인 추가적인 영광을 누리려 들어서는 안 됩니다. 그래도 우리는 독자로서 책임감을 가져야 하고 심지어 중요성까지 발휘해야 합니다. 우리가 끌어올리는 기준과 우리가 내리는 판단은 허공 속으로 스며

들면서 작가들이 작업을 하며 들이쉬는 대기의 일부가 됩니다. 그러면 작가들의 머리 위에서 말할 어떤 영향력이 창조되지요.

그 영향력이 인쇄될 길을 발견하는가 하는 문제는 별로 중요하지 않아요. 그리고 그 영향력은 제대로 가르쳐지고 원기왕성하고 개인적이고 정직하기만 하다면 비평이 제 기능을 발휘하지 못하고 있는 오늘날에 대단한 가치를 지닐 수 있습니다. 책들이 사격 훈련장의 동물들의 행렬처럼 스치듯 지나가면서 검토되고 있고, 비평가들에게 총알을 장전하고 조준해서 쏘기까지 단 1초의 시간밖에 주어지지 않고 있으니 말입니다.

이런 현실에서 비평가가 토끼를 호랑이로 착각하거나 독수리를 닭으로 착각하거나 모든 표적을 놓치는 것으로도 모자란다는 듯 엉뚱하게 멀리 들판에서 한가로이 풀을 뜯고 있는 소를 맞힌다 하더라도 용서가 될 것입니다. 만약에 언론의 변덕스러운 포격의 뒤에 저자가 다른 종류의 비평이, 그러니까 독서에 대한 사랑으로 책을 아마추어답게 느리게 읽으면서 충분한 공감을 가지면서도 아주 엄격하게 판단하는 사람들의 의견이 있다고 느낀다면, 그것이 그 저자의 자질을 향상시키지 않을까요? 그리고 만약에 우리의 수단에 의해 책들이 더 강해지고 더 풍요로워지고 더 다양해진다면, 그것은 충분히 성취할 가치가 있는 목표일 것입니다.

하지만 아무리 바람직한 목적일지라도 누가 어떤 목적을 성취하기 위해 책을 읽겠습니까? 그 자체로 훌륭하기 때문에 추구하는 것도 있고 종국적인 즐거움도 있지 않습니까? 바로 독서가 그런 즐거움에 속하지 않을까요?

나는 가끔 이런 꿈을 꾼답니다. 최후의 심판의 날이 밝아오고 위대한 정복자들과 법률가들과 정치인들이 보상을, 그러니까 왕관과 월계관과 이름이 지워지지 않도록 새겨진 대리석을 받으러 올 때, 전능하신 하느님이 베드로 쪽으로 몸을 돌리면서 우리가 겨드랑이에 책을 끼고 오는 모습을 보며 부러운 마음을 숨기지 않은 채 "보라. 이들에겐 보상이 전혀 필요하지 않아. 여기서 그들에게 줄 것은 아무것도 없어. 그들은 독서를 사랑했으니까."라고 말하는 꿈을 말입니다.

02

서재에서 보낸 시간들[26]

학문을 사랑하는 사람과 독서를 사랑하는 사람을 둘러싼 오래된 혼동부터 명쾌하게 정리하고, 둘 사이에 어떤 연결도 없다는 사실을 강조하는 것으로 글을 시작하고 싶다.

학자는 자신이 추구하기로 작정한 어떤 특별한 진리의 한 조각을 발견하기 위해 책들을 파고드는 존재로서, 정신을 집중한 상태에서 시간의 대부분을 의자에 앉아 지내면서 고독하게 열중하고 있는 사람이다. 만약에 독서에 대한 사랑이 그런 학자를 압도해 버린다면, 그가 얻는 것은 점점 줄어들다가 마침내 그의 손가락들 사이로 완전히 사라지고 말 것이다.

26　1916년 11월 30일자 TLS(Time Literary Supplement)에 게재되었다.

한편, 독서가는 처음부터 학문에 대한 욕망을 억누를 수 있어야 한다. 지식에 대한 욕구가 독서가를 놓아주지 않은 채 그가 지식을 추구하도록 한다면, 그는 예를 들어 어떤 시스템에 관한 글을 계속 읽어 전문가나 권위자가 될 수 있을 것이지만, 그것이 어느 분야로도 치우치지 않는 순수한 독서에 대한 인간적인 열정을 죽여 버릴 위험이 있다.

이런 모든 것에도 불구하고, 우리는 독서를 좋아하는 사람을 적절히 표현하는 어떤 그림을 쉽게 떠올리면서 그에게 그다지 호의롭지 않은 미소를 짓는다. 독서가라고 하면 먼저 실내복을 걸친 창백하고 수척한 사람의 모습부터 떠오른다. 독서가는 사색에 빠져 지내고, 벽난로 안의 시렁에서 주전자를 끄집어내는 일조차도 하지 못하고, 얼굴을 붉히지 않고는 여자들에게 말도 걸지 못하며, 중고 책방의 카탈로그에 대해서는 훤히 알고 있으면서도 매일 일상적으로 일어나는 뉴스에는 터무니없을 만큼 무지하다. 햇살 쏟아지는 낮 시간을 컴컴한 책방 건물 안에서 보내는 그는 틀림없이 까다롭다 싶을 만큼 순수하고 남을 기분 좋게 만드는 품성의 소유자이지만, 우리가 개인적으로 관심을 쏟을 만한 사람은 조금도 닮지 않았다. 이유는 진정한 독서가는 기본적으로 젊기 때문이다.

독서가는 호기심이 특별하고, 생각이 많고, 마음이 열려 있으며, 터놓고 이야기하길 좋아하는 사람이다. 그에게 독서는 세상과 격리된 서재에서 하는 활동이 아니라 탁 트인 공간에서 활기차게 하는 운동의 성격을 지니고 있다. 그는 순탄한 평지를 터덕터덕 걷고, 그러다가 그는 언덕길을 점점 더 높이 올라간다. 그러다 보면 대기가 들이쉬기가 미안할 정도로 순수해진다. 그에게 독서는 절대로 자리에 앉아서 추구하는 즐거움이 아니다.

그러나 일반적인 견해와 별도로, 독서에 가장 좋은 시기가 18세와 24세 사이라는 점을 사실들을 근거로 증명하는 것은 그다지 어려운 일이 아니다. 그래서 읽히고 있는 책들의 목록은 나이든 사람들의 가슴에 절망을 안긴다. 이유는 우리가 아주 많은 책을 읽고 있기 때문만이 아니라, 옛날에도 읽어야 할 책들이 많았기 때문이기도 하다.

기억을 다시 새롭게 떠올리고 싶다면, 우리가 삶의 어느 시기에 마음먹고 열정적으로 쓰기 시작했을 오래된 노트들 중 하나를 끄집어내 보라. 그 노트의 페이지들 대부분은 비어 있으며, 그것이 사실이다. 그러나 노트 첫 부분의 몇 페이지는 놀랄 만큼 또렷한 손글씨가 매우 아름답게 적혀 있는 것이 확인될 것이다.

위대한 작가들의 이름을 세평의 순서대로 적어놓은 페이지도 있다. 고전을 읽다가 멋진 문장을 베껴놓은 곳도 있다. 읽어야 할 책의 목록을 적어놓은 페이지도 있다. 그 중에서 가장 흥미로운 것은 실제로 읽은 책들의 목록이다.

독서가는 젊은이 특유의 허영심을 발휘하며 자기가 읽은 책을 붉은 잉크로 체크 표시를 해 두었다. 우리는 어떤 사람이 스무 살 되던 해 1월에 읽은 책들의 목록을 제시할 수 있으며, 그 책들 대부분은 아마 처음 읽은 책일 것이다.

1.『로다 플레밍』(Rhoda Fleming)27 2.『샤그팟의 면도』(The Shaving of Shagpat)28 3.『톰 존스』(Tom Jones)29 4.『라오다게아』(The Laodicean)30 5. 듀이(John Dewey)의 『심리학』 6.『욥기』(The Book of Job) 7. 윌리엄 웨브(William Webbe)의 『시론』(詩論: Discourse of Poesie) 8.『말피 공작 부인』(The Duchess of Malfi)31 9.『복수자의 비극』(The Revenger's Tragedy)[32].

그런 식으로 독서가는 독서를 계속한다. 그러다가 그런 목록이 늘 그렇듯이, 그 독서가의 목록도 6월에 갑자기 뚝 끊어진다. 그러나 그 독서가가 살아온 달들을 세심하게 추적하면, 그가 책 읽는 일 외에 다른 일은 사실상 아무것도 하지 않았다는 사실이 드러난다. 엘리자베스 1세 시대의 문학[33]은 어느 정도 철저히 섭렵하고 있다. 그는 존 웹스터

---

27 영국 작가 조지 메러디스의 소설.

28 조지 메레디스가 1856년에 발표한 판타지 소설.

29 헨리 필딩(Henry Fielding)의 소설 '버려진 아이, 톰 존스의 이야기'(History of Tom Jones, a Foundling)를 말한다.

30 토머스 하디가 1880년과 1881년에 걸쳐 '하퍼스 뉴 먼슬리 매거진'에 발표한 소설.

31 영국 극작가 존 웹스터가 1612년에 쓴 비극.

32 1606년에 초연된 비극으로 대체로 토머스 미들턴(Thomas Middleton)의 작품으로 알려져 있다.

33 영국의 엘리자베스 1세 여왕이 통치한 시기(1558-1603)에 발표된 문학 작품을 일컫는다. 윌리엄 셰익스피어와 에드먼드 스펜서 등이 활약하면서 영국 문학사에서 가장 화려했던 시기로 꼽는다.

(John Webster)와 로버트 브라우닝(Robert Browning), 퍼시 비쉬 셸리(Percy Bysshe Shelley), 스펜서, 윌리엄 콘그리브(William Congreve)를 많이 읽고 있다. 그는 토머스 러브 피콕의 작품은 처음부터 끝까지 다 읽었으며, 제인 오스틴의 소설들 대부분은 두세 번 읽었다. 그는 메러디스의 작품들 모두를, 헨리크 입센(Henrik Ibsen)의 작품들 모두를, 그리고 버나드 쇼(Bernard Shaw)의 작품들 일부를 읽었다.

그렇다면, 이 독서가의 경우에 책을 읽는 데 쓰이지 않은 시간은 놀랄 만큼 깊은 논쟁에 쓰였을 것이라고 짐작해도 크게 틀리지 않을 것이다. 고대 그리스 시대의 작품과 현대의 작품을, 꾸민 이야기와 사실주의 작품을, 라신과 셰익스피어를 서로 대비시키며, 밤을 밝히던 등불이 여명에 빛을 잃을 때까지 작품들을 깊이 파고들었을 것임에 틀림없다.

옛날의 도서 목록들이 거기 그렇게 남아 있으면서 우리를 미소 짓게 만들고 아마 약간의 한숨도 짓게 만들지만, 우리는 그런 식으로 독서에 빠져 지내던 시기의 분위기를 끌어내려고 애쓸 것이다. 다행히, 이 독서가는 절대로 천재는 아니며, 생각을 조금만 해도 우리 대부분은 어쨌든 자신이 독서에 입문하던 시기의 단계들을 떠올릴 수 있다.

어린 시절에 읽은 책들은 우리가 접근하지 못하는 것으로 여겨진 서가에서 훔친 것이기 때문에 다소 비현실적인 분위기를 풍겼으며, 또 가족 모두가 잠든 가운데 고요한 들판 위로 밝아오는 여명을 훔쳐보는 그런 장엄한 분위기도 풍겼다. 커튼 사이로 우리는 안개에 묻힌 나무들의 이상한 형상을 보았으며, 그 나무들을 우리는 무슨 나무인지도 모르는 채 평생 동안 기억할 것이다. 이유는 아이들에게는 다가올 것들에 대한 이상한 예감 같은 것이 있기 때문이다.

그러나 앞의 목록이 한 예를 보여주는 그 후의 독서는 꽤 다른 문제이다. 아마 처음으로 모든 제약이 제거될 것이다. 우리는 자신이 좋아하는 것을 읽을 수 있으며, 서재에도 마음대로 드나들 수 있다. 무엇보다 좋은 것은 친구들도 나와 똑같은 입장이라는 사실이다. 여러 날을 우리는 다른 것은 하지 않고 읽기만 한다. 그 시간은 특별한 흥분과 고양을 느끼는 시간이다.

우리는 영웅들을 서둘러 인정하려 드는 것 같다. 우리의 마음에는 우리 자신이 진정으로 이 행위를 하고 있다는 경탄의 감정이 있으며, 또 그런 감정과 함께 터무니없는 자만심과, 우리 자신이 지금까지 이 세상을 살았던 가장 위대한 인간들과 유사한 점을 갖고 있다는 점을 보여주려는 욕망도 자리 잡게 된다. 그때 지식에 대한 열정은 더없이 뜨거운 상태에 있거나 적어도 자신감에 넘치는 상태에 있다. 우리의 정신도 전념하는 모습을 보이며, 그때 위대한 작가들도 삶에서 훌륭한 것들을 평가하는 측면에서 우리와 의견을 같이 하는 것처럼 보이면서 우리의 정신을 기쁘게 만든다. 그리고 예를 들어서 토머스 브라운(Thomas Browne) 대신에 알렉산더 포프를 영웅으로 선택한 누군가에게 맞서 자신의 영웅을 강력히 내세울 필요가 있기 때문에, 우리는 이 남자들에게 깊은 애착을 느끼면서 그 사람을 다른 사람들과 달리 개인적으로 알고 있다고 느낀다. 우리는 그 남자들의 지휘 하에 싸우고 있으며, 우리는 거의 언제나 그들의 눈에 우리 자신을 비춰본다. 그래서 우리는 역사 깊은 서점들을 자주 찾고 2절판 책들과 4절판 책들, 나무로 표지를 만든 에우리피데스(Euripides)의 책과 89권짜리 8절판 볼테르 전집을 사서 끙끙거리며 집으로 들고 간다.

그러나 그 목록들은 호기심을 자극하는 문서이다. 이유는 동시대의 작가들을 포함하는 경우가 거의 없는 것 같기 때문이다. 물론, 메러디스와 하디, 헨리 제임스(Henry James)는 이 독서가가 그들을 만났을 때 생존해 있었지만, 그들의 책은 이미 고전의 반열에 오른 상태였다. 토머스 칼라일(Thomas Carlyle)이나 앨프리드 테니슨(Alfred Tennyson)이나 존 러스킨(John Ruskin)이 자기 시대의 젊은이들에게 영향을 미친 것처럼 이 독서가에게 영향을 미친 같은 세대의 작가들은 한 사람도 없다. 그것이 젊음의 특징이라고 우리는 믿는다. 왜냐하면 널리 인정받는 위대한 인간이 존재하지 않는 경우에, 아주 평범한 인간들이 독서가가 살고 있는 세상을 다스리고 있을지라도, 독서가는 그 인간들과 아무런 관계를 맺지 않을 수 있기 때문이다. 그는 차라리 고전으로 돌아가서, 최고 수준의 정신들과 완전한 일치를 이룰 것이다. 당분간 그는 인간들의 모든 활동으로부터 멀찍이 떨어져서 초연한 상태로 남으며, 인간들을 먼 거리에서 지켜보면서 그들을 대단히 엄격하게 판단할 것이다.

정말이지, 젊음이 흘러가고 있다는 사실을 보여주는 신호 하나가 바로 다른 인간들과의 사이에 동료 의식이 생겨난다는 점이다. 말하자면,

우리가 다른 인간들 사이에 우리의 자리를 놓는 것이다. 우리는 우리의 기준을 최대한 높게 지켜 나가고 있다고 생각하길 원하지만, 우리는 틀림없이 동시대인들의 글에 더 많은 관심을 보이며, 그들의 영감 부족을 그들을 우리 가까이 다가서도록 만드는 그 무엇 때문에 용서한다.

지금 생존해 있는 작가들이 훨씬 더 열등할지라도, 우리가 죽은 작가들보다 살아 있는 작가들로부터 실제로 더 많은 것을 얻는다는 주장도 가능하다. 가장 먼저, 동시대인들의 작품을 읽는 데는 절대로 은밀한 허영심이 일어날 수 없으며, 동시대인들이 불러일으키는 감탄의 종류는 지극히 따뜻하고 순수하다. 왜냐하면 그들에 대한 믿음을 품기 위해서 우리가 종종 우리에게 명예롭게 작용하는 매우 고상한 편견을 어느 정도 희생시켜야 하기 때문이다. 우리는 또한 자신이 좋아하거나 싫어하는 것에 대한 개인적인 이유들을 찾아야 하는데, 그 같은 노력은 우리가 주의를 집중하도록 하는 자극제의 역할을 함과 동시에 고전을 읽는 경우에 그것을 충분히 이해하며 읽었다는 사실을 증명하는 최선의 방법이 되기도 한다.

따라서 책장들이 아직 서로 거의 달라붙어 있다시피 하고 책등의 금박이 깨끗한 새 책들이 가득 꽂힌 멋진 서점 안에 서 있는 것도 헌책방에서 느끼는 느긋한 흥분보다 결코 덜하지 않은 흥분을 일으킨다. 그 흥분은 아마 그다지 의기양양하지 않을 것이다. 그러나 불멸의 명성을 누리고 있는 존재들이 어떤 생각을 품었는지 알고 싶어 하는 해묵은 갈망이 우리 세대가 생각하고 있는 것이 무엇인지 알고 싶어 하는, 훨씬 더 관대한 호기심에게 자리를 양보한다.

지금 이 세상을 살고 있는 남자들과 여자들은 무엇을 느끼고 있으며, 그들의 집은 어떻게 생겼으며, 그들은 어떤 옷을 입고, 어떤 돈을 갖고 있으며, 무슨 음식을 먹으며, 주변 세상에서 어떤 것을 보고 있으며, 그들의 능동적인 삶의 공간을 채우고 있는 꿈들은 무엇인가? 현재를 살고 있는 남자와 여자들은 자신들의 책에서 이 모든 것들에 관한 이야기를 들려주고 있다. 그들의 책 속에서, 우리는 우리 시대의 정신과 육체를 각자 보는 눈을 가진 만큼 볼 수 있다.

그런 것들에 관한 호기심이 우리를 완전히 지배하게 될 때, 우리가 어떤 긴급한 필요가 있어서 고전을 펼쳐야 하는 상황에 처하지 않는 이상, 곧 고전에 먼지가 두껍게 쌓일 것이다. 어쨌든, 살아 있는 목소리들이 우리가 가장 잘 이해할 수 있는 목소리가 아닌가. 우리는 살아 있는 남자들과 여자들이 쓴 책들에 담긴 목소리들을 동료 대하듯 다룰 수 있다. 그 목소리의 주인공들은 우리가 안고 있는 수수께끼를 추측하고 있으며, 아마 그보다 더 중요한 것은 우리가 그들의 농담을 잘 이해할 수 있다는 사실일 것이다.

그리고 우리는 곧 다른 취향을 한 가지 발달시킨다. 훌륭한 사람들의 목소리로는 충족시킬 수 없는 취향, 그러니까 가치 있는 취향이 아니라, 틀림없이 매우 유쾌한 사로잡힘일, 나쁜 책들을 좋아하는 취향이 그것이다. 무분별하게 굳이 이름을 밝히지 않아도, 우리는 어떤 작가들의 경우에 우리에게 형용할 수 없는 재미를 주는 소설이나 시, 에세이를 1년에 한 권 정도는 꼭 낼 것이라고 믿어도 좋다는 것을 잘 알고 있다(다행히, 그런 작가들은 작품을 많이 쓰는 편이다). 우리는 나쁜 책들에도 엄청나게 많은 빚을 지고 있다. 정말이지, 우리는 그런 책들의 저자들과 작품 속 주인공들을 우리의 침묵의 삶에서 너무나 큰 역할을 하는 인물에 포함시키기에 이르렀다.

우리 시대에 문학의 한 장르를 새로 창조한 회고록 작가들과 자서전 작가들 사이에도 이와 똑같은 종류의 무엇인가가 일어나고 있다. 그 작가들이 모두가 비중 있는 인물은 아니지만, 참으로 이상하게도 가장 중요한 인물들, 그러니까 공작이나 정치인들만 형편없을 만큼 따분하다. 예전에 웰링턴 공작(Duke of Wellington)을 본 적이 있다는 사실 외에 다른 구실은 아무것도 없는 상태에서 우리에게 자신의 의견이나 언쟁, 포부, 질병 등에 대해 털어놓기 시작한 남자들과 여자들은 일반적으로 잠시 그런 사적인 드라마의 배우가 되는 것으로 끝나며, 우리는 홀로 산책할 때나 잠을 이루지 못하는 밤에 그 드라마를 즐긴다. 이 모든 것을 우리의 의식에서 제거해야 하며, 우리는 그런 측면에서 정말 가난해야 한다.

이제는 사실들과 역사의 책이 있다. 말하자면, 꿀벌과 말벌, 산업, 금광, 여왕과 외교적 음모에 관한 책도 있고, 강과 미개인, 노동조합, 의회의 법들에 관한 책도 있다. 우리가 언제나 읽고 있지만 안타깝게도 언제나 잊고 마는 그런 내용들 말이다. 서점이 겉보기에 문학과 전혀 아무런 관계가 없는 수많은 욕구들을 충족시키고 있다고 말한다면, 우리는 서점의 역할을 제대로 인식하지 못하고 있다. 서점에서 어떤 문학이 생성 중에 있다는 사실을 기억하도록 하자. 이 새로운 책들 중에서, 우리의 아이들이 한두 권을 고를 것이고, 그러면 그 책들을 통해서 우리가 영원히 알려지게 될 것이다. 우리가 충분히 알아볼 수만 있다면, 바로 여기에 오랜 세월을 버텨냄으로써, 우리가 누워 침묵하고 있을 때, 다른 시대들과 우리 시대에 대해 이야기를 나눌 시나 소설이나 역사가 있다. 셰익스피어 시대의 군중이 오늘날 침묵하면서 우리를 위해서 오직 셰익스피어가 남긴 시의 페이지 속에서만 살고 있듯이 말이다.

이것이 진실이라고 우리는 믿는다. 그럼에도 새로운 책들의 경우에 어느 것이 진정한 책이고 그것들이 우리에게 들려주고 있는 것이 무엇인지, 또 어느 책이 1, 2년 지나면 부서지고 말 박제된 책인지를 아는 것이 기이할 정도로 어렵다. 우리는 책들이 많이 있다는 사실을 눈으로 볼 수 있고, 오늘날 모두가 글을 쓸 수 있다는 말도 자주 들린다. 그 말이 진실일 수 있다. 그럼에도, 이 방대함의 핵심에, 이 언어의 범람과 거품의 핵심에, 이 수다와 통속성과 시시한 것들의 핵심에, 위대한 어떤 열정의 열기가 자리 잡고 있다는 것을 우리는 믿어 의심치 않는다. 그 열정이 세대를 내려가며 지속될 어떤 형태로 터져나오는 데는 단지 나머지보다 탁월한 어떤 뇌의 우연한 행위만 필요할 뿐이다.

이런 소동을 지켜보고, 우리 시대의 사상들과 비전들을 상대로 싸움을 벌이고, 우리가 활용할 수 있는 것을 포착하고, 무가치하다고 여겨지는 것을 버리고, 무엇보다 자신의 내면에서 일어나는 생각들을 최대한 구체화하려고 노력하는 사람들에게 관대해야 한다는 사실을 깨닫는 것은 당연히 우리의 기쁨이 되어야 한다. 어떤 문학의 시대도 우리 시대만큼 권위에 덜 순종적이지 않았으며 또 위대한 사람들의 지배로부터도 자유롭지 않았다. 어떤 문학의 시대도 숭배의 재능을 우리 시대처럼 변덕스럽게 다루지 않았으며, 시대의 실험에서도 우리 시대처럼 경박스런 모습을 보이지 않았던 것 같다. 진중한 사람들의 눈에도 우리 시대의 시인들과 소설가들의 작품에 가르침이나 목표의 흔적이 전혀 보이지 않는 것 같다.

그러나 비관론자는 언제나 있기 마련이며, 비관론자는 우리 문학이 죽었다는 식으로 우리를 설득시키지 못한다. 또 비관론자는 젊은 작가들이 새로운 비전을 제시하기 위해서 살아 있는 언어들 중에서 가장 아름다운 언어의 옛 단어들을 한 곳에 모을 때, 거기서 너무나 진실하고 생생한 아름다움이 번득인다는 사실을 우리가 느끼지 못하도록 막지 못한다.

우리가 고전을 읽음으로써 배울 수 있었던 것이 무엇이든, 지금 우리에겐 동시대인들의 작품을 판단하기 위해 그 지식이 모두 필요하다. 왜냐하면 고전들에 생명력이 있을 때마다, 그 고전들이 새로운 형태들을 잡기 위해 미지의 심연 위로 그물을 던질 것이기 때문이다. 그리고 고전들이 되돌려주는 낯선 선물들을 충분히 이해하는 상태에서 받아들이길 원한다면, 우리도 그 선물을 추구하면서 상상력을 최대한 발휘할 수 있어야 한다.

그러나 만약에 새로운 작가들이 시도하고 있는 것들을 추적하는 데 옛날 작가들에 관한 우리의 지식이 모두 필요하다면, 우리가 새 책들을 두루 섭렵하면서 옛날 책들을 보는 눈을 더 예리하게 키우는 결과를 얻게 된다는 말은 틀림없이 맞는 말이다. 이제 우리는 옛날 작가들의 비밀들을 발견하고, 그들의 작품의 깊은 속을 들여다보며 부분들이 서로 결합하는 것을 볼 수 있어야 할 것 같다. 왜냐하면 우리가 새로운 책들이 형성되는 과정을 보았고, 새로운 책들이 하는 것이 무엇인지를, 또 무엇이 훌륭하고 무엇이 나쁜지를 편견 없는 눈으로 보다 진정하게 판단할 수 있게 되었기 때문이다. 아마 우리는 위대한 책들 중 일부가 우리가 생각하는 것 만큼 취약하지 않다는 사실을 확인할 것이다. 정말로, 그 책들은 우리 시대의 책들 중 일부만큼 성취도가 높지 않고 심오하지도 않다. 그러나 한두 작품에서 이 말이 진실처럼 들린다면, 다른 작품들 앞에서는 기쁨이 섞인 일종의 굴욕감이 우리를 압도해 버린다.

셰익스피어나 존 밀턴(John Milton)이나 토머스 브라운 경을 예로 들어 보자. 세상의 이치에 대한 우리의 얕은 지식이 여기서는 그다지 쓸모가 없지만, 그런 지식마저도 우리의 즐거움에 풍미를 더한다. 아주 젊은 시절에 우리는 그들의 성취 앞에서, 지금 우리가 우리의 새로운 감각들에 어울리는 새로운 형태들을 찾아 무수히 많은 단어들을 체질하듯 거르면서 미지의 길들을 따라 걸으며 느끼는 그런 놀라움을 느낀 적이 있었던가? 새로운 책들이 옛날 책들보다 더 많은 것을 자극하고 어떤 점에서 보면 더 많은 것을 암시할 수 있지만, 새 책들은 우리가 『코모스』(Comus)[34]나 『리시다스』(Lycidas)[35]나 『항아리 매장』(Urn Burial)[36]이나 『안토니우스와 클레오파트라』(Antony and Cleopatra)[37]를 다시 마주할 때 우리를 통해 살아나는 기쁨 같은 것에 대한 확신을 주지는 못한다.

예술의 본질에 관한 이론을 감히 제시하는 것은 우리와 거리가 멀다. 우리는 예술의 본질에 대해 우리가 선천적으로 아는 그 이상으로는 절대로 알지 못할 것이며, 우리가 예술을 더 오래 경험한다 하더라도 그 경험은 우리에게 이것 한 가지만을 가르칠 뿐이다. 말하자면, 우리가 누리는 모든 즐거움 중에서 위대한 예술가들로부터 얻는 즐거움이 틀림없이 최고의 즐거움에 속한다는 가르침 말이다.

예술에 대한 경험도 예술의 본질에 대해서는 더 많은 것을 가르쳐주지 않는다. 그러나 어떤 이론도 제시하지 않으면서, 우리는 앞에 열거한 것과 같은 작품들에서 우리가 사는 동안에 발표된 책들에서는 거의 기대할 수 없는 특성을 한두 가지 발견한다. 시대 자체가 나름의 어떤 연금술을 갖고 있을 수 있다. 그러나 진실은 이렇다. 당신은 그 책들이 어떤 미덕을 낳았는지 아니면 의미 없는 단어들의 빈 껍데기를 남겼는지를 발견하지 않고도 그 책들을 마음 내키는 대로 자주 읽을 수 있

---

34   존 밀턴의 가면극.

35   존 밀턴의 시.

36   토머스 브라운의 에세이.

37   윌리엄 셰익스피어의 비극.

으며, 그런 책들에는 어떤 완전한 종국성이 있다. 그런 책들의 주위에는 다수의 무관한 관념들로 우리를 괴롭히는 암시의 구름이 전혀 걸려 있지 않다. 그러나 우리의 모든 기능이, 우리 자신이 직접 경험하는 위대한 순간들에 그렇듯이, 전부 그 과제로 소환되고 있으며, 어떤 축성(祝聖)이 그 책들의 손들로부터 우리에게로 내려오고, 우리는 그 축성을 전보다 더 예리하게 느끼고 더 깊이 이해하면서 책들의 손들에 다시 생명을 불어넣는다.

03
독서[38]

왜 그들은 이 특별한 지점을 집을 지을 장소로 선택했을까? 아마 전망 때문이었으리라. 그러나 그들이 전망을 본 관점은 우리가 전망을 보는 관점과 달랐을 것이라고 나는 짐작한다. 그들은 전망을 오히려 야망을 자극하는 요소로, 또 권력의 증거로 보았을 것이다. 장차 그들이 나무가 무성할 그 계곡의 지주들이 되었고, 적어도 그 길의 오른쪽으로 펼쳐지는 황무지 전부를 소유했으니 말이다.

여하튼, 집은 여기에 지어졌으며, 그럼으로써 나무들과 고사리류 식물들의 전진이 끊겼다. 이곳에 하나의 방 위에 또 다른 방을 올렸으며, 땅 속을 몇 피트 파내고 서늘한 지하 저장실들을 만들었다.

---

38 1950년에 출간된 "The Captain's Death Bed and Other Essays"에 실렸다.

그 집은 서재를 두었다. 길쭉하고 나직한 방이었으며, 손때가 묻어 반질반질한 작은 책들과 2절판 책들, 신학 책들이 옆으로 나란히 서 있었다. 책이 꽂힌 케이스들에는 과일 송이들을 쪼는 새들이 조각되어 있었다. 혈색이 좋지 않은 어느 성직자가 책들과 조각으로 새긴 새들의 먼지를 털면서 그것들을 보살폈다.

여기에 그들이 모두 모여 있다. 호메로스(Homer)와 에우리피데스가 있고, 제프리 초서(Geoffrey Chaucer)가 있고, 셰익스피어가 있다. 또 엘리자베스 1세 여왕 시대의 작가들이 있고, 이어서 왕정복고 시대의 희곡들[39]이 있다. 이 희곡들은 한밤의 독서로 자주 읽힌 듯, 손때가 더 많이 묻어 있다. 그 다음에는 우리 시대 또는 우리 시대와 아주 가까운 시대의 작가들이 있다. 윌리엄 쿠퍼(William Cowper)와 로버트 번스(Robert Burns), 월터 스콧, 워즈워스 등이다.

나는 그 방을 좋아했다. 창가에 서서 보면 시골 저 끝까지 펼쳐지는 경치가 좋았다. 황무지의 나무들 사이로 보이는 청색 선은 북해였다. 나는 거기서 책 읽기를 좋아했다. 낡은 안락의자를 창문 가까이 당겨놓고 책을 펼치면, 햇살이 어깨 너머로 책장으로 쏟아졌다. 잔디를 깎는 정원사의 그림자가 가끔 책장을 가로질렀다. 그때 정원사는 운동화를 신고 조랑말을 끌고 아래위를 왔다 갔다 했으며, 기계가 방향을 바꾸며

---

39 왕정복고는 청교도 혁명에 따른 공화제가 끝나고 1660년에 잉글랜드의 찰스 2세가 왕위에 오르면서 군주제를 부활시킨 것을 말한다. 이로써 18년 동안 폐쇄되었던 극장이 다시 문을 열고 영국 드라마가 부흥을 맞게 된다.

방금 깎은 초록 벨트 바로 옆에 또 다른 넓은 초록 벨트를 그릴 때면 삑삑 소리가 났는데, 그 소리는 여름의 소리처럼 들렸다.

나는 그 초록색 벨트들을 선박들이 지나간 자리로 생각하곤 했다. 그 벨트들이 꽃밭을 돌아 지나며 그곳을 섬처럼 만들 때, 그런 생각이 특히 더 강했다. 자홍색의 푸크시아는 등대가 될 것이고, 제라늄은 약간의 공상을 가미하면 지브롤터가 되며, 그곳 바위 위에 선 무적의 영국 병사들의 붉은 코트도 있었다.

그때 키 큰 여자들이 집에서 나와서 라켓과 하얀 공을 들고 그 시절의 신사들을 만나러 풀밭 길을 내려가곤 했다. 나는 테니스장을 숨기고 있던 관목 사이로 하얀 공들이 네트 위를 오가는 것을 똑똑히 볼 수 있었다. 테니스를 즐기는 사람들의 모습도 앞뒤로 오갔다.

그러나 그들은 내가 책에 집중하지 못하도록 주의를 흩트려 놓지 못했다. 꽃들을 찾는 나비들이나, 똑같은 꽃에서 그보다 더 중요한 일을 하고 있는 벌들, 또는 당단풍나무의 낮은 가지에서 민달팽이나 파리가 있는 잔디 쪽으로 가볍게 두 걸음을 옮겼다가 쉽게 결정을 내리며 다시 낮은 가지로 종종걸음으로 돌아가는 지빠귀도 나의 주의를 흩트리지 못하긴 마찬가지였다. 이런 것들 중에서 그 시절에 나의 주의를 흩트려 놓은 것은 하나도 없다. 어쨌든, 창문은 열려 있었고, 책은 그냥 책이 아니라 에스칼로니아 울타리와 끝없이 펼쳐진 하늘이 배경으로 깔리도록 쥐어진 책이었다. 내가 읽고 있던 책은 마치 상쾌한 아침나절에 사물들을 어루만지는 공기처럼, 인쇄되어 철이 되거나 묶여 있는 것이 아니라 나무와 들판과 더운 여름날의 하늘이 어우러지며 엮어내는 풍경 위에 놓여 있는 것 같았다.

이것들은 사람의 마음을 쉽게 과거로 돌려놓을 수 있는 상황들이다. 목소리와 사람과 샘의 뒤로 언제나, 다른 목소리들과 사람들과 샘들이 있는 어떤 지점까지 대로가 끝없이 뻗고 있는 것 같았다. 다른 목소리들과 사람들과 샘들은 서로 구분되지 않게 흐릿해지다가 아득한 지평선 끝으로 가물가물 사라졌다. 그때 내가 나의 책을 내려다보았다면, 아마 나는 존 키츠(John Keats)와 그의 뒤에 있는 포프를, 이어서 드라이든과 토머스 브라운 경을 볼 수 있었을 것이다. 그들은 모두 셰익스피어라는 거목 속으로 동화되고, 셰익스피어의 뒤를 충분히 오랫동안 응시하면 순례자의 복장을 한 남자 형상들이 등장할 것인데, 아마 초서도 거기에 포함될 것이고, 누군지, 단어들을 겨우 발음할 수 있었던 어떤 시인이 있을 것이다. 그런 식으로 그들은 차츰 희미해져갔다.

그러나 내가 말하는 바와 같이, 조랑말을 끌고 있는 정원사조차도 그 책의 일부였으며, 책장을 벗어나 떠돌고 있는 눈은 마치 시간의 대단한 깊이를 통해 닿는 것처럼 그의 얼굴에 박혔다. 그것이 뺨의 가무잡잡한 빛깔을 설명해주었으며, 코트의 거친 갈색 옷감에 겨우 가려진 그의 육체의 윤곽은 시대를 막론하고 노동하는 인간에게 공통적이었을 것이다. 왜냐하면 들판 노동자의 옷이 색슨 족[40]이 지배하게 된 이후로 거의

40　5세기에 영국을 침입한 독일 북부의 민족을 일컫는다.

변하지 않았기 때문이다. 이 남자는 자연스레 죽은 시인들의 옆에 자리를 잡았다. 그는 밭을 갈고, 씨앗을 뿌리고, 술을 마시고, 가끔 전쟁터에 나가서 돌격하고, 노래를 부르고, 구애하며 살다가 땅 속으로 들어가면서 교회 묘지의 잔디밭에 초록색 혹을 하나 남겼지만, 뒤에 그의 이름을 계속 이어가며 더운 여름날 아침에 잔디밭 위로 조랑말을 끌 아들과 딸들을 남겼다.

똑같은 시간의 층을 통해서, 사람은 기사들과 귀부인들의 보다 화려한 모습들을 똑같이 선명하게 볼 수 있었다. 사람은 그들을 볼 수 있었으며, 그것은 사실이다. 귀부인들이 걸친 드레스의 잘 익은 살구색과 기사들의 금박 있는 심홍색이 호수의 시커먼 잔물결들 위로 화려한 이미지들을 비추고 있었다. 교회에서도 사람들은 그들이 마치 승리에 취한 채 영원한 휴식을 취하고 있는 것처럼 배치되어 있는 것을 본다. 그들의 손은 포개져 있고, 눈은 감겼으며, 그들이 사랑하던 사냥개들은 그들의 발 옆에 앉아 있으며, 청홍색의 흔적이 여전히 남아 있는, 그들의 조상들의 온갖 방패들이 그들을 떠받치고 있다. 이런 식으로 꾸미고 준비를 끝낸 그들은 뭔가를 은근히 기대하며 기다리고 있는 것 같다. 심판의 날이 동튼다. 그의 눈이 뜨이고, 그의 손이 그녀의 손을 찾고, 그가 열린 문들과 나팔을 든 천사들의 행렬을 지나서 그녀를 앞으로, 더 부드러운 잔디와 더 호화로운 주거지와 더 하얀 석조 저택으로 이끈다. 그 사이에, 침묵은 거의 깨어지지 않는다. 어쨌든, 그것은 그들을 보는 문제이다.

표현의 기술은 잉글랜드에 늦게 당도했다. 팬샤우(Fanshawe)와 레그(Legh), 버니(Verney), 패스턴(Paston), 허친슨(Hutchinson) 가문의 사람들은 모두가 태생적으로 잘 타고 났으며, 기묘하고 섬세한 상감 세공 목판과 가구 같은 보물을 남겼으나, 거기에 곁들여진 글은 문법이 매우 불완전한 메시지 하나뿐이다. 어쩌면 이 메시지 자체는 완전했으나 그 물건이 너무 단단했던 탓에 단어들을 쓰는 즉시 잉크가 말라 버렸을지도 모른다. 당시의 사람들은 이 소유물들을 침묵 속에 즐겼을까, 아니면 삶이 이 딱딱한 다음절어들과 어울리게 장엄하게 영위되었을까? 혹은 이 손에서 저 손으로 전달되고, 십여 개의 난롯가에서 겨울날 가십으로 사람들 입에 오르내리다가 마침내 부엌 벽난로 위에 위치한 건조한 방에 다른 중요한 문서들과 함께 보관될 그런 글을 쓰기 위해 자리에 앉을 때면, 그들은 일요일의 어린아이들처럼 자신을 가다듬고 수다를 멈추었을까?

팬샤우 부인(Lady Fanshawe)[41]은 1647년경의 어느 시점에 대해 이렇게 썼다. "내가 말한 바와 같이, 10월에 남편과 나는 포츠머스[42]를 경유해 프랑스로 갔다. 포츠머스에서 바닷가를 걷고 있을 때, … 네덜란드 선박 2척이 우리 쪽으로 총을 쏘았다. 그 거리가 얼마나 가까웠던지, 총알이 핑 하고 날아가는 소리가 들렸다. 그 소리에 놀라서 나는 남편에게 서둘러 돌아가자고 재촉하며 달리기 시작했다. 그러나 남편은 우리

---

41 영국의 회고록 집필자이자 요리책 저자(1625-1680).

42 잉글랜드 남부 햄프셔 주의 군항이며 해수욕장으로도 유명하다.

가 죽을 운명이라면 달려가나 걸어가나 죽기는 마찬가지라면서 걸음 걸이 속도를 바꾸지 않았다." 틀림없이, 거기서 그녀를 제어하고 있는 것은 존엄의 정신이다. 총알이 모래사장을 가로질러 휙휙 날고 있지만, 리처드 팬샤우(Richard Fanshawe) 경은 걸음을 조금도 더 빨리 걷지 않으며, 죽음에 대한 생각을 정리하고 있다. 죽음은 눈에 보이고, 만져지고, 적이지만, 신사답게 칼을 빼들고 용감하게 맞아야 하는, 육신과 피를 가진 살아 있는 적이라는 것이었다.

그것은 그녀가 포츠머스 해변에서 결코 흉내 낼 수 없었음에도 존경심을 품게 만든 기질이었다. 품위와 성실, 아량, 이런 것들은 그녀가 칭찬하는 미덕들이고, 그녀의 말의 틀을 잡아주는 미덕들이다. 말실수를 하지 않거나 가벼운 말을 하지 않게 하고, 따라서 높은 도덕성을 지키는 점잖은 집안의 사람들의 삶을 품위 있고 숭고하게 만드는 미덕들인 것이다. 일상 삶의 사소한 총알이 그녀 주위로 휙휙 날아올 때, 펜도 서두르지 않고 천천히 걷기 위해 스스로를 억제해야 한다. 그녀는 21년 동안 18명의 아이를 낳아 대부분 땅에 묻었다. 그들에게 글쓰기는 만들기, 그러니까 후손의 눈에 용감한 모습으로 비칠 무엇인가를 만드는 것이다. 우리에게는 더 이상 글쓰기가 그런 것이 될 수 없지만 말이다.

후손이 이 이상(理想)들의 심판관이며, 팬샤우 부인과 루시 허친슨(Lucy Hutchinson)[43]이 글을 쓰는 것은 먼 미래의 공정한 후손을 위해

---

43 영국의 시인이자 번역가, 전기 작가(1620-1681).

서지 런던의 범부 존이나 결혼해서 서식스로 살러 간 평범한 여인 엘리자베스를 위해서가 아니다. 아이들과 친구들이 아침 식탁으로 농작물의 작황과 하인들, 방문객들과 나쁜 기후에 관한 소식뿐만 아니라 사랑과 냉담의 미묘한 이야기, 시들어 가거나 안정적으로 지속되는 애정에 관한 소식을 갖고 오게 할 신문도 전혀 없고, 그런 사소한 일에 적절한 언어도 전혀 없는 것 같다.

호레이스 월폴과 제인 칼라일(Jane Carlyle), 에드워드 피츠제럴드(Edward Fitzgerald)는 시간의 한계선 위에 서 있는 귀신들이다. 따라서 우리 조상들 중 이 조상들은 위엄 있고 올려다보기에 적절할지라도 침묵하고 있다. 그들은 곧잘 주제넘게 나서는 현대적인 정신의 접근을 막는, 침묵의 작은 오아시스의 한가운데에 있는 회랑들과 공원들을 통해 움직인다.

여기에 다시 레그 가문 사람들이 있다. 대를 내려오면서 그들은 모두 빨강 머리였으며, 또 모두가 3세기 이상 동안 건설되고 있는 라임(Lyme)[44]에 살고 있다. 모든 남자들은 교육과 평판과 기회를 누렸으며, 현대적인 기준으로 보면 모두가 멍청하다. 그들은 여우 사냥에 대해, 후에 "여우 발을 넣어 끓인 뜨거운 펀치 한 사발"을 어떤 식으로 마셨는지에 대해, 그리고 "윌름(Willm) 경이 그것을 꽤 많이 마셨고 마침내 취했다는 사실을 깨달았지만 그가 '그래도 괜찮아. 오늘은 내가 여

---

[44] 체셔 주 디즐리 남쪽에 위치한 사유지 라임 파크를 말한다. 이곳의 하우스는 체셔 주에서 가장 큰 것으로 알려져 있다.

우를 한 마리 잡았으니까'라고 말한 것"에 대해 글을 쓸 것이다. 그러나 여우를 죽이고, 펀치를 마시고, 경마를 하고, 투계를 하고, 물을 떠놓고 왕에게 조심스럽게 경의를 표했으니, 그들은 우리에게 들려줄 것이 더 이상 없다.

빨강 머리와 그 밑에 매우 작은 뇌를 물려받은 우둔한 남자들인 그들을 두고 우리는 과묵하거나 세련되지 못하다고 생각할 수 있지만, 그럼에도 불구하고 우리가 평가하는 그 이상으로 많은 일이 그들에 의해 처리되었으며, 삶의 많은 부분이 그 주형을 우리가 평가하는 그 이상으로 그들로부터 얻었다. 만약에 라임이 완전히 지워지고 잉글랜드 곳곳에 문명의 작은 성채처럼 흩어져 있는, 똑같이 중요한 수많은 하우스들이 없어진다면, 그러니까 당신이 책을 읽고, 연극 공연을 하고, 법을 만들고, 이웃을 만나고, 외국에서 온 이방인들과 대화할 수 있는 곳이 없어진다면, 그리고 만약에 잠식해오는 야만으로부터 빼앗은 이 공간들의 토대가 늪지를 누르고 견고해질 때까지 버텨주지 못했더라면, 우리의 보다 섬세한 정신들, 말하자면 우리의 작가들과 사상가들, 음악가들, 미술가들은 몸을 피할 벽도 없이, 또는 평화롭게 앉아서 자신들의 날개를 햇살에 쬘 수 있는 그런 꽃도 없이 어떻게 자신의 일을 수행할 수 있었겠는가?

겨울과 혹독한 기후 조건에서 해마다 전쟁을 치르는 한편, 구성원들 모두가 지붕을 튼튼하게 유지하고, 식료품 저장실을 채우고, 아이들을 가르치고, 하인들을 돌봐야 했기 때문에, 자연히 우리 조상들은 여가 시간에 오히려 무뚝뚝하게 침묵을 지키는 것처럼 보인다. 쟁기를 단 소를 끄는 소년들이 긴 하루 일을 끝내고 부츠에 묻은 흙을 털어내고, 경련을 일으키는 등의 근육을 풀고, 책이나 펜이나 석간신문에 대해서는 조금도 생각하지 않고 곧장 침대로 비틀거리며 쓰러지듯이 말이다.

우리가 애정과 친교의 부드러운 언어를 추구하지만 그 노력이 허사로 돌아가다 보니, 포근한 베개와 편한 의자, 은 포크, 독방이 필요해졌다. 애정과 친교의 언어는 온화한 단어들을 쉽게 이용할 수 있어야 하며, 그 단어들은 아주 사소한 일에도 쉽게 튀어나오고 대단히 섬세한 뉘앙스의 변화도 감당할 수 있도록 세련되게 다듬어져야 한다. 무엇보다, 아마 훌륭한 도로와 탈것, 잦은 만남과 이별, 축제, 결연과 결렬이 눈부신 문장들을 해체시킬 수 있을 것이다. 안락한 의자가 영국 산문의 죽음을 야기할지도 모르는 일이다.

레그 가처럼 오래되고 불분명한 가문의 연대기는 텅 빈 방들에 가구를 비치하고 런던행 마차를 타는 그 더딘 과정이 어떻게 그 가문을 고립에서 벗어나게 하고, 그 지방의 방언을 그 땅의 공통 언어로 흡수하게 하고, 통일된 철자법을 점진적으로 가르치게 되었는지를 분명히 보여준다. 사람은 공상 속에서 얼굴 자체가 변화하는 것을, 또 아버지의 태도가 아들에게, 어머니의 태도가 딸에게 각각 넘어가면서 한때 엄청난 인습이었고 의문의 대상이 될 수 없었던 권위를 잃는 것을 볼 수 있다. 그렇지만 더없는 품위와 더없는 아름다움이 그 모든 것을 두루 품고 있지 않은가!

더운 여름 아침이다. 태양이 느릅나무들의 바깥쪽 잎을 갈색으로 태웠으며, 한 줄기 강풍이 불어 이미 일부 잎이 잔디 위로 떨어져, 싹에서부터 마른 섬유질에 이르기까지 존재의 전체 과정을 마무리한 채 가을 모닥불을 위해 쓸리길 기다리고 있다. 초록 아치 사이로, 호기심 강한 눈은 바다의 청색으로 알고 있는 그 청색을 찾고 있다. 청색은 마음이 여행을 떠나도록 한다는 것을, 청색은 또 견고한 이 대지를 어느 누구에게도 속하지 않은 채 흐르고 있는 것으로 둘러쌀 수 있다는 것을 눈이 잘 알고 있는 것이다.

바다, 오, 바다! 나는 나의 책을, 경건한 허친슨 부인을 내려놓고, 그녀가 뉴캐슬의 공작부인 마가렛(Margaret)과 타협하도록 내버려 둬야 한다. 밖의 공기가 너무나 달콤하다. 집 뒤쪽이고, 바람이 없는 날인데도 얼마나 향기로운가! 버베나와 개사철쭉의 덤불이 사람이 지나칠 때 밟아 향기를 퍼뜨릴 잎을 하나 떨군다. 만약에 우리가 맡는 냄새를 눈으로 볼 수 있다면, 또 만약에 내가 지금 이 순간 개사철쭉을 밟으면서 햇살 맑은 아침들의 긴 회랑을 통과하면서 수백 개의 8월을 뚫고 거꾸로 길을 내며 돌아갈 수 있다면, 나는 비중이 덜한 일단의 인물들을 통과하다가 마침내 엘리자베스 1세 여왕에게 닿을 것이다.

색깔을 입힌 밀랍 인형이 나의 생각의 바탕이 되었는지 알 수 없지만, 엘리자베스 1세 여왕은 언제나 똑같은 옷차림으로 매우 두드러져 보인다. 그녀는 테라스 너머로 자신의 모습을 과시하고 있으며, 꼬리를 활짝 편 공작처럼 다소 뻣뻣한 것 같다. 그녀는 약간 허약해 보이며, 그래서 사람들은 그녀 앞에서 미소를 지어 보일까 말까 하고 망설인다. 그러다가 그녀가 셔베리의 허버트 경(Lord Herbert of Cherbury)이 궁정의 신하들 사이에서 무릎을 굽힌 채 들고 있는 가운데 자신이 좋아하는 선서를 한다. 그때 그녀는 연약하기는커녕 남자 같고 다소 혐오감을 불러일으키는 활력을 보인다. 그 뻣뻣한 양단 밑에서, 아마 그녀는 주름진 늙은 육체를 다 벗겨내지 않았을까?

그녀는 아침 식사로 맥주를 마시고 고기를 먹으며, 루비 반지를 낀 거친 손으로 뼈의 살을 발긴다. 그럼에도, 우리의 왕들과 여왕들 중에서 엘리자베스 여왕이 위대한 해군들에게 작별을 고하거나 그들이 고국으로 돌아오는 것을 환영할 때의 제스처에 가장 잘 어울리는 것 같다. 그녀의 상상력은 해군들이 갖고 오는 이상한 이야기들을 여전히 갈망하고 있으며, 그녀의 상상력은 주름지고 공상을 즐기는 육체 안에서 여전히 젊다. 그녀의 상상력은 해군들의 젊음이고, 그녀의 상상력은 해군들의 무한한 신뢰이다. 해군들의 정신은 아직 글이 쓰이지 않은 백지 상태이며, 그들의 정신은 그들에게 주어진 아메리카 대륙의 숲들이나 스페인 선박들 또는 미개인들, 인간의 영혼 같은 엄청난 계획을 감당할 수 있다. 이것이 테라스를 걸으면서 푸른 수평선을 보지 않기가 불가능하고, 영국 해군들의 선박에 대해 생각하지 않기가 불가능한 이유이다. 그 선박들은 현대의 영국 요트보다 절대로 더 크지 않았다고 프루드 (James Froude)는 말한다.

그 선박들이 점점 작아지면서 엘리자베스 1세 시대의 선박이 비현실적일 만큼 작게 보이도록 하듯이, 바다는 그 시대의 선박을 향해 우리 시대의 바다보다 훨씬 더 거세게 달려들고, 파도도 훨씬 더 크다. 미지의 땅을 탐험하고, 염료와 식물 뿌리와 기름을 가져오고, 양모와 철과 의류를 내다 팔 시장을 발견하라는 명령이 서부 지방의 마을들에서 들렸다. 그 작은 선단이 그리니치 앞 어딘가에 모이고 있다. 조신들은 궁정의 창문 쪽으로 달려오고, 추밀원 고문관들은 창유리에 얼굴을 바짝 붙이고 있다. 예포들이 쏘아지고 있으며, 이어서 선박들이 파도에 흔들릴 때 선원들이 하나씩 출입구를 걸어 나와서 손을 흔들며 친구들에게 마지막 작별 인사를 하기 위해 슈라우드(shroud)에 올라가서 큰 돛대의 맨 아래 활대에 똑바로 선다. 프랑스 해안이 수평선 아래에 있기 때문에, 그 선박들은 낯선 곳으로 나아간다. 대기는 나름의 소리들을 갖고 있고, 바다는 나름의 사자들과 뱀들, 불(火)의 증발과 소란스런 소용돌이를 갖고 있다. 구름들은 신(神)을 겨우 가리고 있으며, 사탄의 사지(四肢)는 거의 눈에 드러나고 있다.

무리를 이루며 폭풍우를 뚫고 앞으로 나아가다가, 돌연 불 하나가 사라진다. 험프리 길버트(Humphrey Gilbert)[45] 경이 파도 밑으로 들어간 것이다. 날이 밝자, 사람들이 그의 배를 찾으려 노력했으나 허사였다. 휴 윌러비(Hugh Willoughby) 경은 북서 항로(North-West Passage)[46]를 발견하기 위해 항해에 나섰다가 돌아오지 못하고 있다.

---

45 엘리자베스 1세 통치기에 군인으로 활동했으며, 모험가, 탐험가, 정치가(1539?~1583)이기도 했다.

46 대서양에서 북아메리카의 북쪽 해안을 따라 태평양에 이르는 항로를 말한다.

언젠가, 넝마를 걸친 남자가 지친 몸으로 문을 두드리며 자신이 몇 년 전에 바다로 간 소년인데 이제야 아버지의 집으로 돌아왔다고 주장했다. "그의 아버지 윌리엄 경과 그의 어머니는 자기 아들을 몰라보다가 은밀한 표시가 될 수 있는, 그의 무릎 한쪽에서 사마귀를 발견하고서야 그가 자기 아들임을 확인했다." 그러나 그는 금맥이 박힌 검은 돌이나 상아나 은 램프와 함께, 그런 돌들이 땅에 흩어져 있어서 누구나 원하는 대로 주울 수 있다는 이야기를 안고 온다.

엄청난 부가 널려 있는 그런 전설적인 땅으로 가는 경로가 해안에서 조금 떨어진 곳에 위치해 있다면 어떻게 될까? 지금까지 알려져 있던 세상이 그것보다 훨씬 더 멋진 파노라마를 예고하는 서막에 지나지 않는다면?

긴 항해 끝에 선박들이 그 큰 라플라타 강[47]에 닻을 내리고 남자들이 풀을 뜯던 사슴 무리들을 놀라게 만들고 나무들 사이로 미개인들의 거무스름한 팔다리를 잠깐씩 보면서, 물결처럼 굽이치는 땅들을 관통하면서 탐험에 나섰을 때, 그들은 에메랄드 혹은 루비일지도 모르는 조약돌이나 금일지 모르는 모래를 주머니에 가득 담았다. 가끔 곶을 돌면서, 그들은 멀리서 일단의 미개인들이 스페인 왕에게 바칠 무거운 짐을 어깨를 서로 연결시켜 메거나 머리에 이고서 천천히 해변으로 내려오

---

47   아르헨티나와 우루과이의 국경을 이루는 강이며, 남쪽에 아르헨티나의 수도 부에노스아이레스가 있고 북쪽에 우루과이의 수도 몬테비데오가 있다. 세상에서 폭이 가장 넓은 강으로 꼽힌다.

는 것을 보았다.

이것들은 웨스트 컨트리[48] 전역에 걸쳐서 항구에서 빈둥거리고 있던 건장한 남자들이 그물을 내려놓고 금을 낚으러 나서도록 유인하는 데 효과적으로 사용된 멋진 이야기들이다. 나라의 처지를 고려한다면, 덜 영광스럽긴 하지만 더 긴급했던 것은 보다 진지한 정신의 소유자들이 잉글랜드 상인들과 동양 상인들 사이에 거래가 시작되도록 하는 것이 었다. 일거리의 부족으로 인해, 잉글랜드의 가난한 사람들은 범죄를 저지르지 않을 수 없는 상황으로 내몰렸고, "매일 교수형에 처해지고 있었다"고 차분한 이 관찰자는 썼다. 그들은 미세하고 부드럽고 질긴 양모를 풍부하게 갖고 있었지만, 그것을 팔 시장이 없었고 염료도 거의 없었다.

점차적으로 개인 여행자들의 대담성 덕분에 영국 토종의 가축들이 개량되고 향상되었다. 동식물들이 수입되었으며, 그것들과 함께 온갖 장미 씨앗도 들어왔다. 점점 남자 상인들의 소규모 집단들이 탐험되지 않은 지역의 경계선 상에 여기 저기 정착했으며, 그들의 손을 통해서 사치스럽고 귀하고 신기한 물건들의 소중한 흐름이 서서히, 불안정하게 런던 쪽으로 흐르기 시작했으며, 우리의 들판에 새로운 꽃들의 씨앗이 뿌려졌다.

남부와 서부에서, 아메리카와 동인도에서, 삶이 더욱 유쾌해지고 성

48　잉글랜드 남서부 지역을 대략적으로 일컫는다. 콘월 주와 데번, 도싯, 서머싯, 브리스틀, 글로스터셔, 윌트셔 주가 포함된다.

공이 더욱 눈부셨다. 그럼에도 겨울이 길고 얼굴이 펑퍼짐하게 생긴 미개인들의 땅에서, 바로 그 어둠과 낯섦이 상상력을 자극했다. 여기 그들이 있다. 잉글랜드 서부 출신의 남자들 서너 명이 미개인들의 오두막들뿐인 황량한 풍경 속에 내려서, 오늘날의 요트보다 결코 더 크지 않은 작은 선박들이 이듬해 여름에 그 만(灣)의 입구에 다시 모습을 드러낼 때까지, 어떤 거래든 하고 습득 가능한 지식을 얻으려는 노력을 펴기 시작했다.

그들의 생각은 틀림없이 이상하게 비쳤을 것이며, 미지의 세상에 대한 그들의 의견도 틀림없이 이상하게 비쳤을 것이다. 그리고 눈에 보이지 않는 광채들이 가득한 어둠의 가장자리에서 욕망에 불타고 있던 고립된 영국인인 그들 자신에 대한 생각도 마찬가지로 이상하게 비쳤을 것이다.

그들 중 한 사람은 런던에 소재한 회사로부터 받은 특허장을 소지한 채 내륙으로 모스크바까지 가서 거기서 "왕관을 머리에 쓰고 왼손에 금세공인이 만든 지휘봉을 쥔 채 저택의 의자에 앉아 있는" 황제를 보았다. 그가 본 모든 의례는 세심하게 기록되고 있으며, 문명의 선봉인 그 영국 상인의 눈길을 처음 끌었던 광경은, 이제 막 발굴되어 공기에 노출되고 수백 만 개의 눈에 보이기 직전에 햇살 속에 잠시 서 있던 고대 로마 꽃병이나 빛나는 여러 장식들의 광휘 같은 것을 보이고 있으며, 그 장면은 흐릿해지다가 사라진다. 거기서 여러 세기 동안, 모스크바의 영광이, 콘스탄티노플의 영광이 밖으로 드러나지 않은 채 꽃을 피었다. 많은 것이 마치 유리의 그늘 아래에 있는 것처럼 보존되었다.

그러나 그 영국인은 그 행사를 위해 대담하게 옷을 차려 입었으며, 아마 "붉은 천 코트를 걸친 잘생긴 마스티프[49] 세 마리"를 끌고 있으며 엘리자베스 1세 여왕의 편지를 소지하고 있다. "문서의 종이에서 녹나무 냄새와 용연향의 냄새가 너무나 달콤하게 났으며, 잉크는 순수한 사향 냄새를 풍겼다."

그럼에도 이런 옛날의 기록들에 의하여 궁전과 술탄의 알현실이 한 번 더 공개되고 있지만, 움직이고 있는 형상들을 비추는 조명처럼, 아무 장식을 하지 않은 어느 미개인을 어둠에서 잠시 불러내고 있는 작은 빛의 원반들은 아무래도 이상하다. 여기에 라브라도르[50] 해안에서 붙잡아 잉글랜드로 데려와서 야생 동물처럼 전시한 야만인에 관한 이야기가 있다. 이듬해 사람들은 그를 다시 그곳으로 데리고 갔다가 그와 동행할 여자 미개인을 배에 태워 온다. 남녀 야만인들은 서로 만나는 자리에서 얼굴을 붉힌다. 그들은 심하게 얼굴을 붉힌다. 선원은 그 같은 사실을 눈치 채지만 왜 그러는지 이유는 알지 못한다. 후에 두 야만인은 배 위에 집을 하나 조립했다. 거기서 여자 야만인은 남편이 도움을 필요로 할 때 도와주고, 남자 야만인은 그녀가 아플 때 간호를 했지만, 선원들이 말하듯이, 둘은 완벽하게 순결한 상태로 살았다.

이런 기록들에 의해서 300년 전에 눈밭에서 발그레하게 상기된 그

49   역사 깊은 개의 품종으로 털이 짧고 몸이 튼튼한 것이 특징이다.

50   캐나다의 뉴펀들랜드 라브라도르 주 중 일부를 가리킨다.

남녀의 뺨에 잠시 비춰지고 있는 기이한 탐조등은 오늘날을 사는 우리로서는 픽션을 통해서만 얻을 수 있는 그런 소통의 느낌을 불러일으킨다. 우리는 그들이 얼굴을 붉힌 이유를 짐작할 수 있을 것 같고, 엘리자베스 여왕 시대의 사람들도 그것을 알아차렸겠지만, 불그스레한 뺨은 우리가 해석해 줄 때까지 300년이 넘는 세월을 기다렸다.

선정적인 성향이 강한 리처드 해클윗(Richard Hakluyt)[51]의 책에 주의를 고정시킬 만큼 낯이 두껍지 않다. 주의가 떠돈다. 여전히 떠돌고 있다면, 주의는 숲의 초록 그늘 아래에서 떠돌고 있다. 이제 주의는 저 멀리 바다로 향하고 있다. 주의는 우리 시대의 언어보다 사투리가 많고 더 낭랑하게 들리는 엘리자베스 1세 시대의, 선율이 느껴지는 언어로 말하는 경건한 남자들의 달콤한 목소리에 거의 잠에 빠질 듯이 누그러진다. 그 남자들은 사지가 튼튼하고 활 모양의 눈썹을 가진 사람들이다. 눈썹 밑의 타원형의 눈은 빛을 강렬하게 발하고, 귀에는 얇은 금 귀고리들이 걸려 있다. 그런 그들이 얼굴을 붉힐 이유가 있을까? 어떤 만남이 그들에게 그런 감정을 불러일으키겠는가? 그들 앞에 나타나는 것이 더 이상 배나 인간이 아니고 유령처럼 의심스러운 것이고, 하나의 사실보다는 상징인 마당에, 당혹스런 상황을 야기하여 두 눈 사이에 주름이 생기게 하고 자신들을 당황하게 만들기를 원하지 않는다면, 그들이 자신의 감정들과 생각들을 약화시킬 이유가 있었을까?

---

51 영국 작가(1553-1616)로, 저작물을 통해서 아메리카 대륙의 식민지화를 촉진시킨 것으로 유명하다.

만약에 랠프 피치(Ralph Fitch)[52]와 로저 보던엄(Roger Bodenham)[53], 앤터니 젠킨슨(Anthony Jenkinson)[54], 존 록(John Lok)[55], 컴벌런드 백작(Earl of Cumberland) 등이 페구(Pegu)[56]와 샴(Siam)[57], 칸디아(Candia)[58]와 키오(Chio)[59], 알레포(Aleppo)[60]와 모스크바 대공국까지 갔던, 길고 험하고 인상적이었던 여행에 관한 경험을 적은 글이 싫증난 다면, 그것은 그들이 자기 자신에 대해 전혀 언급하지 않고 있다는 불만스런 이유 때문이다. 그들은 자신이라는 한 인간을 완전히 망각한 것처럼 보이며, 그럼에도 불구하고 그들은 어쨌든 안락과 풍요 속에 존재하고 있다. 꾸밈없는 언어가 거친 상황이나 결여를 암시하는 것은 결코 아니니까. 정말로, 한결같고 자유롭게 흐르는 이런 이야기는 단순히 평범한 선박 회사들의 수고와 모험으로 채워지고 있음에도 불구하고, 모

---

52   영국의 상인이자 탐험가(1550?-1611?). 인도와 동남아시아를 여행한 최초의 영국인에 속한다.

53   크레타 섬과 키오스 섬을 여행한 인물(1512-1579).

54   영국의 여행가이자 탐험가(1529-1610). 모스크바 대공국과 오늘날의 러시아를 처음 탐험한 인물이다.

55   철학자 존 로크(John Locke)의 몇 대 할아버지로, 1554년에 기니로 떠났던 교역 여행의 캡틴이었다. 태어나고 죽은 해가 알려져 있지 않다.

56   남부 미얀마의 항구 도시.

57   태국(타일랜드)의 옛 이름.

58   그리스 동남쪽 크레타 섬의 옛 이름.

59   키오스 섬의 옛 이름.

60   시리아의 도시 이름.

험과 육체적 노력이 여름 바다처럼 평온하고 동요하지 않는 정신과의 결합을 통해 성취한 뇌와 몸의 균형 덕분에 나름으로 진정한 균형 상태를 확보하고 있다.

이 모든 글에는 틀림없이 과장도 많고, 오해도 많다. 사람은 원래 자신이 결여하고 있는 자질을 죽은 사람들에게로 돌리고 싶은 유혹을 받는다. 엘리자베스 1세 여왕 시대의 아량에 관한 공상을 떠올리는 행위에 우리의 불안을 해소할 향유가 들어 있다. 문장들의 흐름과 끊김은 우리를 졸리게 만들거나, 뚜벅뚜벅 유연하게 걷는 큰 말의 등에 탄 듯 편안하게 푸른 초원을 통과하도록 한다. 그것은 무더운 여름날에 대단히 유쾌한 분위기이다.

그들은 자신들의 상품에 대해 말하고 있으며, 거기서 당신은 그 제품들을 크기와 색상과 종류별로, 기선이 싣고 와서 부두에 쌓아놓은 것보다 더 선명하게 볼 수 있다. 그들은 과일에 대해 말한다. 빨갛고 노란 둥근 것들이 처녀림에 그대로 매달려 있었다. 그들이 보는 땅도 마찬가지다. 이제 막 아침 안개가 걷히고 있으며, 꽃도 아직 꺾이지 않았다. 초원 위에 처음으로 기다란 흔적들이 남게 되었다. 처음으로 발견된 마을들도 마찬가지다. 그래서 당신이 많은 페이지들을 졸음을 참아가며 틀리게 읽어나갈 때, 양편으로 미끄러지듯 지나가는 둑과 탁 트인 습지, 조금씩 실체를 드러내는 하얀 탑, 금박을 입힌 둥근 지붕, 상아색 뾰족탑 등의 환상이 나타나며 당신을 붙잡고 늘어진다. 정말로, 그것은 부드럽고 훌륭할 뿐만 아니라 사람이 한 차례의 독서로 파악할 수 있는 그 이상으로 많은 것을 품고 있는 분위기이다.

그래서 마침내 내가 책을 덮는다면, 그것은 단지 나의 정신이 충분히 만끽했기 때문이지 보물을 다 캐서 그러는 것이 아니다. 더욱이, 이런 저런 이유로, 책을 읽다가 읽기를 그만두고 이쪽으로 몇 걸음 뗀 다음에 잠시 쉬면서 그 장면을 본다면, 똑같은 장면이 그 색깔들을 잃고, 노란색 책장은 너무나 흐려진 나머지 판독이 거의 불가능하다. 그래서 책은 제자리에 꽂혀 2절판 책들이 벽에 드리우는 그림자의 갈색 선을 더욱 짙게 만들어야 한다.

내가 어둠 속에서 팔을 크게 벌려 책들을 쓱 한 번 쓰다듬을 때면, 책들은 나의 손바닥 밑에서 부드럽게 넘실거렸다. 여행서와 역사서, 회고록 등 무수한 삶들의 결실이 거기 모여 있었다. 황혼이 책들과 함께 갈색으로 타고 있었다. 그렇게 쓰다듬고 있는 손조차도 손바닥 아래로 넉넉함과 원숙을 느끼는 것 같았다. 이 모든 책들의 삶들은 창가에 서서 정원을 내다보면서, 뒤쪽 방을 부드러운 속삭임으로 가득 채웠다. 정말로, 그곳은 깊은 바다이고, 과거이며, 우리를 압도하며 흘러넘치는 조수였다.

아, 테니스 경기를 하던 사람들이 이미 반투명처럼 보였으며, 그들이 집 쪽으로 난 잔디밭을 올라오고 있는 것이 보이니 게임은 끝난 상태였다. 키 큰 여자가 구부정하게 몸을 숙이고 생기 없는 장미를 한 송이 꺾었다. 신사가 그녀의 옆에서 걸으며 라켓으로 위로 튀기던 공들은 짙은 초록 울타리를 배경으로 흐릿한 작은 천체처럼 보였다.

이어서 그들이 집 안으로 들어서자, 나방들이 밖으로 나왔다. 빠른 속도로 날아다니는 해질녘의 회색 나방들은 꽃을 오직 잠깐만 방문할 뿐이며 거기에 머무는 경우는 절대로 없지만, 저녁 달맞이꽃들의 노란색 위 1인치 내지 2인치 정도의 높이에서 진동하며 하나의 얼룩이 되고 있었다. 이제 숲으로 갈 시간이라고 나는 짐작했다.

한 시간 전쯤에, 럼주와 설탕에 푹 적신 무명 쪼가리들을 몇 그루의 나무에 매달아 놓았다. 어른들은 저녁 식사를 준비하느라 바빴고, 우리는 랜턴과 병과 포충망을 들었다. 숲의 가장자리를 도는 길이 너무나 흐릿했기 때문에, 어쩌다 단단한 길이 우리의 부츠와 마찰을 일으킬 때면 귀에 거슬리는 소리가 났다. 그러나 그 길은 현실의 마지막 띠였으며, 우리는 길을 버리고 미지의 어둠 속으로 발을 들여놓았다.

랜턴은 빛의 쐐기가 되어 어둠을 밀어냈다. 대기가 마치 노란 광선 양쪽의 둑 위에 쌓인 미세한 검은 눈처럼 보였다. 나무들의 방향은, 맨 앞에서 걸으며 어둠이나 공포에 신경 쓰지 않는 가운데 우리를 미지의 세계 속으로 더욱 깊이 끌어들이고 있던, 무리의 리더에게 알려져 있었다. 어둠은 불을 소멸시키는 힘을 가졌을 뿐만 아니라 인간 정신의 상당 부분까지 그 아래에 묻어버린다.

우리는 거의 말을 하지 않았으며, 말을 할 때에도 속삭이듯 낮은 소리로 했다. 낮은 목소리들은 그때 우리의 내면을 가득 채우고 있던 생각들을 뚫고 들어오지 못했다. 불규칙한 그 작은 광선이 우리를 묶어주는 유일한 현실처럼 보였으며, 하나의 로프처럼, 우리가 흩어져 미지의 세계에 삼켜지지 않도록 막아 주었다. 작은 광선은 지칠 줄 모르고 나무와 덤불이 연초록색의 이상한 잠옷 차림으로 밖으로 나오도록 하면서 언제나 앞으로 나아갔다.

그때 정지하라는 지시가 있었다. 우리가 그렇게 서 있는 사이에 리더는 나무들 중에서 어느 것이 준비된 나무인지를 확인하기 위해 앞으로 나아갔다. 이유는 나방들이 불빛에 놀라서 달아나지 않도록 하려면 조금씩 서서히 접근할 필요가 있었기 때문이다.

우리는 무리를 지어 기다렸으며, 우리가 서 있던 숲의 작은 원은 확대율이 매우 높은 확대경으로 보는 것 같았다. 풀밭의 모든 잎은 낮보다 훨씬 더 커 보였고, 나무껍질의 갈라진 틈들도 훨씬 더 예리하게 갈라져 있었다. 우리의 얼굴은 창백해 보였으며 하나의 원 안에서 서로 분리되어 있는 것 같았다.

랜턴을 땅 위에 내려놓고 10초도 채 지나지 않았을 때, 주위의 풀밭에서 어떤 약한 흔들림과 구부림과 연결된 것 같은 소리가 탁탁 낮게 들려왔다(청각은 훨씬 더 예민해진 상태였다). 이어서 여기서 메뚜기가 튀어나오고, 저기서 쇠똥구리가 나타나고, 여기서 다시 장님거미가 나타나 이 잎에서 저 잎으로 거북한 모습으로 길을 가고 있었다. 그 녀석들의 움직임이 한결같이 너무나 어색했기 때문에, 바다 밑바닥을 기어 다니고 있는 해양 생물체들이 떠올랐다.

그 녀석들이 만장일치 동의가 있었던 듯 곧장 랜턴으로 가서 유리 면들을 기어오르기 시작할 때, 리더가 우리에게 앞으로 나아가라고 외치는 소리가 들렸다. 랜턴의 불빛은 매우 조심스럽게 그 나무 쪽으로 돌려졌다. 먼저 불빛은 나무 아랫부분의 풀밭으로 향했으며, 이어서 나무 줄기를 몇 인치 올라갔다. 불빛이 나무줄기로 점점 더 높이 올라감에 따라, 우리의 흥분도 그만큼 더 고조되었다. 그 다음에 불빛은 점차적으로 무명 쪼가리들과 아래로 떨어지던 당밀이 이루고 있는 폭포를 비추었다.

불빛이 그렇게 이동하고 있을 때, 우리 주위에서 몇 개의 날개들이 휙 움직였다. 즉각 우리는 불빛을 가렸다. 한 번 더 불빛을 조심스럽게 돌렸다. 이번에는 날개들의 움직임은 전혀 없었지만, 달콤한 사탕과자의 결들 여기저기에 부드러운 갈색 혹들이 있었다. 이 혹들은 이루 표현할 수 없을 정도로 소중해 보였으며, 방해할 수 없을 만큼 액체에 깊이 밀착되어 있었다. 혹들의 주둥이들은 깊이 박혀 있었으며, 그것들이 달콤한 것을 빨아들일 때, 그것들의 날개들은 황홀경에 빠진 듯 가늘게 떨었다.

불빛이 그것들 위로 정통으로 비칠 때조차도, 녀석들은 거기서 떨어지지 못하고 아마 조금 더 불편하게 몸을 떨면서 거기 앉아 있었다. 그것들은 그렇게 함으로써 우리에게 위쪽 날개의 트레이서리 무늬[61]와 얼룩, 점, 맥(脈) 등에 대한 조사를 허용했으며, 우리는 그런 것들을 근거로 그것들의 운명을 결정했다.

---

61 건축에서 창 등에 쓴, 나뭇가지나 곡선으로 된 다양한 장식 무늬를 말한다.

이따금 큰 나방이 불빛 속으로 돌진했다. 이것이 우리의 흥분을 더욱 높였다. 우리가 원하는 것은 잡고 필요하지 않은 것은 코를 가볍게 쳐서 설탕이 있는 곳을 향해 풀 속을 기어가도록 한 다음에, 우리는 다음 나무로 갔다. 불빛을 손으로 조심스럽게 막으면서, 우리는 멀리서도 두 개의 빨간색 램프가 반짝이는 것을 보았다. 빛을 그 녀석 쪽으로 돌리자 반짝임이 사라졌다. 이어서 거기서 머리에 두 개의 빨간 램프를 달고 있던 화려한 몸통이 드러났다. 반짝이는 심홍색의 커다란 붉은뒷날개밤나방이 보였다.

그 놈은 거의 정지 상태였다. 마치 활짝 펼친 날개로 내려앉았다가 황홀경에 빠진 것처럼. 녀석은 나무줄기 전체를 가로질러 몸을 쭉 펴고 있는 것 같았으며, 그 녀석 옆에서 다른 나방들은 나무껍질에 붙은 작은 혹과 옹이처럼 보였다. 녀석은 더할 나위 없이 멋져 보이는 데다 꼼짝 않고 있었기 때문에, 우리는 그 녀석을 죽이는 일을 망설이고 있었다. 그럼에도 그 녀석이 우리의 의도를 짐작하고 일시적으로 방해 받은 비행을 재개하며 우리에게서 멀어졌을 때, 우리는 마치 무한히 소중한 소유물을 잃은 느낌을 받았다.

누군가가 예리한 목소리로 외쳤다. 그러자 랜턴을 든 동료가 나방이 날아간 방향으로 불빛을 비추었다. 우리를 둘러싸고 있는 공간은 거대해 보였다. 이어서 우리는 랜턴을 땅에 내려놓았다. 몇 초 뒤에 한 번 더, 풀이 구부러지고, 곤충들이 사방에서 빛과 함께 하기 위해 거북한 몸짓으로 앞을 다투듯 나왔다. 눈이 어둠에 점점 익숙해지고 그 전까지 아무것도 보이지 않던 곳에서 형태들을 알아보고, 그렇게 땅바닥에 앉아서 우리 모두가 생명으로 둘러싸여 있다고 느끼던 바로 그때, 무수히 많은 생명체들이 나무들 사이에서 힘차게 움직이고 있었다. 어떤 생명체들은 풀 속을 기어 다니고 있었고, 다른 생명체들은 공중을 배회하고 있었다.

매우 고요한 밤이었으며, 나뭇잎들은 초승달의 약한 빛을 모두 가로채고 있었다. 이따금 우리 가까운 곳 어딘가에서 깊은 한숨 소리가 들리고 그보다 덜 깊고 떨림이 더 많은 한숨들이 빠른 속도로 뒤를 잇는 것 같았다. 그런 다음에 아주 깊은 정적이 흘렀다. 눈에 보이지 않는 생명들의 이런 증거들을 듣는 것은 놀라운 일이었다.

불을 높이 들고 숲의 깊은 속으로 더 뚫고 들어가는 것은 대단한 결심과 겁쟁이처럼 보일 위험을 감수할 것을 요구하는 일이었다. 어쨌든 밤의 이 세상은 우리에게 적대적인 것처럼 보였다. 마치 인간에겐 어떤 역할도 주어지지 않은 일에 몰입하고 있는 것처럼, 밤의 세상은 차갑고, 지구가 아닌 것 같고, 단호했다.

그러나 가장 먼 거리에 있는 나무가 여전히 우리의 방문을 기다리고 있었다. 리더는 불굴의 정신으로 앞으로 나아갔다. 우리의 부츠와 부딪치고 있던 길의 하얀 끈은 이제 영원히 잃어버린 것처럼 보였다. 우리는 몇 시간 전에 빛과 고향의 세계를 떠났다. 그래서 우리는 숲에서 가장 울창한 부분에 있는 그 먼 나무까지 나아갔다. 그 나무는 세상의 가장자리에 선 듯 거기에 그렇게 서 있었다. 이 거리까지는 어떤 나방도

오지 못했을 것이다. 그럼에도 나무줄기가 드러날 때, 우리 눈에 보였던 것이 무엇이었던가? 붉은뒷날개밤나방이 이미 거기 와 있었으며, 정맥처럼 튀어나온 달콤한 액체 위에 걸터앉아 깊이 마시고 있었다. 이번에는 1초도 기다리지 않고 병을 열고, 나방이 거기에 앉자마자 병을 덮어 달아날 길을 차단하기 위해 노련하게 움직였다. 유리 병 안에 주홍색 불꽃이 하나 있었다. 이어 녀석은 날개를 접은 채 마음을 가라앉혔다. 그 놈은 다시 움직이지 않았다.

그 순간의 영광은 대단했다. 그렇게 멀리까지 들어간 우리의 대담성은 보상을 받았으며, 동시에 우리는 적대적이고 지구의 것이 아닌 것 같은 힘에 맞서 우리의 능력을 증명해 보인 것처럼 느껴졌다. 이제 우리는 침대와 안전한 집으로 돌아갈 수 있었다. 나방을 안전하게 우리 수중에 넣은 가운데 그렇게 서 있을 때, 갑자기 일제 사격 같은 소리가 울려왔다. 숲의 깊은 고요 속에서 덜커덩 하는 울림이 전해 왔다. 음산하거나 불길한 소리는 아닌 것 같았다. 그 소리는 숲 속으로 퍼져나가면서 약해졌다. 소리는 그렇게 죽어 갔으며, 이어서 또 한 차례 깊은 탄식 같은 소리가 들렸다. 이어 무거운 침묵이 이어졌다. "나무였어." 우리가 마침내 말했다. 나무가 한 그루 쓰러졌던 것이다.

자정과 하나의 작은 충격이자 이상하게 어색한 순간인 여명 사이에 일어나는 것은 무엇인가? 반쯤 뜬 눈으로 빛에 노출되는 그 시간 이후로는 잠을 다시 그 전처럼 자는 것이 불가능하니 말이다. 그것은 경험, 말하자면 반복되는 충격들일까? 각각의 충격이 일어날 당시에는 느껴지지 않다가 갑자기 구조를 느슨하게 풀어놓거나 무엇인가를 부수는 그런 경험일까? 이 같은 이미지는 단지 붕괴와 해체를 암시하지만, 내가 마음속으로 그리고 있는 과정은 그와 정반대이다. 그것은 어떤 것이 되었든 파괴적이지 않으며, 오히려 창조적인 성격을 지니고 있다.

어떤 일이 결정적으로 일어난다. 정원과 나비들, 아침의 소리들, 나무들, 사과들, 인간의 목소리들이 등장하며 저마다 스스로를 표현한다. 빛의 권장(權杖)이 휘둘러진 듯, 질서가 소란을 누르고, 형태가 카오스를 누른다. 아무도 내부 과정을 모르니, 아마 사람이 아침에 깨어나면서 통달의 느낌을 받았다고 말하기가 더 쉬울 것이다. 허물없는 사람들은 아침 햇살에 윤곽을 예리하게 드러내는 모든 것에 다가간다.

일상적인 관습의 떨림과 진동을 통해, 사람은 뼈대와 형태를 구분하고, 인내와 영속을 구분한다. 슬픔은 생명의 유동성을 갑자기 정지시키는 힘을 가질 것이고, 기쁨도 똑같은 힘을 가질 것이다. 혹은 그 같은 정지가 뚜렷한 원인도 없이, 우리가 모르는 사이에 일어날 수도 있다. 어떤 싹이 밤에 갑자기 놓여나는 느낌을 받았다가 아침에 꽃잎이 자유롭게 하늘거리는 상태에서 발견되는 것과 비슷하다.

어쨌든, 여행기들과 회고록들, 그러니까 우리의 서가에 아주 많이 쌓이면서 문학의 기슭에 이끼처럼 자라고 있는, 시간의 온갖 잡동사니와 잔해, 축적물은 우리의 필요에 더 이상 결정적으로 충분하지 않다.

또 다른 종류의 읽기는 아침 시간에 더 잘 어울린다. 지금은 약탈하고 뒤지며 찾는 시대도 아니고, 반쯤 감은 눈으로 미끄러지듯 이동하는 그런 여행의 시대도 아니다. 우리는 형태가 갖춰지고 명쾌하게 밝혀진 무엇인가를, 빛을 받도록 잘라지고 인간의 경험이라는 도장이 새겨진, 보석이나 바위만큼 단단한 무엇인가를 원한다. 그럼에도 그 무엇인가는 우리의 가슴에서 어떤 때는 아주 높이 타고 어떤 때는 아주 낮게 타는 그런 불꽃을 품고 있다.

우리는 시간을 초월하면서 동시대적인 것을 원한다. 그러나 사람은 모든 이미지들을 버리고 단어들을 손가락 사이로 물을 흘려보내듯 다 흘려보내면서도 그런 아침에 자신이 잠에서 깨어나며 시에 대한 갈망을 품는 이유에 대해 말하지 않는다.

영국에서 시를 발견하는 데는 전혀 어려움이 없다. 모든 영국 가정은 시로 가득하다. 심지어 러시아인들조차도 영국인들보다 더 깊은 정신적 삶의 원천을 갖고 있지 않다. 물론, 영국인의 경우에 그 원천은 매우 깊은 곳에 가라 앉아 있다. 찬송가집과 무덤의 대석(臺石)이라는, 대단히 무겁고 대단히 축축한 것들 아래에 숨겨져 있는 것이다. 그럼에도 여행과 기후라는 너무나 다양할 수 있는 조건에서 똑같이 눈에 익숙하고 이상할 정도로 영속적인 것은 서둘러 흘러가는 구름들과 햇살에 빛나는 푸른 잔디, 빠른 속도로 흐르는 촉촉한 대기의 사랑스러움이다. 그런 대기 속에서 구름들은 색깔을 띠며 흩어졌으며, 그러다 보면 공기의 대양은 혼란스러워짐과 동시에 깊어진다.

시가 있는 집에는 틀림없이 셰익스피어의 책과 『실낙원』(Paradise Lost)이 있고, 조지 허버트(George Herbert)의 자그마한 책도 있을 것이다. 아마 조금 이상할지 모르지만, 『통속적 오류』(Vulgar Errors)와 『의사의 종교』(Religio Medici)도 있을 확률이 높다. 토머스 브라운 경의 이 2절판 책들은 전적으로 실용적인 이유로 서재의 맨 아래쪽 서가에서 발견될 것이다. 작은 시골집에서 그의 인기는 아마 『통속적 오류』가 주로 동물들을 다루고 있다는 사실에 기인할 것이다. 기형의 코끼리들과 괴상하고 꼴사납게 생긴 개코원숭이들, 사자들과 사슴들, 그러니까 인간의 얼굴을 기이하게 닮은 뒤틀린 모습의 동물들의 그림을 담고 있는 책들은 언제나 문학에 신경을 쓰지 않는 사람들 사이에 인기를 누린다. 『통속적 오류』의 텍스트는 이 목판화들과 똑같이 매력적인 무엇인가를 갖고 있다.

그렇다면 1919년에도 아주 많은 수의 정신들이 여전히 지식의 냉철한 불빛에 의해 부분적으로만 밝혀진 상태였다고 짐작해도 비현실적이지 않다. 『통속적 오류』는 대단히 변덕스러운 광원(光源)이다. 많은 사람들은 진리를 추구하려는 특별한 마음을 품지 않은 상태에서도, 물총새의 몸이 바람 부는 방향을 알려주는지, 타조가 쇠를 소화시킬 수 있는지, 올빼미와 까마귀가 불행을 예고하는지, 소금을 쏟는 행위가 불운을 부르는지, 귀의 따끔따끔한 느낌이 무슨 전조인지 등에 대해 깊이 생각하는 경향을 보인다. 그들은, 정보가 많고 상상력까지 풍부한 저자의 머릿속으로 들어온, 코끼리들의 관절과 황새들의 술책에 관한 이야기를 대단히 즐기는 모습을 보인다.

영국인의 마음은 자연히 기발한 생각이나 유머에서 편안함과 즐거움을 느끼는 경향이 있다. 토머스 경은 농부들이 맥주를 마시면서, 또 주부들이 차를 마시면서 나눌 그런 종류의 지혜에 관심을 두고 있다. 그러면서 토머스 경은 자신이 나머지 작가들보다 훨씬 더 현명하고 훨씬 더 많은 것을 알고 있다는 점을 증명했지만, 그래도 그는 여전히 신기한 것들을 받아들이기 위해 마음을 활짝 열어놓고 있다.

그 모든 배움에도 불구하고, 이 의사는 우리가 신념을 갖고 진지하게 말해야 하는 것들을 고려할 것이다. 그는 우리의 소박한 문제에다가, 그 문제가 별들 사이에서 회전하게 만들 그런 변화를 가할 것이다. 예를 들어, 산책길에서 어떤 꽃이나 토기 조각, 뇌석(雷石)[62]이나 포탄일 수 있는 돌을 발견하고는 의문을 품으며 곧장 박사의 문을 두드리러 가는 것이 얼마나 매력적인 일인지 모른다. 만약에 누군가가 죽어가거나 세상에 태어나고 있는 상황이 아니라면, 그에겐 어떤 일도 이 문제보다 앞서지 못할 것이다. 이 의사는 틀림없이 인간적인 남자였고, 환자의 침대 옆에 딱 어울리는 사람이었으며, 냉정하면서도 공감 능력이 뛰어난 사람이었다.

그의 위로는 멋졌을 것임에 틀림없으며, 그의 태도는 너무나 침착했다. 그러다가 무엇인가가 그의 공상을 자극하면, 그는 생기 넘치는 생각들을 마구 쏟아냈을 것임에 틀림없다. 대부분 독백을 하면서, 너무나 이상하게도, 대답을 기대하지 않는다는 듯이 골똘히 생각하는 투로 제

---

62   번개와 함께 던져진 것으로 여겨졌던 화석이나 석기를 뜻한다.

2인칭이 아닌 자신에게 말하고 있다.

정말이지, 어떤 2인칭이 그에게 대답할 수 있었겠는가? 그는 몽펠리에와 파도바에서 배웠으나, 배움은 그의 의문들을 해결해주지 못하고 오히려 던져야 할 질문들을 더욱 키웠던 것 같다. 그의 마음의 문은 더욱더 넓게 열렸다. 다른 남자들과 비교하면, 그는 정말로 배움이 깊었다. 그는 6개 언어를 알았으며, 몇몇 나라의 법과 관습, 정책을 알았으며, 별자리들의 이름을 모두 알았고, 그의 나라의 식물들 거의 대부분을 알았다. 그럼에도 사람은 언제나 배움을 중단해서는 안 되는 것이 아닌가? "그래도 생각하건대, 나는 예전만큼 많이 알지는 않지만 그래도 많은 것을 알고 있으며 식물 채집을 위해 칩사이드[63] 밖으로 나간 적은 거의 없었다."

확실성이 달성될 수 있었다고 가정해 보자. 그러면 확실성은 성취 가능한 것으로 입증되었으며, 지금도 당연히 그래야 한다. 따라서 그에겐 확실성 외에 그 어떤 것도 참아줄 수 없게 되었다. 그의 상상력은 피라미드까지 옮기기에 이르렀다. "생각건대, 종교에서는 열정적인 신앙으로 불가능한 것은 없는 것 같아." 그러나 한편으로 보면 먼지의 입자도 하나의 피라미드였다.

신비의 세계에는 평범한 것은 하나도 없었다. 육체를 고려해 보라. 일부 인간들은 병에 놀란다. 토머스 경은 오히려 "우리가 늘 아프지 않

63　토머스 브라운 경(1605-1682)이 태어난 런던의 거리 이름. 17세기에 약초 시장이 있었다.

은 것이 더 신기하다"고 생각한다. 그는 죽음에 이를 수 있는 문을 천 개나 보고 있으며, 게다가, "우리를 파괴하는 능력이 모두의 손 안에 있으며, 우리는 우리가 만나는 모든 사람, 그러니까 우리를 죽이지 않는 사람에게 은혜를 입고 있다". 그래서 그는 깊이 생각하길 좋아하고 배려를 엄청나게 많이 베풀고 있다.

그러면 이렇게 묻는 사람도 있을 것이다. 배려가 축적될 때, 지붕 없이 하늘로 열려 있는 그런 정신이 밟는 경로를 무엇이 중단시킬 수 있는가? 불행히도, 신(神)이 있었다. 그의 신앙은 그의 지평 안에 닫혀 있었다. 토머스 경 본인이 단호하게 가리개를 끌어내렸다. 지식에 대한 그의 욕망과 그의 뜨거운 창의력과 진리에 대한 그의 예상은 굴복해야 하고, 눈을 감아야 하고, 잠을 자러 가야 한다. 그런 것들을 그는 회의(懷疑)라고 부른다. "어떤 사람도 그런 것에 대해 나보다 더 많이 알지 못했다. 그것들을 정복했다고, 나는 호전적인 자세가 아니라 무릎을 꿇은 자세로 고백한다."

그처럼 생생한 호기심은 더 나은 운명을 맞을 만했다. 토머스 경이 회의라고 부른 것들을 현대적 확신들의 자유주의 식단으로 부양했다면 그것이 우리를 즐겁게 했을 테지만, 그렇게 함으로써 우리가 그를 변화시킨다면, 그건 즐거워할 만한 일이 아닐 것이다. 그러나 그것은 우리의 감사의 표시이다. 다른 어떤 것보다, 그가 최초로 자신의 소신대로 확고하게 산 우리의 작가들 중 한 사람이지 않는가?

그의 외모는 기록으로 남아 있다. 키는 적당히 크고, 눈은 크고 빛이

낮으며, 살갗은 검었고 끊임없이 홍조를 띠었다. 그러나 우리가 즐기는 것은 더욱 눈부신 그의 영혼의 그림이다. 그 어두운 세상에서, 그는 한 사람의 탐험가였다. 그는 자기 자신에 대해 최초로 말한 사람이었으며, 그 주제를 엄청난 흥미를 느끼며 지속적으로 파고들었다. 그는 그 주제로 거듭 돌아갔다. 마치 영혼이 무서운 질병이고, 그 증상들이 아직 기록되지 않았다는 듯이. "내가 보고 있는 세계는 나 자신이다. 내가 시선을 주고 있는 것은 나 자신의 프레임으로 이뤄진 소우주다. 나는 타인을 위해 그 소우주를 사용하지만 나 자신이 그것을 좋아하며 이따금 레크리에이션을 위해 그것을 회전시킨다."

가끔 그는 죽음을 원했다고 적고 있으며, 그는 우울하게 느껴지는 그런 이상한 고백에 자부심을 느끼는 것 같다. "나는 나 자신의 안에서 가끔 지옥을 느낀다. 루시퍼[64]가 나의 가슴 안에서 재판을 열고 있고, 고대로마 군단이 내 안에서 부활하고 있다." 그가 일에 임할 때, 이상하기 짝이 없는 생각들과 감정들이 그의 안에서 작동한다. 외관상 인간들 중에서 가장 냉정했고, 노리치[65]에서 가장 위대한 의사로 평가받은 그에게 말이다.

그의 친구들이 그의 마음속을 들여다볼 수 있었더라면! 그러나 그들은 그렇게 할 수 없었다. "나는 모든 세상 쪽으로 어둠 속에 싸여 있다. 나와 가장 가까운 친구들도 구름 속에 갇혀 있는 나를 볼 뿐이다." 그가

---

64 교만에 빠진 탓에 하늘에서 떨어진 대천사.

65 잉글랜드 동부 이스트 앵글리아 지역의 도시로 노퍽 주의 주도이다.

자신의 내면에서 탐지해내는 능력들은 믿을 수 없을 만큼 이상하다. 지극히 평범한 장면도 그를 더없이 깊은 사색에 빠뜨릴 것이며, 그런 경우에 세상의 나머지가 그의 옆을 지나가도 그는 거기서 경이로운 것을 전혀 보지 못할 것이다.

선술집의 음악이나 성모송(聖母誦) 종소리, 농부가 들판에서 캐낸 깨어진 항아리 같은 것 앞에서 그는 걸음을 멈추며 죽은 듯이 서 있다. 마치 놀라운 장면에 꿰찔려 그 자리에 고정된 사람처럼. "우리 모두가 이 세상에서 졸고 있다고 생각하는 것도, 또 이승의 자만은 단지 꿈에 불과하다고 생각하는 것도 틀림없이 감상적인 자만이 아니다." 어느 누구도 정신의 둥근 천장을 토머스 경만큼 높이 밀어 올리지 못했으며, 어느 누구도 그처럼 추측을 거듭 인정하면서 우리가 깜짝 놀라 정지한 채 앞으로 나아가지 못하도록 만들지 않았다.

사물들의 신비와 기적에 대한 확신이 대단히 강했던 그에게는 거부하지 못하고, 너그럽게 보아 넘기며 끊임없이 심사숙고하는 경향이 있다. 미개한 미신에도 신앙의 무엇인가가 있고, 선술집의 음악에도 신성한 무엇인가가 있고, 인간의 작은 세상에도 "원소들보다 먼저 존재했고 태양과 주종 관계가 전혀 없는" 무엇인가가 있다.

그는 모든 것에 친절하고 자기 앞에 놓인 것이면 무엇이든 자유롭게 맛을 본다. 이유는 시간과 영원이라는 숭고한 전망 위에서, 그러니까 그의 상상력이 떠올리는 구름 같은 공상 위에서, 그 창조자의 형상이 주조되기 때문이다. 그의 내면을 놀라움으로 가득 채우는 것은 일반적인 삶뿐만 아니라 구체적으로 그의 삶이기도 하다. 그의 삶에 대해 "이야기하는 것은 역사가 아니라 한 편의 시이며, 보통 사람들의 귀에는 우화처럼 들릴 것이다".

자기 중심적 성향의 편협함이 아직 그 자신에 대한 그의 관심의 건강을 공격하지 않았다. 나는 자비롭고, 나는 용감하고, 나는 어떤 것도 싫어하지 않고, 나는 타인에 대한 동정심이 강하고, 나는 나 자신에 엄격하며, "나의 대화에 대해 말하자면, 태양의 대화처럼, 그것은 모든 인간들과 선과 악에 똑같이 우호적인 측면에서 하는 대화다". 나는, 나는, 나는, 나는 …. 어쩌다 우리는 그런 식으로 말하는 비결을 잃어버리게 되었을까!

요약하면, 토머스 브라운 경은 훗날 아주 중요해질 문제를, 말하자면 자신의 창조자를 아는 문제를 제기하고 있다. 글로 쓴 온갖 기록들 어딘가에 아니면 모든 곳에, 숨어 있기도 하고 분명하게 드러나기도 하는 것은 인간 존재의 한 형식이다. 만약에 우리가 그를 알려고 노력한다면, 그것은 우리가 정신을 무익하게 쓰는 것일까? 연사의 말에 귀를 기울이면서, 그의 나이와 습관에 대해, 그가 결혼한 몸인지, 아이를 두었는지, 햄스테드[66]에 사는지에 대해 생각하는 것처럼. 이 질문은 던질 수 있는 질문이긴 하지만, 대답이 가능한 질문은 아니다. 말하자면, 그것은 우리의 성향에 따라 본능적으로, 또 불합리하게 대답할 수 있는 질

66　영국 노스 웨식스 다운스 지역의 버크셔 주에 있는 마을.

문이라는 뜻이다.

그래도 토머스 경이 이 혼란스런 문제를 본격적으로 제기한 최초의 영국 작가라는 점만은 강조되어야 한다. 초서였을까? 그러나 초서 시대의 철자법이 그에게 불리하게 작용한다. 그렇다면 크리스토퍼 말로 (Christopher Marlowe)나 스펜서, 웹스터, 벤 존슨(Ben Jonson)이었을까? 진실은 시인의 경우에 그런 질문을 절대로 그렇게 정확하게 제시하지 못한다는 것이다. 고대 그리스 시인과 로마 시인들의 경우에 그 문제를 거의 제기하지 못했다. 시인은 우리에게 자신의 본질을 주지만, 산문은 육체와 정신의 주형을 함께 뜬다.

토머스 브라운 경의 책들을 읽은 독자들 중에서 그 내용을 통해서, 거의 모든 면에서 관대하고 인간적인 브라운 경이 그럼에도 불구하고 늙은 여자 2명을 마녀라는 이유로 죽여야 한다고 선언할 만큼 미신적인 분위기에 사로잡힐 수 있다고 추론하지 않을 사람이 있을까? 그의 현학 취미 중 일부는 옛날에 엄지손가락을 죄던 고문 도구의 날카로운 소리를 내고 있다. 그의 정신의 냉혹한 창의력이 여전히 중세의 족쇄에 채워져 있는 것이다.

그의 내면에도 무지나 허약함 때문에 인간이나 자연에 예속된 상태에서 살지 않을 수 없었던 사람들의 내면과 똑같이 학대 충동이 있었다. 차분하고 도량이 넓은 그의 정신이 한껏 수축하면서 공포 발작을 짧지만 강렬하게 일으키는 순간들이 있었던 것이다.

위대한 인간들이 모두 그렇듯이, 그도 거의 틀림없이 약간 따분하다.

그럼에도 위대한 사람의 따분함은 옹졸한 사람의 따분함과 뚜렷이 구분된다. 위대한 사람의 따분함은 아마 보다 깊을 것이다. 우리는 희망을 품은 가운데, 빛이 없으면 그 잘못은 우리에게 있을 것이라고 확신하면서 묵묵히 위대한 사람들의 그늘 아래로 들어간다. 공포가 커짐에 따라, 죄책감 같은 것이 반감과 결합하면서 우리의 우울을 키운다. 틀림없이, 우리가 길을 놓친 것이겠지? 만약에 워즈워스와 셰익스피어, 밀턴, 한 마디로 말해 인류에게 시 한두 수를 남긴 모든 위대한 작가의 글 중에서 그 빛이 우리를 실망시키는 곳의 단락들을 함께 모아 꿰매어 붙여놓고 우리가 복종하는 버릇 때문에 그것을 계속 읽는다면, 그 단락들은 세상에서 가장 따분한 책을 엮어낼 것이다.

『돈키호테』도 마찬가지로 대단히 따분하다. 그러나 돈키호테의 따분함은 "엄청난 노동을 끝낸 뒤에, 잠들면서 편안하게 코까지 골 생각이다"라는 문장에 드러나는, 위대한 사람들의 우둔함의 특징인 잠에 취한 짐승의 나른함을 보이지 않는다. 돈키호테의 따분함은 다른 종류의 따분함이다. 그는 아이들에게 이야기를 들려주고 있다. 거기서 그들은 겨울밤 불가에 둘러앉아 있다. 다 큰 아이들도 있고, 여자들은 실을 잣고 있으며, 남자들은 하루의 희롱 끝에 편안한 자세로 졸고 있다. "어떤 이야기를, 우리를 웃길 무엇인가를, 그러면서도 씩씩한 무엇인가를, 조금 더 불행하고 훨씬 더 행복한, 우리 같은 사람들에 관한 이야기를 들려줘요." 이 같은 요구에 따라, 남이 시키는 대로 하는 친절한 사람인 미겔 데 세르반테스(Miguel De Cervantes)는 그들에게 길 잃은 공주와 호색적인 기사들에 관한 이야기들을 스페인 사람들의 취향에 딱 맞게, 우리 영국인의 취향에 아주 장황하게 지어준다.

세르반테스가 돈키호테와 산초 판자에게로 다시 돌아가도록 해 보라. 그러면 모든 것이 그에게도 우리에게 그렇듯이 멋져 보일 것이라고 우리는 생각하지 않을 수 없다. 그럼에도, 우리의 타고난 존경심이나 어쩔 수 없는 노예근성 같은 것 때문에, 우리는 옛날 작가들의 현대 독자로서 우리의 입장을 좀처럼 분명하게 밝히지 못한다.

틀림없이, 모든 작가들은 자신의 책을 읽는 사람들의 영향을 강하게 받는다. 세르반테스와 그의 독자들을 예로 들어 보자. 4세기도 더 지난 시점에 세르반테스의 독자가 된 우리는 행복한 어느 가족 파티에 난입하는 것 같은 느낌을 받는다. 그 집단과 집단을 비교하는 것은 불가능하니(지금은 집단이 전혀 없다. 이유는 우리가 교육을 받았고 고립되어 지내면서 자신의 집 난롯가에 앉아서 자신이 소유한 책을 읽고 있기 때문이다), 미겔 데 세르반테스의 독자들과 토머스 하디의 독자들을 비교해 보자.

하디는 길 잃은 공주들과 호색적인 기사들의 이야기에 소중한 시간을 절대로 들이지 않는다. 하디는 오락을 위해 소설을 쓰는 것에는 더욱더 강하게 반대한다. 우리가 하디를 개별적으로 읽듯이, 하디도 마치 우리가 똑같은 취향을 공유하고 있는 집단이 아니라 개별적인 남자이고 여자인 것처럼 우리에게 개별적으로 말한다. 그 점도 마찬가지로 고려되어야 한다.

작가와 직접적으로 소통하는 데 익숙한 오늘날의 독자는 줄곧 세르반테스와의 접촉을 놓치게 된다. 세르반테스는 자신이 이야기하려는 것에 대해 얼마나 깊이 알고 있었으며, 또 우리는 『돈키호테』를 얼마나 과장되게 해석하고 오해하고 있을까? 또 그 의미를 우리 자신의 경험을 근거로 읽어내고 있지 않을까? 나이 많은 사람이 아이들의 이야기책을 읽으면서 자신이 파악하고 있는 그 의미를 아이도 알 수 있을 것인지 의문을 품듯이 말이다.

만약에 세르반테스가 비극과 풍자에 대해 우리 영국인이 느끼듯이 느꼈다면, 그는 비극과 풍자를 강조하는 것을 억제할 수 있었을까? 말하자면, 그가 냉담할 수 있었을까? 그래도 셰익스피어는 팰스태프를 아주 냉담하게 버렸다. 위대한 작가들은 이 큰 길을, 말하자면 자연의 길을 갖고 있다. 자연으로부터 멀리 벗어난 우리는 그 길을 잔인하다고 부른다. 이유는 우리가 잔인함의 효과를 그들보다 더 아프게 느끼거나, 아니면 어쨌든 자신의 고통을 더 중요하게 여기기 때문이다.

그러나 이것 중 어떤 것도 기사(騎士)라는 멋진 개념과 세상을 바탕으로 구성한, 즐겁고 유쾌하고 솔직한 책의 주요 즐거움을 훼손시키지 않으며, 그 책은 사람이 제아무리 변한다 하더라도 인간과 세상에 관한 확고한 진술로 영원히 남을 것임에 틀림없다. 그 책은 언제나 존재할 것이다. 그리고 작가가 자신이 하려는 말에 대해 어느 정도 알고 있는지에 대해 말하자면, 아마 위대한 작가들은 절대로 알지 못하는 것 같다. 그것이 아마 훗날의 세대들이 위대한 작가들의 책에서 자신들이 찾는 것을 발견하는 이유일 것이다.

그러나 여기서 세상에서 가장 따분한 그 책으로 돌아가도록 하자. 이 책에 토머스 경도 분명히 한두 페이지를 보탰다. 그럼에도 도망갈 구멍을 찾는다면, 그 책이 따분하지 않고 어려울 수 있는 가능성에서 빠져나갈 구멍을 발견하는 것은 언제나 가능하다. 우리가 어느 한 페이지에서 문장들을 모두 떼어내서 그 문장들의 의미를 단번에 짜내는 데 익숙하기 때문에,『항아리 매장』의 한 페이지가 처음에 보이는 완강한 저항은 우리를 비틀거리게 만들고 우리의 눈을 멀게 만든다. "아담이 땅의 어떤 추출물로 만들어졌다면, 모든 부분들이 복원에 대해 이의를 제기할 법한데도, 그 부분들 중에서 자신들의 뼈들을 처음에 받았을 때보다 더 못한 상태로 돌려준 부분은 거의 없었다." 여기서 우리는 멈추고, 다시 앞으로 돌아가서, 이런저런 방식으로 읽으려 노력하면서, 보통 걸음으로 나아가야 한다.

우리 시대에 독서가 너무나 쉬워졌기 때문에, 이 같은 난해한 문장들로 돌아가는 것은 전차를 타고 도심으로 가지 않고 고집 센 나귀에 올라타는 것과 비슷하다. 꾸물거리고, 변덕스럽고, 자신의 소망 외에는 다른 어떤 것도 고려하지 않는 토머스 경은 제임스 프루드나 매튜 아놀드(Matthew Arnold)가 글을 쓰는 그런 의미에서 글을 쓰고 있는 것 같지 않다.

인쇄물 한 페이지는 지금은 다른 임무를 수행하고 있다. 한 페이지의 인쇄물이 삶의 길에서 우리를 돕는 그 근면성은 거의 노예근성에 가깝지 않은가? 우리에게 오직 표준적인 수준의 관심만 요구하면서도 그 대가로 부족함 없이 풍성하게 베풀고 있으니 말이다. 그래도 그 베풂은 우리가 마땅히 받아야 할 것에서 조금도 더 넘치지 않고 조금도 더 모자라지 않는다.

토머스 브라운 경의 시대에, 도량형은 있었다 하더라도 원시적인 상태였다. 토머스 경은 산문의 대가로 1페니도 받은 적이 없다는 사실을 언제나 고려해야 한다. 그는 자유롭다. 왜냐하면 그가 자신의 선택에 따라 우리에게 적게 주거나 많이 주는 것은 어디까지나 그의 관대함에서 나오기 때문이다.

그는 아마추어이며, 그의 작품은 여가와 즐거움의 산물이다. 그는 우리와 어떤 타협도 하지 않는다. 토머스 경에게는 자신의 독자와 타협해야 할 이유가 전혀 없었기 때문에, 그가 쓴 이 짧은 책들은 그가 그렇게 하기로 선택하기만 하면 따분할 수도 있고 어려울 수도 있으며, 그가 마음을 먹기만 하면 아름답기 그지없을 수도 있다.

여기서 우리는 미심쩍은 영역, 즉 미(美)의 영역으로 다가서고 있다. 우리는 이미 그 첫 부분의 단어들 앞에서 길을 잃었거나 완전히 가라앉아 버렸거나 유혹에 넘어가지 않았는가? "화장용 장작더미의 불이 다 꺼지고 마지막 고별사가 끝날 때, 사람들은 장사 지낸 자신의 친구에게 영원한 작별을 고했다." 그러나 아름다움이 우리에게 효과를 발휘하는, 그러니까 아름다움이 우리의 내면에서 이상하게 평온한 확신을 고무하는 이유에 대해서는, 어느 누구도 말하지 못한다. 대부분의 사람들이 시도했으며, 아마 아름다움의 불변하는 특성들 중 하나는 그것이 나누고 싶은 욕망을 정신에 남긴다는 것이다. 방 저쪽으로 가서, 꽃잎을 떨어뜨린 화병의 장미를 바꾸려 해도, 우리가 어떤 것을 내놓아야 하고 어떤 행위를 바쳐야 하니까.

04

서평[67]

런던에는 항상 군중을 끌어들이는 쇼윈도들이 있다. 그곳의 매력 포인트는 완성품에 있는 것이 아니라, 헝겊 조각을 덧대 깁는 닳아 헤진 옷들에 있다. 군중은 여자들이 작업하는 모습을 지켜본다. 그곳에서 여자들은 쇼윈도에 앉아서 좀먹은 바지들을 한 땀 한 땀 깁고 있다.

이 낯익은 장면은 이 팸플릿을 설명하는 삽화의 역할을 한다. 그런 식으로, 시인들과 극작가들과 소설가들은 쇼윈도에 앉아서 서평가들의 호기심 강한 눈초리 아래에서 작업하고 있다. 그러나 서평가들은 거리의 군중처럼 침묵 속에서 바라보는 것으로 만족하지 않는다. 서평가들은 닳아 헤진 구멍의 크기에 대해, 근로자들의 기술에 대해 큰 소리

---

67   1939년에 문학과 저널리즘과 독자들에게 중요한 질문들을 제기하기 위해 쓴 팸플릿이다.

로 논평하고, 대중에게 쇼윈도에 진열된 재화들 중에서 구입할 가치가 가장 큰 것이 어느 것인지에 대해 조언한다.

이 팸플릿의 목적은 서평가들의 일이 작가와 대중, 서평가, 문학에 지니는 가치에 대한 논의를 불러일으키는 것이다. 그러나 먼저 한 가지 단서를 밝혀야 한다. 여기서 '서평가'는 상상적인 문학, 즉 시와 희곡, 픽션의 서평가를 의미한다는 점이다. 역사와 정치, 경제학의 서평가는 해당되지 않는다. 그런 서평가의 일은 다르며, 여기서 밝히지 않을 이유들로, 그 분야의 서평가는 자신의 임무를 꽤 적절히 존경스러울 만큼 잘 처리하고 있기 때문에 그의 가치는 의문의 대상이 되지 않는다.

그렇다면 상상적인 문학의 서평가는 현재 작가와 대중, 서평가와 문학에 가치 있는 존재인가? 혹시 가치를 지닌다면, 그것은 어떤 가치인가? 서평가가 어떤 가치도 지니지 않는다면, 그의 역할을 어떤 식으로 유익하게 변화시킬 수 있을까? 먼저, 서평의 역사를 간단히 돌아보는 것으로 이 복잡한 질문들을 본격적으로 다루도록 하자. 그것이 지금 이 순간 서평의 본질을 정의하는 데 도움이 될 테니까.

서평은 신문과 더불어 생겨났기 때문에, 역사가 짧다. 『햄릿』은 서평가에 의해 평가되지 않았다. 『실낙원』도 마찬가지다. 그때도 비평은 있었지만, 그것은 어디까지나 입소문에 의해, 극장의 청중에 의해, 선술집과 개인 작업실의 동료 작가들에 의해 전달되었다.

인쇄된 서평은 17세기에 조악하고 원시적인 형태로 존재하게 되었다. 분명히, 18세기는 서평가와 그의 희생자의 절규와 야유로 가득했다. 그러나 18세기 말에 이르러 어떤 변화가 일어났다. 비평 자체가 두 부분으로 나뉘었던 것 같다. 비평가와 서평가가 나라를 반으로 나눴던 것이다. 새뮤얼 존슨 박사를 대표적인 인물로 꼽을 수 있는 비평가는 과거와 원칙들을 다뤘으며, 서평가는 인쇄소에서 이제 막 나온 신간들을 평가했다.

19세기가 가까워지면서, 이 역할들은 더 뚜렷이 구분되었다. 자신의 시간과 지면을 투입했던 비평가들이 있었다. 새뮤얼 테일러 콜리지와 매튜 아놀드 같은 사람들이 그런 예이다. 그리고 시간과 지면이 똑같이 적었던, '무책임하고' 대개 익명이었던 서평가들이 있었다. 서평가들의 복잡한 임무는 부분적으로 대중에게 정보를 주고, 또 부분적으로 책을 비평하고, 또 부분적으로 책의 존재를 선전하는 것이었다.

따라서 19세기의 서평가가 자신의 살아 있는 전형인 비평가를 많이 닮았음에도 불구하고, 둘 사이엔 중요한 차이들이 있었다. 한 가지 차이를 『타임스 히스토리』(Times History)의 저자가 보여주고 있다. "서평의 대상이 되었던 책들의 수는 더 적었지만, 서평의 길이는 지금보다 더 길었다. … 심지어 한 편의 소설도 2단 이상을 차지할 수 있었다." 이 저자는 19세기 중반에 대해 말하고 있다. 뒤에서 확인되겠지만, 이런 차이점들이 매우 중요했다.

그러나 그때 처음 분명하게 나타난 서평의 다른 결과들을 요약 정리하는 것이 결코 쉬운 일은 아니겠지만, 그 결과들을 조사하기 위해 여기서 잠시 멈추는 것도 그만한 가치가 있는 일이다. 말하자면, 서평이 저자의 판매고와 저자의 감수성에 미친 영향을 확인해 보자는 뜻이다.

서평은 두말할 필요 없이 책의 판매에 엄청난 효과를 미쳤다. 예를 들어, 새커리(William Makepeace Thackeray)는 '더 타임스'에 실린『에스몬드』(Esmond)[68]에 관한 평이 "책의 판매를 완전히 중단시켰다"고 말했다. 서평은 측정이 어렵긴 해도 저자의 감수성에도 지대한 영향을 끼쳤다. 키츠에게 그 영향은 악명 높다. 민감한 테니슨도 마찬가지였다. 테니슨은 서평가의 명령에 따라 자신의 시들에 변화를 주었지만 실제로 이민을 심각하게 고려했으며, 어느 전기 작가에 따르면, 서평가들의 적대감에 너무나 절망한 나머지 10년 동안 그의 정신 상태, 따라서 그의 시가 서평가들에 의해 바뀌게 되었다.

그러나 강건하고 자신만만한 사람도 마찬가지로 서평의 영향을 받았다. 디킨스(Dickens)는 "윌리엄 맥크레디(William Macready)[69] 같은 사람이 어떻게 이런 문학의 이들(lice), 그러니까 인간의 형태와 악마의 심장을 가진 썩은 생명체들 때문에 초조해 하고 흥분하고 안달할 수 있는가?"라고 물었다. 여기서 말하는 이들은 일요판 신문의 필자들이다. 그럼에도, 서평가들이 이나 다름없는 존재이기 때문에, 그들이 "자잘한 화살들을 쏠" 때엔 천재성과 강력한 활력을 자랑하는 디킨스까지도 신경을 쓰고 분노를 누르며 "무관심한 척 굴면서 그들이 공격을 중단

---

68 새커리가 1852년에 발표한 'The History of Henry Esmond'를 말한다.

69 영국 배우(1793-1873)로 '안토니우스와 클레오파트라' '리어 왕' '헨리 4세' 등 많은 작품에 출연했다.

하도록 함으로써 승리를 거두겠다고 맹세하는 수밖에 없었다".

당시의 위대한 시인과 위대한 소설가들은 똑같이 다양한 방식으로 19세기 서평가의 힘을 인정하고 있다. 이들 위대한 시인들과 소설가들 뒤에, 예민한 부류든 강건한 부류든 앞의 위대한 사람들과 똑같은 방식으로 서평의 영향을 받은 무명 시인들과 소설가들이 아주 많았다. 그들이 서평의 영향을 받는 길은 아주 다양했다. 그것을 분석하는 것은 힘든 과제이다. 테니슨과 디킨스는 분노했고 상처도 많이 받았다. 그들은 동시에 자신들이 그런 감정을 느낀다는 사실에 부끄러움을 느꼈다. 서평가는 한 마리 이였으며, 그가 물어뜯는 것은 경멸스런 짓이었지만, 그럼에도 그 같은 행위는 고통을 안겨주었다.

서평가가 무는 행위는 작가들의 허영심에 상처를 입히고, 명성에 상처를 입히고, 판매에 상처를 입혔다. 틀림없이, 19세기에 서평가는 한 마리의 가공할 벌레였다. 서평가는 저자의 감수성에, 대중의 취향에 상당한 지배력을 행사할 수 있었다. 서평가는 저자에게 상처를 입힐 수 있었으며, 그는 대중이 책을 사도록 설득하거나 사지 않도록 설득할 수 있었다.

Ⅱ

그리하여 비평가와 서평가, 저자, 대중이 각자의 자리를 차지하게 되었고, 그들의 역할과 권력도 대략적으로 파악되었으니, 이제는 그 당시에 진실이었던 것이 지금도 여진히 진실인지를 물어야 한다. 얼핏 보면, 변화가 거의 없는 것처럼 보인다. 모든 당사자들, 그러니까 비평가와 서평가, 저자, 대중이 여전히 우리와 함께 하고 있으며, 서로 거의 똑같은 관계를 맺고 있다. 비평가는 서평가와 분리되어 있고, 서평가의 역할은 부분적으로 현재의 문학을 분류하는 것이고, 부분적으로 저자를 선전하는 것이고, 또 부분적으로 대중에게 정보를 주는 것이다.

그럼에도 불구하고, 어떤 변화가 일어났으며 그것은 매우 중요한 변화였다. 그 변화는 19세기 말에 느껴졌던 것 같다. 앞에서 인용한 바 있는 『타임스 히스토리』를 쓴 역사가의 말을 빌려 이런 식으로 요약할 수 있다. "서평이 갈수록 짧아지고 출간에서부터 서평 게재까지의 시간적 거리도 더 짧아지는 추세가 뚜렷해졌다." 그러나 다른 경향이 한 가지 더 있었다. 서평이 짧아지고 빨라졌을 뿐만 아니라 서평이 수적으로 엄청나게 증가한 것이다.

이 3가지 경향의 결과는 대단히 중요했다. 정말로, 재앙이나 다름없는 결과였다. 그 경향들이 서평의 쇠퇴와 몰락을 야기했던 것이다. 서평이 더 빨라지고 더 짧아지고 더 많아졌기 때문에, 관련된 모든 당사자들에게 서평의 가치가 줄어들었다. 급기야 서평이 사라지기에 이르렀다고 말하면 지나칠까?

그러나 한 번 고려해보자. 거기에 관련된 사람들은 저자와 독자, 출판업자이다. 그들을 이런 식으로 배열했으니, 먼저 그 경향들이 저자에게 어떤 영향을 미쳤는지부터 묻도록 하자. 서평이 저자에게 어떤 가치도 지니지 못하게 된 이유가 무엇인가? 논의를 간략히 하기 위해, 서평이 저자에게 지니는 가장 중요한 가치가 서평이 작가로서의 저자에게 미치는 효과라고 가정하자. 말하자면 서평이 저자에게 그의 작품에 대한 전문가의 의견을 주고, 따라서 그가 예술가로서 어느 정도 실패하고 있거나 성공하고 있는지를 대략적으로 평가할 수 있게 한다고 가정하자는 뜻이다.

그런 효과는 서평의 과잉에 의해 거의 완전히 파괴되었다. 19세기에 6개 정도의 서평을 받던 것이 지금은 거의 60개의 서평을 받게 되었으니, 저자는 자신의 작품에 대한 "의견"이 전혀 존재하지 않는다는 사실을 발견한다. 칭찬은 비판을 상쇄하고, 비판은 칭찬을 상쇄한다. 작품에 대한 의견은 서평가의 숫자만큼 다양했다. 곧 저자는 칭찬과 비판을 똑같이 무시하게 되고, 칭찬과 비판은 똑같이 무가치하게 되었다. 저자는 서평을 오직 자신의 명성에 미치는 영향과 판매에 미치는 영향의 측면에서만 중요하게 여긴다.

똑같은 원인은 서평이 독자에게 지니는 가치도 떨어뜨렸다. 독자는 시나 소설을 살 것인지 말 것인지를 결정하기 위해 서평가에게 그 작품이 훌륭한지 나쁜지를 알려줄 것을 요구한다. 60명의 서평가들은 독자에게 그 작품이 걸작인 동시에 무가치한 작품이라고 확신시킨다. 철저히 모순적인 의견들의 충돌은 서로를 상쇄시킨다. 독자는 판단을 중단하고, 그 책을 직접 볼 기회를 기다리다가 책에 관한 모든 것을 잊어버리고, 7실링 6펜스를 주머니에 그대로 간직하게 된다.

의견의 다양성과 상이성은 똑같이 출판업자에게도 영향을 미친다. 대중은 칭찬이나 비판을 더 이상 신뢰하지 않는다. 출판업자는 칭찬과 비판을 나란히 인쇄하고 있다. 실제 예를 들면 이렇다. "이것은 수백 년 동안 기억될 시(詩)이다." "나를 육체적으로 아프게 만드는 구절이 몇 군데 있다." 이런 문구에다가 출판업자는 아주 태연하게 이런 문구를 덧붙인다. "왜 그것을 당신이 직접 읽지 않는가?" 이 물음은 그 자체로 현재의 관행대로 행해지는 서평이 모든 목적에서 실패했다는 사실을 보여주기에 충분하다. 독자가 그 물음에 대한 대답을 최종적으로 직접 해야 한다면, 서평을 쓰거나 읽거나 인용하는 수고를 들이는 이유가 무엇인가?

Ⅲ

만약 서평가가 저자나 대중에게 어떤 가치도 지니지 않게 되었다면, 서평가를 폐지하는 것이 공적 의무처럼 보인다. 정말로, 주로 서평으로 채워지던 일부 잡지들이 최근에 실패했다는 사실은 그 원인이야 어떻든 폐지되는 것이 서평가의 운명이라는 점을 보여주는 것 같다. 그러나 서평가가 지금도 하려고 노력하고 있는 것이 무엇인지, 서평가가 그 일을 하는 것이 그렇게 어려운 이유가 무엇인지, 보존되어야 할 가치가 있는 요소들은 없는지 알기 위해서, 서평가가 존재의 토대를 잃기 전의 모습을 보는 것도 가치 있는 일이다. 큰 정치 일간지와 주간지에 지금도 여전히 작은 서평들을 담은 부록이 나오고 있으니 말이다.

서평가 본인에게 그 문제의 본질이 무엇인지 밝혀달라고 부탁하도록 하자. 그런 일을 할 적임자로 해럴드 니콜슨(Harold Nicolson) 만한 인물이 없다. 일전에[70] 그는 서평가의 의무와 어려움을 다뤘다. 그는 "비평가와 꽤 많이 다른 존재"인 서평가는 "자신의 일이 주 단위로 이뤄지는 성격 때문에 방해를 받고 있다"는 말로, 달리 표현하면 서평가가 너무 자주, 또 너무 많은 것을 쓴다는 말로 글을 시작했다. 이어 그는 그 임무의 본질을 규정한다. "서평가는 자신이 읽은 모든 책을 문학적 탁월성이라는 영원한 기준과 연결시키고 있는가? 만약에 그렇게 하고 있다면, 그의 서평들은 하나의 긴 신음 소리일 것이다. 아니면 서평가는 단순히 도서관을 찾는 대중을 고려하면서 사람들에게 어떤 책을 읽으면 즐거움을 얻게 될 것이라는 식으로 말하고 있는가? 그렇게 하고 있다면, 그는 자신의 취향의 수준을 그다지 자극을 주지 못하는 수준에 종속시키고 있을 것이다. 서평가는 어떻게 하고 있는가?"

서평가는 문학의 영원한 기준들을 참고하지 않고 있다. 또 도서관을 찾는 대중에게 그들이 읽고 싶어 할 책을 말해주지도 못하고 있다. 만약에 그렇게 하고 있다면, 그것은 "정신의 퇴화'를 낳을 것이다. 그렇기 때문에, 서평가가 할 수 있는 것은 한 가지 뿐이다. 말하자면, 서평가는 얼렁뚱땅 얼버무릴 수 있을 뿐이다. "나는 양 극단 사이에 서서 양다리

70　1939년 3월 'The Daily Telegraph'.

를 걸치고 애매한 태도를 취하고 있다. 나는 내가 검토하고 있는 책들의 저자들에게 관심을 두고 있다. 나는 그들에게 내가 그들의 책을 좋아하거나 싫어하는 이유를 말해 주길 원한다. 그러면 일반 독자는 그런 대화에서 필요한 정보를 끌어낼 것이라고 나는 믿는다."

이것은 정직한 진술이며, 그 정직성은 많은 것을 밝혀주고 있다. 이 진술은 서평이 "영원한 기준들"과 연결시키려는 노력은 전혀 보여주지 않고 서평가 본인의 개인적 의견을 밝히는 수단이 되었다는 사실을 강조하고 있다. 그런데 이 서평가는 시간에 쫓기고 있고, 지면을 채워야 하는 압박감에 시달리고 있으며, 좁은 지면을 통해 다양한 이해관계를 가진 사람들의 요구를 충족시켜야 한다는 부담을 느끼고 있고, 자신의 임무를 성취하지 못하고 있다는 사실 때문에 괴로워하고 있고, 자신의 진정한 임무가 무엇인지 확신하지 못하고 있으며, 따라서 양다리 걸치기를 하지 않을 수 없는 상황에 처해 있다.

지금 대중은 우둔할지라도 그런 조건에서 글을 쓰는 서평가의 조언에 7실링 6펜스를 투자할 만큼 바보는 아니다. 또 대중은 둔감할지라도 그런 조건에서 매주 발견되는 위대한 시인이나 위대한 소설가, 획기적인 작품들을 믿을 만큼 얼간이가 아니다. 그러나 조건은 그러하며, 이 조건이 앞으로 몇 년 동안 더 심화될 것이라고 판단할 근거가 충분히 있다.

서평가는 이미 정치적 여론 탐색 기구의 꼬리에 헐렁하게 달린, 이성 잃은 딱지가 되었다. 곧 서평가는 존재를 끝내지 않을 수 없는 상황에 처할 것이다. 그의 일은 가위와 풀을 든, '거터'(Gutter)[71]라 불릴 수 있는 유능한 직원에 의해 수행될 것이다. 많은 신문사에서 이미 서평가의 일이 그런 직원에 의해 대체되고 있다. '거터'는 책의 내용을 짧게 압축하고, (소설의 경우에) 플롯을 끌어내고, (시의 경우에) 몇 행을 고르고, (전기의 경우에) 몇 가지 일화를 인용한다. 이것 외에, 아마 테이스터(Taster)[72]로 알려지게 될 서평가에게 남겨진 일은 스탬프를 찍는 일일 것이다. 신문사의 직원이 압축하고 인용한 것을 승인한다는 뜻으로 별표(*)를 찍을 수 있고, 승인하지 않는다는 뜻으로 칼표(†)를 찍을 수 있다.

거터와 스탬프의 산물인 이 진술이 산만한 수다쟁이 같은 서평가를 대신할 것이다. 그리고 그 진술이 관련 당사자들 중 두 사람에게 현재의 시스템보다 도움을 덜 줄 것이라고 생각할 근거는 전혀 없다. 도서관을 이용하는 대중은 알고 싶은 것을 듣게 될 것이며, 출판업자는 자신뿐만 아니라 대중도 믿지 않는 칭송과 독설의 문장들을 베껴 적는 수고를 하지 않고 별표와 칼표를 모으기만 하면 될 것이다. 각 당사자는 아마 약간의 시간과 돈을 절약할 것이다. 그러나 고려해야 할 다른 당사자들이 있다. 저자와 서평가이다. 거터와 스탬프 시스템은 그들에게 어떤 의미일까?

먼저 저자부터 보도록 하자. 저자의 예가 더 복잡하다. 이유는 저자

---

71 동물의 내장을 끄집어내는 사람이란 뜻.

72 원고를 심사하는 사람이란 뜻.

가 훨씬 더 발달한 유기체이기 때문이다. 서평가들에게 노출되었던 지난 2세기 동안에, 저자는 '서평가를 의식하는 상태'라 불릴 수 있는 정신 상태를 발달시켰음에 틀림없다. 저자의 마음속에 '서평가'로 알려진 인물이 언제나 존재하고 있는 것이다.

디킨스에게, 서평가는 작은 화살들로 무장한 한 마리 이였으며, 인간의 형태에 악마의 심장을 가진 존재였다. 테니슨에게, 서평가는 그보다 훨씬 더 끔찍했다. 이가 오늘날 아주 많고, 그것들이 너무나 자주 물었던 탓에, 저자는 그들의 독에 비교적 면역이 되어 있다. 현재 디킨스만큼 서평가들을 폭력적으로 다루는 저자가 없으며, 테니슨만큼 순종적으로 서평가들에게 복종하는 저자는 없다. 그럼에도, 지금도 신문에서는 서평가의 송곳니에 여전히 독이 묻어 있다고 믿게 만드는 폭발들이 일어난다.

그러나 어떤 부분이 서평가의 물어뜯기에 영향을 받는가? 서평가가 야기하는 감정의 진정한 본질은 무엇인가? 복잡한 문제이지만, 아마 우리는 저자가 간단한 테스트를 받도록 함으로써 대답이 될 무엇인가를 발견할 것이다. 감수성이 풍부한 어느 저자의 면전에 악의적인 서평가를 데려가 보라. 그러면 금방 저자의 몸에서 통증과 화의 증후들이 나타날 것이다. 이어서 저자에게 저자 본인을 빼고는 아무도 서평가의 악의적인 글을 읽지 않을 것이라는 점을 알려주라. 그러면 공격이 공개적으로 이뤄졌을 경우에 1주일 동안 이어지며 깊은 원한을 불렀을 고통이 5분 내지 10분 안에 완전히 사라질 것이다. 체온도 떨어지고, 냉담한 태도가 돌아올 것이다.

이것은 민감한 부분이 평판이라는 점을 증명하고 있다. 희생자가 두려워했던 것은 서평가의 그 같은 남용이 타인들이 자신에게 품고 있는 의견에 끼칠 영향이었던 것이다. 저자는 또 그 남용이 자신의 지갑에 미칠 영향도 두려워한다. 그러나 지갑 감수성은 대부분의 경우에 평판 감수성보다 훨씬 덜 발달해 있다.

예술가의 감수성, 즉 자기 작품에 대한 예술가 본인의 의견에 대해 말하자면, 그것은 서평가가 무슨 말을 하든 전혀 아무런 영향을 받지 않는다. 그러나 평판 감수성은 여전히 생생하며, 따라서 저자들에게 거터와 스탬프 시스템이 현재의 서평 시스템만큼 만족스럽다는 점을 설득시키는 데 시간이 걸릴 것이다. 저자들은 자신에게 "평판"이 있다고, 말하자면 타인들이 그들에 대해 생각하는 바에 따라 형성된 의견의 공기 주머니 같은 것이 있다고 말할 것이다. 또 이 공기 주머니들이 인쇄매체에서 자신들에 대해 하는 말에 의해 부풀려지거나 꺼진다고 저자들은 말할 것이다. 그럼에도, 현재의 조건에서, 저자까지도 인쇄매체로부터 호평이나 악평을 받는다고 해서 자신에 대한 평가가 달라질 것이라고 생각하지 않을 때가 가까워졌다. 곧 저자는 자신의 이해관계, 즉 명예와 돈에 대한 욕망을 거터와 스탬프 시스템을 통해서도 현재의 서평 시스템만큼 효과적으로 충족시킬 수 있다는 사실을 확인할 것이다.

그러나 이 단계에 이를 때에도, 저자에겐 불만을 품을 이유가 있을 것이다. 서평가는 평판을 부풀리고 책 판매를 촉진시키는 외의 다른 목적에도 도움을 주었다. 니콜슨은 그 목적에 대해 이렇게 말하고 있다. "나는 그들에게 내가 그들의 작품을 좋아하거나 싫어하는 이유를 말해주기를 원한다." 저자는 니콜슨이 자기 작품을 좋아하거나 싫어하는 이유를 알고 싶어 한다. 이것은 순수한 욕망이다. 이 욕망은 프라이버시 테스트를 통과할 것이다. 문과 창문을 모두 닫고, 커튼을 단단히 치도록 하라. 어떤 명성도 일어나지 않고 어떤 돈도 생기지 않는다고 확신하라. 그래도 정직하고 지적인 독자가 자신의 작품에 대해 어떤 생각을 품고 있는지에 대해 아는 것은 저자에게 매우 중요한 관심사이다.

IV

이 지점에서, 한 번 더 서평가에게 돌아가도록 하자. 니콜슨 씨의 노골적인 표현으로나 서평들 자체의 내부 증거를 근거로 판단할 때, 현재 서평가의 입지가 극도로 불만족스럽다는 데는 의심의 여지가 없다. 서평가는 글을 서둘러 써야 하고 또 짧게 써야 한다. 그가 검토하는 책들 대부분은 펜으로 종이에 흔적을 남길 가치조차 없는 책들이다. 그 책들을 놓고 "영원한 기준" 운운하는 것은 헛수고일 뿐이다. 매튜 아놀드가 언급했듯이, 서평가는 나아가 조건이 우호적이라 하더라도 살아 있는 사람이 역시 살아 있는 사람의 작품들을 판단하는 것은 불가능한 일이라는 것을 알고 있다. 매튜 아놀드에 따르면, "그냥 개인적이지 않고 뜨거우면서도 개인적인" 어떤 의견을 제시하는 것이 가능하려면 여러 해의 세월이 흘러야 한다.

그런데 서평가에게는 1주일밖에 주어지지 않는다. 저자도 죽지 않았고 살아 있다. 그리고 살아 있는 사람들은 친구이거나 적이며, 아내와 가족을 두고 있으며, 인격도 있고 책략도 부린다. 서평가는 자신이 방해를 받고, 마음이 산란하고, 편견을 갖고 있다는 것을 알고 있다. 이 모든 것을 알고 있고, 또 동시대 의견의 모순 속에서 그것을 뒷받침하는 증거를 봄에도 불구하고, 서평가는 끝없이 쏟아지는 신간들을, 우체국 카운터 위의 낡은 압지만큼이나, 신선한 인상도 받지 못하고 선입관 없는 진술도 하지 못하는 그런 정신으로 평가해야 한다.

그는 서평을 해야 한다. 먹고 살아야 하기 때문이다. 그는 교육받은 계층의 기준에 맞춰 살아야 한다. 대부분의 서평가들이 그 계층에서 나오니까. 따라서 그는 글을 자주 써야 하고, 글을 많이 써야 한다. 그가 저자들에게 그들의 책을 좋아하거나 싫어하는 이유를 말하면서 즐기는 그 공포를 누그러뜨릴 길은 오직 하나밖에 없는 것 같다.

V

서평에서 서평가 본인에게 (벌어들이는 돈과 별도로) 가치 있는 한 가지 요소는 저자에게도 가치 있는 요소이다. 그렇다면 문제는 이 가치를, 니콜슨의 표현을 빌리면 대화의 가치를 어떻게 간직할 것이며, 두 당사자를 둘의 정신과 지갑에 유익한 방향으로 어떻게 결합시킬 것인가 하는 것이다. 그것은 해결하기 힘든 문제가 절대로 아니다. 의료 직종이 그 길을 보여주었다.

어느 정도 차이는 있지만, 의료계의 관습을 모방할 수 있을 것 같다. 의사와 서평가 사이에, 환자와 저자 사이에 닮은 점이 많다. 그렇다면 서평가들이 서평가로서 모든 것을 버리고 의사 같은 존재로 다시 태어난다고 가정해 보자. 그러면 다른 이름을 선택할 수 있다. 컨설턴트, 해설자 같은 이름이 좋을 것 같다. 그들에게 일정한 자격을 부여할 수 있다. 판단 기준은 시험을 통과하는 방식보다는 그들이 쓴 책으로 하는 것이 좋을 것 같다. 그런 과정을 통해 컨설턴트 또는 해설자로 활동할 자격을 갖춘 사람들의 명단을 공개할 것이다.

그러면 작가는 자신이 선택하는 사람의 판단에 자신의 작품을 맡길 것이고, 약속이 잡히고, 면담 시간이 정해질 것이다. 프라이버시가 엄격히 지켜지고 또 약간의 형식을 갖추게 될 것이지만, 수수료는 면담이 다과회의 가벼운 한담으로 흐르지 않도록 할 만큼 충분해야 할 것이다. 의사와 작가가 만나는 셈이다. 한 시간 동안, 그들은 문제의 책을 놓고 협의할 것이다. 그들은 사적으로 진지하게 대화할 것이다. 이 프라이버시는 우선 두 사람 모두에게 엄청난 이점으로 작용할 것이다. 책의 판매에 영향을 미치고 작가의 감정을 다치게 할 위험이 제거될 것이기 때문에, 컨설턴트는 정직하고 솔직하게 말할 것이다. 프라이버시는 어떤 강한 인상을 남기거나 성과를 올려야 한다는 쇼윈도 유혹 같은 것을 약화시킬 것이다.

컨설턴트는 정보를 주려고 노력해야 할, 도서관을 찾는 대중을 전혀 갖고 있지 않으며, 또 강한 인상을 남기고 즐겁게 해줘야 할, 책 읽는 대중도 전혀 갖고 있지 않다. 따라서 그는 책 자체에, 그러니까 저자에게 그가 그 책을 좋아하거나 싫어하는 이유를 들려주는 것에 초점을 맞출 수 있다.

저자도 똑같이 이점을 누린다. 자신이 직접 선택한 비평가와 한 시간 동안 나누는 사적인 대화는 비평가가 자신이 얽힌 외적인 문제와 결부시키면서 쓴 500단어짜리 비평보다 훨씬 더 값질 것이다. 저자는 자신의 작품에 대해 언급할 수 있다. 그는 자신이 겪은 어려움들에 대해 말할 수 있다. 그는 비평이 자신이 쓰지 않은 무엇인가에 대해 말하고 있다는 느낌을 더 이상 지금처럼 자주 받지 않을 수 있다. 더욱이, 작가는 다른 책들과 다른 문학에 대해 많이 알고 있는 정신을, 따라서 다른 기준을 접할 기회를 누릴 수 있다.

그러면 많은 악귀들이 뿔을 잃게 될 것이다. 한 마리의 이가 한 사람의 인간이 될 것이다. 작가의 "평판"은 점진적으로 떨어질 것이다. 그는 그 지긋지긋한 종속과 거기 따르는 끔찍한 결과에서 벗어날 것이다. 이런 것이 프라이버시가 보장하는 명백한 이점이다.

다음에는 경제적인 문제가 있다. 컨설턴트 또는 해설자라는 직업이 서평가라는 직업만큼 소득이 괜찮을까? 자신의 작품에 관해 전문적인 의견을 듣기를 원하는 작가가 얼마나 될까? 이 질문에 대한 대답은 출판업자의 사무실이나 저자의 우편 가방에서 큰 소리로 확인되고 있다.

저자들은 "조언을 부탁합니다"라거나 "비판을 부탁드립니다"라는 말을 거듭 되풀이하고 있다. 광고의 목적이 아니라 그야말로 필요성 때문에 순수하게 비판과 조언을 구하는 저자들의 숫자는 그런 수요가 크다는 점을 뒷받침하는 증거이다.

하지만 그들이 의사의 수수료 3기니[73]를 지불할까? 한 시간의 대화가 3기니의 비용을 요구할지라도, 지금 그들이 초조한 출판업자의 독자에게 강요하다시피 하는 편지나 주의가 산만한 서평가에게서 끌어낼 수 있는 500단어짜리 서평에서 얻는 것보다 훨씬 더 많은 것을 얻을 수 있다는 사실이 확인될 때, 가난한 저자도 그것을 그 만한 가치가 있는 투자로 여길 것이다.

조언을 얻고자 하는 사람은 젊고 궁한 사람만이 아니다. 글쓰기의 기술은 어렵다. 모든 단계에서 객관적이고 냉정한 비평가의 의견이 엄청난 가치를 지닌다. 키츠와 한 시간 동안 시를 놓고 대화하기 위해서라면, 혹은 제인 오스틴과 픽션의 기술에 대해 대화하기 위해서라면 기꺼이 차를 끓이겠다고 나서지 않을 사람이 있을까?

73　기니는 1663년부터 1814년까지 영국에서 발행된 주화로 약 4분의 1온스의 금을 함유했다. 주로 의사나 변호사의 사례금이나 말과 토지 등의 가격을 표시하는 데 쓰였다. 1기니는 21실링에 해당한다.

VI

마지막으로, 가장 중요한 문제가 남았다. 모든 문제들 중에서 가장 어려운 문제이다. 서평가를 폐지하는 경우에 문학에 어떤 효과가 나타날까? 쇼윈도를 깨부수는 것이 그 아득한 여신(女神)의 건강에 유익할 것이라고 생각하는 몇 가지 이유는 이미 암시되었다. 작가는 작업실의 어둠 속으로 물러날 것이다. 그는 힘들고 어려운 일을 더 이상 옥스퍼드 스트리트의 바지 수선사처럼 하지 않을 것이다. 일단의 비평가들이 진열장 유리에 코를 바싹 대고 호기심 가득한 군중에게 바늘땀 하나하나에 대해 논평하는 그런 일은 일어나지 않을 것이라는 뜻이다.

그리하여 작가의 자의식도 약해질 것이고 그의 평판도 떨어질 것이다. 이 쪽을 기웃거리다가 저 쪽을 기웃거리는 일도, 지금 고양되었다가 금방 소침해지는 일도 더 이상 없을 것이기 때문에, 저자는 자신의 작품에 온전히 임할 것이다. 그 같은 변화는 보다 훌륭한 글을 쓰는 데 이롭게 작용할 것이다. 지금 대중을 즐겁게 하고 자신의 기술을 광고하기 위해 쇼윈도 앞에서 까불대는 행동을 함으로써 돈을 벌어야 하는 서평가는 책과 작가의 필요만을 고려할 것이다. 이것은 보다 훌륭한 비평을 낳을 것이다.

그러나 그보다 더 긍정적인 이점이 있다. 거터와 스탬프 시스템은 오늘날 문학 비평으로 통하는 것들, 그러니까 "내가 이 책을 좋아하거나 싫어하는 이유"를 밝히는 단어들을 제거함으로써 지면을 아낄 것이다.

아마 1개월 또는 2개월 동안에 4,000단어 내지 5,000단어가 아껴질 것이다. 그 만한 공간을 활용할 권한을 가진 에디터는 문학에 대한 존경을 표현할 뿐만 아니라 사실상 그 존경을 증명할 것이다. 그 에디터는 정치 일간지 또는 주간지에서도 그 지면을 거물들과 시시한 인물들에 쓰지 않고 계약을 맺지 않은 비상업적인 문학에, 에세이와 비평에 쓸 것이다.

우리 중에 몽테뉴(Montaigne) 같은 사람이 있을 수 있다. 이 몽테뉴 같은 존재가 지금 매주 1,000단어 내지 1,500단어의 쓸모없는 조각으로 쪼개지고 있다. 시간과 지면이 주어지면, 그가 부활할 수 있고, 그를 통해서 지금 거의 멸종되다시피 한 존경할 만한 형태의 예술이 부활할 수 있다. 혹은 우리 중에 비평가가 있을 수 있다. 콜리지나 매튜 아놀드 같은 비평가 말이다. 그 비평가는 지금 니콜슨이 보여주었듯이 다음 주 수요일에 1단짜리 리뷰 기사에 소화시킬 시와 희곡, 소설의 더미 속에서 자신을 조금씩 허비하고 있다. 1년에 딱 두 번만이라도 4,000단어의 지면이 주어진다면, 비평가가 등장할 것이고, 그를 통해서 그 기준들, 그 "영원한 기준들"은 지속적으로 언급되면서 결코 사라지지 않을 것이다.

우리 모두는 미스터 A가 미스터 B보다 글을 더 잘 쓴다거나 미스터 A의 글이 미스터 B의 글보다 못하다는 것을 알 수 있지 않는가? 하지만 그것이 우리가 알고자 하는 것 전부인가? 그것이 우리가 물어야 할 모든 것인가?

요약하면, 아니 산만한 견해들을 제시한 끝에 다른 누군가가 무너뜨릴, 짐작과 결론의 작은 돌무더기를 쌓는다면, 서평은 자의식을 강화하고 힘을 약화시킨다. 쇼윈도와 유리는 한정시키고 금지시킨다. 쇼윈도와 유리의 자리에 토론을, 그러니까 두려움 없고 사욕 없는 토론을 놓음으로써, 작가는 범위와 깊이, 힘에서 많은 것을 얻을 것이다.

이 같은 변화는 최종적으로 대중의 마음에도 전달될 것이다. 대중이 좋아하는 재미있는 저자, 다시 말해 공작과 원숭이의 잡종 같은 저자는 대중의 조롱에 의해 제거되고, 그의 자리를 작업실의 어둠 속에서 일하는, 충분히 존경할 만한 무명의 장인이 차지할 것이다. 새로운 관계, 말하자면 옛날의 관계보다 덜 사소하고 덜 개인적인 관계가 생겨날 수 있다. 그 뒤를 문학에 대한 새로운 관심이, 문학에 대한 새로운 존경이 따를 것이다. 그리고 경제적인 이점은 제쳐 놓는다 하더라도, 비판적이고 목마른 대중이 작업장의 어둠 속으로 몰고 올 광선, 그 순수한 햇살이 얼마나 아름답겠는가!

05

비평은 동시대인에게 어떻게 다가오나?[74]

맨 먼저, 동시대인은 같은 순간에 같은 테이블에 앉은 두 명의 비평가가 똑같은 책에 대해 완전히 다른 의견을 제시할 수 있다는 사실에 충격을 받지 않을 수 없다. 여기 오른쪽에서는 그 책이 영어로 쓴 산문의 걸작으로 선언되는 한편, 왼쪽에서 그 책은 불을 꺼뜨리지 않게 조심하면서 불더미 위로 던져야 할 휴지 뭉치에 불과하다. 그럼에도 두 비평가는 밀턴과 키츠에 대해선 의견의 일치를 보인다.

이 비평가들은 예리한 감수성을 보여주고 있으며 틀림없이 순수한 열정을 품고 있다. 그들이 불가피하게 난투극을 벌이는 때는 단지 동시대 작가들의 작품에 대해 논할 때뿐이다. 영국 문학에 오랫동안 공헌하

74 1923년 4월 5일 TLS에 게재되었다.

게 될 것으로 평가받는 동시에 평범한 재능을 과장한 것에 지나지 않는 다는 혹평을 받고 있는 문제의 책은 두 달 전에 출간되었다. 바로 그 점 이 두 비평가가 의견을 달리하는 이유에 대한 설명이다.

이 설명은 이상하다. 그것은 동시대 문학의 카오스 속에서 자신의 입 장을 견지하려는 독자에게나, 칠흑 같은 어둠 속에서 거의 뼈를 깎는 고통을 겪는 가운데 태어난 자신의 작품이 영국 문학의 불빛들 사이에 서 영원히 빛을 발할 것인지 아니면 반대로 불을 꺼뜨릴 것인지에 대해 알고 싶은 욕망을 자연스럽게 품고 있는 작가에게나 똑같이 당황스런 일로 다가온다.

그러나 만약에 먼저 우리 자신을 독자와 동일시하면서 독자의 딜레 마를 탐구한다면, 우리의 당혹감은 비교적 일시적일 것이다. 똑같은 일 이 전에도 자주 일어났다. 『로버트 엘스미어』(Robert Elsmere)[75], 아니 스티븐 필립스(Stephen Phillips)[76]였던가, 어쨌든 그 작품이 온 곳으로 파고들면서 어른들 사이에 작품을 둘러싸고 의견 불일치가 있었던 이 후로, 박사들이 1년에 평균 두 번 꼴로, 봄과 가을에 새로운 것에 의견 불일치를 보이고 옛날의 것에 의견 일치를 보인다는 소리가 들린다. 만 약에 두 신사가 놀랍게도 똑같이 블랭크의 책에 대해 의심의 여지가 없

---

75 험프리 워드(Humphry Ward) 부인이 1888년에 발표한 소설로 단숨에 100만 부 이상 팔 렸다. 빅토리아(Victoria) 여왕 시대 초기의 종교적 위기 앞에서, 가난한 사람들과 교육의 혜 택을 받지 못한 사람들을 위한 사회적 사업을 강조하는 내용을 담은 작품이다.

76 영국의 시인이자 극작가(1864-1915). 대중적 인기를 많이 누렸으며, 1902년 런던에서 '율 리시스'를 무대에 올렸을 때는 왕실 사람들과 정치인, 유명 인사들이 대거 관람했다.

는 걸작이라고 선언하면서 우리에게 10실링 6펜스를 버릴 각오를 하고 그들의 판단을 지지할 것인지를 결정하도록 했다면, 그것이 훨씬 더 놀랍고, 정말이지 훨씬 더 당혹스런 일이었을 것이다. 두 사람 다 명성을 누리고 있는 비평가들이며, 여기서 그런 식으로 자연스럽게 나온 의견들은 단단히 굳어지면서, 영국과 미국 문학의 품격을 떠받칠, 분별 있는 산문의 기둥들 일부를 이룰 것이다.

그렇다면, 대화가 그런 식으로 진행될 때 우리가 두 사람이 의견 일치를 이룰 기미를 전혀 보이지 않지만 정말 뜻밖에 의견 일치를 보인다 하더라도 반(半) 기니는 동시대의 열정에 지출하기에는 너무 큰 돈이라는 식으로 무의식적으로 결정하는 것은 다소 타고난 냉소적인 사고방식임에 분명하다. 동시대의 천재성에 대한 옹졸한 불신 같은 것 말이다. 그런 경우에 그 책은 도서관에서 빌리는 것으로 적절히 해결될 것이다.

그래도 문제는 그대로 남는다. 그 문제를 대담하게 그 비평가들에게 직접 제시하도록 하자. 죽은 자들을 존경하는 데 있어서 누구에게도 지지 않지만 죽은 자들에 대한 존경이 산 자들에 대한 이해와 결정적으로 연결되어 있는 것이 아닌가 하는 의심 때문에 괴로워하는 독자를 위한 안내자는 오늘날 전혀 없는 것인가? 두 비평가는 급히 조사한 다음에 불행하게도 그런 인물은 전혀 없다는 데에 동의한다. 새 책들에 관한 그들의 판단은 어느 정도의 가치를 지니는가? 분명히, 10실링 6펜스는 아니다. 그리고 그들은 자신들의 경험의 창고에서 과거 실수들의 끔찍한 예들을 끄집어낸다. 살아 있는 자들에게 저질러지지 않고 죽은 자들에게 저질러졌다면 그들이 일자리를 빼앗기고 그들의 명성이 위태로워졌을 그런 비평의 죄들을 말이다. 비평가들이 독자에게 제공할 수 있는 유일한 조언은 자신의 본능을 존중하고, 두려워하지 않고 본능을 따르고, 본능을 살아 있는 비평가나 서평가의 통제에 맡길 것이 아니라 과거의 걸작들을 읽고 또 읽음으로써 본능을 가꾸라는 것이다.

겸허하게 비평가들에게 감사를 표하면서, 우리는 그것이 언제나 그렇지는 않았다는 사실을 떠올리지 않을 수 없다. 먼 옛날에 어떤 규칙이, 말하자면 위대한 독서가들의 공화국을 지금은 모르는 방식으로 통제했던 어떤 규율이 있었다고 우리는 믿어야 한다. 그렇다고 드라이든과 존슨, 콜리지, 아놀드 같은 위대한 비평가가 동시대의 작품을 완벽하게 심판한 사람들이었다는 말은 아니다. 그들의 판결이 책에 지워지지 않는 도장을 찍고 독자가 책의 가치를 스스로 평가하는 수고를 덜어주긴 했지만, 그들의 판단은 완벽하지 못했다. 이 위대한 인간들이 자신의 동시대인들에게 저지른 실수들은 너무나 악명이 높기 때문에 기록할 가치조차 없다.

그러나 그들이 존재한다는 단순한 사실은 중심을 잡아주는 어떤 영향력을 발휘했다. 그것만으로도 만찬 테이블의 의견 불일치를 통제할 수 있었고, 방금 발표된 어떤 책에 대한 무작위적인 발언에 권위를 실었을 것이라고 상상하는 것은 별로 엉뚱하지 않다.

다양한 학파들이 더없이 뜨겁게 논쟁을 벌였을 것이지만, 모든 독서가의 마음 깊은 곳에는 문학의 중요한 원칙들을 늘 생각하는 인물이 적어도 한 사람은 있다는 인식이 자리 잡고 있었을 것이다. 그러니까 당신이 어느 순간의 기이한 문제를 갖고 가면 칭송과 비난의 모순된 돌풍 속에서도 그것을 영원과 연결시키면서 자신의 권위로 확실히 해결해 줄 수 있는 그런 사람 말이다.

그러나 한 사람의 비평가를 낳는 문제에 관한 한, 자연은 너그러워야 하고 사회는 성숙해야 한다. 현대 세계의 흩어져 있는 만찬 테이블들, 말하자면 우리 시대의 사회를 이루고 있는 다양한 흐름들은 오직 전설적인 차원의 어떤 거인에 의해서만 지배될 수 있다.

그리고 우리가 기대할 수 있는 매우 거대한 그 인간은 어디에 있는가? 물론, 비평가들은 넘친다. 그러나 그들의 유능하고 근면한 펜이 너무나 자주 낳는 결과가 문학의 살아 있는 세포들을 작은 뼈들의 조직으로 건조시켜버리는 것이다. 어느 곳에서도, 드라이든의 솔직한 정력이나 키츠의 섬세하고 자연스런 태도를, 또는 귀스타브 플로베르(Gustave Flaubert)의 열광을, 또는 콜리지의, 무엇보다도 머릿속에 전체 시를 몽땅 집어넣고 숙성시키다가, 독서의 마찰로 인해 뜨거워진 정신에게만 이해될 수 있는 그런 심오하고 일반적인 진술들을, 마치 그것들이 책의 영혼인 것처럼 이따금 하나씩 내놓는 그런 행태를 우리는 발견하지 못할 것이다.

그리고 이 모든 것에 그 비평가들은 관대하게 동의한다. 위대한 비평가는 가장 희귀한 존재라고 그들은 말한다. 그러나 위대한 비평가는 기적적으로 나타나야 하는 것인가? 우리는 그를 어떤 식으로 지켜야 하는가? 우리는 그를 무엇으로 부양해야 하는가?

비평가 본인이 위대한 시인이 아닌 경우에 위대한 비평가들은 그 시대의 풍부함에서 생겨난다. 그리고 우리 시대는 빈곤하다고 할 만큼 빈약하다. 나머지 전체를 지배할 수 있는 이름이 전혀 없으며, 젊은이들이 공방을 찾아가서 자랑스럽게 도제를 하겠다고 나서고 싶어 할 만큼 훌륭한 거장도 전혀 없다.

하디는 오래 전에 그 무대에서 철수했으며, 조지프 콘래드(Joseph Conrad)[77]의 천재성에는 이국적인 무엇인가가 있는데, 그것은 그를 영향력 있는 인물로 만들기보다는 명예롭고 존경스럽긴 하지만 초연하고 동떨어진 존재로 만든다. 나머지에 대해 말하자면, 그들이 수적으로 많고 정력적이며 창조적인 활동을 맹렬히 펴고 있음에도 불구하고, 동시대인들에게 진지하게 영향을 미치거나 불멸이라 불러도 좋을 정도로, 우리 시대를 넘어 그리 멀지 않은 미래까지 영향을 끼칠 사람은 하나도 없다.

만약 한 세기를 기준으로 삼으면서 요즘 영국에서 나온 작품 가운데 그때까지 살아남을 작품이 얼마나 될 것인지를 따진다면, 우리는 똑같은 책을 놓고 의견의 일치를 이루지 못할 뿐만 아니라 그런 책이 있는지에 대해 대단히 회의적이라고 대답해야 한다. 지금은 파편의 시대다.

---

77 폴란드 태생의 영국 작가(1857-1924)임에도, 영어로 작품을 쓴 최고의 소설가 중 한 사람으로 꼽힌다.

몇 개의 연(聯), 몇 쪽의 책장, 이 장(章) 또는 저 장, 이 소설의 시작이나 저 소설의 끝은 어느 시대 또는 어느 저자의 최고 작품에 버금간다. 그렇지만 우리가 철 되지 않은 한 뭉치의 흩어진 페이지들을 통해서 후세까지 전해질 수 있겠는가? 아니면 전체 문학을 앞에 놓고 있는 그 시대의 독자들에게 우리의 거대한 쓰레기 더미를 뒤져서 작은 진주들을 찾으라고 요구할 수 있겠는가? 이런 질문들에 대해 작가가 대답하는 것이 적절하지만, 어느 정도의 확신을 갖고 대답할 수 있겠는가?

먼저, 비관주의의 무게가 모든 반대를 물리칠 만큼 충분히 무거워 보인다. 지금은 빈곤을 정당화할 것이 많은 그런 여윈 시대라고 우리는 반복해 말하고 있지만, 솔직히 말해, 세기와 세기를 놓고 서로 비교한다면, 그 비교는 우리에게 압도적으로 불리하다. 『웨이벌리』(Waverley)[78]와 『소요』(The Excursion)[79], 『쿠블라 칸』(Kubla Khan)[80], 『돈 주안』(Don Juan)[81], 윌리엄 해즐릿(William Hazlitt)의 에세이, 『오만과 편견』(Pride and Prejudice)[82], 『하이페리온』(Hyperion)[83]과 『사슬에

78　시인으로서 이미 유명해진 월터 스콧이 1814년에 발표한 역사 소설.

79　윌리엄 워즈워스의 시.

80　새뮤얼 테일러 콜리지가 1797년에 완성한 시.

81　바이런(George Byron)의 장편 서사시. 1819년부터 1824년 사이에 16권까지 출간했으나 결국 미완으로 남았다.

82　제인 오스틴이 1813년에 발표한 소설.

83　존 키츠가 1818년 말부터 1819년 봄까지 쓰다가 밀턴 류의 책이 너무 많고 동생의 병 간호를 해야 한다는 이유로 중도에 포기한 서사시.

서 풀린 프로메테우스』(Prometheus Unbound)[84]는 모두 1800년부터 1821년 사이에 발표되었다. 우리의 세기는 노력이 부족한 것은 아니었지만, 걸작을 찾는다면 언뜻 보기에 비관주의자들의 판단이 옳은 것처럼 보인다.

천재성의 시대 다음에는 노력의 시대가 따르고, 소동과 방종의 시대 다음에는 정숙과 근면의 시대가 따라야 하는 것 같다. 물론, 집에 질서를 세우기 위해 불후의 명성을 희생시킨 사람들에게 영광을 돌려야 한다. 그러나 만약에 걸작을 찾는다면, 우리는 어디서 찾아야 하는 것인가? 예이츠(William Butler Yeats)와 데이비스(William Henry Davies), 존 드 라 메어(John De la Mare)가 남긴 소수의 시는 존속할 것이라고 우리는 확신할 수 있다. 물론, 로런스(D. H. Lawrence)는 위대한 순간을 맞고 있다. 맥스 비어봄(Max Beerbohm)은 나름대로 완벽하다. 리튼 스트레이치(Lytton Strachey)는 전기를 쓰고 있다. 엘리엇(T. S. Eliot)은 운문을 짓고 있다. 『멀리서 오래 전에』(Far Away and Long Ago)[85]의 구절들은 틀림없이 후대까지 이어질 것이다. 『율리시스』(Ulysses)[86]는 기억할 만한 대실패, 말하자면 굉장한 대담성을 보였지만 끔찍한 재앙이다. 그래서 우리는 고르고 가리면서 지금은 이것을

---

84 셸리가 1820년에 발표한 희곡.

85 윌리엄 헨리 허드슨(William Henry Hudson: 1841-1922)이 아르헨티나에서 보낸 어린 시절을 기록한 회고록.

86 제임스 조이스(James Joyce)가 1922년에 발표한 소설.

선택하고 다른 때는 저것을 선택해서, 눈에 띄게 높이 들어 올리고, 그것을 옹호하거나 비웃는 소리를 듣는다. 그러다가 우리는 최종적으로, 그렇다 하더라도 이 시대가 끈기 있는 노력을 펴지 못하고 파편만 생산할 줄 아는 시대이며 그 전의 시대와 진지하게 비교될 수 없는 시대라는 비평가들의 지적에 우리 자신이 동의하고 있다는 혐오스런 사실을 직면해야 한다.

그러나 우리가 가끔 자신이 하는 말을 믿지 않는다는 사실을 아주 예리하게 자각하게 되는 때는 바로 어떤 의견이 널리 퍼져 있을 때 우리가 입에 발린 말로 그 의견의 권위를 높이는 때이다. 이 시대는 기진맥진한 불모의 시대라고 우리는 거듭 말하고 있다. 과거를 부러운 맘으로 돌아봐야 한다는 식으로.

한편으로 보면, 지금은 봄의 멋진 첫 며칠 중 하루이다. 생명이 색깔을 몽땅 다 잃는 법은 절대로 없다. 진지한 대화를 방해하는 전화기도 나름대로 낭만을 갖고 있다. 그리고 불멸을 성취할 가능성이 전혀 없는 까닭에 자신의 마음을 털어놓을 수 있는 사람들의 무작위적인 대화는 종종 불빛들과 거리들, 집들, 아름답거나 끔찍한 인간들로 이뤄진 어떤 무대를 갖고 있으며, 그 무대는 그 자체를 영원히 한 순간으로 엮어 낼 것이다. 그러나 이것이 삶이고, 대화는 문학에 관한 것이다. 우리는 이 두 가지를 서로 떼어놓으려 노력해야 하며, 낙천주의가 그보다 더 그럴듯하고 더 멋져 보이는 비관주의에 맞서 성급하게 일으키는 반란을 정당화해야 한다.

어느 누구도 100년 전으로 돌아가는 쪽을 진지하게 선택하지 않을 것이다. 온갖 사소한 것으로 넘쳐나는 현재에, 과거가 아무리 거룩하다 하더라도 우리가 과거와 바꾸려 하지 않을 무엇인가가 있다. 그것은 맹목적이지만 삶의 영위에 근본적인 어떤 본능이 방랑자로 하여금 왕이나 영웅, 백만장자보다 자신을 더 사랑하도록 만드는 것과 똑같다. 그리고 현대의 문학은 단점에도 불구하고 우리를 지배하고 있으며, 현대 문학은 또 우리의 일부라는, 그러니까 우리가 밖에서 존경하는 마음으로 바라보는 세상이 아니라 우리가 몸담고 있는 세상의 일부라는 그런 사랑스런 특성을 갖고 있다. 지금까지 어느 세대도 우리 세대보다 자신의 동시대인들을 소중히 여길 필요성을 더 강하게 느끼지 않았다.

우리는 전임자들로부터 철저히 차단되어 있다. 저울의 변화, 즉 전쟁과 여러 세대 동안 적절한 자리를 지켜왔던 대중의 갑작스런 이탈 등이 구조 자체를 위에서 아래까지 완전히 뒤흔들어 놓았으며, 우리를 과거로부터 소외시키고, 우리로 하여금 현재를 너무도 생생하게 자각하도록 만들었다. 우리는 매일 자신이 아버지 세대에 불가능했던 것들을 행하거나 말하거나 생각하고 있다는 사실을 발견한다. 그리고 우리는 아주 완벽하게 표현되고 있는 유사점보다는 그다지 언급되지 않는 차이점을 훨씬 더 예리하게 느끼고 있다.

새로운 책들은 부분적으로 우리의 태도가 이런 식으로 다시 조정되고 있는 과정을 반영할 것이라는, 그러니까 우리에게 아주 기이하게 다가오는 장면들이나 사상들, 그리고 앞뒤가 맞지 않는 것들을 정리해 줄 것이라는 희망을 내비치면서 우리로 하여금 읽도록 유혹하고 있다. 또 새로운 책들은, 문학이 그러하듯이, 우리가 재조정된 태도를 충분히 이해하는 가운데 건전하게 지켜나가도록 할 것이라는 희망도 내비친다.

정말로, 바로 여기에 우리가 낙천주의를 품어야 할 모든 이유가 있다. 자신들을 과거와 연결시키는 닮은 점이 아니라 자신들을 과거로부터 분리시키는 다른 점을 표현하기로 작정한 작가들이 우리 시대보다 많았던 시대는 지금까지 한 번도 없었다. 이름을 열거하는 것은 불쾌한 일이겠지만, 시나 픽션이나 전기를 이따금씩 읽는 독자도 우리 시대의 용기와 성실성에, 한마디로 말해 전반적인 독창성에 강한 인상을 받지 않을 수 없다.

그러나 우리의 활기는 이상하게도 약해지고 있다. 책들마다 똑같이 애초의 약속이 성취되지 않았다는 느낌과 지적으로 빈곤하다는 느낌을 주고, 삶에서 끌어낸 광휘를 문학으로 담아내지 못한다는 느낌을 주고 있다. 이 시대의 작품에서 최고로 꼽히는 것들 중 많은 것은 압박 속에서 쓴 것 같은, 말하자면 속기로 쓴 것 같은 인상을 준다. 거기엔 등장인물들이 스크린을 스칠 때 그들의 움직임과 표정은 놀라울 정도로 탁월하게 담겨 있다. 그러나 불빛은 금방 꺼지고, 그러면 우리에게 깊은 불만이 남는다. 그때의 짜증은 쾌락이 치열했던 만큼 더 예리할 수밖에 없다.

물론 지금은, 비평가들이 조언하는 바와 같이, 과거의 걸작들을 참고함으로써 의견의 극단성을 바로잡을 때이다. 우리는 지금 차분한 판단을 근거로 그러는 것이 아니라, 우리의 불안정한 상태를 극단들 쪽의 안전에 단단히 붙들어 매려는 긴박한 욕구 때문에 극단으로 향하고 있다고 느끼고 있다. 그러나 솔직히 말해 과거와 현재의 비교에 따른 충격은 처음에 불안을 느끼게 만든다. 틀림없이, 위대한 책들에 지루한 요소가 있다. 워즈워스와 스콧, 오스틴의 책에는 페이지마다 독자를 졸리게 만들 만큼 평온한 감정을 안겨주는 차분함이 있다. 기회들이 생겨도, 위대한 작가들은 그것들을 무시한다. 미묘한 차이와 섬세함이 축적되어도, 그들은 그것들을 모른다. 위대한 작가들은 현대인들이 강하게 자극받는 감각들, 그러니까 시각과 청각, 촉각, 그리고 무엇보다 지각들과 공명하는 개성의 감각을 충족시키기를 고의로 거부하는 것 같다. 이 지각들이 일반화되지 않고 정해진 어느 순간에 특정한 어떤 사람에 중심을 두고 있기 때문에, 바로 그 사람과 그 순간을 최대한 생생하게 만드는 효과를 발휘하는데도 말이다.

워즈워스와 스콧, 제인 오스틴의 작품들에는 이런 요소들이 거의 없다. 그렇다면 우리를 점진적으로, 유쾌하게, 완전히 압도하는 그 안전의 감각은 어디서 비롯되는가? 우리에게 강요되고 있는 것은 그 작가들의 믿음의 힘, 곧 그들의 확신이다. 철학적인 시인 워즈워스에서 이것이 특별히 분명하다. 그러나 아침 식사 전에 성(城)들을 지을 걸작들을 끼적거렸던 경솔한 스콧에게도 그 말은 똑같이 통하고, 즐거움을 주기 위해 은밀히 글을 썼던 그 겸손한 노처녀도 마찬가지다. 두 작가의 경우에, 삶은 어떤 특성을 지닌다는 강한 확신이 똑같이 보인다. 그들은 품행에 관한 판단 기준을 나름대로 갖고 있다. 그들은 인간들이 서로 맺는 관계와 인간들이 우주와 맺는 관계를 알고 있다. 그들 중 누구도 그 문제에 대해 노골적으로 할 말을 갖고 있지는 않다. 그러나 모든 것이 그 문제에 의지하고 있다. 우리는 자신이, 그냥 믿기만 하라, 그러면 나머지는 저절로 일어날 것이다, 라고 말하고 있는 것을 발견한다.

최근 『왓슨가 사람들』(The Watsons)[87]의 출간이 상기시키는 매우 간단한 예를 든다면, 친절한 소녀는 댄스파티에서 무시당한 소년의 감정을 본능적으로 달래주게 되어 있다고 믿기만 하면 된다. 만약에 그 점을 절대적으로 믿는다면, 당신은 100년 후에도 사람들이 똑같은 것을 느끼게 만들 수 있을 뿐만 아니라 그 사람들이 그것을 문학으로 느끼도록 만들 수도 있다. 바로 그런 종류의 확신이 글쓰기를 가능하게 하는 조건이다.

당신의 인상들이 다른 사람들에게도 그대로 유효하다고 믿는 것은 인격의 속박과 억제로부터 놓여나는 것이다. 스콧이 자유로웠듯이, 우리가 모험과 로맨스의 전체 세계를 너무도 생생한 활력으로 탐험하는 것은 곧 자유로워지는 것이다. 그 같은 믿음은 또 제인 오스틴이 그렇게 노련한 작가가 된 그 신비스런 과정의 첫걸음이었다. 사소한 경험 한 조각을 선택하여, 그것을 굳게 믿으며, 그것을 그녀의 밖에 놓는 경우에, 그 경험은 제자리에 정확히 놓일 수 있었고, 그녀는 그것을 분석

87　제인 오스틴이 1803년 경에 시작했으나 미완으로 남긴 소설. 1871년에 미완성 상태로 출간되었다. 그 후로 오스틴 가의 후손들을 중심으로 소설을 완성시키려는 노력이 이어졌다.

가들에게 절대로 그 비결을 드러내지 않는 어떤 과정을 통해서 완전한 진술로 자유롭게 바꿔놓는데, 이 진술이 바로 문학이다.

그렇다면 우리의 동시대 사람들은 믿기를 중지한 탓에 우리를 괴롭히고 있다. 그들 중에서 가장 정직한 사람만이 자신에게 일어난 일에 대해 우리에게 말해줄 것이다. 그들은 다른 인간들로부터 자유롭지 못하기 때문에 하나의 세계를 만들지 못한다. 그들은 이야기들이 진실하다는 것을 믿지 않기 때문에 이야기를 들려주지 못한다. 그들은 일반화하지 못한다. 그들은 메시지가 불명확한 자신의 지성보다 증거가 믿을 만한 감각과 감정에 의존한다. 그리고 그들은 자신의 기술로 다듬은 무기들 중에서 가장 강력한 것들 일부와 가장 정교한 것들 일부의 사용을 부득이하게 부정해야 한다.

우리의 동시대 사람들은 단지 영원의 관점이라는 새로운 앵글에 맞춘 가운데 노트를 넘기면서 급히 흘러가고 있는 희미한 빛들(무슨 불빛이며, 무엇을 비추고 있는가?)과, 아마 아무것도 구성하지 못할 일시적인 장관을 기록할 수 있을 뿐이다. 만약에 시대가 정말 이런 식이고, 우리의 시야가 테이블에 앉은 장소에 따라 결정된다면, 동시대 작품을 판단하는 데 따르는 위험이 이전 어느 때보다 더 크다고 비평가들은 당연히 선언해야 한다.

비평가들의 판단이 빗나가는 경우에 그에 대한 핑계는 아주 많다. 그리고 매튜 아놀드가 조언했듯이, 현재라는 불타는 영역으로부터, 그러니까 "그 평가가 그냥 개인적이지 않고 뜨거우면서 개인적이어야 하는"경우가 너무나 잦은 영역으로부터 과거라는 안전한 고요 속으로 물러나는 것이 틀림없이 더 바람직하다.

그러나 비관주의의 어투가 귀에 거슬린다. 오늘날의 작가가 걸작이라고 불릴 만한 그런 완전한 진술을 쓸 수 있을 것이라는 희망을 부정해야 하는 것은 사실이다. 오늘날의 작가는 기록을 충실히 남기는 존재로 만족해야 한다. 그러나 만약에 그 노트들이 사라질 수 있는 책들이라면, 작가는 그것들을 어쨌든 미래의 걸작이 만들어질 재료로 생각할 수 있다.

여기서 다시 신화 작가의 어투로 말한다면, 진리는 어떤 때는 열린 공간에 조용히 와서 스스로를 노출시키고 또 어떤 때는 모호한 상태로 무시 당한 채 날아다니면서 언제나 변덕스런 모습을 보였다. 그러나 그런 것이 진리라면, 우리는 너무도 짧은 진리의 출현을 기다리는 것이 타당하다. 진리의 모습을 확인하게 되는 경우에, 우리는 초서에서부터 심지어 콘래드에 이르기까지 진리는 언제나 똑같다는 확신을 품게 될 것이다. 다름은 표면에 나타나지만, 연속성은 깊은 속에 나타난다.

현재의 책들에 대한 의견을 말하는 것이 주요 임무인 비평가에 대해 말하자면, 비평가는 그 책들에 대해, 고용주의 통제를 전혀 받지 않는 자유로운 장인(匠人)들이 아직 태어나지 않은 어떤 위대한 작가를 위해서 열성을 갖고 눈에 띄지 않게 익명으로 벌이는 활동 같은 것으로 보는 것이 바람직하다. 따라서 비평가는 격려에 관대해야 하지만, 시들어 버릴 화환을 안기거나 조각으로 떨어져 나갈 광환(光環)을 안기는 일은 없어야 한다. 비평가는 미래와의 관계 속에서 현재를 봐야 한다.

요약하면, 비평가는 버터가 풍부하고 설탕이 싼 편안한 집단 쪽으로 열린 문을 닫아걸고, 차라리 헤스터 스탠호프 부인(Lady Hester Stanhope)[88]을 모방해야 한다. 구세주를 위해 외양간에 우윳빛의 백마를 준비해 두고서는 구세주의 접근을 알려주는 최초의 신호를 찾아 성급하지만 굳은 확신을 갖고 산꼭대기를 조사하던 그 여윈 귀족 말이다.

---

88 영국의 모험가이며 여행가, 골동품 연구가(1776-1839)로 유명하다. 1815년에 지금의 팔레스타인의 아슈켈론에서 벌인 고고학적 발굴은 현대적 기법을 처음 동원한 것으로 알려져 있다.

06
전기의 예술[89]

Ⅰ

흔히 전기의 예술이라고 말하지만, 그런 말을 들으면 당장 이런 물음을 던지게 된다. 전기도 예술인가? 전기 작가들이 우리에게 안겨준 큰 즐거움을 고려한다면, 이 질문은 아마 어리석고 틀림없이 옹졸하다. 그러나 이 질문이 너무나 자주 제기되기 때문에 그 뒤에 무언가 있음에 틀림없다.

새로운 전기를 펼칠 때마다, 그 무언가가 페이지마다 그림자를 드리우고 있으며, 그 그림자 안에 치명적인 무엇인가가 있을 것 같다. 어쨌

---

89   1939년에 쓴 에세이.

든, 책으로 쓰인 무수한 인생 이야기들 중에서 살아남는 것은 극소수에 불과하니까!

그러나 치사율이 그렇게 높은 이유는 전기가 시와 픽션의 예술과 비교할 때 젊은 예술이기 때문이라고 전기 작가는 주장할 수 있다. 자신의 본성과 타인의 본성에 대한 관심은 인간의 정신에서 늦게 발달한 부분이다. 잉글랜드에서는 18세기까지 그런 호기심이 사적인 사람의 인생을 글로 적는 단계까지 발달하지 않았다. 19세기 들어서야, 전기가 완전히 꽃을 피웠으며 작품 활동도 활발해졌다.

위대한 전기 작가가 3명, 즉 새뮤얼 존슨과 제임스 보스웰(James Boswell)과 존 깁슨 록하트(John Gibson Lockhart)뿐이라는 말이 사실이라면, 그 이유는 시간이 짧았기 때문이라고 그 전기 작가는 주장한다. 그리고 전기의 예술이 확고히 뿌리를 내리고 발달하는 데 필요한 시간을 충분히 갖지 못했다는 그의 평계는 틀림없이 교과서들에서 나왔다. 그 이유를, 그러니까 시를 쓰는 마음이 생겨나고도 그렇게나 많은 세기가 지난 뒤에야 산문으로 책을 쓰는 마음이 생겨난 이유를, 다시 말해 초서가 헨리 제임스보다 수 세기 앞서는 이유를 파고드는 것도 매력적일 수 있지만, 대답 불가능한 물음은 대답하지 않은 상태로 그냥 두는 것이 더 낫다.

그러니 걸작의 결여에 대해 전기 작가가 제시하는 이유로 넘어가도록 하자. 그것은 전기의 예술이 모든 예술들 중에서 제약이 가장 많은 예술이라는 것이다. 그는 증거도 미리 준비해 두었다. 스미스(Smith)가 존스(Jones)의 삶에 대해 쓰면서 남긴 서문에 그런 내용이 들어 있다. 스미스는 그 서문을 통해서 편지들을 빌려준 옛 친구들에게 감사의 말을 전하고, "마지막으로 말하지만 절대로 무시할 수 없는 것으로서" 미망인 존스 부인의 도움에 대해 "그녀의 도움이 없었더라면, 이 전기는 절대로 쓰이지 못했을 것"이라는 말로 감사를 표하고 있다. 오늘날 소설가는 머리말에서 단순히 "이 책 속의 등장인물들은 모두 허구다"라고 말한다고 그 전기 작가는 지적하고 있다. 소설가는 자유로운 반면에, 전기 작가는 묶여 있는 것이다.

아마 여기서 우리는 매우 어려운, 아마 해결 불가능한 물음이 크게 외치는 소리를 들을 것이다. 어떤 책을 하나의 예술 작품이라고 말할 때, 그것은 도대체 무슨 뜻인가? 어쨌든, 전기와 픽션 사이에 구분이 있다. 그것은 전기와 픽션이 사용하는 재료가 서로 다르다는 점을 뒷받침하는 증거이다. 전기는 친구들의 도움으로, 말하자면 사실들의 도움으로 만들어지는 반면에, 픽션은 예술가가 자신에게 유익해 보이기 때문에 따르기로 선택하는 제한을 제외하고는 어떤 제약도 받지 않는 가운데 창조된다. 그것은 하나의 구별이며, 과거에 전기 작가들은 그것이 단순한 구별이 아니라 매우 잔인한 구별이라는 사실을 확인했다.

미망인과 친구들은 아주 까다로운 감독관이다. 예를 들어, 천재성을 가진 사람이 부도덕하고, 기질이 사납고, 장화를 벗어 하녀의 머리 쪽으로 던진다고 가정해 보자. 그런 남자의 미망인은 이렇게 말할 것이다. "그래도 나는 지금도 그를 사랑해요. 그는 아이들의 아버지였어요.

그리고 그의 책을 사랑하는 대중이 환멸을 느끼는 일은 절대로 없어야 해요. 그러니 덮어두도록 하지요. 그냥 빼버리도록 해요." 그러면 전기 작가는 미망인의 말에 복종했다. 그래서 빅토리아 시대 전기들의 과반은 지금 웨스트민스터 사원에 보존되어 있는 밀랍 인형들과 비슷하다. 그 인형들은 장례 행렬 속에 끼어 거리를 돌았으나, 관 속에 들어 있는 육체와 피상적으로만 비슷한 초상이었다.

그러다가 19세기 말에 이르러 어떤 변화가 일어났다. 또 다시, 쉽게 발견되지 않는 이유들로 인해서, 미망인들이 더 넓은 마음을 갖게 되었으며, 대중은 더 예리한 눈을 갖게 되었다. 밀랍 인형은 더 이상 확신을 전하지 못하게 되었고 호기심을 충족시키지 못하게 되었다. 전기 작가는 확실히 어느 정도의 자유를 확보했다. 적어도 전기 작가는 죽은 사람의 얼굴에 흉터나 주름살이 있었다는 암시는 할 수 있었다.

프루드가 쓴 칼라일은 절대로 발그스름하게 칠한 밀랍 마스크가 아니다. 프루드의 뒤에, 자기 아버지가 잘못을 곧잘 저지르는 한 사람의 인간이었다고 감히 말한 에드먼드 고스(Edmund Gosse)가 있었다. 그리고 에드먼드 고스의 뒤를 이어, 20세기 초에 리튼 스트레이치가 나타났다.

Ⅱ

리튼 스트레이치라는 인물은 전기의 역사에서 대단히 중요한 인물이다. 그래서 여기서 잠시 멈추지 않을 수 없다. 그의 유명한 책 3권, 즉 『빅토리아 시대의 탁월한 인물들』(Eminent Victorians)과 『빅토리아 여왕』(Queen Victoria), 『엘리자베스와 에식스』[90](Elizabeth and Essex)가 전기가 할 수 있는 것이 무엇이며 전기가 할 수 없는 것이 무엇인지를 동시에 보여주는 하나의 업적이기 때문이다. 따라서 그 작품들은 전기가 하나의 예술인지를 묻는 질문에, 그리고 전기가 예술이 아니라면 그 이유가 무엇인지를 묻는 질문에 많은 대답을 암시한다.

리튼 스트레이치는 운이 좋은 시기에 한 사람의 저자로 탄생하게 되었다. 그가 처음 시도하던 1918년에, 전기는 새로 자유를 얻으면서 엄청난 매력을 발휘하던 형식이었다. 스트레이치처럼 시나 희곡을 쓰길 원했으나 자신의 창의력을 믿지 못했던 작가에게, 전기가 유망한 대안을 제공할 것처럼 보였다. 왜냐하면 죽은 자들에 관한 진실을 말하는 것이 마침내 가능해졌고, 빅토리아 시대에 탁월한 인물들이 아주 많았는데 그 중 많은 사람들이 대략적으로 만든 석고상에 의해 총체적으로 일그러져 있었기 때문이었다. 그들을 다시 살려내는 것은, 말하자면 그들을 실제 모습 그대로 보여주는 것은 시인이나 소설가들의 재능과 비슷한 재능을 요구하는 작업임에도 전기 작가가 스스로 결여하고 있다고 판단하는 그런 창조력을 요구하지는 않았다.

그것은 시도해 볼 만한 가치가 충분했다. 그리고 빅토리아 여왕 시대

---

90 제2대 에식스 백작(1566-1601)을 말한다. 본명은 로버트 데브로(Robert Devereux)였으며 엘리자베스 1세의 총애를 받았으나 반역죄로 처형되었다.

의 탁월한 인물들에 대한 그의 짧은 연구가 불러일으킨 분노와 관심은 그가 헨리 에드워드 매닝(Henry Edward Manning)과 플로렌스 나이팅게일(Florence Nightingale), 찰스 고든(Charles Gordon) 등이 생생하게 살아나도록 만들 수 있다는 점을 보여주었다. 다시 한 번, 그 인물들은 사람들의 대화의 중심에 섰다. 고든은 진짜로 술을 마셨을까, 아니면 그 이야기는 날조된 것일까? 플로렌스 나이팅게일은 메리트 훈장 (공로 훈장)을 침실에서 받았을까, 아니면 거실에서 받았을까? 유럽에서 전쟁이 벌어지고 있는 와중에도, 리튼 스트레이치는 대중의 호기심을 한껏 휘저으면서, 사람들이 그런 사소한 문제에 놀라운 관심을 보이도록 만들었다. 화와 웃음이 뒤섞였으며, 그의 책은 쇄를 거듭했다.

그러나 이것들은 캐리커처의 과장과 축약 같은 무엇인가를 가진 짧은 연구들이었다. 2명의 위대한 여왕인 엘리자베스와 빅토리아의 삶에서, 그는 훨씬 더 야심찬 일을 시도했다. 그때까지 전기는 전기가 할 수 있는 것이 무엇인지를 보여줄 기회를 전혀 갖지 못했다. 그러던 전기가 마침내 획득하게 된 모든 자유를 이용할 수 있는 능력을 갖춘 한 작가에 의해 시험대에 올랐다. 그는 겁이 없었으며, 그는 자신의 탁월함을 증명했다. 그는 자신의 일을 배웠다. 그 결과, 전기의 본질에 대해 많은 것을 밝힐 수 있었다. 2권의 책을 한 권씩 차례로 읽은 뒤에 누가 『빅토리아 여왕』은 대단한 성공작이고, 『엘리자베스와 에식스』는 상대적으로 실패작이라는 데에 의문을 제기할 수 있겠는가. 그러나 두 작품을 비교할 때, 실패한 것은 리튼 스트레이치가 아니라 전기의 예술인 것처럼 보인다. 『빅토리아 여왕』에서, 그는 전기를 하나의 공예품으로 다루면서 전기의 한계에 굴복했다. 『엘리자베스와 에식스』에서, 그는 전기를 하나의 예술로 다루면서 전기의 한계를 조롱했다.

그러나 우리는 어떻게 이런 결론에 도달했는지, 그리고 그런 식으로 결론을 내린 근거가 무엇인지에 대해 질문을 계속 던져야 한다. 가장 먼저, 두 여왕이 전기 작가에게 매우 다른 문제들을 안겨주고 있는 것이 분명하다. 빅토리아 여왕에 관한 것은 모두 알려져 있었다. 그녀가 한 모든 행위, 그녀가 생각한 거의 모든 것은 공통적인 지식의 문제였다. 빅토리아 여왕보다 더 가까이서 확인되고 더 정확히 증명된 사람은 그때까지 아무도 없었다.

전기 작가는 빅토리아 여왕을 창조할 수 없었다. 왜냐하면 매 순간에 전기 작가의 날조를 점검할 문서가 존재했기 때문이다. 그리고 빅토리아 여왕에 대해 쓰면서, 리튼 스트레이치는 그 조건에 복종했다. 그는 선택과 진술과 관련한 전기 작가의 힘을 최대한 활용했으나, 그는 엄격히 사실의 세계 안에 남았다. 모든 진술은 검증되었으며, 모든 사실은 증명되었다. 그 결과, 리튼 스트레이치는 늙은 여왕에게, 보스웰이 늙은 사전 제작자[91]를 위해 쓴 것과 같은 어떤 삶을 안겨줄 수 있었다. 보스웰의 존슨이 지금 존슨 박사인 것처럼, 미래에 리튼 스트레이치의 빅토리아가 빅토리아 여왕이 될 것이다. 다른 버전들은 희미해지다가 최

---

[91] 1755년에 '영어 사전'(A Dictionary of the English Language)을 펴낸 새뮤얼 존슨을 말한다.

종적으로 사라질 것이다.

그것은 놀라운 위업이었으며, 그런 성취를 이룬 마당에, 저자는 틀림없이 그 이상으로 밀어붙이고 싶어 했다. 거기에 빈틈없고 현실적이고 접근 가능한 빅토리아 여왕이 있었다. 그러나 틀림없이 그녀는 제한을 받았다.

그렇다면, 전기는 시의 치열성이 느껴지는 무엇인가를, 희곡의 흥분이 느껴지는 무엇인가를, 그러면서도 사실에 속하는 특이한 미덕을, 말하자면 나름의 함축적인 현실과 적절한 창의성을 발휘하는 무엇인가를 생산해낼 수 없는 것인가?

엘리자베스 여왕은 그 실험에 아주 적합한 것 같았다. 그녀에 관해서는 알려진 것이 아주 적었다. 그녀가 몸담고 살았던 사회가 아득히 먼 과거이기 때문에, 그 시대 사람들의 습관과 동기, 심지어 행동까지도 이상하고 모호한 것들로 가득했다. 리튼 스트레이치는 그 책의 첫 부분에서 이렇게 말했다. "어쨌든, 우리는 어떤 기술로 그런 낯선 정신들 속으로, 그리고 그보다 더 낯선 육체들 속으로 파고들 것인가? 우리가 그 독특한 세계를 분명하게 지각할수록, 그 세계는 그 만큼 더 멀어진다." 그럼에도 엘리자베스 여왕과 에식스 백작의 이야기에는 반쯤 숨겨지고 반쯤 드러난 채 잠들어 있는 어떤 "비극적인 역사"가 틀림없이 있었다. 엘리자베스에 관한 모든 것은 양쪽 세계들의 이점들을 결합시킨 책으로, 말하자면 예술가에게 꾸며낼 자유를 주면서도 사실들의 뒷받침으로 그의 창작을 돕는 그런 책으로 만들기에 적절해 보였다. 전기일 뿐만 아니라 하나의 예술 작품이기도 한 그런 책 말이다.

그럼에도 불구하고, 그 결합은 불가능한 것으로 드러났다. 사실과 픽션이 서로 결합하기를 거부했던 것이다. 엘리자베스는 빅토리아 여왕에 대해 진짜 같다고 말할 때와 같은 의미로는 절대로 진짜 같을 수 없었으며, 그럼에도 그녀는 클레오파트라나 팰스태프가 허구적이라고 말할 때와 같은 의미로 허구적일 수도 없었다. 이유는 엘리자베스 여왕에 관한 것이 거의 알려지지 않은 탓에 그가 꾸며내지 않을 수 없는 상황이었음에도 무엇인가가 알려져 있었던 탓에 창작 행위가 저지당했기 때문이다. 따라서 엘리자베스 여왕은 사실과 픽션 사이의 모호한 세계로 들어가게 되었으며, 따라서 그녀의 일생이 구체화되지도 않았고 해체되지도 않았다. 거기엔 서로 만나긴 하지만 충돌을 전혀 일으키지 않는 등장인물들의, 또 위기가 전혀 없는 어떤 비극의 공허한 노력의 느낌이 있다.

이 같은 진단이 옳다면, 우리는 문제가 전기 자체에 있다고 말하지 않을 수 없다. 전기가 조건들을 강요하는데, 그 조건들은 전기가 반드시 사실에 근거를 둬야 한다는 것이다. 그리고 전기를 논하면서 사실이라고 말할 때, 그것은 예술가 본인이 아닌 다른 사람들에 의해 검증되는 사실들을 의미한다. 만약에 전기 작가가 예술가가 사실들을 만들어내듯이 사실들을 만들어내면서 그것과 다른 종류의 사실들을 결합시키려 든다면, 그 사실들은 서로를 파괴하고 말 것이다. 한 사람의 예술가가 만들어내는 사실은 그 예술가 외에는 어느 누구도 검증할 수 없는 시실이다.

리튼 스트레이치는 『빅토리아 여왕』에서 이 같은 조건의 필연성을 절실히 깨달으면서 본능적으로 거기에 굴복했던 것 같다. 그는 이렇게 적고 있다. "여왕의 삶 중에서 첫 42년의 세월은 대단히 다양하고 많은 양의 정확한 정보에 의해 밝게 드러난다. 그러다가 앨버트(Albert) 공의 죽음으로, 어떤 베일이 처진다." 앨버트 공의 죽음으로 베일이 처지고 정확한 정보가 사라질 때, 리튼 스트레이치는 전기 작가도 그 길을 따라야 한다는 것을 알았다. 그는 "우리는 간략하게 요약하는 것으로 만족해야 한다"고 썼으며, 빅토리아 여왕의 삶 중 마지막 몇 년은 간단히 처리되고 있다. 그러나 엘리자베스 여왕의 삶 전체는 빅토리아 여왕의 말년에 처진 그 베일보다 훨씬 더 두꺼운 베일 뒤에서 영위되었다. 그럼에도 그는 자신의 인정을 무시하며 계속 글을 썼으며, 그 결과 간략하게 요약하는 진술이 아니라, 정확한 관련 정보가 부족한 사람들의 낯선 정신들과 그보다 더 낯선 육체들에 관한 책을 한 권 남기게 되었다. 그 시도는 스트레이치 자신의 말로 판단하면 실패의 운명을 맞게 되어 있었다.

Ⅲ

그렇다면, 전기 작가가 친구들과 편지, 문서들에 옴짝달싹 못하게 묶여 있다고 불평할 때, 그는 전기의 한 가지 필수 요소를 정확히 지적하고 있었다고 할 수 있다. 또 그 요소는 필요한 제약인 것 같다. 창조된 등장인물은 사실들이 단 한 사람, 그러니까 예술가 자신에 의해서만 검증되는 어떤 자유로운 세상에 살고 있으니까. 그 사실들의 신뢰성은 예술가 자신의 상상력의 진실에만 좌우된다. 그 상상력에 의해 창조된 세상은 대부분 타인들이 제공하는 진짜 정보로 만들어지는 세상보다 더 귀하고 더 치열하고 더 완전한 한 조각이다. 그리고 이 차이 때문에 두 가지 종류의 사실은 서로 섞이지 않을 것이다. 종류가 다른 사실들은 서로 접촉하는 경우에 서로를 파괴하고 말 것이다. 결론은 어느 누구도 두 개의 세계를 똑같이 최대한으로 이용하지 못한다는 것이다. 당신은 선택해야 하고, 그런 다음에 그 선택을 준수해야 한다.

그러나 『엘리자베스와 에식스』의 실패가 이 같은 결론을 내리게 할지라도, 그 실패는 멋진 기술로 수행한 과감한 실험의 결과이기 때문에 더 많은 발견을 이룰 길로 안내한다. 리튼 스트레이치가 살아 있다면, 그는 틀림없이 자신이 개척한 그 광맥을 탐험했을 것이다. 지금도 그는 다른 사람들이 나아갈 수 있는 길을 우리에게 보여주고 있다.

전기 작가는 사실들에 얽매인다. 그건 맞는 말이다. 그러나 그렇다 하더라도 전기 작가는 접근 가능한 사실들을 모두 활용할 권리를 누린다. 만약에 존스가 하녀의 머리에 장화를 던졌거나, 이즐링턴에 애인을 두고 있었거나, 주색에 빠져 하룻밤을 보낸 뒤에 술에 취한 상태에서 도랑에 빠진 채 발견되었다면, 전기 작가는 그런 것에 대해 적어도 명예훼손에 관한 법과 인간의 감정이 허용하는 범위 안에서 최대한 자유롭게 말할 수 있어야 한다.

그러나 이 사실들은 한 번 발견되기만 하면 언제나 일정불변하는 과학의 사실들과 다르다. 이 사실들은 의견의 변화에 따라 달라지며, 의견은 시간이 흐름에 따라 변하게 되어 있다. 죄로 여겨졌던 것이 지금 심리학자들이 밝혀낸 사실들에 비춰보면 아마 불행한 일일 수도 있고 호기심일 수도 있으며, 불행한 일도 아니고 호기심도 아닐 수 있으며, 단지 이 길로나 저 길로 전혀 중요하지 않은 사소한 결점일 수도 있다. 섹스에 대해 말할 때의 어투도 우리의 기억에 남아 있는 범위 안에서 변했다.

이 같은 변화는 인간의 외관의 진정한 특징들을 여전히 흐리게 만들고 있는 많은 "폐판"(廢版)[92]들을 파괴한다. 옛날의 장 제목들 중 많은 것, 이를테면 대학 생활과 결혼, 경력 등은 매우 임의적이고 인위적인 구분인 것 같다. 주인공이 진정으로 살아온 길은 그것과 다른 경로를 밟았을 가능성이 아주 크다.

따라서 전기 작가는 광산의 카나리아처럼, 대기를 검사하고 거짓과 가공적인 것과 시대에 뒤진 관습을 탐지하면서 나머지 사람들보다 앞서 나아가야 한다. 전기 작가는 언제나 진실 감각을 가진 채 생생하게 살아 있어야 하고 늘 조심해야 한다. 우리는 지금 일천 대의 카메라가 신문과 편지, 일기를 통해서 모든 등장인물을 모든 각도에서 초점을 맞

---

92 인쇄를 끝냄에 따라 불필요하게 된 조판을 말한다.

추며 들여다보는 그런 시대에 살고 있다. 따라서 전기 작가는 똑같은 모습을 묘사하는 버전들이 서로 모순될 수 있다는 점을 인정할 준비가 되어 있어야 한다.

전기는 의외의 구석까지 거울을 높이 비춤으로써 그 영역을 확장할 것이다. 그럼에도 이 모든 다양성으로부터 전기는 혼란스런 소란이 아니라 더욱 풍성한 통합을 끌어낼 것이다. 다시 말하지만, 옛날에 알려지지 않았던 것들이 너무나 많이 알려져 있기 때문에, 위대한 인간들만의 삶을 기록으로 남겨야 하는가 하는 질문을 피할 수 없다. 인생을 살았고, 삶의 어떤 흔적을 남긴 사람들은 누구나 전기의 대상이 될 가치가 있는 것이 아닌가? 그러니까 성공뿐만 아니라 실패를, 걸출한 사람들뿐만 아니라 미천한 사람들의 삶까지도 전기로 남길 가치가 있는 것이 아닌가? 그리고 위대함이란 무엇인가? 또 사소함이란 무엇인가? 우리는 공적(功績)의 기준을 수정하고 우리의 존경을 받을 만한 새로운 영웅들을 내세워야 한다.

IV

따라서 전기는 단지 경력을 시작하는 단계에 있을 뿐이다. 전기는 그 전에 길고 능동적인 어떤 삶을 살아 왔으며, 그 삶은 틀림없이 어려움과 위험, 고된 일로 가득했을 것이다. 그럼에도 불구하고, 우리는 또한 그 삶이 시와 픽션의 삶과 다른 삶이라는 것을 확신할 수 있다. 긴장도가 보다 낮은 단계에서 사는 삶이다. 그리고 그런 이유 때문에, 전기의 창조물들은 예술가가 간혹 자신의 창조물을 통해 성취하게 되는 불멸을 이룰 수 없는 운명을 타고났다.

그것을 뒷받침하는 증거가 이미 일부 있는 것 같다. 심지어 보스웰이 창조한 존슨 박사도 셰익스피어가 창조한 팰스태프만큼 오래 살지 못할 것이다. 미코버(Micawber)[93]와 미스 베이츠(Miss Bates)[94]가 록하트의 월터 스콧 경과 리튼 스트레이치의 빅토리아 여왕보다 더 오래 살아남을 것이라고 우리는 자신 있게 말할 수 있다. 이유는 그들이 더 오래 버티는 물질로 이뤄져 있기 때문이다.

예술가의 상상력은 최고의 경지에 이를 때에 사라질 수 있는 것이면 무엇이든 다 태워버린다. 예술가는 내구력 있는 것만을 갖고 건설하지만, 전기 작가는 사라질 수 있는 것을 받아들이고, 그것을 갖고 건설하고, 그것을 자신의 작품의 구조 안에 집어넣어야 한다. 그러면 많은 것이 사라지고 살아남는 것은 거의 아무것도 없게 될 것이다. 따라서 우리는 전기 작가는 한 사람의 장인이지 예술가가 아니라는 결론에, 또 그의 작업은 예술 작업이 아니라, 이도 저도 아닌 그 무엇이라는 결론에 도달한다.

그럼에도, 그런 보다 낮은 차원에서 전기 작가의 작업은 매우 소중하

93　찰스 디킨스가 1850년에 쓴 소설 "데이비드 카퍼필드"(David Copperfield)에 등장하는 사무원으로 아주 낙천적인 성격의 소유자이다.

94　제인 오스틴이 1815년에 발표한 소설 "엠마"의 주요 등장인물로 사소한 말을 끊임없이 쏟아내는 것이 특징이다.

다. 전기 작가가 우리를 위해서 하는 일에 대해 아무리 감사를 표시해도 결코 충분하지 않다. 우리가 전적으로 상상력의 치열한 세계에서 살 수는 없기 때문이다. 상상은 금방 지치는 탓에 휴식과 기분 전환을 필요로 하는 기능이다. 그러나 지친 상상력에게 적절한 먹이는 열등한 시나 수준 떨어지는 픽션이 아니다. 정말이지, 열등한 시나 수준 낮은 픽션은 상상력을 무디게 하고 타락시킨다. 지친 상상력에게 적절한 먹이는 명확한 사실, 그러니까 리튼 스트레이치가 보여준 바와 같이, 훌륭한 전기의 재료가 되는 "진정한 정보"이다. 실제 인물은 언제 어디서 살았으며 어떻게 생겼는지, 끈이 있는 구두를 신었는지 아니면 신축성 있는 구두를 신었는지, 그의 숙모들은 누구이며 친구들은 누구인지, 코는 어떤 식으로 풀었는지, 그가 사랑한 사람들은 누구이며 또 어떤 식으로 사랑했는지, 죽음을 맞이할 때 그가 침대에서 기독교 교인처럼 죽어갔는지 등등이 그런 정보이다.

진정한 사실들을 우리에게 말해주고, 큰 것들로부터 사소한 것들을 가려내고, 우리가 윤곽을 파악할 수 있도록 전체를 그려냄으로써, 전기 작가는 진정으로 위대한 시인이나 소설가를 제외한 대부분의 시인이나 소설가에 비해 우리의 상상력을 더 강하게 자극한다. 시인들과 소설가들 중에서 우리에게 현실감을 줄 정도로 높은 긴장을 견뎌낼 수 있는 사람이 별로 없기 때문이다.

그러나 전기 작가 거의 대부분은 사실들을 존중하는 사람이라면 우리의 컬렉션에 더할 또 하나의 사실보다 훨씬 더 많은 것을 줄 수 있다.

전기 작가는 우리에게 창조적인 사실을, 대단히 비옥한 사실을, 무엇인가를 암시하고 무엇인가를 낳는 사실을 줄 수 있다. 이 점을 뒷받침하는 증거도 당연히 있다. 어떤 전기를 읽다가 옆으로 밀쳐놓을 때, 정신의 깊은 곳에 일부 장면들이 생생하게 밝게 남아 있고 어떤 인물들이 계속 살아 있으면서, 우리가 시나 소설을 읽을 때, 마치 우리가 이전에 알았던 무엇인가를 떠올리는 것처럼, 인식의 어떤 시작을 느끼게 하는 예가 자주 있으니 말이다.

07

픽션의 예술[95]

픽션이 어떤 부인, 그러니까 다소 곤경에 처한 부인 같다는 생각은 픽션을 사랑하는 사람들에게 종종 떠오르는 생각이다. 용맹스러운 많은 신사들이 그 부인을 구하러 나섰다. 그들 중 중요한 인물을 보면 월터 롤리(Walter Raleigh) 경이 있고, 퍼시 러벅(Percy Lubbock)이 있다. 그러나 두 사람은 접근에서 약간 형식적이었다. 두 사람 모두 그 부인에 대해 많이 알고 있었지만 그녀와 그다지 친하지 않았다.

지금 에드워드 모건 포스터(Edward Morgan Forster)[96]가 나서고 있다. 그는 그 부인에 대해 아는 것이 없다고 하지만, 그녀를 잘 알고 있

---

95 1927년에 쓴 에세이이다.

96 1927년에 문학 비평집 "소설의 양상들"(Aspects of the Novel)을 발표했다. "인도로 가는 길"(A Passage to India) 외에 많은 작품을 발표한 소설가이자 에세이스트이다.

다는 사실을 부정하지 못한다. 만약 그가 다른 사람들의 권위에 해당하는 무엇인가를 결여하고 있다면, 그는 연인에게 허용되는 특권을 누리고 있다. 그가 침실 문을 노크하면, 부인이 실내복을 갖춰 입고 실내화를 신은 상태라면 그에게 안으로 들어가는 것이 허용된다. 그들은 벽난로 쪽으로 의자들을 끌어당기면서 어떤 망상도 전혀 품지 않은 옛 친구들처럼 편안하게, 재치 있게, 또 섬세하게 대화를 나눈다. 실은 그 침실은 강의실이고, 장소는 케임브리지라는 대단히 엄격한 도시이다.

포스터의 이런 비형식적인 태도는 다분히 의도적이다. 그는 학자가 아니다. 그는 사이비 학자가 되기를 거부한다. 이 강연자가 겸손한 자세를 취하더라도 효과적으로 채택할 수 있는 관점이 하나 남아 있다. 포스터가 적고 있는 바와 같이, 그는 "영국 소설가들을, 조심하지 않으면 그곳의 아들들을 모조리 휩쓸어 가버리는 그런 강을 떠내려가고 있는 존재들이 아니라, 일종의 브리티시 뮤지엄의 열람실 같은 원형의 룸에, 그러니까 하나의 방에 함께 앉아서 모두가 일제히 소설을 쓰고 있는 그런 존재로 그릴 수 있다". 정말로, 영국 소설가들은 동시대에 존재하는 성향을 너무나 강하게 보이면서 순서에 구애받지 않고 글쓰기를 고집하고 있다. 새뮤얼 리처드슨(Samuel Richardson: 1689-1761)은 자신이 헨리 제임스(1843-1916)와 동시대인이라고 주장할 것이다. 허버트 조지 웰스(Herbert George Wells: 1866-1946)는 디킨스(1812-1870)가 썼을 법한 단락을 쓸 것이다.

본인이 소설가이기 때문에, 포스터는 이런 발견에 불쾌감을 느끼지 않는다. 그는 경험을 통해서 작가의 뇌가 뒤죽박죽으로 대단히 혼란스럽고 비논리적인 기계라는 사실을 잘 알고 있다. 그는 작가들이 방법들에 대해 거의 생각하지 않는다는 것을, 작가들이 자기 할아버지들을 완전히 망각할 수 있다는 것을, 또 작가들이 자신의 공상에 완전히 몰입할 수 있다는 것을 잘 알고 있다.

따라서 학자들이 여전히 그의 존경을 받을지라도, 그의 공감은 자신들의 책을 휘갈겨 쓰는, 말쑥하지 않고 세파에 잔뜩 시달린 사람들에게로 향하고 있다. 그리고 그는 아주 높은 곳에서가 아니라, 그가 말하는 바와 같이, 그들의 어깨 너머로 그들을 내려다보며 시선을 옮기면서 시대를 불문하고 어떤 형태와 생각들이 그들의 마음에 거듭 떠오른다는 것을 이해하고 있다. 이야기하는 행위가 시작된 이후로, 이야기들은 언제나 거의 똑같은 요소들로 구성되었다. 그는 이 요소들, 그러니까 스토리와 사람, 줄거리, 공상, 예언, 패턴, 리듬 등을 점검한다.

포스터가 가볍게 자신의 길을 걸어갈 때, 우리가 기꺼이 주장하고 나설 판단도 많고, 우리가 기꺼이 논하려 할 사항도 많다. 스콧은 이야기꾼 그 이상은 절대로 아니라거나, 이야기는 문학적 유기체들 중에서 가장 저급한 것이라거나, 소설가가 부자연스럽게 사랑에 몰입하는 것은 대개 작품을 구상하는 동안에 작가 본인의 마음 상태를 반영한다는 등, 페이지마다 우리가 걸음을 멈추고 생각하거나 반박하고 싶은 마음을 품게 만드는 힌트 또는 암시가 있다.

포스터는 목소리를 평소에 말하는 수준 그 이상으로는 절대로 높이지 않으면서, 마음속으로 깊이 경쾌하게 가라앉는 것들에게 거기 머물며, 물속 깊은 곳에서 피어나는 일본의 꽃들처럼 거기서 꽃잎을 펼치라고 말하는 기술을 갖고 있다. 그러나 이런 말들이 우리의 호기심을 돋움에도 불구하고, 우리는 어느 분명한 지점에서 정지하라는 명령을 내리고 싶은 마음을 느낀다. 포스터가 자리에 서서 설명해주기를 바라는 것이다. 우리가 주장하는 바와 같이, 만약에 픽션이 곤경에 처해 있다면, 어느 누구도 픽션을 확실히 붙잡고 그것에 대한 정의를 엄격히 내리지 않았기 때문일 수도 있으니까.

픽션은 픽션을 위해 마련된 규칙을 전혀 갖지 못했으며, 픽션을 위해 사고하는 일은 거의 없었다. 그리고 규칙이란 것이 잘못될 수도 있고 깨어져야 하는 것임에도, 그것은 이런 이점을 누린다. 말하자면, 규칙은 픽션에 존엄과 질서를 부여하고, 문명화된 사회 안에서 픽션에게 어떤 자리를 허용하고, 픽션이 고려할 가치가 있다는 점을 증명하는 것이다. 그러나 만약에 그것이 그의 의무라면, 포스터는 의무 중 이 부분을 명백히 부정하고 있다.

그는 우연히 제시되는 경우를 제외하곤 픽션에 대한 이론을 세우지 않을 것이다. 그는 픽션이란 것이 비평가가 접근할 수 있는 것인지, 그리고 접근이 가능하다면 어떤 비판적인 도구로 접근할 수 있는지에 대해 확신을 품지 못하고 있다. 우리가 할 수 있는 일은 그가 서 있는 곳을 우리가 확실히 볼 수 있을 만큼 분명한 자리로 그를 조금씩 밀어 넣는 것뿐이다. 그리고 그렇게 하는 최선의 방법은 3명의 위대한 인물, 즉 조지 메러디스와 하디와 헨리 제임스에 대한 그의 평가를 압축하여 인용하는 것이다.

메러디스는 화난 철학자 같다. 그의 자연관은 "폭신폭신하고 사치스럽다". 그는 진지하고 고상해지면 불량배가 된다. "그의 소설들에 대해 말하자면, 사회적 가치들 대부분이 날조되었다. 재단사들은 재단사가 아니고, 크리켓 시합은 크리켓 시합이 아니다."

하디는 훨씬 더 위대한 작가이다. 그러나 하디는 소설가로서는 그다지 성공적이지 못하다. 그의 등장인물들이 "줄거리에 너무 많은 것을 기여해야 하기" 때문이다. "등장인물들의 활력은 투박한 기질을 발휘할 때를 제외하고는 약해졌으며, 그들은 야위고 말라 갔다. 그는 인과 관계를 자신의 매체가 허용하는 것보다 훨씬 더 강하게 강조했다."

헨리 제임스는 미학적 의무라는 좁은 길을 추구하여 성공을 거두었다. 그러나 그 대가로 어떤 희생을 치르고 있는가? "그가 우리를 위해 소설을 쓸 수 있기 전에, 인간적인 삶의 대부분이 사라져야 했다. 그의 소설들 속에서는 신체가 손상된 생명체들만이 숨을 쉴 수 있다. 그의 등장인물은 수적으로 아주 작고 편협한 노선에 맞춰 구축되었다."

지금 만약에 우리가 이 판단들을 보면서 인정할 것과 제거할 것을 정한다면, 우리는 포스터의 신조까지 파악하지는 못하더라도 그의 관점은 확인해 낼 수 있다. 그가 "삶"이라고 부르는 무엇인가가 있다. 그것에 대해 우리는 더 구체적으로 말하길 주저하고 있다. 그가 메러디스와 하디 또는 제임스의 책들을 서로 비교하는 기준도 바로 그것이다. 그 책들의 실패는 언제나 삶과의 관계 속에서의 실패이다.

그것은 픽션의 미학적 관점과 반대되는 인간적인 관점이다. 그 관점은 소설은 "인간성에 흠뻑 젖어야 한다"고, "인간들이 소설 속에서 위대한 기회를 누린다"고, 삶을 희생시킨 대가로 얻는 승리는 사실 실패라고 주장한다. 따라서 우리는 헨리 제임스에게 특별히 가혹한 판단을 내린다. 헨리 제임스가 소설 속으로 인간들 외에 무엇인가를 끌어들였기 때문이다. 제임스는 그 자체로 아름다움에도 불구하고 인간에게 비우호적인 패턴들을 창조했다. 그리고 삶에 대한 무시 때문에 제임스는 사라질 것이라고 포스터는 말한다.

그러나 이 지점에서 집요한 학생은 물을 수 있다. "픽션에 관한 책들에서 너무나 태연하게, 또 줄기차게 언급되고 있는 이 "삶"이란 도대체 무엇인가? 왜 삶은 패턴에는 없고 티 파티에는 있는가? 우리가 헨리 제임스의 『황금 잔』(The Golden Bowl)의 패턴에서 얻는 즐거움이 트롤로프가 교구 목사관에서 차를 마시는 부인을 묘사하면서 우리에게 불러일으키는 감정보다 가치가 덜한 이유는 무엇인가? 틀림없이, 삶에 대한 정의가 지나치게 자의적이며, 확장될 필요가 있다."

이 모든 질문에 대해 포스터는 아마 자신은 어떤 법칙도 정하지 않는다고 대답할 것이다. 그에게 소설은 다른 예술들처럼 다듬을 수 없을만큼 너무나 부드러운 물질처럼 보이며, 그는 단순히 우리에게 자신을 감동시키는 것과 자신을 냉담하게 남겨놓는 것에 대해 말하고 있다.

정말로, 그 외의 다른 기준은 전혀 없다. 그래서 우리는 옛날의 늪에 다시 빠지며, 아무도 픽션의 법칙들에 대해, 또는 픽션과 삶의 관계에 대해, 또는 픽션이 낳는 효과에 대해 알지 못한다. 우리는 단지 우리의 본능을 신뢰할 수 있을 뿐이다.

만약에 본능이 어느 독자로 하여금 스콧을 이야기꾼이라고 부르도록 이끌고 다른 독자로 하여금 그를 연애 소설의 거장이라고 부르도록 이끈다면, 그리고 만약에 한 독자가 예술에 감동을 받고 다른 독자가 삶에 감동을 받는다면, 각 독자는 똑같이 옳으며, 각자는 자신의 의견 위에 이론의 카드 집(card-house)[97]을 최대한 높이 올릴 수 있다. 그러나 픽션이 다른 예술들에 비해 인간들의 이익과 더 밀접히 연결되어 있다는 가정은 포스터의 책이 다시 보여주고 있는 어떤 입장으로 이끈다.

소설의 미학적 기능들에 대해 곰곰 생각하는 것은 불필요하다. 왜냐하면 그 기능들이 너무나 약한 탓에 무시해도 문제될 것이 없기 때문이다. 따라서 그림에 관한 책이 화가가 작업하는 매체에 대해 한 마디도 하지 않는 예를 상상하는 것이 불가능한 일임에도 불구하고, 포스터의 책처럼, 픽션에 관한 훌륭한 책은 소설가가 동원하는 매체에 대해서는 한두 문장 이상 논하지 않아도 가능하다. 단어들에 대해서는 거의 아무 말을 하지 않고 있다. 로런스 스턴(Laurence Sterne)과 웰스의 책을 읽지 않은 사람이라면, 두 작가가 쓰는 똑같은 어떤 문장은 똑같은 것을 의미하고 같은 목적으로 쓰인다고 생각할 수도 있다. 사람들은 스턴의

97   놀이용 카드를 삼각형으로 세워서 탑처럼 올리는 구조물을 뜻하는 것으로, 이론 자체 가 불안정한 것이라는 의미를 담고 있는 것 같다.

『트리스트램 섄디』(Tristram Shandy)가 그것이 쓰인 언어로부터 아무 것도 얻지 않는다고 결론 내릴 수도 있다. 다른 미학적 특성들에 대해서도 똑같이 생각할 수 있다.

우리가 본 바와 같이, 패턴이 파악되지만, 그것은 인간적인 특성들을 모호하게 만드는 경향 때문에 잔인하게 비난을 받는다. 아름다움이 나타나지만, 그것은 의심스럽다. 아름다움은 사람을 수상쩍어 보이게 만든다. "소설가가 아름다움을 성취하지 못해 실패하게 되더라도, 그는 절대로 아름다움을 목표로 잡지 않는다." 그 아름다움이 리듬으로 모습을 드러낼 가능성이 마지막에 흥미로운 몇 페이지에 걸쳐 간략히 논의되고 있다. 그러나 나머지에서 픽션은 삶으로부터 영양을 끌어내는 하나의 기생물로 다뤄지고 있다. 따라서 픽션은 그에 대한 보답으로 삶을 닮거나 그렇지 않은 경우에 사라져야 한다. 시와 희곡에서, 단어들은 이런 충성이 없어도 흥분시키고, 자극하고, 심화시키지만, 픽션에서 단어들은 최우선적으로 찻주전자와 퍼그 개 같은 것에 이롭게 쓰일 수 있어야 하고, 그런 측면이 모자라는 것으로 확인되는 것은 곧 부족한 것으로 여겨진다.

미학적이지 않은 이런 태도는 다른 예술에 대한 비평에 나타나는 경우에 이상하게 비칠지 몰라도 픽션에 대한 비평에서 드러나는 경우에 놀라운 일로 다가오지 않는다. 첫째 이유로는, 그 문제가 극히 어렵기 때문이다. 한 권의 책은 하나의 꿈처럼, 안개처럼 희미해진다. 우리가 어떻게 막대기를 들고 사라져가는 페이지들 속의 그 어조를, 그 진술을, 로저 프라이(Roger Fry)[98]가 마법의 지팡이로 자기 앞에 놓인 그림에서 어떤 선이나 색깔을 가리키듯이, 정확히 가리킬 수 있겠는가? 더욱이, 하나의 소설은 특별히 전개 과정에 무수히 많은 평범한 인간적인 감정들을 불러일으킨다. 예술에서, 그런 연결 속에서 뭔가를 뒤지는 것은 지나치게 꼼꼼하고 냉담해 보인다. 그것은 비평가를 감수성의 소유자로 전락시킬 수 있다. 그래서 화가와 음악가와 시인이 비평의 일정 몫을 감당해야 하는 반면에, 소설가는 아무런 상처를 입지 않고 넘어간다. 소설가의 등장인물이 논의되고, 그의 혈통일 수 있는 그의 도덕성이 검토될 것이지만, 그의 글쓰기는 상처를 입지 않을 것이다. 소설이 하나의 예술 작품이라고, 또 소설을 그런 기준으로 판단할 것이라고 말할 비평가는 오늘날 한 사람도 없다.

그리고 아마, 포스터가 넌지시 내비치는 바와 같이, 비평가들이 옳을 것이다. 영국에서 어쨌든 소설은 예술 작품이 아니다. 영국에는 『전쟁과 평화』(War and Peace)나 『카라마조프 형제들』(The Brothers Karamazov), 『잃어버린 시간을 찾아서』(A la Recherche du Temps Perdu)와 나란히 놓일 수 있는 작품이 하나도 없다. 그러나 그 같은 사실을 받아들이는 한편, 우리는 마지막 한 가지 추측을 억누르지 못한다. 프랑스와 러시아에서, 사람들은 픽션을 진지하게 받아들인다. 플로

---

98 런던 태생의 영국 화가이자 비평가이며, 버지니아 울프와 존 메이너드 케인스(John Maynard Keynes), 에드워드 모건 포스터, 리튼 스트레이치 등으로 구성된 블룸스베리 그룹의 일원이었다.

베르는 양배추를 묘사할 한 구절을 찾느라 한 달을 끙끙거렸다. 레프 톨스토이(Lev Tolstoy)는『전쟁과 평화』를 일곱 번이나 고쳐 썼다.

그 작품들의 탁월성 중 일부는 저자들이 거기에 들인 수고 때문일 것이고 또 일부는 그 작품들이 평가하는 기준의 엄격성 때문일 것이다. 만약에 영국의 비평가가 자신이 삶이라고 부름으로써 누리는 것들에 대한 권리를 보호하는 일에 조금 덜 적극적이고 덜 길들여지게 된다면, 소설가도 마찬가지로 더 대담해질 수 있을 것이다. 소설가는 영원한 차탁자와, 우리 인간 모험의 전체를 대표하는 것으로 여겨지는 터무니없는 공식들과 완전히 단절할 것이다. 그러나 그렇게 되면 스토리가 흔들릴 수 있고, 플롯이 무너질 수 있고, 파멸이 등장인물들을 덮칠 수 있다. 한 마디로 말해, 소설이 예술 작품이 될 수 있는 것이다.

그런 것이 포스터가 우리에게 소중히 간직하도록 권하는 꿈들이다. 그의 책은 꿈을 꾸라고 고무하는 책이다. 우리가 그릇된 기사도 정신을 발휘하면서 지금도 여전히 픽션의 예술이라고 부르고 있는 그 가련한 부인에 대해 쓴 책으로 이보다 더 많은 것을 암시한 책은 없었다.

08
소설 다시 읽기[99]

그래서 제인 오스틴과 브론테(Brontës) 자매들[100]과 조지 메러디스의 새로운 판이 나오게 되어 있다. 기차 안에 놓고 내리거나, 여행 중에 숙소에 두고 오거나, 책장을 넘기는 손가락에 너덜너덜 해진 옛날 판은 나름대로 임무를 끝냈다. 새로운 집에 새로 들어온 사람들을 위해서, 새로운 판이 나오고, 그러면 새로운 읽기가 행해지고 새로운 친구들이 생겨난다.

그것은 조지(George) 5세 국왕 시대(재위 1910-1936)의 작가들에게 아주 잘 어울리는 말이다. 그러니 빅토리아 여왕 시대(재위 1837-1901)의 작가들에게도 그 말이 그대로 적용된다는 것에 대해선 말할

99   1922년 7월 20일자 TLS에 게재되었다.
100   샬럿(Charlotte) 브론테와 에밀(Emil) 브론테, 앤(Anne) 브론테를 일컫는다.

필요조차 없다. 이간질을 일삼는 사람들이 있음에도 불구하고, 손자와 손녀들은 할아버지와 할머니들과 아주 잘 지내고 있는 것 같으며, 그들의 조화로운 광경은 훗날 불가피하게 세대 사이의 단절로 이어지게 되어 있다. 이 단절은 다른 단절보다 아마 더 철저하고 더 중요할 것이다. 에드워드(Edward) 7세 국왕 시대(재위 1901-1910) 작가들의 실패는 상대적임에도 거의 재앙에 가까우며, 그 실패는 논의를 기다리고 있는 문제이다. 어쩌다 1860년은 빈 요람의 한 해가 되었는가? 에드워드 7세의 통치기는 왜 시인이나 소설가, 비평가가 없는 불모의 시대가 되었는가? 조지 5세 시대의 사람들은 어떻게 하여 번역한 러시아 소설들을 읽게 되었으며, 그들은 그 일로 인해 어떤 혜택을 보고 어떤 피해를 입었는가? 만약에 숭배하고 파괴할 살아 있는 영웅들이 있었더라면, 오늘날 우리는 아주 다른 이야기를 들려주고 있을지도 모른다. 이 모든 물음들은 옛날 책들의 새로운 판이라는 관점에서 보면 중요한 의미를 지닌다.

조지 5세 시대의 사람들은 위로를 구하고 안내를 받기 위해 지금 살아 있는 자신들의 부모가 아니라 죽은 조부모들에게로 눈길을 돌려야 하는 특이한 곤경에 처해 있다. 그래서 우리는 거의 틀림없이 오늘날 메러디스를 처음 읽는 젊은이를 목격한다. 하지만 그런 젊은 독자의 예에 고무되어 『해리 리치몬드』(Harry Richmond)[101]를 다시 읽는 위험한

---

101 조지 메러디스의 소설로 원래 제목은 '해리 리치몬드의 모험'이다. 3권으로 발표되었다. 메러디스는 대중적인 성공을 염두에 두었으나 빅토리아 여왕 시대 말기와 에드워드 7세 시대의 전성기에만 널리 읽혔으며, 매우 정교하게 다듬은 문체가 대중적인 읽기에 방해가 된다는 분석도 있다.

모험을 무릅쓰기 전에, 빅토리아 시대의 장편 소설을 두 번 읽는다는 생각 자체가 당장 떠오르는 몇 가지 문제들을 고려해 보자.

첫째, 장편 소설을 읽는 지루함이 있다. 영국 국민의 독서 습관은 희곡을 통해 형성되었으며, 희곡은 인간이 무대 앞에서 한 번에 5시간 이상 앉아 있지 못한다는 사실을 언제나 인정했다. 『해리 리치몬드』를 5시간 줄곧 읽어보라. 그래도 극히 일부를 읽는 데서 그칠 것이다. 우리가 그 책을 다시 읽을 수 있게 될 때까지 며칠이 지날 것이고, 그 사이에 계획은 흐지부지되고 말 것이며, 그 책은 폐물이 될 것이고, 우리는 자신을 탓하고 저자를 욕할 것이다. 이것보다 더 화나게 만들고 낙담시키는 일은 없다. 그것이 극복해야 할 첫 번째 장애이다.

둘째, 영국인들은 기질적으로나 전통적으로 시를 좋아한다는 점이다. 우리 영국인들 사이에는 지금도 여전히 시가 문학 영역에서 한 차원 높은 분야라는 믿음이 팽배하다. 지금 당장 한 시간의 여유가 주어진다면, 우리는 매콜리[102]보다 키츠를 읽음으로써 그 시간을 더 알차게 보내야겠다고 느낄 것이다. 그러나 소설들은 길이가 아주 길고 글이 형편없이 쓰였다는 것 외에도 모두가 익숙한 낡은 것들에 관한 이야기라는 점이 장애일 수 있다. 한 주가 시작되는 시점부터 한 주가 끝나는 시점까지, 아침 식사 시간부터 잠자리에 들 때까지 우리가 하는 일에 관

---

[102] 영국의 소설가이자 여행서 저자인 로즈 매콜리(Rose Macaulay:1881-1958)를 말하는 것 같다. 지성과 위트가 돋보이는 글을 많이 쓴 매콜리는 버지니아 울프의 영향을 많이 받은 것으로 알려져 있다.

한 이야기인 것이다. 소설은 삶에 관한 이야기인데, 사람은 산문을 통해 다시 살지 않아도 이미 삶의 짐을 감당하기 어려울 만큼 무겁게 지고 있다.

그것이 또 다른 장애이다. 우리가 톨스토이와 플로베르와 하디에게 생각보다 훨씬 더 많은 것을 빚지고 있다는 점을 인정하고, 또 우리가 보다 행복했던 시간을 떠올릴 경우에 그 시간이 콘래드가 우리에게 준 시간이고 헨리 제임스가 우리에게 안겨준 시간이라는 점을 인정하고, 또 어떤 젊은이가 메러디스를 음미하는 장면을 목격한 것이 그렇게 많았던 첫 번째 독서의 즐거움을 상기시키면서 우리가 두 번째 읽기를 시도할 마음을 품게 했다는 점을 인정할지라도, 우리가 듣기 시작하고 아마 (삶 속으로 깊이 들어감에 따라) 말하기 시작할 이런 중요한 불만들은 그 신랄함을 조금도 잃지 않는다.

문제는『허영의 시장』(Vanity Fair)[103]과『데이비드 카퍼필드』류의 책이나『해리 리치몬드』류의 책을 다시 읽는 경우에 첫 번째 읽기에서 우리를 의기양양하게 만들었던 그 경솔한 황홀감을 대신할 다른 형태의 즐거움을 발견할 수 있을 것인가, 하는 점이다. 우리가 지금 찾고자 하는 쾌락은 겉으로 그렇게 분명하게 나와 있지 않을 것이며, 우리는 자신이 현대의 삶에 대해 산문으로 쓴 이런 긴 책들을 정당화할 지속적

---

[103] 윌리엄 메이크피스 새커리가 1847년부터 1848년까지 잡지에 연재한 소설. 책으로 묶어질 때 부제는 '영웅 없는 소설'이었다. 이것은 새커리가 당시에 팽배하던 문학적 영웅주의를 해체시키는 데 관심을 두고 있었다는 점을 보여준다.

인 특성을 찾아내야 한다는 압박감에 시달린다는 사실을 확인하게 될 것이다.

몇 개월 전에, 퍼시 러벅이 『픽션의 기교』(The Craft of Fiction)에서 이 질문들 중 일부에 대답을 제시했다. 이 책은 독자들에게 상당한 영향력을 행사할 가능성이 있으며, 결국에는 비평가들과 작가들에게도 읽히게 될 것이다. 주제는 거창하고 책은 짧지만, 만약에 우리가 미래에도 소설들을 놓고 과거에 그랬던 것처럼 모호하게 말한다면, 그것은 러벅 씨의 잘못이 아니라 우리의 잘못일 것이다.

예를 들어, 우리는 『해리 리치몬드』를 두 번 읽지 못한다고 말하고 있는가? 우리는 러벅 씨의 말에 따라 비난 받을 것은 우리의 첫 번째 독서라는 식으로 의심하고 있다. 강력하지만 모호한 어떤 감정, 두세 명의 등장인물, 대여섯 개의 흩어진 장면들. 만약 이런 것들이 『해리 리치몬드』가 우리에게 상기시키는 전부라면, 그 잘못은 아마 메러디스에게 있는 것이 아니라 우리에게 있을 것이다.

우리는 그 책을 메러디스가 읽어주길 바랐던 방향으로 읽었는가, 아니면 우리 자신의 무능력 때문에 그 책을 카오스로 만들어 버리지 않았는가? 다른 어떤 책들보다 소설들은 온갖 유혹들로 가득하다는 소리가 자주 들린다. 우리는 자신을 이 등장인물 또는 저 등장인물과 동일시한다. 우리는 마음에 드는 등장인물이나 유쾌한 장면에 집착한다. 우리는 장면마다 변덕스럽게 상상력에 변화를 준다. 우리는 픽션의 세계와 현실의 세계를 비교하면서 픽션의 세계를 동일한 기준으로 판단한다. 틀림없이 우리는 이 모든 행위를 하고 있으며, 또 그렇게 하면서 내세울 변명도 쉽게 발견한다. "한편으로, 저자가 만든 물건인 책은 그 부피 안에 갇힌 채 그대로 남아 있고, 우리가 그 책에 주는 시선은 너무나 짧기 때문에 그 책의 형식에 관한 영원한 지식을 우리에게 남기지 못하는 것 같다."

그것이 러벅 씨가 말하는 핵심이다. 우리가 알 수 있는 지속적인 무엇인가가 있고, 우리가 손을 얹을 수 있는 딱딱한 무엇인가가 있다. 책 자체 같은 것이 있다고 러벅 씨는 주장한다. 이것을 제대로 이해하려면, 우리는 몰입 상태로부터 일정한 거리를 둔 가운데 책을 읽어야만 한다. 우리는 인상들을 받아들여야 하지만, 그 인상들을 저자가 의도한 대로 서로 연결시켜야 한다. 그리고 우리가 형식 자체를 지각할 수 있는 위치에 서는 것은 우리가 인상들을 저자가 의도한 대로 다듬었을 때 이다. 분위기나 유행이 어떤 식으로 변하든, 지속적인 것은 이것이다. 러벅 씨의 말을 그대로 옮겨 보자.

그러나 개요가 뚜렷하고 확정된 어떤 모양을 갖춘 상태의 책에 대해 말하자면, 그 책의 형식은 그 책이 어떤 것인지를 하나의 특성으로, 그러니까 많은 특성들 중 하나이며 아마 가장 중요하지 않을 그런 특성으로 보여주지 않고 책 자체로 보여준다. 조각상의 형태가 조각상 자체이듯이.

러벅 씨가 한탄하듯이, 지금 픽션 비평은 아직 걸음마 단계에 있으며, 비평의 언어는 모두가 단음절은 아니어도 분명히 베이비의 언어이다. 물론, "형식"이라는 단어도 시각 예술에서 온 것이며, 우리로서는 그가 그 단어를 사용하지 않고도 자신의 길을 볼 수 있었으면 좋았을 걸 하는 생각을 품고 있다. 그 단어는 혼란스럽다. 소설의 형식은 희곡의 형식과 다르다. 그건 사실이다. 그렇게 하겠다고 마음만 먹으면, 우리는 그 차이를 마음의 눈으로도 본다고 말할 수 있다.

그러나 『이기주의자』(The Egoist)[104]의 형식이 『허영의 시장』의 형식과 다르다는 것을 우리는 볼 수 있는가? 대부분의 단어가 잠정적이고 많은 단어가 비유적이고 일부 단어가 처음 시도되고 있는 곳에서, 우리가 이 질문을 던지는 것은 정확성과 관련해 이의를 제기하기 위해서가 아니다. 이 질문은 단어들에 관한 질문만이 아니다. 이 질문은 그것보다 더 깊이, 읽기 과정 자체를 파고들고 있다.

러벅 씨는 우리에게 책 자체는 책의 형식과 동일하다고 말하고 있다. 그러면서 그는 존경할 만한 섬세함과 통찰력을 동원해 소설가들이 자신들의 책들의 최종적 구조를 구축한 방법들을 추적하려고 노력하고 있다. 이미지가 펜에 다가올 때의 그 사뿐한 걸음걸이가 우리로 하여금 이미지가 다소 느슨하게 맞아떨어지는 것이 아닌가 하고 생각하게 만든다.

그리고 이런 상황에서는 누구나 이미지들을 모두 떨쳐내고 어떤 명

---

104 조지 메러디스가 1879년에 발표한 희비극 소설.

확힌 주제를 갖고 새롭게 시작해 보는 것이 최선의 방법이다. 그러니 한 편의 이야기를 읽고 그 과정에 우리가 얻게 되는 인상들을 기록하면서 러벅 씨가 형식이라는 단어를 사용하면서 우리를 불편하게 만드는 것이 무엇인지를 발견하도록 하자.

이 목적을 위해서라면 플로베르보다 더 적절한 작가는 없다. 지면을 아끼기 위해서, 예를 들어, 짧은 이야기인 '소박한 마음'(Un Coeur Simple)을 선택하도록 하자. 이 작품을 선택하는 이유는 우리가 사실상 거의 망각한 작품이기 때문이다.

제목은 우리에게 방향 감각 같은 것을 주며, 첫 부분의 단어들은 우리가 마담 오뱅의 충직한 하인 펠리시테에게 관심을 갖도록 한다. 그리고 이제 인상들이 도착하기 시작한다. 마담의 성격과 그녀의 집의 생김새, 펠리시테의 외모, 그녀와 테오도르의 연애, 마담의 아이들, 그녀의 방문객들, 성난 소 등등. 우리는 그 인상들을 받아들이지만, 우리는 그것들을 이용하지 않는다. 우리는 그 인상들을 옆에 쌓는다.

우리의 관심은 이쪽 방향이나 저쪽 방향으로, 이곳에서 저곳으로 이동한다. 그래도 인상들은 축적되고, 우리는 그 인상들의 개별적인 특성을 거의 무시하면서 계속 읽어나가고, 그러면서 어떤 관계들과 대조들을 급히 관찰하며 동정이나 모순에 주목하지만 그 어떤 것도 강조하지 않으며 언제나 최종적인 신호를 기다리고 있다. 그러다가 갑자기 우리는 마지막 신호를 받게 된다. 안주인과 가정부가 죽은 아이의 옷들을 뒤집고 있다. "그리고 나방들이 옷장에서 날아올랐다." 안주인은 처음으로 하인과 입을 맞춘다. "펠리시테는 그 일에 대해 마치 그것이 무슨 총애라도 되듯이 감사하는 마음을 품었으며 그때부터 그녀를 동물 같은 헌신과 종교적 숭배로 사랑했다."

문장에 돌연 긴장이 감돌고, 거기에 좋은 이유로든 나쁜 이유로든 강조되고 있는 무언가가 있다. 이 긴장감이 우리를 깜짝 놀라게 만들며 순간적으로 이해력을 발휘하도록 만든다. 지금 우리는 그 이야기가 쓰인 이유를 보고 있다. 그 뒤에도 똑같이, 우리는 이와 매우 다른 의도의 어떤 문장에 의해 깨어난다. "그리고 펠리시테는 그림 앞에서 기도를 올리면서도 이따금 새 쪽으로 몸을 약간 돌렸다."

다시 우리는 그 이야기가 쓰인 이유를 안다는 확신을 똑같이 품게 된다. 이어 이야기는 끝난다. 우리가 옆으로 밀어 놓았던 모든 관찰들이 지금 밖으로 나오며 우리가 받은 방향에 따라 배열되고 있다. 어떤 관찰들은 관계가 있고 적절하며, 다른 것들은 우리가 놓을 자리를 전혀 발견하지 못한다. 두 번째 읽기를 하는 경우에 우리는 처음부터 우리의 관찰들을 이용할 수 있고 관찰들은 훨씬 더 정밀하지만, 그럼에도 관찰들은 여전히 이해의 순간들에 따라 달라진다.

그러므로 "책 자체"는 당신이 보는 형식이 아니라 당신이 느끼는 감정이며, 작가의 감정이 강렬할수록 감정이 실수나 약점 없이 글로 더 정확하게 표현된다. 그리고 러벅 씨가 형식에 대해 논할 때마다, 우리와 우리가 알고 있는 책 사이에 무엇인가가 끼워 넣어지는 것 같다. 우리는 시각화할 필요가 있는 그 이물질이 우리가 자연스럽게 느끼고, 간단히 명명하고, 서로의 관계에 따라 최종적 질서를 정해주는 그 감정들을 주제넘게 간섭하고 나서는 것 같은 느낌을 받는다.

따라서 우리는 표면적인 감정을 바탕으로 '소박한 마음'이라는 개념에 도달했으며, 그 작품을 다 읽고 나면 보여줄 것은 아무것도 남지 않고 느껴지는 것들만 남을 뿐이다. 그리고 감정이 약하고 기량이 탁월할 때에만, 우리는 느껴지는 것을 표현과 분리시키며, 예를 들어, 『에스더 워터스』(Esther Waters)[105]가 『제인 에어』(Jane Eyre)[106]에 비해 어느 정도 탁월한 형식을 갖추었는지에 대해 언급할 수 있을 뿐이다.

그러나 『클레브 공작 부인』(Princesse of Clèves)[107]을 고려해 보라. 거기엔 통찰이 있고 표현이 있다. 이 두 가지가 너무나 완벽하게 섞이고 있기 때문에, 러벅 씨가 우리에게 형식을 우리의 눈으로 테스트하라고 요구할 때, 우리는 아무것도 보지 못한다. 그러나 우리는 대단한 만족감을 느낀다. 그리고 우리의 모든 감정이 간직되고 있기 때문에, 그 감정들은 하나의 완전체를 형성하면서 우리의 마음속에 책 자체로 남는다. 이 부분은 상세히 설명할 가치가 충분하다. 어떤 한 단어를 다른 단어로 대체하기 위해서뿐만 아니라, 방법들에 관한 이 모든 논의 중에서, 글쓰기에서나 읽기에서나 똑같이 가장 먼저 와야 하는 것은 감정이

---

105 조지 무어(George Moore: 1852~1933)가 1894년에 발표한 소설. 제목과 같은 이름을 가진 불행한 여자의 일생을 그린다.

106 샬럿 브론테가 1847년에 발표한 소설.

107 1678년에 익명으로 발표되었던 프랑스 소설. 저자는 마담 드 라 파예트(Madame de La Fayette)인 것으로 여겨지며 심리 소설의 전통을 처음 세운 작품으로 평가받는다.

라는 주장을 펴기 위해서다.

그럼에도, 우리는 지금 단지 그 노력의 시작을, 매우 위험스런 시작을 알렸을 뿐이다. 어떤 감정을 잡아채서 탐닉하다가 물려서 내다버리는 것은 문학에서도 삶에서 만큼이나 낭비적이다. 그럼에도 만약에 우리가 작가들 중에서 가장 엄격한 편인 플로베르로부터 이 쾌락을 빼앗는다면, 메러디스와 디킨스와 도스토예프스키(Fyodor Dostoevsky)와 스콧과 샬럿 브론테 등의 들뜨게 하는 효과에 가할 제한은 아무것도 없어진다. 더 정확히 말하면 제한이 있으며, 우리는 극도의 싫증과 환멸에서 그것을 거듭 발견했다.

만약에 우리가 그들의 책을 다시 읽는다면, 우리는 어쨌든 식별할 수 있어야 한다. 감정이 우리의 구성 요소이지만, 우리는 그 감정에 어떤 가치를 부여하는가? 한 편의 짧은 스토리 안에 얼마나 다양한 종류의 감정이 있으며, 또 그 스토리는 얼마나 많은 요소들과 얼마나 많은 특징들로 구성되어 있는가? 따라서 우리의 감정에 스스로 직접적으로 닿는 것은 단지 첫걸음에 지나지 않는다. 우리는 계속 앞으로 나아가며 감정을 테스트하고 질문들을 갖고 감정을 체질해야 한다. 만약 아무것도 남지 않는다면, 하는 수 없이 그 감정을 휴지통에 던져 버리고 그것으로 끝이다. 그러나 만약 무엇인가가 남는다면, 그것을 우주의 보물 속에 영원히 놓도록 하라.

감정 그 너머에 무엇인가, 그러니까 감정에 고무되지만 감정을 진정시키고, 감정을 정리하고, 감정을 조정하는 그 무엇이 없는가? 러벅 씨가 형식이라고 부르고, 우리가 간단히 예술이라고 부르는 것 말이다. 빅토리아 시대 픽션의 소용돌이 속에서도 우리는 가장 열정적인 소설 가들도 자신의 작품에서 균형을 이루기 위해서 일부 제한을 두었다는 사실을 확인할 수 있지 않는가?

극작가에 대해서는 그런 멍청한 질문을 던질 필요조차 없다. 아주 드물게 극장을 찾는 관객도 터무니없을 만큼 조악한 연극조차도 전통의 안내를 엄격히 받고 있다는 사실을 금방 알아차리며, 그 관객은 그와 동시에 수백 년 동안 인정받아 온 연극적 기법의 보다 세련된 예를 떠올릴 수 있다. 예를 들어, 셰익스피어의 『맥베스』(Macbeth)에서 비평가들은 예외 없이 문지기의 장면에서 비극에서 희극으로 전환하는 효과에 대해 지적하고, 소포클레스(Sophocles)의 『안티고네』(Antigone)에서 우리는 안티고네의 죽음을 발견하는 것이 장례식보다 앞서지 않고 장례식보다 뒤에 일어나도록 하기 위해 사자(使者)가 이야기를 어떤 식으로 재배열했는지에 대해 말해야 한다.

그러나 희곡은 소설보다 몇 백 년 앞선다. 우리는 소설가가 자신의 세계가 현실적이고 자신의 인물들이 살아 있다는 점을 우리에게 설득시킬 수 있기 전에, 또 그 인물들이 겪는 즐거움과 고통의 장면을 통해 우리를 감동시킬 수 있기 전에 먼저 어떤 문제들을 해결하고 어떤 기술들을 획득해야 한다는 것을 알고 있었음에 틀림없다.

그러나 지금까지 우리는 눈을 질끈 감은 상태로 픽션을 그냥 삼켜 왔다. 우리는 모든 소설을 존재하게 하는 장치들 중에서 가장 간단한 것까지도 명명하지 않았으며, 추정하건대, 그것을 인식조차 하지 않았다. 우리는 우리의 이야기꾼이 어떤 방법을 쓸 것인지를 결정하는 과정을 지켜보는 수고를 하지 않았다. 그러면서 우리는 작가의 선택을 칭찬하지 않고 그의 판단력 부족을 개탄하거나, 작가가 작품을 완벽하게 다듬도록 돕든가 아니면 전체 책을 산산조각 내 버릴 수 있는 그런 위험한 새로운 장치를 이용하는 것을 관심을 갖고 즐겁게 따르기만 했다.

우리가 소설을 되는대로 그냥 내버려 두는 것에 대한 변명으로, 방법들이 명명되지 않았을 뿐만 아니라 어떤 작가도 소설가로서 자신 있게 활용할 수 있는 방법을 많이 갖고 있지 않다는 사실을 인정해야 한다. 작가는 자신을 어떤 관점에나 놓을 수 있으며, 어느 정도까지는 몇 가지 다른 관점들을 결합시킬 수 있다. 작가는 새커리처럼 직접 나타나거나 플로베르처럼 사라질 수도 있다(그래도 완전히 사라진 적은 결코 없었다). 작가는 디포처럼 사실들을 언급하거나 헨리 제임스처럼 사실에 근거하지 않은 사상을 제시할 수 있다. 작가는 톨스토이처럼 대단히 폭넓은 지평을 두루 조사할 수 있고, 또 다시 톨스토이처럼 어느 늙은 여자 사과 장수와 빈 바구니를 붙잡고 늘어질 수도 있다. 온갖 자유가 있는 곳에 온갖 허가가 있으며, 모든 신참자들을 진심으로 환영하는 소설에서 문학의 다른 형식들을 모두 합친 것보다 더 많은 희생자가 나오고 있다.

그러나 승자들을 보도록 하자. 정말로, 우리는 승자들을 지면이 허용하는 것보다 훨씬 더 면밀하게 보고 싶은 유혹을 느낀다. 승자들이 작업하는 모습을 지켜보면 뭔가 다르게 보이기 때문이다. 언제나 장면을 피하기 위해 온갖 조치를 다 취하는 새커리가 있는가 하면, 디킨스는 (『데이비드 카퍼필드』를 제외하고) 반드시 장면을 추구하고 있다. 토대를 놓기 위해 머뭇거리는 일 없이 곧장 이야기의 중심으로 돌진하는 톨스토이가 있는가 하면, 오노레 드 발자크(Honoré de Balzac)는 토대를 너무 깊이 쌓는 나머지 이야기가 결코 시작되지 않을 것처럼 보인다. 그러나 우리는 러벅 씨의 비평이 구체적인 책들을 읽는 행위에서 우리를 어디로 데려 갈 것인지를 보려는 욕망을 억눌러야 한다. 일반적인 관점이 더 두드러지며, 또 일반적인 관점이 취해져야 한다.

각 스토리를 별도로 보지 않고, 이야기를 전하는 방법을 전체적으로 보고, 그 방법의 발달이 세대를 내려가며 어떤 식으로 일어나는지를 보도록 하자. 그 방법이 새뮤얼 리처드슨의 손에 있는 것을 보고, 새커리가 그 방법을 적용하고 또 디킨스와 톨스토이와 메러디스와 플로베르 등이 그 방법을 적용할 때 그것이 변화하며 발달하는 것을 보도록 하자. 그런 다음에, 마침내, 많은 천재성을 물려받기보다는 많은 지식과 솜씨를 쌓은 헨리 제임스가 『대사들』(The Ambassadors)을 통해서, 『클래리사』(Clarissa)에서 리처드슨을 좌절시켰던 문제들을 어떤 식으로 극복하는지를 보도록 하자.

관점은 어렵고, 빛은 흐리다. 모퉁이마다 누군가가 일어서서 소설들은 자동적인 영감의 분출이라고, 또 헨리 제임스는 예술에 헌신함으로써 얻은 것 못지않게 많은 것을 잃었다고 항의했다. 우리는 그런 항의를 침묵시키지 않을 것이다. 왜냐하면 그것이 읽기에서 얻는 즉각적인 어떤 기쁨의 목소리이며, 그런 것이 없는 경우에 첫 번째 독서가 절대로 일어나지 않을 것이고, 따라서 두 번째 독서도 당연히 없을 것이기 때문이다.

그럼에도, 헨리 제임스가 리처드슨이 시도한 것들을 성취했다는 결론은 우리에게 부정하기 어려울 것처럼 보인다. "그 예술에서 유일하게 진정한 학자"[108]가 아마추어들을 물리치고 있다. 신참자는 선구자들을 딛고 앞으로 나아간다. 우리가 언급하려고 시도할 수 있는 것보다 더 많은 것이 암시되고 있다.

그런 관점에서 보면, 픽션의 예술이 명쾌하게 보이는 것이 아니라 새로운 균형 속에서 보인다. 우리는 유아기나 젊음, 성숙에 대해 말할 수 있다. 우리는 스콧은 유치하고 플로베르는 그에 비하면 어른이라는 식으로 말할 수 있다. 더 나아가, 우리는 젊음의 활력과 화려함이 성숙의 보다 사려 깊은 미덕들을 거의 능가한다고 말할 수 있다. 그렇다면 우리는 "거의"의 의미에 대해 잠시 생각하고, 아마 그것이 우리가 빅토리아 시대 작품들을 두 번 읽기를 꺼리는 것과 어떤 관계가 있는 것은 아닌지 궁금해 할 것이다.

아무렇게나 휘갈긴 두꺼운 책들은 여전히 그것을 만든 사람들의 하품과 비탄을 반향하고 있는 것 같다. 그 작가들에게는 책상에 앉아 천

---

108 퍼시 리벅은 "픽션의 기교"에서 헨리 제임스를 이렇게 불렀다.

진한 대중을 위해 소설을 갈겨쓰는 일보다 성(城)을 축조하거나, 사람의 옆모습을 스케치하거나, 시를 짓거나, 빈민 수용 시설을 개혁하거나, 감옥을 허무는 일이 더 잘 어울리거나, 그런 일들이 그들의 남자다움에 더 적절했다.

빅토리아 시대 픽션의 천재성은 기본적으로 신통치 않은 일을 최대한 잘 해보려고 노력하고 있는 것 같다. 그러나 헨리 제임스에 대해 신통치 않은 일을 최대한 잘 해보려고 노력하고 있다는 식으로 말하는 것은 절대로 가능하지 않다. 『비둘기의 날개』(The Wings of the Dove)와 『대사들』의 그 긴 글에, 하품의 기미도 없고 생색 내는 듯한 태도도 전혀 느껴지지 않는다. 소설은 그의 직업이다. 소설은 그가 해야 하는 말에 딱 어울리는 형식이다. 소설은 그 같은 사실로부터 어떤 아름다움을, 소설이 지금까지 한 번도 걸치지 못했던 그런 섬세하고 고상한 아름다움을 끌어낸다. 그리고 지금 소설은 마침내 스스로를 자유롭게 해방시켰으며 문학의 다른 동료들과 뚜렷이 구분되기에 이르렀다.

소설은 다른 사람들의 유물을 스스로 짊어지지 않을 것이다. 소설은 가장 잘 표현할 수 있는 것이면 무엇이든 말하는 쪽을 택할 것이다. 플로베르는 늙은 가정부와 박제한 앵무새를 자신의 주제로 택할 것이다. 헨리 제임스는 자신이 필요로 하는 모든 것을 응접실의 탁자 주위에서 발견할 것이다. 나이팅게일과 장미는 추방되고 있다. 아니면 적어도 나이팅게일은 자동차 소리 때문에 이상하게 들리고, 장미는 아크등 아래에서 그다지 붉어 보이지 않는다. 옛날의 재료를 새로운 방식으로 결합시키는 현상이 나타나고 있으며, 소설은 소설의 결함이 아니라 소설의 특징을 이용할 때 영구적인 스토리의 신선한 측면들을 강화한다.

러벅 씨는 사려 깊게도 자신의 조사를 헨리 제임스의 소설들 그 너머까지 끌고 가지 않는다. 그러나 이미 세월이 많이 흘렀다. 소설이 매우 복잡한 시대의 대단히 활력적인 정신들에 의해 탐험되고 있기 때문에, 우리는 소설이 변화하고 발달할 것이라고 기대할 수 있다. 정말이지, 우리가 마르셀 프루스트(Marcel Proust) 한 사람에게 기대하지 않은 것이 있었던가? 그러나 보통 독자가 러벅 씨의 말에 귀를 기울인다면, 그 독자는 이젠 탐욕스럽게 입을 벌린 채 수동적으로 기대하면서 앉아 있기를 거부할 것이다. 수동적인 독자는 허풍선이가 우리에게 충격을 안기도록 고무하고, 마법사가 우리를 상대로 농간을 부리도록 격려한다.

이 모든 내용으로부터 몇 가지 결론이 나오는 것 같다. 첫째, 우리가 형식에 대해 말할 때, 그것은 어떤 감정들이 서로 적절한 관계를 맺고 있다는 뜻이라는 것이다. 그 다음에, 소설가는 이 감정들을 적절히 배치할 수 있으며, 물려받은 것을 자신의 목적에 맞게 새롭게 변화시키고 다듬은 방법이나 직접 발명한 방법을 통해서 그 감정들이 말을 하도록 할 수 있다. 더 나아가, 독자는 이 장치들을 탐지할 수 있고, 그렇게 함으로써 그 책에 대한 이해를 더욱 깊이 할 것이다. 한편, 그 밖의 것에 대해 말하자면, 소설가가 탐구하고 자신의 기술을 완벽하게 갈고닦음에 따라, 소설들이 카오스를 버리고 더욱더 균형 잡힌 모습을 보이게 될 것이다.

마지막으로, 아마 독자의 나태와 쉽게 믿어 버리는 태도에도 어떤 변화가 강요될 것이다. 독자는 소설가의 뒤를 바짝 쫓아야 한다. 재빨리 추적하고, 재빨리 이해하고, 그렇게 함으로써 서재에서 원고 뭉치와 씨름하는 소설가와, 그 소설가의 고독의 오만한 산물들을 받기를 간절히 바라는 출판업자들에게, 극작가가 배우들과 방관자들과, 세대를 내려오면서 연극을 관람하는 훈련을 받은 관중들로부터 예상할 수 있는, 마음을 정화시키고 건강에 유익하게 작용하는 그런 압박을 가할 수 있어야 한다.

09
러시아인의 관점[109]

프랑스어로 영국 문학을 진정으로 이해하는 것이 가능한지, 혹은 영국인과 공통점이 상당히 많은 미국인들이 영국 문학을 진정으로 이해할 수 있는지에 대해 종종 의문이 제기되기 때문에, 영국인이 러시아 문학에 대한 열정을 강하게 품고 있을지라도 러시아 문학을 진정으로 이해할 수 있는지에 대해, 우리는 앞의 것보다 더 강하게 의문을 품어야 한다. 여기서 "이해하다"라는 단어가 의미하는 바가 무엇인가에 관해 논하자면 그 토론은 아마 무한히 길어질 것이다. 그런 사례들은 특히 영국 문학과 영국인들을 대단히 강하게 의식하는 가운데 글을 썼던 미국 작가들에게, 그러니까 평생 영국인들 틈에서 살다가 최종적으로

109 1925년에 'The Common Reader'를 위해 쓴 에세이.

조지 국왕의 신민이 되기 위해 법적 절차를 밟은 미국 작가들에게 예외 없이 일어날 것이다. 그렇지만 그런 미국 작가들은 진정으로 우리 영국인을 이해했을까? 혹시 그들은 생의 마지막 순간까지 외국인으로 남지 않았을까? 헨리 제임스[110]의 소설들이 그가 묘사하는 사회에서 성장한 남자에 의해 쓰였다고 누가 믿을 수 있었을까? 아니면 영국 작가들에 대한 그의 비평이 대서양을 의식하지 않고, 또 그의 문명과 우리 문명을 갈라놓고 있는 200년 내지 300년의 세월을 의식하지 않는 가운데 셰익스피어를 읽은 사람에 의해 쓰였다고 누가 믿을 수 있었을까? 외국인은 종종 특별한 예리함과 객관성과 날카로운 시각을 성취하지만, 자의식의 부재, 그리고 친교에 유익한 마음의 평온과 동료 의식과 공통적인 가치들의 공유, 판단의 건정성, 친숙한 교류 등은 좀처럼 이루지 못한다.

우리 영국인들을 러시아 문학과 분리시키고 있는 것은 이런 요소들만이 아니다. 그보다 훨씬 더 심각한 장애가 버티고 있다. 바로 언어의 다름이다. 지난 20년 동안 톨스토이와 도스토예프스키, 안톤 체호프(Anton Tchekov)의 작품을 열심히 읽은 사람들 중에서 러시아어로 읽을 수 있었던 사람은 한두 명을 넘지 않을 것이다. 러시아 작가들의 자질에 관한 우리의 평가는 러시아어를 단 한 단어도 읽지 않았거나 러시

---

110 1843년에 미국 뉴욕에서 태어나 1869년에 런던에 정착한 뒤로 유럽 여러 곳을 여행했으며 1904년에 다시 미국으로 건너가 강의도 했으나 세상을 떠나기 1년 전인 1915년에 영국으로 귀화했다.

아를 본 적이 없거나 러시아인이 말하는 러시아어를 한 번도 들어보지 못한 비평가들에 의해 형성되었으며, 이 비평가들은 번역가들의 작업에 맹목적으로, 또 절대적으로 의지해야 했다.

그렇다면, 그것은 곧 우리가 지금까지 어느 한 문학 전체를 그 문학의 표현 양식을 철저히 배제한 상태에서 평가했다는 뜻이다. 어느 한 문장 속의 모든 단어를 러시아어에서 영어로 바꾸고, 그로 인해 의미가 약간 바뀌고, 단어들의 소리와 무게와 억양이 서로 간의 관계 속에서 완전히 바뀔 때, 거기엔 의미를 조잡하게 바꾼 어떤 한 버전 외에 아무것도 남지 않는다.

이런 식으로 다뤄지는 경우에, 위대한 러시아 작가들은 지진이나 철도 사고로 인해 옷뿐만 아니라 그보다 더 미묘하고 더 중요한 것들, 말하자면 예절과 성격의 특성까지 잃게 된 남자들과 비슷하다. 남은 것은, 영국인들이 광신적 존경을 통해 증명했듯이, 매우 강력하고 매우 인상적인 그 무엇이지만, 이런 훼손들을 고려하는 경우에 우리가 러시아 작가들의 작품을 왜곡하거나 엉뚱한 방향으로 읽지 않는다고 자신 있게 말하기 어렵다.

러시아 작가들은 어떤 끔찍한 재난의 와중에 옷을 잃어 버렸다고 우리는 말한다. 이유는 소박함이나 인간성을 묘사하는 인물이 깜짝 놀란 나머지 본능을 숨기거나 위장하려는 노력을 더 이상 하지 않게 되었기 때문이다. 어쨌든 러시아 문학은 번역 때문이든 그보다 더 깊은 다른 어떤 이유에서든 우리에게 그런 인상을 준다.

우리는 소박함과 인간성이라는 특성들이 러시아 문학에 두루 퍼져 있는 것을 발견하고 있다. 위대한 작가들뿐만 아니라 그들보다 조금 못한 작가들의 작품에서도 그런 특성이 명확히 확인된다. "당신 자신을 다른 사람들과 비슷하게 가꾸는 방법을 배워라. 나는 거기에 한 가지 더 보태고 싶다. 당신 자신을 다른 사람들에게 꼭 필요한 존재로 만들어라. 그러나 그 같은 공감을 마음으로만 하지 않도록 하라. 반드시 가슴으로, 그러니까 그들을 향한 사랑으로 하도록 하라." 어쩌다 이런 인용을 접할 때면, 우리는 그 즉시 "러시아인의 말이로구나."라고 말할 것이다.

소박성, 노력의 부재, 그리고 불행으로 점철된 세상에서 인간에게 가장 먼저 요구되는 것이 고통 받는 동료들을 "마음이 아니라 가슴으로" 이해하는 것이라는 가정은 러시아 문학 전체를 따스하게 품고 있는 구름이다. 러시아 문학이 그 그늘을 확장하기 위해 영국인에게 빛을 잃어버린 광휘와 바싹 말라버린 큰 길에서 빠져나오라고 유혹의 손길을 뻗고 있지만, 그 결과는 당연히 재앙일 것이다.

우리는 어색하고 자의식이 강해진다. 우리는 우리 자신의 특징들을 부정하면서 너무도 싫은 선(善)과 소박을 가장하며 글을 쓴다. 우리는 단순히 확신만으로 "브라더"라는 단어를 쓰지 못한다. 존 골즈워시(John Galsworthy)가 쓴 어느 스토리를 보면, 등장인물 하나가 다른 등장인물을 그런 식으로 부른다(그들은 똑같이 불행에 깊이 빠져 있다). 그 즉시, 모든 것이 긴장하고 영향을 받게 된다. 러시아 문학에서 말하는 "브라더"에 해당하는 영어 단어는 매우 다른 단어인 "메이트" (mate)이다. 이 단어엔 냉소적인 무엇인가가, 정의할 수 없는 어떤 기질의 암시가 담겨 있다.

서로를 그런 식으로 부르는 두 영국인은 깊은 절망에 빠져 있을지라도 직장을 발견하고, 운명을 개척하고, 인생의 말년을 호화롭게 살면서 불쌍한 사람들이 템스 강변에서 서로를 "브라더"라고 부르지 않도록 하기 위해 큰돈을 남길 것이다. 그러나 형제애를 낳는 것은 공통의 행복이나 노력, 욕망보다는 공통의 고통이다. 해그버그 라이트(Hagberg Wright)[111]가 문학을 창조하는 러시아인들의 전형적인 특징으로 꼽은 것이 바로 "깊은 슬픔"이다.

물론, 이런 종류의 일반화는, 문학 집단 전체에 적용하는 경우에 어느 정도 통할지라도, 천재성을 지닌 어떤 작가가 그 문제를 본격적으로 파고드는 경우에 크게 바뀔 것이다. 하나의 "태도"는 절대로 단순하지 않으며 대단히 복잡한 것 같다. 자신의 코트와 예절을 빼앗긴 남자들은 철도 사고에 깜짝 놀라서 힘든 일과 거친 일, 불쾌한 일, 어려운 일들에 대해 말한다. 그럼에도 그런 것들에 대해 말하는 그들의 마음에는 그들이 재난을 겪는 과정에 얻게 된 단념과 소박이 작용하고 있다.

우리가 체호프에게 받는 첫 인상은 소박한 것이 아니라 당황하는 듯한 인상이다. 체호프가 쓴 이야기의 핵심은 무엇이며, 그가 그것을 주

---

111 1862년에 태어났으며, 1893년부터 세상을 떠날 때까지 런던 도서관 사서를 지냈다. 런던 도서관을 오늘날의 모습으로 정착시킨 장본인으로 평가받는다.

세로 이야기를 쓴 이유는 무엇인가? 우리는 스토리를 하나씩 읽으면서 이런 질문을 던진다. 남자가 기혼 부인과 사랑에 빠지고, 그들은 헤어지고 다시 만났다가 마지막에 자신의 처지에 대해, "참을 수 없는 굴레"에서 자유로워질 수 있는 수단에 대해 이야기한다.

'그는 머리를 감싸면서 묻는다. "어떻게? 어떻게 해?"… 그리고 조금 지나면 해결책이 발견될 것이고, 그러면 새롭고 멋진 인생이 시작될 것 같았다.' 그것이 결말이다. 우편집배원이 어느 학생을 역까지 데려다주는데, 가는 길 내내 학생은 우편집배원이 입을 열게 하려고 노력하지만, 그는 침묵을 지킨다. 그러다가 우편집배원이 불쑥 말을 내뱉는다. "누구든지 우편마차로 태워주는 것은 불법이지요." 그리고 그가 성난 표정을 지으며 플랫폼을 올라갔다가 내려간다. '그는 누구에게 화를 낸 것일까? 사람들에게, 가난에게, 아니면 가을밤에?' 다시, 이야기가 끝난다.

그러나 이것이 끝인가, 라고 우리는 묻는가? 오히려 우리는 신호들을 깜빡 잊고 지나쳤다는 느낌을 받는다. 혹은 어떤 음악이 마지막에 예상한 화음을 연주하지 않고 중단한 것처럼 느낀다. 이 이야기들엔 결론이 없어, 라고 말하면서 우리는 이야기는 우리가 알아볼 수 있는 방식으로 결론을 내야 한다는 가정을 바탕으로 비판을 고안한다. 그렇게 하면서, 우리는 우리 자신이 독자로서 적절한가 하는 문제를 제기하고 있다. 곡조가 익숙하고 결말이 뚜렷한 곳에서, 말하자면 빅토리아 시대 픽션의 대부분처럼 연인들이 결합하거나 악한들이 패주하고 음모가 폭로되는 곳에서, 우리는 좀처럼 잘못할 수 없다. 그러나 곡조가 낯설고, 결말이 의문부호이거나 단순히 체호프의 작품에서처럼 그들이 대화를 계속한다는 식의 정보인 곳에서, 우리는 곡조, 특히 하모니를 완성 짓는 마지막 음표들을 듣기 위해서 매우 과감하고 예민한 문학적 감각을 필요로 한다. 우리가 부분들을 서로 연결시키고 있다는 것을, 또 체호프가 단순히 일관성 없이 어슬렁거리고 있는 것이 아니라 자신의 의미를 완성시키기 위해서 의도를 갖고 지금은 이 음표를, 다른 때는 저 음표를 두드렸다는 것을 우리가 느낄 수 있게 되기까지, 우리는 엄청나게 많은 스토리들을 읽어야 한다. 그런 느낌이야말로 우리의 만족감에 근본적이니까.

우리는 이 낯선 이야기들 속에서 강조가 제대로 이뤄지고 있는 곳을 찾아야 한다. 체호프의 말이 우리에게 옳은 방향을 제시하고 있다. "… 우리 사이의 대화 같은 것은 우리 부모들에게는 상상 불가능한 일이었을 것이다. 그들은 밤이면 말을 하지 않고 고이 잠을 잤다. 그러나 우리 세대는 잠을 편안하게 자지 않지만 대신에 말을 아주 많이 하며 우리가 옳든 그르든 언제나 해결하려고 노력하고 있다."

영국 문학의 사회적 풍자와 심리적 기교는 모두 제대로 이루지 못한 잠에서, 그 끊임없는 대화에서 생겨났지만, 어쨌든 체호프와 헨리 제임스 사이에, 체호프와 버나드 쇼 사이에 엄청난 차이가 있다. 그 차이는 어디서 비롯되는가? 체호프도 마찬가지로 사회 상태의 악과 불공정에 대해 잘 알고 있고 농민들의 처지가 그를 놀래게 하지만, 개혁가의 열

정은 그의 열정이 아니다. 개혁가의 열정은 우리가 멈춰야 하는 신호가
아닌 것이다.

체호프의 관심을 잡아끌고 있는 것은 정신이다. 그는 대단히 섬세한
인간관계 분석가이다. 그러나 거기에도 다시 결말이 없다. 그것은 그가
영혼과 다른 영혼들의 관계에 관심을 쏟지 않고 주로 영혼과 건강의 관
계, 영혼과 선(善)의 관계에 관심을 기울이기 때문인가? 이 이야기들은
우리에게 언제나 어떤 허세와 꾸밈, 불성실을 보여주고 있다. 어떤 부
인은 그릇된 관계에 빠지고, 어떤 남자는 상황의 비인간성 때문에 타락
한다. 영혼이 병들었다가 치료되기도 하고 치료되지 않기도 한다. 그런
것들이 그의 이야기들에서 강조되고 있는 사항들이다.

눈이 이런 미묘한 차이들에 익숙해지자마자, 픽션의 "결말들" 중 반
이 희박한 공기 속으로 사라진다. 그 결말들은 배경에 어떤 빛을 두고
있는 투명체처럼 보이고, 현란하고 눈부시고 피상적이다. 마지막 장
(章)을 일반적으로 깔끔하게 정리하는 것은, 말하자면 결혼이나 죽음,
가치 있는 진술을 매우 요란하게 강조하는 것은 아주 초보적인 방법이
되었다. 우리는 아무것도 해결되지 않았다고 느낀다. 어떤 것도 서로
제대로 결합되어 있지 않기 때문이다. 한편, 처음에 너무나 우발적이고
결론이 없는 것 같고 사소한 것들에 매달리는 것처럼 보였던 방법이 지
금은 절묘할 만큼 독창적이고 까다로운 취향의 결과인 것처럼 보인다.
그 취향은 대담하게 선택하고, 조금의 오류도 없이 배열하고, 러시아인
들 사이에서가 아니고는 어디서도 찾아볼 수 없는 그런 정직성에 의해

통제되고 있다. 이런 문제들에는 해답이 절대로 없을 수 있지만, 동시에 우리의 허영심에 부합하는 품위 있는 무엇인가를 만들어내기 위해 증거를 조작하는 일은 절대로 없도록 하자. 이것은 대중의 귀를 붙드는 방법이 아닐 수 있다. 어쨌든, 대중은 더 시끄러운 음악과 더 센 박자에 익숙하지만, 그는 들리는 가락을 그대로 글로 옮겼다. 따라서, 우리가 아무것도 아닌 것에 관한 이 짧은 이야기들을 읽을 때, 지평이 넓어진다. 영혼이 놀라울 정도의 자유의 감각을 얻기 때문이다.

체호프를 읽으면서, 우리는 자신이 "영혼"이라는 단어를 거듭 반복하고 있다는 사실을 깨닫는다. 그 단어는 그의 책장 곳곳에 흩어져 있다. 늙은 주정뱅이는 영혼이라는 단어를 수시로 사용하고 있다. "… 이 사람아, 자네는 그 분야에서 누구도 닿지 못할 만큼 높이 올라섰지만, 진정한 영혼이 없어. … 자네의 영혼은 힘이 전혀 없어."

정말로, 러시아의 픽션에서 최고의 등장인물은 영혼이다. 체호프의 작품에서 섬세하고 미세한 영혼은 도스토예프스키의 작품에서 무수한 변덕과 이상 상태에 노출되면서 더욱 깊어지고 더욱 커진다. 영혼은 폭력적인 질병과 격렬한 열병에 잘 걸리지만, 그래도 여전히 지배적인 관심사이다. 아마 그것이 영국 독자가 『카라마조프 형제들』이나 『악령』(The Possessed)을 두 번째 읽을 때 그렇게 많은 노력이 필요한 이유일 것이다.

"영혼"은 영국 독자에게 낯설다. 영혼은 심지어 반감을 불러일으키기도 한다. 영혼은 유머 감각을 거의 갖고 있지 않고 코미디 감각을 전혀 갖고 있지 않다. 영혼은 형태가 없다. 그것은 지성과 약간의 연결만 맺고 있다. 영혼은 혼란스럽고, 산만하고, 소란하고, 논리의 통제나 시(詩)의 규칙을 따르지 않는다.

도스토예프스키의 소설들은 끓고 있는 소용돌이이고, 회오리를 일으키는 모래 폭풍이고, 쉬 소리를 내며 끓으며 우리를 삼키는 용오름이다. 그 소설들은 순전히 영혼의 물질로 구성되어 있다. 우리는 우리의 의지와 반대로 거기로 끌려 들어가서 선회하다가 눈이 멀고 숨이 막힘과 동시에 아찔한 황홀감이 가슴을 가득 채우는 것을 느낀다. 셰익스피어의 글에서 그것보다 더 흥미진진한 읽기는 가능하지 않다.

우리는 문을 열면서 자신이 러시아 장군들과 장군들의 가정교사들, 장군들의 의붓딸들과 사촌들, 그리고 자신들의 가장 내밀한 일들에 대해 목청껏 말하고 있는 잡다한 사람들의 무리로 가득한 방 안에 있다는 사실을 깨닫는다. 그러나 우리가 있는 곳은 어디인가? 분명히, 우리가 호텔에 있는지, 아파트에 있는지, 임대한 숙소에 있는지에 대해 우리에게 알려주는 것은 소설가의 몫이다. 그런데도 아무도 설명할 생각을 하지 않는다.

우리는 영혼이다. 그것도 고문당한 불행한 영혼이다. 그 영혼의 유일한 일은 말하고, 드러내고, 고백하고, 살점과 신경을 찢는 일이 벌어질 때마다 우리의 가슴 밑바닥의 모래 위를 기어 다니는 그 난해한 죄들을 들먹이는 것이다. 그러나 귀를 기울이면, 우리의 혼란은 서서히 정리된다. 어떤 로프가 우리에게 던져지고, 우리는 어떤 독백을 붙잡고, 간신히 로프를 붙잡은 채 물 속으로 내몰리고, 열성적으로 또 거칠게 돌진하면서 여기서 물에 잠기고, 저기서 공상의 순간을 맞으며 지금까지 이해했던 것보다 더 많은 것을 이해하고, 삶이 최고조에 이르렀을 때의 압박에서만 얻게 되는 그런 계시를 받는다. 우리는 그렇게 날면서 온갖 것을, 그러니까 사람들의 이름들과 그들의 관계들을, 폴리나[112]가 그리외 후작의 음모에 개입한다는 사실을 건져 올리지만, 이런 것들은 영혼과 비교하면 전혀 중요하지 않은 문제들일 뿐이다.

중요한 것은 영혼과 영혼의 열정, 영혼의 소동, 아름다움과 비열함을 뒤섞는 영혼의 놀라운 메들리이다. 그리고 만약에 우리의 목소리들이 돌연 높아지면서 새된 웃음을 터뜨리거나, 우리가 더없이 격한 흐느낌에 몸을 떤다면, 어느 쪽이 더 자연스러운가? 언급조차 필요하지 않는 질문이다. 우리가 살아가고 있는 속도가 너무나 빠른 탓에, 우리가 날 때 우리의 바퀴들에서 불꽃들이 튀어나왔음에 틀림없다. 더욱이, 속도가 그런 식으로 높아질 때, 그리고 보다 느린 영국인들의 정신이 상상하는 바와 같이, 영혼의 요소들이 유머의 장면이나 열정의 장면에서 분리되어 나타나지 않고 서로 구분할 수 없을 만큼 혼란스런 줄무늬 모양으로 나타날 때, 인간 정신의 새로운 파노라마가 드러난다.

옛날의 구분들은 서로에게로 녹아들었다. 인간은 악한인 동시에 성인(聖人)이고, 인간의 행위는 아름다운 동시에 경멸할 만하다. 우리는

---

112 표도르 도스토예프스키의 "도박꾼"(The Gambler)에 등장하는 인물

사랑하는 동시에 증오한다. 우리가 익숙한, 좋은 것과 나쁜 것 사이의 명쾌한 구분 같은 것은 절대로 없다. 우리가 애착을 가장 강하게 느끼는 존재들이 가장 악랄한 범죄자들인 경우가 종종 있으며, 가장 비열한 범죄자들이 우리의 사랑뿐만 아니라 존경까지 받는 경우가 종종 있다.

파도의 꼭대기로 돌진하다가 바다 밑바닥에 처박히거나 돌에 부딪치는 상황에서, 영국 독자는 편안함을 느끼기 어렵다. 영국 독자가 자신의 문학 속에서 익숙했던 과정이 완전히 거꾸로 뒤집어졌다. 어떤 장군의 연애에 관한 스토리에 대해 말하기를 원한다면(무엇보다 먼저, 우리는 그 장군을 비웃지 않기가 매우 어렵다는 사실을 확인한다), 우리는 그의 집에서부터 시작해야 하고, 그를 둘러싼 주위 상황을 분명하게 다듬어야 한다. 이런 모든 것이 다 준비되었을 때에야, 우리는 장군 본인을 다루려 시도한다.

더욱이, 영국에서 지배적인 것은 사모바르(samovar)[113]가 아니라 티포트이며, 시간은 제한적이고, 공간은 사람들로 붐비며, 다른 관점들과 다른 책들, 심지어 다른 시대들의 영향은 저절로 느껴진다. 사회는 하류, 중류, 상류층으로 나눠져 있으며, 각 계층은 자신들만의 전통과 예절을, 그리고 어느 정도는 자신들만의 언어를 갖고 있다. 영국 소설가가 원하는지 여부와 상관없이, 그에게 이 장벽들을 인정하라는 압박이 지속적으로 작용하고 있다. 따라서 영국 소설가에게는 명령이 내려지

---

113 러시아의 차 끓이는 주전자.

고, 어떤 종류의 형식이 선호된다. 영국 소설가는 연민보다 풍자 쪽으로, 개인들 자체를 이해하는 것보다 사회를 정밀하게 조사하는 쪽으로 기운다.

도스토예프스키에게는 그런 제한이 전혀 없었다. 당신이 귀족이든 평민이든, 방종한 여자든 귀부인이든, 그에게는 다 똑같다. 어떤 존재든 상관없이, 당신은 이 당혹스런 액체를, 다시 말해 구름 같이 떠도는 소중한 물질인 영혼을 담는 그릇이다.

영혼은 장벽의 방해를 받지 않는다. 영혼은 흘러넘치고, 홍수를 일으키고, 다른 사람들의 영혼들과 섞인다. 와인 한 병 값을 치를 수 없었던 은행원에 관한 단순한 스토리는, 우리가 거기서 무슨 일이 일어나고 있는지를 알기도 전에, 은행원의 장인과 그의 장인이 가혹하게 다뤘던 5명의 정부(情婦)의 삶과 우편집배원의 삶, 파출부의 삶, 같은 아파트에 살던 공주들의 삶 속으로 퍼져나간다. 이유는 도스토예프스키가 사는 지역 밖에는 아무것도 없기 때문이다. 그는 지쳐도 멈추지 않고 계속 말을 한다. 그는 자제하지 못한다. 그 영혼은 밖에서 우리와 마주치며, 델 정도로 뜨겁고, 복합적이고, 경이롭고, 끔찍하고, 위압적이다. 그런 것이 인간의 영혼이다.

이제 소설가들 중에서 가장 위대한 소설가가 남아 있다. 『전쟁과 평화』의 저자를 우리가 그런 표현이 아니고 다른 어떤 말로 부를 수 있겠는가? 톨스토이도 진기하고, 어렵고, 외국인으로 느껴지는가? 여하튼 우리가 그의 신봉자가 되어 우리의 태도를 잃게 되기 전까지, 어느 정도의 의심과 당혹감을 품도록 만들었던 그의 시각에 괴상한 것이 있는가? 그의 작품 첫 부분의 단어들로부터, 우리는 어쨌든 한 가지만은, 여기에 우리가 보고 있는 것을 보고, 우리가 익숙한 방향으로 사고하는, 말하자면 안에서 바깥쪽으로가 아니라 바깥에서 안쪽으로 사고하는 어떤 남자가 있다는 것만은 확실히 알 수 있다.

여기에는 우편집배원의 노크 소리가 정각 8시에 들리고, 사람들이 밤 10시와 11시 사이에 잠을 자러 가는 그런 세계가 있다. 또 야만성이 전혀 없고 자연의 자식이 절대로 아닌 남자가 있다. 그는 교육을 받았고, 온갖 종류의 경험을 다 했다. 그는 특권을 최대한 활용했던 그런 타고난 귀족의 한 사람이다. 그는 도시인이지 교외 거주자가 아니다. 그의 감각과 지성은 예리하고, 강력하고, 잘 가꿔져 있다. 그런 정신과 육체가 인생을 개척해 나가는 데에는 자부심 강하고 탁월한 무엇인가가 느껴진다.

그 어떤 것도 그를 피하지 못하는 것 같다. 그 어떤 것도 기록되지 않은 채 그로부터 벗어나지 못한다. 따라서 그 누구도 어느 강한 젊은이의 감각들에 오락의 흥분과 말(馬)들의 아름다움, 그리고 세상의 온갖 강렬한 희망을 그런 식으로 전달하지 못한다. 모든 나뭇가지와 모든 깃털이 그의 자석에 끌리고 있다. 그는 어느 아이가 입은 옷의 청색 또는 빨강을 알아차리고, 말이 꼬리를 흔드는 방식을 알고 있고, 기침 소리를 알고 있고, 어떤 남자가 꿰매어 붙인 주머니에 손을 집어넣으려고 할 때의 행동을 알고 있다. 그리고 결코 틀리지 않는 그의 눈이 기침이나 손의 날랜 움직임에 대해 보고하는 것을, 마찬가지로 결코 틀리지 않는 그의 뇌는 성격에 숨겨진 무엇인가와 연결시킨다. 그래서 우리는 그의 사람들을 그들이 사랑하는 방식이나 정치관, 영혼의 불멸성 등을 통해서도 알 뿐만 아니라 그들이 재채기를 하고 목이 메는 방식을 통해서도 알게 된다.

심지어 번역물에서도 우리는 자신이 망원경을 손에 들고 산 정상에 서 있다는 느낌을 받을 수 있다. 모든 것이 놀랄 정도로 선명하고 대단히 예리하다. 그러다가 갑자기 우리가 크게 기뻐하고, 숨을 깊이 쉬고, 기운이 새로워짐과 동시에 순수해지는 것을 느끼는 바로 그때, 어떤 디테일이, 아마 어느 인간의 머리가 놀랍게도 그림에서 빠져나와서, 마치 그 그림의 생명력의 강력함 때문에 밖으로 튕겨나오게 된 것처럼, 우리에게로 온다. "돌연 이상한 일이 나에게 일어났다. 먼저 나는 내 주위에 있는 것들을 보는 것을 멈추었다. 이어서 그의 얼굴이 두 눈만 남아 나의 눈 위로 빛을 반짝일 때까지 사라지는 것처럼 보였다. 그 다음에는 그 눈들이 바로 나의 머리에 박힌 것처럼 보였으며, 이어 모든 것이 혼란스럽게 되었다. 나는 아무것도 볼 수 없었으며, 그 사람의 응시가 나의 내면에 불러일으키고 있는 쾌락과 두려움의 감정에서 놓여나기 위해 눈을 감지 않을 수 없었다.…"

우리는 『가족의 행복』(Family Happiness)에서 마샤의 감정을 거듭 공유한다. 사람은 쾌락과 공포의 감정을 피하기 위해 눈을 감는다. 종종 최고로 중요한 것은 쾌락이다. 아주 짧은 이 스토리에 두 개의 묘사

189

가 있다. 하나는 밤에 연인과 함께 정원을 산책하고 있는 소녀에 관한 것이고, 다른 하나는 최근 결혼한 커플이 거실에서 껑충거리며 돌아다니는 모습을 묘사한 것이다. 이 묘사들이 대단히 행복한 감정을 전하고 있기 때문에, 우리는 그 감정을 더 온전히 느끼기 위해 책을 덮는다. 그러나 거기에는 언제나 우리가 마샤처럼 톨스토이의 응시로부터 달아나고 싶어 하도록 만드는 공포의 한 요소가 있다. 그것은 실제 생활에서 우리를 괴롭힐 수 있는 느낌, 그러니까 톨스토이가 묘사하는 행복이 너무나 치열하기 때문에 오래 지속될 수 없고 우리가 재앙을 코앞에 두고 있다는 느낌인가? 아니면 그것은 우리의 쾌락의 강렬함 자체가 어쨌든 의심스럽고 우리로 하여금 『크로이체르 소나타』(Kreutzer Sonata)[114]의 포즈드니셰프처럼 "그런데 왜 살지?"라는 물음을 던지지 않을 수 없도록 만들기 때문인가?

영혼이 도스토예프스키를 지배하고 있다면, 톨스토이를 지배하고 있는 것은 삶이다. 찬란한 꽃잎들의 중심에는 언제나 "왜 사는 거야?"라는 가시 달린 채찍이 자리 잡고 있다. 책의 중심에는 언제나 올레닌이나 피에르나 레빈이 있는데, 그들은 온갖 경험을 몸으로 겪고, 세상을 자신의 손으로 직접 회전시키고, 삶을 즐길 때에도 삶의 의미가 무엇인지, 우리의 목표는 무엇이 되어야 하는지에 대해 묻는 것을 결코 멈추지 않는다.

---

114 톨스토이의 중편 소설. 베토벤의 크로이체르 소나타에서 제목을 빌렸다. 1889년에 발표되었으나 성 문제를 다룬 탓에 즉각 당국의 검열에 걸렸다.

우리의 욕망들을 가장 효과적으로 깨뜨리는 사람은 성직자가 아니라 그 욕망들을 잘 알고 그것들을 직접 사랑했던 사람이다. 그 사람이 욕망들을 조롱할 때, 세상은 정말로 우리의 발밑에서 하찮은 것으로 변한다. 따라서 두려움이 우리의 쾌락과 섞이고, 3명의 위대한 러시아 작가들 중에서 우리를 가장 강하게 사로잡는 동시에 우리를 가장 강하게 물리치고 있는 작가는 바로 톨스토이이다.

그러나 정신은 출생지로부터 나름의 편향을 얻게 마련이며, 러시아 문학 같은 색다른 문학을 접할 때, 정신은 틀림없이 진리와 거리가 먼 접선에서도 옆길로 벗어날 것이다.

_10_

역사학자와 'The Gibbon'[115]

'지금도 대체로 봐서 『로마 제국 쇠망사』(History of the Decline and Fall of the Roman Empire)는 국내에서나 외국에서나 똑같이 뿌리를 내린 것 같으며, 아마 앞으로도 100년은 더 학대를 당할 것 같다.' 에드워드 기번(Edward Gibbon)은 자신의 책의 불멸성을 확신하면서 차분히 이렇게 썼다. 먼저, 그 책이 영원성의 한 가지 특성을 갖고 있다는 점을 보여줌으로써, 자신의 책에 대한 기번의 의견이 옳았다는 점을 인정하도록 하자. 그 특성은 바로 그 책이 지금도 여전히 학대를 자극하고 있다는 점이다.

『로마 제국 쇠망사』를 전부 읽을 수 있는 사람들 중에서, 몇 개의 장

---

115 1937년 4월 24일자 TLS에 게재되었다. 그 해는 에드워드 기번의 탄생 200년이 되는 해였다.

(章)은 흔적도 없이 미끄러지듯 지나가 버렸다거나, 많은 페이지가 어떤 소리의 진동에 불과하다거나, 무수히 많은 인물이 독자의 기억에 이름조차 각인시키지 못하고 그냥 지나쳤다고 불평하지 않는 사람은 거의 없다.

우리는 몇 시간 동안 줄곧 어떤 천상의 흔들 목마를 타고 있는 듯한 느낌을 받는다. 그 흔들 목마는 아래위로 부드럽게 움직일 때에도 한 곳에 견고하게 고정되어 있다. 이런 식으로 유발된 최면성의 나태 속에서, 우리는 유감스럽게도 토머스 매콜리(Thomas Macaulay)[116]의 생생한 당파성과 칼라일의 발작적이고 폭력적인 시를 떠올린다.

이 위대한 역사가가 누리고 있는 엄청난 명성이 사람들이 너무 바쁘거나 너무 게으르거나 너무 소심해서 사물들을 자신의 눈으로 직접 보지 못할 때 하게 되는 그런 묵인이 전반적으로 퍼진 탓이 아닐까, 하고 우리는 의심한다. 그런데 이 의심을 뒷받침할, 과장된 표현들을 모으는 것은 쉬운 일이다.

교회는 "신성한 건물"이 되었고, 문장들은 지나치게 틀에 박힌 탓에 마치 종소리처럼 서로 일치한다. "확신을 파괴했고"라는 표현 다음에는 반드시 "분개를 자극했다"가 나왔다. 한편, 등장인물들은 "사악한"이나 "고결한" 같은 하나의 형용사로 서투르게 묘사되고 있으며, 등장인물들이 너무나 조잡하게 다듬어진 탓에 줄에 매달린 꼭두각시들의

---

116 영국 역사학자이자 휘그당 정치인(1800~1859).

극히 익살스런 행동밖에 하지 못하는 것처럼 보인다.

요약하면, 기번은 자신의 명성 중 일정 부분을 저널리스트들의 감사하는 마음에 빚지고 있다. 기번이 저널리스트들에게 모방하기가 특별히 쉽고 또 사소한 아이디어에 많은 살을 붙이는 데 적절한 그런 문체를 선물로 제시했으니 말이다.

다시 그 책으로 돌아가면, 우리는 놀랍게도 그 흔들 목마가 땅의 토대를 벗어났다는 사실을 발견한다. 이제 우리는 날개 달린 준마를 타고 원을 크게 그리며 허공을 획획 날고 있으며, 우리 아래로 유럽이 펼쳐지고 있다. 시대들이 변하며 흘러간다. 어떤 기적이 일어났다.

그러나 기적은 기번의 글쓰기에 사용할 단어는 아니다. 만약 기적이 있었다면, 그것은 어떤 단어를 좀처럼 강조하지 않는 기번 자신이 이탤릭체로 표시할 가치가 있다고 생각한 그 불가해한 사실에 있었다. "…나는 나 자신이 어린 시절부터 역사학자가 되기를 갈망했다는 것을 경험을 통해 *알고 있다*."

그 씨앗이 박식으로 가정교사를 놀라게 했던 병약한 소년의 내면에 신비스럽게 심어지고 나자, 그 재능이 발달하며 결실을 맺는 과정에는 기적적인 일보다 합리적인 일이 더 많았다. 먼저, 기번의 주제 선택보다 더 조심스럽고, 더 신중하고, 선견지명이 느껴지는 것은 없다.

그는 역사가가 되어야 했다. 하지만 무엇을 연구하는 역사가가 된단 말인가? 스위스 역사도 거부당했다. 피렌체의 역사도 거부당했다. 그는 월터 롤리 경의 일생을 다루는 문제를 놓고 오랫동안 고민했다. 그러나 그것 역시 거부당했으며, 기번도 많은 것을 암시하는 이유들로 그것을 회피했다.

… 나는 무서워서 잉글랜드의 현대사를 피해야 했다. 거기선 모든 인물이 문제가 되며, 모든 독자가 친구이거나 적이다. 거기선 작가라면 당연히 어느 당의 깃발을 들어 올릴 것으로 여겨지며, 적대적인 도당의 저주에 시달리게 마련이다. … 나는 보다 안전하고 보다 광범위한 주제를 택해야 한다.

그러나 적절한 주제를 찾아내긴 했는데, 그가 안전하긴 하지만 멀고 광범위한 그 주제를 어떻게 다룬단 말인가? 어떤 태도, 어떤 스타일이 채택되어야 했다. 등장인물의 문제들을 피하기 위해서는 아마 일반화하며 얼버무리는 스타일이 되어야 하고, 자신의 시대와 동시대의 문제들을 다루지 않기 때문에 작가의 개성을 지우는 스타일이 되어야 하고, 엄청난 세월의 흐름을 다루고 또 독자들이 여러 권의 책을 부드럽게 읽을 수 있어야 하기 때문에 비약적이고 강렬하기보다는 율동적이고 유창한 스타일이 되어야 했다.

마침내 문제가 해결되었다. 융합은 완전했으며, 내용과 방식이 하나가 되었다. 우리는 스타일을 망각하고, 오직 한 위대한 예술가를 지키는 것이 안전하다는 사실만을 알고 있다. 그는 우리가 자신이 봐 주기를 원하는 것을 자신이 바라는 비중으로 보도록 할 수 있다.

그는 여기서 압축하고 저기서 확장한다. 그는 질서와 극적 효과를 위해 위치를 바꾸고, 강조하고, 생략한다. 개인의 얼굴들의 특징들을 대단히 상투적으로 그린다. 우리와 관련 있는 살아 있는 인간들이 등장하는 칼라일과 매콜리의 책들을 채우고 있는 폭력적인 제스처들과 주인이 너무도 확실하게 드러나는 목소리들이 여기엔 전혀 없다. 휘그당원도 없고 토리당원도 없으며, 영원한 진리도 없고 냉혹한 운명도 없다. 시간이 우리가 사랑하고 증오하도록 만드는 그런 즉각적인 반발들을 차단시켜 버렸다.

아득히 먼 거리에 있는 그 균일한 푸른색 속에 무수히 많은 인물들이 가득 들어 있다. 그들은 우리의 동정이나 분노를 야기하지 않는 가운데 흥하다가 망하며 사라진다. 그러나 등장인물들은 크기가 작을수록 수적으로 더 많고, 장면은 흐릴수록 더 거대하다. 군대들이 거침없이 진군하고, 야만인들의 무리는 속절없이 파괴된다. 숲은 거대하고 컴컴하며, 행렬들은 눈부시다. 제단들이 흥하다가 쇠한다. 이 왕조 다음에 다른 왕조가 생겨난다. 장면의 풍성함과 다양함이 우리의 주의를 완전히 빼앗아버린다.

그는 보여줄 수 있는 자원이 대단히 풍부한 엔터테이너이다. 그는 특별히 서두르거나 노력하는 일 없이 랜턴을 자신이 선택하는 곳으로 돌린다. 간혹 전체 규모가 위압적이고 호소력 강하지 않은 이야기가 단조롭게 들리면, 돌연 어떤 관용구가 나오고 디테일이 두드러진다. 수도사들이 "침침한 수도원"에 있는 모습이 나타나거나, 조각상들이 절대로 잊히지 않을 "활기 없는 사람들"이 되고, "다채로운 장식을 한 금박 갑옷"이 빛을 발하고, 왕들과 나라들의 장엄한 이름들이 강한 억양으로 불리거나, 서술 부분과 어떤 장면이 시작된다.

프로부스(Probus)[117]의 지시에 따라, 엄청난 양의 큰 나무들이 뿌리째 뽑혀 서커스장 한가운데로 옮겨 심어졌다. 널찍하고 그늘진 숲은 즉시 1천 마리의 타조와 1천 마리의 수사슴, 1천 마리의 암사슴, 1천 마리의 멧돼지로 채워졌다. 이런 다양한 사냥감들이 대중의 격한 행동에 맡겨졌다. … 공기는 분수의 작동에 의해서 지속적으로 신선하게 바뀌었으며, 방향제의 상쾌한 향기가 계속 공기 속으로 스며들고 있었다. 그 건물의 한가운데에 위치한 아레나, 즉 무대는 대단히 미세한 모래가 뿌려져 있었으며, 연이어 다양한 형태로 바뀌었다. 어느 순간에 무대는 헤스페리데스[118]의 정원처럼, 땅에서 솟아오르는 것처럼 보이다가 금방 트라키[119]의 바위들과 동굴들로 쪼개졌다. …

부분들이 얼마나 세심하게 선택되었는지, 또 공간을 몇 차례 돌아보고 구성한 뒤에도 다시 귀로 테스트를 거친 다음에야 글로 적은 문장

---

117 A.D. 276년부터 282년까지 재위한 로마 황제.
118 그리스 신화에서 세상의 서쪽 끝에 있는 정원을 돌보는 님프들을 말한다.
119 지리적으로 발칸 반도의 남동쪽을 가리킨다.

들이 서로 얼마나 견고하게 결합되어 있는지를 깨닫게 되는 것은 오직 우리가 기번의 그림들 중 하나를 압축하여 해체할 때이다. 그러나 이것들은 역사 소설가인 스콧이나 플로베르의 자질이라고 할 수도 있다. 그리고 기번은 진실에 종교적 열정으로 몰두한 역사학자였다. 그래서 그는 자신의 정확성에 대한 비판을 자신의 인격에 대한 비판으로 느꼈다. 책 속 페이지의 바닥에 깔린 주석들은 그의 허식을 억제하고 그의 등장인물들을 검증하고 있다. 따라서 주석들은 상상의 자유 속에서 나온 수많은 암시와 힌트들을 바탕으로 구성된 장면이나 등장인물과 다른 특성을 갖고 있다. 주석들은 아마 섬세함과 격렬함에서 뒤떨어질 것이다. 한편, 기번이 지적한 바와 같이, "『키로파에디아』(Cyropaedia)[120]는 모호하고 재미가 없으며, 『아나바시스』(Anabasis)[121]는 상세하고 기운차다. 그것이 픽션과 진실의 영원한 차이이다".

소설가의 상상력이 제대로 작동하지 않는 경우는 종종 있지만, 역사가는 사실에 의존할 수 있다. 그리고 그 사실들은 가끔 의문스럽고 한가지 이상의 해석을 허용할지라도 이성이 작동하도록 하고 우리의 관심의 범위를 확장시킨다. 서로 뚜렷이 분리되지 않는, 오래 전에 사라

120　크세노폰(Xenophon)이 키루스(Cyrus) 2세 대왕의 일생에 대해 쓴 책으로, 제목의 뜻은 '키루스의 교육'이다. 헤로도토스(Herodotus) 등이 남긴 기록과 다른 부분을 담고 있다. 부분적으로 픽션을 가미한 것으로 전해진다.

121　크세노폰이 남긴 저작으로 가장 유명하다. 페르시아의 아케메네스 제국의 다리우스(Darius) 2세의 아들 키루스가 형과 왕위를 다투기 위해 고용한 그리스 용병의 활약상을 기록했다.

진 세대들은 집단적으로 자신들을 중심으로 복잡한 법들을 엮어냈고, 의식(儀式)과 신앙의 멋진 구조들을 세웠다. 이런 것들은 묘사되고, 분석되고, 기록될 수 있다.

우리가 기번이 인내심을 발휘하며 공정하게 조사하는 과정을 추적하면서 보이는 관심 자체에 특유의 어떤 흥분이 담겨 있다. 그가 우리에게 말하듯이, 역사는 "인류의 범죄와 어리석음, 불행을 기록하는 것에 불과할" 수 있지만, 우리는 그의 글을 읽으면서 적어도 소동과 혼란을 벗어나 맑고 이성적인 공기 속으로 들어가고 있는 느낌을 받는다.

> 콘스탄티누스(Constantine)[122]의 승리들과 문명은 더 이상 유럽의 형세에 영향을 미치지 않지만, 세계의 상당 부분은 그 군주가 개종할 때 받았던 인상을 지금도 여전히 간직하고 있으며, 그의 통치 기간의 교회 제도들은 끊을 수 없는 고리에 의해 여전히 현 세대의 의견과 열정과 이해관계와 연결되어 있다.

그는 화려한 허식과 스토리의 거장일 뿐만 아니라 정신의 비평가이자 역사가이기도 했다.

우리가 작가의 특이성과 한계를 알게 되는 것은 당연히 이 지점이다. 매콜리가 19세기의 휘그당 당원이었고 칼라일이 예언의 재능을

122　A.D. 306년부터 337년까지 재위한 로마 황제(280?~337). 콘스탄티노플을 건설하고 기독교를 공인했다.

가진 스코틀랜드 농민이었듯이, 기번은 18세기에 뿌리를 내리고 있었으며, 그에겐 그 세기의 성격과 자신의 성격이 지울 수 없을 만큼 깊이 각인되어 있었다. 여기서 어떤 관용구를 통해서 저기서 조롱을 통해서, 아무도 모르는 사이에 점진적으로, 단단한 전체 덩어리가 그의 기질의 특이한 자질 때문에 변화를 겪고 있다. 의미의 미묘한 차이가 모습을 드러내고, 과장된 언어가 섬세하고 정확해진다. 가끔 어떤 관용구는 예리한 것으로 확인된다. 그래서 관용구가 적절한 자리에 부드럽게 쓰일 때에도 뒤에 긁힌 흔적이 남는다. "명예감이 공적 미덕의 감각을 자주 제공하는데도, 그는 명예감조차 갖추고 있지 않았다." 또는 앞에 인용한 텍스트의 엄숙한 오르내림은 어느 주석의 조심스러운 꼼꼼함 때문에 크게 약화된다. "타조의 목은 길이가 3피트이고, 17개의 척추로 이뤄져 있다. 뷔퐁(Buffon) 백작 참조. '자연사'(Histoire Naturelle)"

역사가들의 무오류성이 엄숙히 조롱당한다. "… 역사가들이 정보를 얻는 수단이 줄어든 것이 틀림없기 때문에, 그들의 지식이 점점 늘어나는 것처럼 보일 것이다. 이것은 역사 연구에 자주 나타나는 현상이다." 혹은 우리는 다음과 같은 사항에 대해 깊이 생각해 볼 것을 은근히 요구받는다.

현재 우리의 존재 상태에서, 육체가 영혼과 분리 불가능하게 연결되어 있기 때문에, 그 충직한 동행이 야기하는 즐거움을 순수하고 온건한 마음으로 누리는 것이 우리에게 이로울 것 같다.

그 충직한 동행의 약점들이 그에게 영원한 오락의 원천 같은 것이 되어준다. 섹스는 아마 그의 사생활과 연결되는 어떤 이유 때문에 언제나 말없이 미소를 짓게 만든다.

정식으로 확인된 22명의 내연의 처들과 62,000권의 장서를 자랑하는 서재는 그의 성향의 다양성을 증명했다. 그가 뒤에 남긴 산물들을 근거로 볼 때, 서재뿐만 아니라 내연의 처들도 겉치레보다 실용을 위해 두었던 것 같다.

이런 표현들의 변형이 거듭 나타난다. 명예가 훼손되지 않은 상태로 그의 책을 떠나는 처녀나 기혼 부인, 수녀나 수도사는 거의 없다. 그러나 그의 가장 음흉한 야유, 그러니까 그의 가장 무자비한 이성은 당연히 기독교 종교에 대한 반대로 향하고 있다.

광신과 금욕주의, 미신은 당연히 그에게 반감을 안겨주었다. 그가 삶에서든 종교에서든 그런 것들을 발견하는 곳마다, 그것들은 그의 경멸과 조롱을 샀다. 그가 "기독교의 전진과 확립을 낳은 '인간적인' 원인들"을 조사한 그 유명한 두 개의 장(章)은 다른 연결들 속에서 학자들의 존경을 불러일으켰던, 바로 그 진실에 대한 사랑에 고무되었음에도 불구하고 당시에 엄청난 악평을 불렀다. "빛과 자유의 시대"인 18세기

조차도 아직 이성의 목소리에 완전히 귀를 열지 않았다. "그의 글이 오염시킨 영혼이 얼마나 많은가!" 한나 모어(Hannah More)[123]는 그가 죽었다는 소식을 듣고 이렇게 외쳤다. "하느님이시여, 다른 존재들을 오염으로부터 구해주소서!"

그 같은 상황에서 명백한 무기는 풍자였다. 여론의 압박이 그가 공개적으로 나서지 못하고 숨도록 했기 때문이다. 그리고 풍자는 위험한 무기였다. 쉽게 우회적인 것이 되고 교활해 질 수 있기 때문이다. 풍자 작가는 은밀한 곳에 숨어서 독 묻은 단어들을 쏘고 있는 것처럼 보인다. 기번의 풍자가 최고 수준에 이르렀을 때 아무리 진지하고 절제되어 있었다 하더라도, 또 그의 논리가 아무리 철저하고 미신의 잔인성과 편협에 대한 그의 경멸이 아무리 확고했다 하더라도, 그가 끊임없이 경멸하면서 자신의 희생자를 추적할 때, 우리는 간혹 그가 약간 근시안적이고 미신적이고 세속적이며, 우리 시대의 사람이 아니라 어쩔 수 없는 18세기 사람이라는 것을 느낀다.

그러나 그때 그는 기번이며, 역사가들도, 존 배그넬 베리(John Bagnell Bury) 교수가 상기시키듯이, 자기 자신이어야 한다. 역사는 "결국 누군가가 과거에 대해 생각하고 있는 이미지이며, 그 이미지는 그것을 형성하는 사람의 정신과 경험에 따라 달라진다". 기번의 풍자와 불경(不敬), 얌전함과 교활함의 혼합, 장엄과 변덕의 혼합, 특히 책 전편

---

123   영국의 종교 작가이자 박애주의자(1745-1833).

에 스며들면서 거기에 통일성을 부여하고 있는 이성에 대한 믿음, 그리고 구체적으로 표현하지 않아도 암묵적으로 전하는 메시지가 없었다면,『로마 제국 쇠망사』는 다른 사람의 작품이 되었을 것이다.『로마 제국 쇠망사』는 정말로 서로 다른 두 사람의 작품이 되곤 한다. 왜냐하면 우리가 그 책을 읽을 때 또 다른 인물을 떠올리면서 또 한 권의 책을 영원히 창조하고 있기 때문이다. 셰필드(Sheffield) 경[124] 같은 사람들이 그를 불렀던 "역사가"라는 고결한 인물은 그들이 마치 그가 어느 멸종한 종족의 유일한 표본이라도 되는 것처럼 'the Gibbon'이라고 부른 어느 동료의 시중을 받고 있다.

그 역사가와 'the Gibbon'은 서로 손을 맞잡고 나아가고 있다. 그러나 이 이상한 존재를 간단히 스케치하는 일조차도 쉽지 않다. 왜냐하면 그 자서전 또는 6권의 자서전들이 무엇인가를 더하려는 우리의 시도를 거부할 만큼 거의 완벽한 초상을 그리고 있기 때문이다. 그럼에도 어떤 자서전도 최종적일 수 없다. 독자가 다른 관점에서 보탤 것이 언제나 있기 마련인 것이다.

먼저, 육체가 있다. 온갖 신체적 특성들을 가진 육체가 있는 것이다. 아웃사이더는 그 특성들을 그 안에 들어 있는 것을 해석하는 데 이용한다. 기번의 경우에 육체는 우스꽝스러웠다. 놀라울 만큼 뚱뚱하고, 상체가 지나치게 커서 작은 발로 위태롭게 균형을 맞추고 있는 것처럼 보

---

124 에드워드 기번의 친구이다. 기번이 말년에 남긴 원고를 모아서 1796년에 "Memoirs of My Life and Writings"를 출간했다.

였으며, 그 발을 중심으로 그는 놀랄 정도로 민첩하게 주위를 살폈다. 그는 올리버 골드스미스(Oliver Goldsmith)처럼 치장을 지나치게 많이 했는데, 아마 똑같은 이유로, 말하자면 자연이 그에게 거부한 존엄의 분위기를 불어넣기 위해서 그랬을 것이다. 그러나 골드스미스와 달리, 그의 추함은 그에게 전혀 아무런 부끄러움을 야기하지 않았다. 아니면 부끄러움을 야기했더라도, 그가 그것을 완전히 억눌렀을 수 있다.

기번은 말을 끊임없이 했으며, 그것도 글 못지않게 신중하게 다듬은 문장으로 길게 했다. 동시대인들의 예리하고 불손한 눈에 그의 허영심이 지각되고 우스꽝스러워 보였지만, 그 허영심은 단지 표면에만 있었을 뿐이다. 훌륭한 신사들의 냉소를 애써 외면했던 땅딸막한 육체 안에 단단한 근육 같은 무엇인가가 있었다. 그는 그것을 햄프셔 민병대에서뿐만 아니라 동료들 사이에서도 거칠게 가꿨다.

그는 왕국의 일인자들 20명 또는 30명과 함께 "커피 룸 한 가운데의, 식탁보가 깔린 작은 식탁에서 식은 고기 조각이나 샌드위치로" 저녁을 먹었다. 그러다가 그는 은퇴해서 로잔의 일류 가문들을 지배했다. 그가 완전한 안정 상태, 그러니까 일과 사교, 그리고 그의 만족스런 존재를 이루었던 감각들의 쾌락 사이에 완선한 균형을 성취했던 것은 사회와 정치가 혼란상을 보이던 런던에서였다. 그 균형은 절대로 힘든 노력 없이 성취한 것이 아니었다.

그는 병약했으며, 낭비벽이 심한 아버지를 두었다. 그는 옥스퍼드 대학에서 제적되었고, 연애는 좌절되었다. 그는 돈이 부족했으며, 출생에 따른 혜택도 전혀 없었다. 그러나 그는 그런 모든 불행을 유리한 방향으로 바꿔놓았다. 그는 좋지 않은 건강으로부터 책에 대한 사랑을 배우고, 막사와 위병소로부터 보통 사람들을 이해하는 것을 배우고, 망명 생활로부터 영국인들이 사는 외딴 곳의 옹졸함을 배우고, 빈곤과 무명(無名)으로부터 인간적인 교류의 즐거움을 배양하는 방법을 배웠다.

마침내 삶 마저도 삶의 불확실한 속도까지 완벽하게 정복한 이 거장을 밀어낼 힘을 상실한 것처럼 보였다. 그는 최종적 타격, 말하자면 명예직의 상실까지도 최고의 혜택으로 바꿨다. 완벽한 주택과 친구, 사회가 동시에 그에게 봉사하고 나섰으며, 기번은 시간이나 기질을 잃는 일 없이 캐플린(Caplin)이라는 시종과 머프라는 개와 함께 사륜 역마차를 타고, 자신의 역사를 마무리하고 이상적인 환경에서 자신의 원숙을 즐기기 위해 웨스트민스터 브리지를 건넜다.

그러나 우리가 그 친숙한 그림을 훑어볼 때, 거기에 우리를 피하는 무엇이 있다. 그것은 우리 스스로는 아무것도 발견할 수 없었다는 사실일 것이다. 언제나 기번이 우리 앞에 있었다. 기번의 자기 인식은 완벽했다. 그는 자기 자신이나 자신의 작품에 대해 어떤 착각도 품지 않았다. 그는 자신의 역할을 선택한 다음에 그것을 완벽하게 소화했다. 그는 손에 코담뱃갑을 들고 몸을 앞으로 내민 자신의 독특한 자세에 대해서도 직접 언급했으며, 그 자세를 그는 아마 의식적으로 채택했을 것이다. 그러나 가장 불가해한 것은 그의 침묵이다. 그가 역사가라는 단어를 쓰지 않고 이따금 자신을 'the Gib'라고 줄여서 표현한 편지들에서도, 그리고 셰필드 플레이스(Sheffield Place)[125]에서도 로잔의 서재에서 벌어지고 있는 일들에 대한 소식이 전혀 들리지 않은 긴 중단이 있다.

예술가는 결국 외로운 존재이다. 『로마 제국 쇠망사』와 얽힌 가운데 보낸 20년은 아득한 옛 시대의 사건들과 복잡한 배열 문제들, 죽은 자들의 정신과 육체와 외롭게 영적 교감을 나누며 보낸 세월이었다. 다른 사람들에게 중요한 많은 것들이 그 중요성을 잃고, 두 눈의 초점이 전경(前景)이 아니라 뒤쪽의 산맥에, 그리고 살아 있는 여자가 아니라 '나의 다른 아내, 『로마 제국 쇠망사』'에 맞춰질 때, 관점은 바뀌게 마련이다. 그리고 시간의 흐름을 견뎌낼 견고한 문장들을 던진 뒤에 "세 단어로 말해, 나는 홀로이고 외롭다"라고 말하기는 어렵다. 우리가 양식화되지 않은 어떤 표현을 포착하거나, 그가 장엄한 설계에 포함시킬 수 없었던 어떤 작은 그림을 보는 것은 단지 이따금 있는 일일 뿐이다. 예를 들어, 셰필드 경이 직설적인 말투로 불쑥 "당신은 정말 훌륭한 친구야."라고 말할 때, 우리는 땅딸막한 그 남자가 충동적으로 사륜 역마차에 몸을 싣고 어느 미망인을 위로하기 위해 혁명으로 황폐화된 유럽을 가로지르고 있는 모습을 본다. 그리고 다시 배스에 있던 늙은 의붓어머니가 펜을 들고 정제되지 않은 문장들을 떨리는 손으로 적었을 때, 우리는 거기서 그를 본다.

---

125 1775년경에 셰필드 경이 구입해 가꾼 정원을 말한다. 이스트 서식스 주 헤이워즈 히스에서 동쪽으로 5마일 떨어진 지점에 위치해 있으며 지금은 셰필드 파크 앤드 가든이라 불린다. 셰필드 경은 에드워드 기번의 절친한 친구였다.

너의 고향에 한 번 더 안전하게 도착했다니 정말 기쁘구나. 축하한다. 어제 당장 답장을 쓰려고 했지만, 너의 편지가 안겨준 기쁨이 너무나 컸기에 손이 충분히 안정되지 않아서 편지를 쓰지 못했단다. … 나는 많은 실망을 인내심 있게 참았지만, 마지막 남은 나의 유일한 친구가 내게서 떨어져 나가지 않을까 하는 두려움이 나의 이성을 완전히 무너뜨리고 있어. … 엘리 부인과 본포이 부인은 이곳에 있어. 홀로이드 부인이 아마 너에게 미스 굴드가 지금 호넉 부인이 되었다는 소식을 전했을 것 같네. 그녀가 기번 부인이 되었으면 좋았을 텐데. …

늙은 부인은 이런 식으로 장황하게 이야기하고 있으며, 한동안 우리는 떨리는 손에 들린 금 간 거울로 보듯 그를 보고 있다. 잠시 어떤 구름이 위엄 있는 그 얼굴을 가로 지른다. 그것은 사실이었다. 그는 가끔 밤에 집에 돌아와서 동반자가 없는 사실을 탄식했다. 그는 가끔 "가정의 고독은 … 황량한 상태"라고 느꼈다. 그는 샬럿이라 불린 어린 여자 친척을 입양해 교육시킬까 하는 낭만적인 생각을 품었다. 그러나 어려움이 많았으며, 그 아이디어는 버려졌다. 이어서 구름이 멀리 흘러간다. 상식이 돌아오고, 불굴의 쾌활함이 돌아왔다. 한 번 더, 그 역사가의 조용한 모습이 뚜렷이 나타난다. 그는 만족할 만한 이유를 충분히 많이 갖고 있었다. 거대한 건축이 완성되었고, 가슴을 짓누르던 산이 떨어져 나갔으며, 노예는 노를 젓는 노역에서 해방되었다.

그리고 그는 결코 지치지 않았다. 덜 힘들면서도 아마 더 즐거울 다른 과제들이 그의 앞에 놓여 있었다. 문학을 향한 그의 사랑은 충족되지 않았으며, 생을 향한 그의 사랑, 즉 젊음과 순수와 쾌활함을 향한 그의 사랑은 무뎌지지 않았다. 그를 실망시킨 것은 불행하게도 그의 충직한 동행이었던 육체였다. 그러나 그의 태연함은 흔들림을 몰랐다. 그는 "성실과 중용의 세속적인 미덕들"을 말해주는 침착을 보이면서 죽음을 맞았다. 그리고 아마 영원한 잠에 빠져들 때, 그는 평원을 가로질러 경탄할 만한 산들까지 펼쳐지던 경치와 서재의 창 옆에 서 있던 하얀 아카시아 나무, 그가 생각한 대로 그의 이름에 영원성을 부여할 걸작을 만족스런 마음으로 기억할 수 있었을 것이다.

샬럿 브론테[126]

샬럿 브론테의 탄생 100주년은 아주 많은 사람들의 마음에 특별히 강한 울림으로 다가올 것이다. 그 100년 동안에 그녀가 살았던 햇수는 고작 39년에 불과하다. 그녀의 일생이 길었을 경우에 우리가 그녀에 대해 어떤 이미지를 품게 되었을 것인지에 대한 생각은 야릇한 느낌을 준다. 그랬다면 그녀도 그녀와 같은 시대를 살았던 다른 작가들처럼 런던이나 다른 곳에서 익숙하게 접하는 그런 인물, 그러니까 중년의 기억에 관한 한 우리로부터 제거된 채 확고한 명성의 광휘 속에서 무수히 많은 일화와 사진들의 주제가 된 그런 인물이 되었을지도 모른다.

그러나 그녀의 이미지는 그렇지 않다. 그녀에 대해 생각할 때, 우리

126　1916년 4월 13일자 TLS에 실렸다.

는 현대 세계에는 그 어떤 몫도 갖지 않는 누군가를 상상해야 하고, 우리의 마음을 지난 세기의 50년대로, 요크셔의 거친 황무지 위의 외딴 교구 목사관으로 멀리 내던져야 한다. 현재 살아 있는 사람들 중에서 그녀를 보았거나 그녀와 대화를 한 사람은 극소수이며, 그녀의 사후 명성은 친구들의 집단에 의해 연장되지도 않았다. 대체로 보면, 친구들의 기억이 죽은 사람의 특징들 중에서 가장 생생하고 가장 빨리 사라질 수 있는 특징들을 한 세대 동안 살려놓는 경우가 종종 있는데도 말이다.

그럼에도 불구하고, 그녀의 이름이 언급될 때, 샬럿 브론테의 어떤 그림이 우리 눈 앞에 불쑥 나타난다. 살아 있는 사람의 그림만큼이나 분명하다. 그리고 그녀의 이름을 페이지의 머리에 올리는 것은 거기에 놓을 수 있는 다른 어떤 것들보다 더 진정한 관심을 불러일으킨다고 감히 말할 수 있다.

혹자는 이렇게 물을 것 같다. 그렇게 별나고 유명한 존재에 대해 아직도 할 말이 남아 있는가? 그녀의 일생이나 작품에 대해, 오늘날의 교육받은 남녀들의 의식의 일부가 아직 되지 않은 무슨 말인가를 새롭게 할 수 있는가? 우리는 하워스[127]를 직접 찾아가서도 보고 사진으로도 보았다. 오래 전에 개스켈 부인[128]이 지워지지 않을 인상을 우리의 마음에 각인시켰으며, 훗날엔 학생들의 헌신적인 노력이 그 짧고 제한적인 삶

127　영국 웨스트 요크셔 주, 브래드포드의 마을로, 브론테의 고향이다.

128　소설가이자 전기 작가인 엘리자베스 클레그혼 개스켈(Elizabeth Cleghorn Gaskell: 1810-1865)을 말한다. 1857년에 브론테의 첫 전기를 발표했다.

의 메아리가 될 온갖 사소한 것들을 다 조사해 버렸다.

그러나 진정한 예술 작품들이 공통적으로 갖고 있는 특성이 한 가지 있다. 작품을 다시 읽을 때마다, 그 작품에서 어떤 변화가 감지된다는 점이다. 마치 생명의 수액이 작품의 잎들 속을 흐르고, 작품이 계절마다 하늘과 식물들의 모양과 색깔을 변화시키는 힘을 가진 것처럼 말이다.『햄릿』을 해마다 읽으면서 그 인상을 글로 적는 사람은 사실상 자신의 전기를 쓰는 것이나 마찬가지이다. 왜냐하면 우리가 삶에 대해 아는 것이 많아질수록, 셰익스피어가 우리가 알고 있는 것에 대해 논평하는 내용도 더욱 깊어지기 때문이다.

굳이 분류하자면, 샬럿 브론테의 소설들은 살아서 변화하고 있는 창작물들과 같은 종류에 포함시켜야 하며, 이 창작물들은 우리가 짐작할 수 있는 한, 아직 태어나지 않은 세대에게 그 세대의 다양한 발달을 측정할 기준 같은 것이 되어 줄 것이다. 새로운 세대는 훗날 때가 되면 그녀가 그들을 어떤 식으로 변화시켰는지, 그녀가 그들에게 준 것이 무엇인지에 대해 말할 것이다.

우리가 오늘 우리의 인상들을 몇 가지 모은다면, 그것은 그녀에게 최종적인 위치를 정해주거나 그녀의 초상을 새롭게 그릴 것이라는 희망에서 그러는 것이 아니다. 우리는 다만 다른 독자들이 그들 자신의 관찰들 옆에 한동안 두고 싶어 할지 모르는 그런 관찰을 아주 조금만 제시할 것이다.

한때 위대하다는 칭송을 들었던 소설들 중에서 너무나 많은 것들이 사람들의 뇌리에서 잊히거나 재미없는 것으로 판명나기 때문에, 『제인 에어』와 나머지 작품들에 대한 평가를 내릴 때가 될 때 우리가 약간의 불안을 느끼는 것은 너무나 당연하다. 어떤 책이 살아남으려면 우리가 변할 때 그 책도 함께 변할 수 있는 힘을 지녀야 한다고 우리는 주장했다. 따라서 우리는 샬럿 브론테가 우리와 보조를 맞출 수 있는지에 대해 물어야 한다.

1850년대의 그녀의 세계로 돌아갔다가 혹시 그곳이 오직 배움이 많은 사람들만 방문할 수 있고 호기심이 강한 사람들을 위해서만 보존될 수 있는 곳이라는 사실을 확인하게 되지 않을까? 소설가는 너무나 쉽게 사라질 수 있는 재료를 갖고 자신의 구조를 구축하게 되어 있으며, 이 재료는 구조에 현실성을 부여하는 것으로 시작해서 형식을 방해하는 것으로 끝난다. 게다가, 빅토리아 여왕 시대 중반의 세계는 오늘날 우리가 그 부활을 결코 보고 싶어 하지 않는 세계이다. 이런 예감들과 변명들을 반쯤 의식하는 상태에서 『제인 에어』를 펼치는 사람은 10분만 지나면 그것들이 모두 흩어지고 활기를 돋우는 거친 풍경 위로 불빛이 반짝이고 바람이 세차게 분다는 사실을 확인하게 된다.

오른쪽으로 진홍색 긴 커튼의 주름들이 나의 시야를 꽉 막고 있고, 왼쪽으로는 깨끗한 창유리들이 나를 음울한 11월의 날로부터 분리시키지 않고 보호하고 있다. 책장을 넘기면서 간간이 나는 그 겨울 오후의 외양을 살폈다. 멀리서, 겨울 오후가 안개와 구름의 창백한 공백을 드러내고 있었으며, 가까이선 원망스런 긴 돌풍이 불어 닥치기 전에 비를 동반하며 무섭게 몰아친 폭풍우를 견뎌낸 관목과 젖은 잔디가 하나의 장면을 엮어내고 있었다.

사람들로 가득한 방이 그곳에 들어서는 사람으로 하여금 돌연 자신의 존재를 강하게 의식하도록 만들듯이, 이 책 시작 부분의 단락들은 우리가 마치 폭풍 속에 서서 비가 황무지 위로 쏟아지는 것을 보고 있는 것처럼 가슴이 벅차오르는 것을 느끼며 전율하도록 만든다. 여기에는 황무지 자체보다 더 쉽게 사라질 것처럼 보이는 것은 없다. 혹은 "원망스런 긴 돌풍"보다 유행의 영향력에 더 민감할 것처럼 보이는 것은 없다.

이 활력은 빨리 끝나지 않는다. 그것은 책 전편에 걸쳐 우리를 재촉하고 있으며, 우리에게 무슨 일이 벌어지고 있는지 물을 시간도 거의 주지 않으며, 마지막에는 우리가 우리의 모험에 대해 분명하게 설명하는 것도 불가능하게 만든다. 이것은 우리가 위대한 책으로 꼽히는 일부 책들을 통해 경험하는 것과 정반대이다.

『백치』(The Idiot)[129]와 『무명의 주드』(Jude the Obscure)[130]의 경우에 다 읽고 나서나 읽는 중에나, 그 작품들이 불러일으키는 과장된 정신

---

[129] 러시아의 표드르 도스토예프스키가 쓴 소설.

[130] 토머스 하디가 1894년 12월부터 이듬해까지 잡지에 발표했다가 1896년에 책으로 묶은 소설. 지식욕에 불타다가 결국엔 육욕(肉慾)에 지고 마는 고아 주드의 일생을 그린 문제작이다.

상대는 두 손으로 괸 머리로, 또 난롯불에 고정된 흐리멍덩한 눈으로도 추적이 가능하다. 우리는 등장인물들을 중심으로 의문과 암시의 분위기를 조성하는 생각의 기차들 안에서 골똘히 생각하고 텍스트로부터 벗어날 수 있다. 이때 등장인물들은 그런 분위기 속에서 움직이고 있지만 그것을 의식하지는 않는다.

그러나 샬럿 브론테의 소설을 읽을 때는 당신의 눈을 책장에서 떼는 것이 불가능하다. 샬럿 브론테는 당신의 손을 잡고서는 당신에게 그녀가 보는 것을 그녀가 보는 방식대로 보면서 그녀의 길을 따라 걷도록 강요한다. 그녀는 한 순간도 부재하지 않으며, 그녀 자신을 숨기려 들지도 않고 자신의 목소리를 위장하려 들지도 않는다. 『제인 에어』의 결론 부분에서, 우리는 책을 읽었다는 느낌을 받기보다는 요크셔 언덕 비탈에서 우연히 만난, 아주 독특하고 설득력 있는 어느 여자의 곁을 떠났다는 느낌을 받는다. 그녀는 한동안 우리와 함께 길을 가면서 우리에게 그녀의 인생 이야기를 몽땅 들려주었다. 그 인상이 얼마나 강한지, 우리가 책을 읽는 동안에 어떤 방해를 받기라도 하면, 그 방해가 방 안에서 일어나는 것이 아니라 소설 속에서 일어나는 것처럼 느껴진다.

이런 놀라운 친밀감과 인격을 느끼게 하는 이유는 두 가지이다. 샬럿 브론테 본인이 소설들의 여주인공이고, (사람들을 생각하는 사람과 느끼는 사람으로 분류한다면) 그녀가 생각의 기록자가 아니라 주로 감정의 기록자이기 때문이다. 그녀의 등장인물들은 화약 기차로 연결되듯 열정에 의해 서로 연결되어 있다.

작고 창백하고 화산 같은 이 여자들 중 한 사람은, 제인 에어든 루시 스노우[131]든 현장에 와야 했으며, 브론테가 둘러보는 곳마다, 극단적인 개성과 강인함의 소유자들인 등장인물들을 둘러싸고 일이 벌어진다. 이 등장인물들에게는 브론테가 부여한 특징들이 낙인처럼 영원히 찍혀 있다.

톨스토이와 제인 오스틴처럼, 등장인물들이 살아 있고 복잡하다는 점을, 그 인물들이 다양한 사람들에게 끼치는 영향을 통해서 우리에게 설득시키려고 노력하는 소설가들이 있다. 이때 다양한 많은 사람들은 등장인물들을 다각도로 반영하게 된다. 이 등장인물들은 자신들의 창조자가 지켜보든 말든 이곳저곳으로 움직인다. 그러나 우리는 제인 에어와 떨어져 있는 로체스터를 상상하지 못한다. 아니면 그가 다른 상황에 처해 있을 때에는 그녀가 그 상황 속의 그를 지켜보고 있을 것이다. 그리고 언제나 사랑하고 언제나 여자 가정교사로 산다는 것은 눈에 가리개를 한 상태에서 세상을 살아가고 있다는 뜻이다.

이것들은 심각한 제한들이며, 이 제한들이 보다 비개인적이고 보다 경험 많은 예술가들의 작품에 비해 그녀의 작품이 조악하고 폭력적인 것처럼 보이게 만든다는 말도 맞을 수 있다. 그와 동시에, 그녀가 우리가 알고 있는 가장 위대한 소설가들의 반열에 오르게 하는 것은 이 놀라운 시각화 재능이다. 말하자면, 어떤 작가도 자신이 묘사한 것을 그

---

131 샬럿 브론테의 소설 '빌레트'(Villette)의 여주인공.

즉시 우리 눈에 선명하게 보여주는 능력에서 그녀를 능가하지 못한다.

그녀는 글을 쓰기 위해 강박적으로 자리에 앉는 것처럼 보인다. 그녀의 마음속에 담긴 장면들이 너무나 강렬한 색깔로 너무나 대담하게 그려지고 있기 때문에, 그녀의 손은 종이 위를 재빠르게 움직이면서 생각의 치열함에 가늘게 떤다(우리는 그렇게 느낀다). 그녀가 책을 쓰는 작업을 즐기지 않았으며, 그럼에도 불구하고 삶이 강요하는 슬픔과 수치심의 무게가 그녀를 짓누를 때, 글쓰기가 그녀 자신을 추스를 수 있는 유일한 일이었다는 소리를 듣는 것은 놀라운 일이 아니다.

그녀의 책들은 모두 그녀를 고문한 자들에게 그녀를 상상 속의 멋진 섬의 여왕으로 남겨두고 그곳을 떠나라고 명령하는, 멋진 저항의 몸짓처럼 보인다. 압박에 시달리고 있는 캡틴처럼, 그녀는 자신의 힘을 모두 끌어 모아 당당하게 맞서면서 적을 완전히 이겼다.

그러나 현실 속의 사람들을 묘사하고 그녀 자신에게 일어난 장면들을 소개하는 그녀의 습관을 둘러싸고 많은 논란이 있었음에도 불구하고, 그 결과의 생생함을 분석하는 것은 그리 쉬운 일이 아니다. 그녀는 비정상적일 만큼 민감한 감수성과 목표에 강하게 집착하는 성향을 동시에 갖고 있다. 전자는 모든 인물들과 사건들이 그녀의 정신에 나름의 패턴을 남기도록 하고, 후자는 그녀가 이 인상들을 그 밑바닥까지 철저히 시험하고 조사하도록 만든다. 그녀는 이렇게 쓰고 있다. "남자든 여자든, 나는 나 자신이 인습적 신중함이라는, 성(城)의 외보(外堡)를 통과하고, 신뢰의 문턱을 넘어서 그 사람의 가슴 속의 벽난로 옆자리를 차지할 때까지, 사려 깊고 고상한 정신의 소유자들과는 절대로 편안한 마음으로 소통할 수 없었다."

그녀가 글쓰기를 시작하는 곳은 바로 "가슴 속의 벽난로" 옆이었으며, 그럴 때면 벽난로의 불빛이 그녀의 원고지를 훤히 밝혔다. 정말로, 그녀의 작품은 어떤 결함이 있든 언제나 불꽃이 영원히 타고 있는 어떤 깊은 곳에서 나오는 것처럼 보인다. 문체의 특이한 미덕들, 그러니까 문체의 성격과 속도, 색깔과 힘은 모두 그녀 스스로 다듬은 것처럼 보이고 문학적 가르침이나 다독에는 아무런 빚을 지지 않은 것처럼 보인다. 전문적인 작가의 부드러움, 말하자면 언어를 마음대로 주무를 줄 아는 능력을 그녀는 절대로 배우지 않았다. 그녀는 언제나 소박한 상태로 남지만, 그녀는 자신이 필요로 하는 단어를 창조하고 자신만의 리듬으로 날아갈 수 있는 능력을 통해서 어떤 힘을 보여준다.

언어를 이런 식으로 통달하는 능력은 그녀가 한 사람의 예술가로서 성숙도를 높임에 따라 더욱 커진다. 그녀의 작품들 중 맨 마지막이면서 가장 위대한 작품인 『빌레트』에서, 그녀는 강력하고 개인적인 문체의 대가일 뿐만 아니라, 변화무상하고 눈부신 문체의 대가라는 점을 보여주고 있다. 우리는 또 붓과 연필을 쥐고 머리를 싸맸던 그녀의 오랜 수고를 기억하지 않을 수 없다. 왜냐하면 그녀가 작가에게 드문 이상한 재능을, 말하자면 색깔과 질감의 특징을 글로 표현하는 재능을 갖고 있기 때문이다. 그래서 그녀의 작품 속 장면들 중 많은 장면은 신기할 정도의 광휘와 견고함을 보인다.

그래도 그것은 그저 매우 멋진 응접실이었으며, 그 안에 여자용 내실이 있었다. 응접실과 여자용 내실에는 똑같이 하얀 카펫이 깔려 있었다. 카펫 위에는 화려한 화환들이 놓여 있었던 것 같다. 응접실과 여자용 내실은 천장 가장자리를 하얀 포도와 포도나무 잎들을 순백색 몰딩으로 처리했고, 그 아래에 진홍색 소파와 터키식의 긴 의자가 순백색과 뚜렷한 대조를 이루었다. 한편, 파로스 섬 대리석으로 만든 연한 벽난로 선반 위의 장식품들은 적포도주 같은 붉은 빛을 반짝이는 보헤미아 유리로 만들었으며, 창문들 사이의 커다란 거울들은 눈(雪)과 불의 융합을 반복하고 있었다.

우리는 그것을 볼 뿐만 아니라 거의 만질 수도 있다. 그녀는 절대로 색깔들을 그냥 쌓지 않으며, 청색이나 자주색이나 그녀가 좋아하는 색깔인 진홍색을 책 속에 너무나 적절히 배치하기 때문에, 그 색깔들은 실제 그림물감처럼 문장을 칠한다. 따라서 우리는 당연히 그녀가 위대한 풍경 화가일 것이라고, 공기와 하늘을, 그리고 땅과 하늘 사이에 있는 온갖 인상적인 것을 온몸으로 사랑하는 사람일 것이라고 예상해야 한다. 그녀의 학생은 자신이 그녀의 등장인물들에 신경을 더 쓰는지, 아니면 매서운 공기와 황야의 냄새, 그것들을 그런 빛과 대기로 둘러싸고 있는 "폭풍의 깃털들"과 대단히 압도적인 시(詩)에 신경을 더 쓰는지 분명하게 밝히지 못할 것이다. 재능이 떨어지는 작가들의 경우에 묘사들이 서로 분리되는 경향을 자주 보이지만, 그녀의 묘사들은 서로 분리되어 있는 장면이 아니며 모두가 서로를 자극하며 책의 심장 속으로 스며들고 있다.

그것은 손필드에서 1마일 떨어진 어느 좁은 길에 있었다. 여름에는 야생 장미가, 가을에는 견과와 검은 딸기가 두드러지고, 지금도 들장미와 산사나무 열매 몇 개가 산호 빛 보물처럼 보이지만 겨울철 최고의 기쁨은 처절한 고독과 잎을 다 벗어버린 휴식에 있는 그런 길이었다. 바람이 한 줄기 불어도 여기선 어떤 소리도 일으키지 못했다. 감탕나무도 한 그루 없고, 바람을 맞아줄 상록수도 없고, 벌거벗은 산사나무와 개암나무 숲은 길의 가운데에 깔린, 하얗게 색 바랜 돌들만큼이나 고요했기 때문이다. 길 양 옆으로는 아득히 먼 곳까지 들판만 넓게 이어질 뿐이다. 지금 거기엔 풀을 뜯는 소도 한 마리 보이지 않았다. 이따금 날아다니는 작은 갈색 새들은 깜빡 잊고 떨어지지 않은 황갈색 잎처럼 보였다.

순간의 분위기가 땅의 표면 위로 얼마나 아름답게 펼쳐지고 있는가! 그러나 이것들은 어떤 위대한 문학적 재능의 디테일들이다. 그녀의 책들로 돌아가면, 어떤 때는 이 자질이 눈에 들어오고 어떤 때는 저 자질이 눈에 들어온다. 그러나 그녀의 책들을 들여다보는 내내, 우리는 이 재능 또는 저 재능보다 더 위대하고, 아마 우리가 사람들 못지않게 책들에도 애착을 느끼게 만드는 자질, 말하자면 작가의 정신과 인격의 자질인 무엇인가를 의식하게 된다. 이 자질들은 나름의 한계들과 그 위대한 아름다움과 함께 샬럿 브론테가 쓴 모든 책장에 각인되어 있다.

그녀의 엄격한 정직성과 용기를 느끼기 위해서, 그리고 그녀가 자유와 독립과 황량한 시골의 장관과, 무엇보다 열정적이고 진실한 남녀 인간들을 사랑했다는 사실을 알기 위해서 우리가 그녀의 스토리를 알거나 가파른 언덕을 올라가서 무덤들 사이의 돌집을 바라볼 필요는 없다. 그녀의 상상력과 천재성이 그녀의 일부이듯이, 그것들은 그녀의 일부이다. 그것들은 한 사람의 작가로서의 그녀에 대한 우리의 존경에 감정의 특이한 온기를 더한다. 이 감정은 혹시라도 그녀를 존경하는 문제를 둘러싸고 의문이 제기되기라도 하면 우리가 일어서서 그녀를 한 사람의 천재 작가로서뿐만 아니라 매우 고귀한 인간 존재로서도 경의를 표하고 싶다는 욕망을 느끼게 만들 것이다.

/2

조지프 콘래드[132]

우리가 생각을 정리하거나 할 말을 준비할 시간도 주지 않고, 범상치 않았던 우리의 손님은 우리 곁을 훌쩍 떠났다. 그가 작별 인사나 특별한 의식(儀式) 없이 퇴거한 것은 여러 해 전에 이 나라에서 숙소를 찾기 위해 신비스럽게 도착하던 당시와 조화를 이룬다.

그에게는 언제나 신비한 구석이 있었다. 그 신비는 부분적으로 그가 폴란드 태생이라는 사실에서 비롯되었고, 또 부분적으로 그의 인상적인 외모 때문이었고, 또 부분적으로 그가 세상의 풍문도 닿지 않고 호스티스들의 손길도 미치지 않는 시골 오지에서 사는 쪽을 선호했기 때문이다. 그래서 그에 관한 소식을 들으려면 누구나 초인종을 누르는 습

---

132 1924년 8월 14일자 TLS에 게재된 에세이이다. 그러니까 조지프 콘래드(1857-1924.8.3)가 세상을 떠난 며칠 뒤에 쓴 글이다.

관이 있는 순박한 방문객들의 증언에 기대야 했다. 그런 방문객들은 미지의 주인에 대해 예절이 거의 완벽한 수준이고 아주 맑은 눈을 가졌으며 강한 외국인의 억양으로 영어를 한다고 전했다.

기억을 자극하고 기억이 초점을 맞추도록 하는 것이 죽음의 습관일지라도, 콘래드의 천재성에는 범접하기 어려운, 우연적이지 않고 근본적인 무엇인가가 있다. 그가 만년에 누린 평판은 한 가지 뚜렷한 예외를 제외하곤 틀림없이 영국에서 절정을 맞았다. 그럼에도 그는 대중적이지 않았다. 그는 일부 사람들에게 재미를 안겨주며 열정적으로 읽혔으나, 다른 독자들은 냉담하고 시큰둥한 반응을 보였다. 그의 독자들은 나이와 공감의 측면에서 뚜렷한 차이를 보였다. 프레데릭 매리엇(Frederick Marryat)과 월터 스콧, G. A. 헨티(George Alfred Henty), 찰스 디킨스의 작품들을 읽으며 자신의 길을 개척하고 있는 14세 학생들은 그를 나머지와 함께 삼켰다. 반면에, 경험 많고 성미가 까다로운 독자들, 말하자면 오랜 세월에 걸쳐서 문학의 심장에 서서히 다가가 거기서 몇 개의 소중한 작은 조각들을 놓고 거듭 반추하는 독자들은 양심적으로 콘래드를 그들의 연회용 테이블 위에 올려놓는다.

불평과 의견 불일치의 원천은 당연히 인간들이 언제나 그 원천을 발견했던 곳인 그의 아름다움에서 발견된다. 그의 책을 펼치는 사람은, 헬레네[133]가 자신의 잔을 들여다보다가 자신이 무슨 짓을 하든 어떤 상

---

133 그리스 신화에 스파르타 왕 메넬라오스의 아내로 나온다.

황에서도 절대로 평범한 여자로 통하지 않을 것이라는 사실을 깨달았을 때 느꼈을 법한 그런 감정을 느낀다.

그렇듯 콘래드는 정말로 재능을 많이 타고 났으며, 스스로 공부도 아주 많이 했다. 영어라는 낯선 언어의 색슨적인 특성보다 라틴적인 특성에 더 강하게 끌렸던 그가 영어에 대해 느낀 의무감은 대단했다. 그렇기 때문에 그는 펜을 추하게 움직이거나 무의미하게 움직여서는 안 된다는 감정을 강하게 느꼈다. 애인과도 같은 그의 문체는 가끔 휴식을 취하는 듯 약간 나른한 모습을 보인다. 그러나 누군가가 그녀에게 말을 걸기라도 해 보라. 그러면 그녀는 온갖 색채와 승리와 위엄으로 우리를 너무도 당당하게 덮칠 것이다.

그럼에도, 콘래드가 이런 식으로 끊임없이 겉모습에 신경을 쓰지 않고 자신이 써야 했던 것을 썼더라면 명성과 대중성을 똑같이 키울 수 있었을 것이다. 겉모습이 방해하고 봉쇄하고 초점을 흐린다고 그의 비평가들은 그 유명한 구절들을 가리키면서 말한다. 오늘날엔 그 유명한 구절들을 원래 놓여 있던 맥락에서 그것들만 쏙 들어내서 영어 산문 중에서 꽃이랄 수 있는 부분들을 모아 놓은 것들 사이에 전시하는 것이 관행이 되고 있다.

그는 자의식이 강하고, 뻣뻣하고, 매우 장식적이라고 비평가들은 불평한다. 그에게는 고뇌에 찬 인류의 목소리보다 자신의 목소리가 더 사랑스럽게 들렸다. 그 같은 비판은 익숙하며, '피가로의 결혼'이 연주될 때 청각 장애인들의 촌평만큼이나 반박하기 어렵다. 청각 장애인들은 오케스트라를 보면서, 아득히 먼 곳에서 삐걱거리는 소리를 듣는다. 그들의 논평은 저지당하고, 그들은 너무나 당연하게, 50명의 연주자들이 모차르트(Wolfgang Amadeus Mozart)의 음악을 문댈 것이 아니라 길 위의 돌들을 깬다면 삶의 목적에 더 이로울 것이라고 결론을 내린다. 아름다움이 가르친다는 것을, 아름다움이 엄격하게 가르치는 존재라는 것을 우리가 청각 장애인들에게 어떻게 확신시킬 수 있겠는가? 아름다움의 가르침이 청각 장애인들이 듣지 못하는 아름다움의 소리와 분리될 수 없으니 말이다.

그러나 콘래드를 호화 장정으로 읽지 말고 페이퍼백으로 읽도록 하라. 그리고 자제와 긍지, 고결을 품고 있는 그 치열하고 우울한 음악에서, 겉으로 보기에는 콘래드가 단순히 바다에서 맞는 밤의 아름다움을 보여주는 데 관심을 두고 있는 것 같을지라도, 어찌하여 선한 것이 악한 것보다 더 훌륭한지, 또 어떤 이유로 충성과 정직과 용기가 훌륭한지를 듣지 못하는 사람은 단어들의 의미로부터 배제되어 있음에 틀림없다. 그러나 그 단어들의 요소로부터 그런 암시를 억지로 끌어내는 것은 잘하는 일이 아니다. 언어의 마술과 신비가 없는 상태에서 우리의 작은 접시들 안에서 말라버릴 경우에, 단어들은 자극하고 부추기는 힘을 잃는다. 그 단어들은 콘래드 산문의 지속적인 특징인 맹렬한 파워를 잃어버린다.

콘래드가 소년들과 젊은이들을 꼭 붙잡고 놓지 않을 수 있었던 것은 그에게 있는 과감한 그 무엇, 말하자면 리더와 캡틴에 어울리는 자질들 덕분이었다. 『노스트로모』(Nostromo)[134]가 쓰일 때까지, 젊은이들이 재빨리 알아차렸듯이, 등장인물들을 창조한 사람의 정신이 아무리 섬세하고 그 방법이 아무리 간접적이었을지라도, 그의 등장인물들은 기본적으로 단순하고 영웅적이었다.

등장인물들은 고독과 침묵에 익숙한 뱃사람들이었다. 그들은 자연과 갈등을 빚었으나 인간과는 평화롭게 지냈다. 자연이 그들의 적대자였으며, 인간이 적절한 자질들, 말하자면 명예와 아량과 성실을 끌어내도록 한 것은 자연이었다. 파도를 피할 수 있는 만(灣)에서, 속을 헤아릴 수 없고 금욕적이었던 아름다운 소녀들을 여자다운 모습으로 키운 것도 자연이었다.

무엇보다, 캡틴 윌리[135]와 늙은 싱글턴[136] 같은, 산전수전 다 겪은 마디투성이의 등장인물들을 만들어낸 것이 자연이었다. 무명이지만 그 무명에 영광스런 면을 담고 있는 이 등장인물들은 콘래드에게 우리 인간 종(種) 중에서 최고였으며, 그는 그들을 칭찬하는 일에 결코 지칠 줄 몰랐다.

의심도 모르고 희망도 모르는 사람들이 강하듯이, 그들은 강했

---

134 콘래드가 1904년에 쓴 소설. 콘래드의 장편 중에서 최고의 작품으로 꼽힌다.

135 콘래드가 1902년에 발표한 단편 소설 '밧줄의 끝'(The End of the Tether)의 등장인물.

136 콘래드가 1897년에 발표한 단편 소설 '나르키소스 호의 흑인'(The Nigger of the Narcissus)의 등장인물.

다. 그들은 성급하면서도 참을성 있었고, 사나우면서도 헌신적이었으며, 난폭하면서도 신의가 있었다. 선의의 사람들은 이 남자들을, 음식을 입에 넣을 때마다 넋두리를 쏟아내고, 죽음을 두려워하면서도 자기 일에 열심히 임하는 사람으로 나타내려고 노력했다. 그러나 솔직히 그들은 수고와 궁핍, 폭력, 방탕을 잘 알지만 두려움을 모르며, 자신의 가슴에 원한을 품을 뜻을 전혀 갖고 있지 않은 사람들이다. 그 남자들은 다루기 힘든 존재이지만 고무하기는 쉽다. 말없는 남자들이지만, 그래도 운명의 가혹함을 몹시 슬퍼하는 감상적인 소리를 속으로 경멸하는 그런 남자들이다. 그것은 그들만의 독특한 운명이었으며, 그 운명을 버텨내는 능력이 그들에게는 선택된 자들의 특권처럼 보였다. 그들의 세대는 애정의 달콤함이나 가정의 안락함을 알지 못하는 가운데 피할 수 없는 운명을 살다가 좁은 무덤의 컴컴한 위험으로부터 자유로운 상태에서 죽었다. 그들은 불가사의한 바다의 영원한 자식들이었다.

그런 사람들이 『로드 짐』(Lord Jim)과 『태풍』(Typhoon) 『나르키소스 호의 흑인』 『젊음』(Youth) 같은 초기 작품들의 등장인물이었다. 이 작품들은 변화와 유행에도 불구하고 틀림없이 고전의 반열에 오를 것이다. 그러나 이 책들이 그 높이까지 닿은 것은, 매리엇이나 페니모어 쿠퍼(Fenimore Cooper)가 말하는 바와 같이, 단순한 모험 이야기였다면 절대로 가질 수 없었던 그런 자질들 덕분이었다. 그런 남자들과 그런 행동들을 연인의 열정으로, 낭만적으로, 또 진심으로 존경하고 찬양하려면, 사람이 이중의 시각을 가져야 하는 것이 분명하기 때문이다. 사람이 자신의 안에도 있고 동시에 밖에도 있어야 한다는 뜻이다.

그들의 침묵을 칭송하기 위해서, 사람은 어떤 목소리를 가져야 한다. 그들의 인내를 높이 평가하기 위해서, 사람은 피로에 민감해야 한다. 사람은 월리와 싱글턴 같은 사람들과 동일한 조건에서 살 수 있어야 함에도, 그가 그들을 이해할 수 있게 하는 바로 그 자질들을 그들의 의심 많은 눈초리로부터 숨길 수 있어야 한다.

콘래드만이 그런 이중적인 삶을 살 수 있었다. 이유는 콘래드가 2명의 인간으로 이뤄져 있었기 때문이다. 선장 외에, 콘래드가 말로[137]라고 부른, 섬세하고 까다로운 분석가가 있었다. 콘래드는 말로에 대해 "매우 신중하고 분별력 있는 남자"라고 설명했다.

말로는 혼자 있을 때 가장 행복해 하는, 타고난 관찰자였다. 말로는 템스 강의 이름 모르는 지류에서 배의 갑판 위에 앉아 담배를 피우며 회상에 잠기고, 담배를 피우며 생각에 잠기고, 여름밤이 온통 담배 연기로 자욱해질 때까지 담배 연기를 한 모금 뿜은 뒤에 아름다운 단어들의 고리를 엮어내는 때를 가장 좋아했다. 말로도 항해를 함께 했던 남자들에게 깊은 존경심을 품었지만, 그는 그들의 기질을 보았다. 말로는 서투른 퇴역 군인들을 성공적으로 약탈하는 그 납빛의 인간들을 찾아

---

137 "암흑의 핵심"(Heart of Darkness)을 비롯해 콘래드의 몇몇 작품에 등장하는 인물이다.

내서 훌륭하게 묘사했다. 말로는 인간의 추함을 정확히 볼 줄 아는 눈을 갖고 있었으며, 그의 기질은 냉소적이었다.

말로는 자신이 피우는 담배의 연기에 완전히 갇혀 지내지는 않았다. 그에겐 돌연 눈을 크게 뜨고 쓰레기 더미를, 항구를, 가게의 카운터를 바라보는 버릇이 있었다. 내성적이고 분석적인 말로는 자신의 이런 별난 태도를 잘 알고 있었다. 그는 그 능력이 그에게 갑자기 찾아왔다고 말했다. 예를 들어, 그는 어느 프랑스 장교가 "아니, 세월은 어찌 이리도 빠른가!"라고 중얼거리는 소리를 엿들을 수도 있었다.

어떤 것도 이 말보다 더 흔할 수 없었지만, 그 말을 내뱉은 것은 나에게 통찰의 순간과 일치했다. 우리가 반쯤 감은 눈과 흐릿한 귀, 활발하지 않은 생각들을 갖고 삶을 헤쳐 나가는 것은 정말 놀랍다. … 그럼에도 불구하고, 우리가 다시 편안한 졸음의 상태로 떨어지기 전에, 우리 중에서 어느 한 순간에 아주 많은 것을, 아니 모든 것을 보고 듣고 이해하는 그런 드문 깨달음의 순간을 모르는 사람은 거의 없다. 나는 그가 말할 때 눈을 치켜떴으며, 나는 마치 그 전에 그를 한 번도 본 적이 없었던 것처럼 그를 보았다.

그는 시커먼 배경 위에다가 이런 식으로 그림을 하나씩 그려나갔다. 맨 먼저, 배들의 그림이 나온다. 닻을 내린 배들도 있고, 폭풍 앞에서 마구 흔들리고 있는 배들도 있고, 항구에 정박한 배들도 있다. 그는 일몰과 여명을 그렸다. 그는 밤을 그렸다. 그는 온갖 모습의 바다를 그렸다. 그는 유럽 항구들의 현란한 광휘를, 남자들과 여자들을, 그들의 집과 태도를 그렸다.

그는 정확하고 움츠리지 않는 관찰자였으며, "자신의 감정과 감각에 절대적으로 충실하도록" 훈련을 받았다. 이 충실에 대해, 콘래드는 "작가가 최고로 고양된 창작의 순간에 꼭 지켜야 하는 것"이라고 썼다. 그리고 말로는 아주 조용하고 열정적으로 가끔 묘비명 같은 말을 몇 마디 흘리는데, 그 말은 눈앞으로 온갖 아름다움과 광휘를 보고 있는 우리에게 배경의 어둠을 상기시킨다.

따라서 대략적인 구분이 생기며, 논평하는 것은 말로이고 창조하는 것은 콘래드라는 식으로 말하는 것이 가능해진다. 이 구분은 자신이 위험한 토대 위에 서 있다는 것을 알고 있는 우리가 『태풍』에서 콘래드가 마지막 이야기를 끝낼 때 일어났다고 하는 그 변화에 대해 설명하도록 만든다. 두 옛 친구의 관계에 나타난 어떤 변화에 의해서 "영감의 본질에 일어난 미묘한 변화" 말이다. "… 어쨌든, 이 세상에는 글로 써야 할 것이 더 이상 없는 것 같았다."

이 말을 한 사람이 창작자 콘래드, 그러니까 자신이 들려준 이야기들을 아쉬움과 만족감이 교차하는 심정으로 돌아보면서, 『나르키소스 호의 흑인』에서 폭풍을 그 이상 더 실감나게 묘사하지 못할 것이라고 느끼거나 『젊음』과 『로드 짐』에서 이미 그가 한 것 이상으로 영국 선원들의 자질들을 찬양하지 못할 것이라고 느끼고 있던 콘래드였다고 가정하자. 그렇다면 논평가 말로가 콘래드에게 자연의 흐름 속에서 어떻게 사람이 늙어가고, 담배를 피우며 갑판에 앉아 있어야 하고, 해상 여행을 포기해야 하는지를 상기시킨 것은 바로 그때였다.

그러나 말로는 격하게 분투노력했던 그 세월이 그들의 기억에 많은 것을 축적시켰다는 점을 콘래드에게 상기시켰다. 말로는 더 나아가 이런 암시까지 한다. 캡틴 월리와 그와 우주의 관계에 대해 최종적인 의견이 제시되었다 할지라도, 육상에도 보다 개인적인 종류의 관계이긴 해도 그 속을 들여다볼 가치가 있는 관계를 맺으며 사는 남자들과 여자들이 많다고 말이다. 배에 헨리 제임스의 책이 한 권 있었고 말로가 자기 친구에게 그 책을 침실에서 읽도록 주었다고 추정한다면, 우리는 콘래드가 그 거장에 대해 매우 훌륭한 에세이를 쓴 것이 1905년이었다는 사실에서 그 증거를 찾을 것이다.

그렇다면 여러 해 동안 지배적인 파트너는 말로였다. 『노스트로모』와 『기회』(Chance), 『황금 화살』(The Arrow of Gold)은 일부 사람들이 이야깃거리가 가장 풍부하다는 것을 지속적으로 확인할 협력의 단계를 그리고 있다. 인간의 가슴은 숲보다 더 복잡하게 얽혀 있다고 그 사람들은 말할 것이다. 인간의 가슴은 폭풍들을 품고 있으며, 인간의 가슴은 밤의 창조물들을 품고 있다. 만약 소설가로서 당신이 온갖 관계를 맺고 있는 인간을 시험하기를 원한다면, 적절한 악역은 바로 인간이다. 인간의 시련은 고독 속에 있는 것이 아니라 사회 속에 있기 때문이다. 그들에게, 이글거리는 눈빛들이 광막한 대양뿐만 아니라 그 대양이 일으키는 재앙의 심장으로도 향하고 있는 책들은 언제나 특이한 매력을 발휘했다. 그러나 만약에 말로가 콘래드에게 그런 식으로 시각에 변화를 주라고 조언했다면, 그 조언이 대담했다는 점이 인정되어야 한다. 소설가의 시각은 복합적이기도 하고 전문적이기도 하니 말이다. 소설가의 시각이 복합적인 것은 등장인물들의 뒤에 그들과 별도로 소설가가 등장인물들과 연결시키는 안정적인 무엇인가가 서 있기 때문이며, 소설가의 시각이 전문적인 것은 소설가도 감수성을 가진 한 사람의 인간인 탓에 그가 확신을 갖고 믿을 수 있는 삶의 양상들은 엄격히 제한적이기 때문이다.

그처럼 정교한 균형은 쉽게 흐트러진다. 중년기 이후로, 콘래드는 자신의 등장인물들을 그들의 배경과 완벽하게 결합시키는 데 다시는 성공하지 못했다. 그는 초기의 뱃사람들을 믿었던 것과 달리 후기의 보다 세련된 등장인물들을 절대로 신뢰하지 못했다. 왜냐하면 그가 등장인물들과 눈에 보이지 않는 소설가들의 다른 세계, 즉 가치들과 확신들의 세계의 관계를 암시해야 했을 때, 그가 그 가치들이 무엇인지에 대해 확신을 강하게 품지 못했기 때문이다. 그래서 어느 폭풍의 끝에 나오는, "그는 조심스럽게 나아갔다."라는 단 하나의 문장이 거듭해서 어떤 전체 도덕을 담기에 이르렀다.

그러나 많은 사람들로 붐비고 복잡한 이 세상에서 그런 간결한 표현은 갈수록 적절성이 떨어졌다. 많은 이해관계와 인간관계를 가진 복합적인 남자들과 여자들은 그렇게 간결한 판단을 따르지 않을 것이다. 혹시 따른다 하더라도, 그들의 내면에 들어 있는 것들 중에서 많은 중요한 것이 그 판단을 피할 것이다.

그럼에도, 고상하고 낭만적인 힘을 지닌 콘래드의 천재성에는 창작물들을 시험할 어떤 원칙이 절실히 필요했다. 기본적으로, 문명화되고 자의식 강한 사람들이 사는 이 세상은 "몇 가지 매우 단순한 관념들"을 바탕으로 하고 있다는 것이 그의 신념이었다. 그러나 생각들과 개인적인 관계들의 세상에서 우리는 어디서 그 관념들을 발견해야 하는가? 응접실에는 돛대 같은 것은 절대로 없다. 태풍도 정치인과 사업가의 가치를 시험하지 않는다. 그런 지지물을 모색했으나 찾지 못한 가운데, 콘래드의 후기의 세계는 그 문제와 관련해서 본능적으로 모호함을, 더 나아가 독자를 당황하게 만들고 피곤하게 만들 환멸까지 보인다.

우리는 황혼의 어스름 속에서 오직 옛날의 고결성과 반향만을, 말하자면 정절과 동정, 명예, 봉사만을 붙잡고 있다. 그것들은 언제나 아름답지만, 지금은 마치 시대가 변한 것처럼 다소 지루하게 반복되고 있는 것들이다. 아마 잘못된 쪽은 말로였을 것이다. 그의 정신의 버릇은 시시하게 앉아 지내는 쪽이었다. 그는 갑판에 지나치게 오랫동안 앉아 있었다. 그는 독백에 놀랄 만큼 뛰어났으나 대화를 주고받는 능력은 떨어졌다. 잠깐 빛을 발하다가 사라지는 "통찰의 순간들"은 삶의 잔물결과 삶의 긴 세월을 비추는 데는 꾸준한 등불만큼 훌륭하지 못하다. 무엇보다, 말로는 콘래드가 창작 활동을 하려면 먼저 믿는 것이 근본적이었던 이유를 고려하지 않았다.

그러므로 우리가 후반기의 책들을 탐험하면서 경이로운 전리품들을 챙겨 온다 하더라도, 그 책들 중 큰 영역은 우리 대부분에게 미답의 상태로 남을 것이다. 우리가 온전히 읽을 수 있는 책들은 초기의 책들, 그러니까 『젊음』과 『로드 짐』 『태풍』 『나르키소스 호의 흑인』 등이다. 왜냐하면 콘래드의 무엇이 살아남을 것이며 그를 소설가들 중에서 어느 순위에 놓을 것인가 하는 질문이 제기될 때, 그 책들이 오랫동안 숨겨두었던 완벽한 진실을 이제야 드러내고 있다는 느낌을 주며 우리의 머리에 떠오르면서, 그런 질문과 비교를 다소 부질없는 행위로 만들어 버릴 것이기 때문이다. 완전하고 평온하며, 매우 고상하고 매우 아름다운 그 작품들은, 이 무더운 여름밤에 하나의 별이 서서히 장엄하게 나타나고 이어 또 다른 별이 나타나듯이, 기억 속에 높이 솟아오르고 있다.

13

조지 엘리엇[138]

조지 엘리엇(George Eliot)[139]을 주의 깊게 읽는 것은 곧 독자 자신이 그녀에 대해 알고 있는 것이 너무나 적다는 사실을 깨닫는 것이다. 조지 엘리엇을 읽는 것은 또한 독자 자신의 통찰력에 그다지 명예롭지 않은, 너무 쉽게 믿어버리는 경향을 깨닫는 것이다. 그 같은 경향 때문에, 사람들은 그녀를 망상에 빠진 여자로 본 빅토리아 여왕 시대의 견해를 반(半)은 의식적으로, 부분적으로 악의를 품은 가운데 받아들였다. 그런데 이 여인이 유령처럼 영향력을 행사하고 있던 사람들은 그녀보다

138 1919년 11월 20일자 TLS에 실린 에세이.

139 조지 엘리엇은 필명이며 본명은 메리 앤 에번스(Mary Ann Evans: 1819-1880)이다. 당시에 여성 작가들 대부분이 본명으로 사랑에 관한 소설을 주로 썼으나, 엘리엇은 이런 틀에서 벗어나길 원했고 또 이미 번역가와 비평가로 알려져 있었던 터라 그런 것과 별도로 순수하게 소설로 평가 받고 싶은 마음이 컸기 때문에 필명을 썼다.

훨씬 더 심하게 망상에 사로잡혀 지냈다. 그녀의 마법이 어느 순간에, 그리고 어떤 수단에 의해 풀렸는지 확실히 밝히는 것은 어려운 일이다. 어떤 사람들은 그녀의 마법이 풀리게 된 원인을 그녀의 삶이 공개된 것에서 찾는다. 조지 메러디스는 연단에서 "변덕스러운 작은 쇼맨"(mercurial little showman)[140]과 "편력하는 여자"(errant woman)에 대해 언급함으로써, 두 사람을 정확히 겨냥하지 못하고 그냥 날려 보내는 것으로 만족할 수천 개의 화살에 화살촉과 독을 주었다. 그녀는 젊은이들이 비웃을 대상 중 하나가 되었다. 말하자면, 그녀가 똑같이 우상 숭배의 죄를 저지르고 있고 똑같이 경멸당할 수 있는 진지한 사람들의 집단의 편리한 상징이 되었다는 뜻이다.

액턴 경(Lord Acton)[141]은 그녀가 단테(Dante Alighieri)보다 더 위대하다고 말했다. 허버트 스펜서(Herbert Spencer)는, 마치 그녀의 소설은 소설이 아니라는 듯이, 런던 도서관에서 모든 픽션을 금지시킬 때 그녀의 소설을 면제해 주었다. 그녀는 여성의 자존심이고 본보기였다. 더욱이, 그녀의 사적 기록은 공적 기록보다 더 매력적이지 않았다. 프라이어리(Priory)[142]

---

140 조지 엘리엇과 관계를 맺고 있던 철학자 조지 헨리 루이스(George Henry Lewes)를 문단에서 그런 식으로 표현했다. 당시에 루이스는 유부남이었다.

141 영국 가톨릭 역사학자이자 정치인이며 작가(1834-1902)이다. "절대 권력은 절대적으로 부패한다."는 명언을 남겼다.

142 조지 엘리엇은 조지 헨리 루이스와 1864년에 이 집으로 옮긴 후로 1880년에 존 크로스(John Cross)와 결혼할 때까지 이곳에서 지냈다. 이곳은 "펠릭스 홀트"(Felix Holt) "미들마치"(Middlemarch), "대니얼 데론다"(Daniel Deronda)와 깊은 관련이 있다. 엘리엇은 이곳에서 당대의 유명한 문인들과 함께 일요일 오후에 모임을 가졌다.

에서 보낸 어느 오후에 대해 묘사해 달라는 부탁을 받을 때면, 이야기 꾼 스펜서는 일요일 오후에 있었던 그런 진지한 모임에 관한 기억이 자신의 유머 감각을 자극한다는 점을 언제나 암시했다. 그는 낮은 의자에 앉은 엄숙한 부인 앞에서 불안감을 강하게 느끼면서 자신이 지적인 말을 할 수 있기를 간절히 바랐다.

틀림없이, 그 대화는 매우 진지했다. 그 위대한 소설가가 깔끔하게 남긴 기록이 그것을 뒷받침하는 증거이다. 날짜가 월요일 아침으로 되어 있는 메모이다. 거길 보면 그녀는 자신이 피에르 드 마리보(Pierre de Marivaux)가 아닌 다른 사람에 대해 거론할 생각이었으면서 깊이 생각하지 않고 그만 마리보에 대해 말했다는 점에 대해 비판했다. 그러나 그녀의 말을 듣던 사람이 어김없이 잘못된 부분을 바로잡아 주었다. 그럼에도, 일요일 오후에 조지 엘리엇과 마리보에 관한 이야기를 나눈 기억은 낭만적인 기억이 아니었다. 그 기억은 세월이 흐르면서 지워졌다. 그 기억은 그림같이 생생해지지 않았다.

정말로, 심각하고 부루퉁하고 거의 말(馬) 같은 힘이 느껴지는 긴 얼굴은 조지 엘리엇을 기억하는 사람들의 마음에 울적한 인상을 강하게 남겼다. 그런 까닭에 그녀의 책을 읽는 사람은 책상마다 조지 엘리엇의 얼굴이 자신을 보고 있다는 확신을 떨치지 못한다. 에드먼드 고스는 최근에 그녀가 빅토리아 자동차를 타고 런던을 달리는 모습을 보고는 이렇게 묘사했다.

몸집이 크고 탱탱한 시빌라[143] 같아 보였으며, 꿈을 꾸듯 움직이지 않고 있었다. 옆모습을 보면, 다소 우울한 그녀의 굵은 이목구비는 모자와 부자연스럽게 경계를 이루고 있었다. 모자는 언제나 첨단 파리 패션이었으며, 그 시절의 모자는 큰 타조 깃털을 장식으로 달았다.

레이디 리치(Lady Ritchie)[144]는 똑같은 솜씨로 보다 친밀한 내부의 초상을 남겼다.

그녀는 아름다운 검정 공단 가운을 입고 난롯가에 앉아 있었다. 그녀의 옆 테이블에는 초록빛이 도는 램프가 놓여 있었다. 테이블엔 독일 책들과 팸플릿, 상아로 만든 종이 자르는 칼이 놓여 있었다. 그녀는 매우 조용하고 기품이 있었다. 응시하는 듯한 눈은 작았으며, 목소리는 달콤했다. 나는 그녀를 보면서 그녀가 친구 같다는 느낌이, 개인적인 친구가 아니라, 선하고 자애로운 충동 같은 느낌이 들었다.

엘리엇이 한 말 한 토막이 전해지고 있다. 그녀는 이렇게 말했다. "우

---

143 고대 지중해 세계에서 아폴론의 신탁을 받던 무녀를 뜻한다.

144 윌리엄 메이크피스 새커리의 첫째 딸이자 소설가(1838-1919)로, 당시에 문단에서 큰 활약을 했다.

리는 자신의 영향력을 고려해야 합니다. 우리 모두는 경험을 통해서 타인들이 우리의 삶에 영향을 아주 강하게 끼친다는 것을 알고 있지요. 우리도 마찬가지로 타인들에게 똑같이 영향력을 행사한다는 사실을 기억해야 합니다." 여기서 사람이 기억 속에 보물처럼 소중히 간직해 오던 어떤 장면을 30년 후에 회상하면서 당시에 오간 말들을 곰곰 씹다가 돌연 처음으로 폭소를 터뜨리는 모습을 상상할 수 있다.

이 모든 기록에서, 우리는 기록자가 현장에 있을 때조차도 적당한 거리를 지키고 침착성을 잃지 않았으며, 훗날 생생하거나 혼란스럽거나 아름다운 어떤 인격의 빛이 눈을 현혹하는 상태에서는 소설들을 절대로 읽지 않았다는 것을 느낀다. 인격의 아주 많은 부분이 드러나는 픽션에서, 매력의 부재는 중대한 결점이며, 당연히 대부분이 그녀의 성과 다른 남성이었던 비평가들은 아마 반은 의도적으로 그녀가 여성이 갖춰야 할 가장 바람직한 자질을 결여하고 있다고 분노했다.

조지 엘리엇은 매력적이지 않았다. 그녀는 여성적인 면이 강하지 않았다. 너무나 많은 예술가들을 천진난만한 아이로 만드는 그런 기이한 버릇이나 급격한 기질 변화 같은 것이 그녀에겐 전혀 없었다. 대부분의 사람에게, 리치 부인에게도 그렇게 비쳤듯이, 그녀는 "개인적인 친구 같은 사람은 아니었으며, 선하고 자애로운 충동 같은 것"이었다.

그러나 이 초상들을 조금 더 가까이서 면밀히 들여다보면, 그것들이 검정 공단 정장을 차려 입고 빅토리아 자동차를 타고 다니는 나이든 어느 유명한 부인의 초상들이라는 사실이 확인된다. 말하자면, 삶의 과정에 힘들게 분투한 끝에 거기서 빠져나올 때에는 타인들에게 유익한 존재가 되고 싶다는 깊은 소망을 품었지만, 친교에 관한 한 젊은 시절에 그녀를 알았던 소수의 집단 밖으로는 절대로 확장하고 싶어 하지 않는 그런 부인의 초상들이다. 우리는 그녀의 젊은 시절에 대해서 아는 것이 거의 없지만, 그 문화와 철학, 명성, 영향이 똑같이 매우 미천한 토대 위에 세워졌다는 사실은 알고 있다. 그녀는 목수의 손녀였다.

그녀의 삶의 첫 권은 대단히 우울한 기록이다. 거기서, 우리는 그녀가 옹졸한 시골 사회(그녀의 아버지는 세상 속에서 신분 상승을 꾀하면서 중산층에 많이 가까워졌지만 그럴수록 활력을 잃어가는 모습을 보였다)의 참을 수 없는 따분함 속에서 신음하며 분투하는 모습을 볼 수 있다. 그 결과, 그녀는 런던의 매우 지적인 리뷰 잡지의 보조 에디터가 되고 허버트 스펜서의 존경 받는 동료가 되었다. 그녀가 슬픈 독백에서 드러내듯이, 그 단계들은 힘들었으며, 이 독백에서 존 크로스[145]는 그녀에게 삶의 이야기를 털어놓을 것을 강요했다.

아주 젊은 시절부터 "의류 클럽(clothing club)[146] 같은 것을 조직하면서 무엇인가를 이룰" 것으로 여겨졌던 그녀는 한 걸음 더 나아가 교회 역사 차트를 제작함으로써 어떤 교회를 복원하는 데 필요한 기금을 모으기도 했다. 그 일에 이어 신앙의 상실이 따랐는데, 이것이 그녀의 아버지를 크게 당혹스럽게 만들었다. 그 일로 그녀의 아버지는 그녀와 함

---

145 조지 엘리엇의 남편으로 은행가(1840-1924)였다.

146 옷을 가난한 사람들에게 전하는 모임을 말한다.

께 살기를 거부했다.

그 다음에 다비드 프리드리히 슈트라우스(David Friedrich Strauss)[147]의 글을 힘들여 번역하는 작업이 이어졌다. 그 자체로 "영혼을 마비시킬" 정도로 힘든 이 작업은 여자로서 가정을 꾸리고 죽어가는 아버지를 간호한다고 해서 강도를 줄일 수 있는 것이 아니었다. 그리고 애정에 그렇게 강하게 의존하는 그녀에게 블루스타킹(blue-stocking)[148]이 됨으로써 오빠의 관심을 잃고 있다는 절망적인 확신은 일을 더욱 어렵게 만들었다.

그녀는 이렇게 말했다. "나는 한 마리 올빼미처럼 돌아다니곤 했는데, 그것이 오빠에게 대단한 혐오감을 안겨주었다." 그녀가 자기 앞에 예수 그리스도의 입상을 놓고 슈트라우스의 책을 번역하느라 끙끙거리는 모습을 옆에서 지켜본 어느 친구는 이렇게 썼다. "정말 딱했다. 병자 같은 창백한 얼굴로 끔찍한 두통에 시달리는 가운데 아버지에 대한 걱정으로 힘들어하는 그녀에게 나는 가끔 동정심을 느낀다." 우리가 그 이야기를 읽으면서 그녀의 순례의 단계들이 더 쉽지는 않아도 적어도 더 아름다웠을 수는 있었을지 모른다는 희망을 강하게 품게 될지라도, 그녀가 문화의 성채 위를 걷는 데는 우리의 동정심을 초월하는 어떤 완고한 결심이 있었다.

147 독일의 자유주의 신학자(1808-1874). 예수 그리스도의 신성을 부정한 그의 저서 "역사적 예수"(historical Jesus)는 유럽 기독교에 충격을 안겨주었다.

148 교육받은 지적인 여자를 일컫는 표현이다. 원래는 18세기에 엘리자베스 몬태귀(Elizateth Mnogagu) 부인이 이끈 블루스타킹 소사이어티에서 유래되었다.

그녀의 발달은 매우 느리고 매우 어수선했지만, 그 뒤에 아주 뿌리 깊고 고귀한 야망이라는 저항할 수 없는 기동력이 버티고 있었다. 모든 장애물은 마침내 그녀의 길에서 옆으로 치워졌다. 그녀는 모든 사람을 알았다. 그녀는 모든 것을 읽었다. 놀랄 만한 그녀의 지적 활력은 가히 압도적이었다. 젊음은 끝났지만, 그 젊음은 고난으로 점철되어 있었다. 이어서 서른다섯의 나이에, 능력의 절정기에, 그리고 자유를 만끽하는 가운데, 그녀는 그녀 자신에게 심오한 의미를 지니고 우리에게 지금도 여전히 중요하게 작용하는 결정을 내리면서 조지 헨리 루이스[149]와 바이마르로 갔다.

그 결합에 뒤이어 나온 그녀의 책들은 그녀에게 개인적인 행복과 함께 위대한 해방이 찾아왔다는 사실을 아주 충만하게 입증하고 있다. 그녀의 책들 자체가 우리에게 풍성한 진수성찬을 제공하고 있다. 그럼에도, 그녀가 문학 경력의 문턱에서 맞은 일부 삶의 상황들에서, 우리는 그녀의 정신이 과거로, 시골 마을로, 어린 시절 기억 속의 고요함과 아름다움과 천진난만으로 향하도록 하고, 그녀 자신과 현재로부터 멀리 벗어나도록 하는 영향력들을 발견할 것이다.

그녀의 첫 책이 『미들마치』가 아니고 『성직 생활의 장면들』(Scenes of Clerical Life)이었던 이유를 우리는 이해한다. 루이스와의 결합은 그녀를 애정으로 감쌌지만, 상황과 인습이라는 측면에서 보면 그 결합은

---

149 조지 엘리엇의 '소울 메이트'로서 그녀와 함께 살았지만 그녀와 결혼은 하지 않았다.

또한 그녀를 소외시켰다. 그녀는 1857년에 이렇게 썼다. "나는 특별히 초대 받기를 원한 사람을 제외하고는 아무도 초대하지 않았다는 사실을 이해해주었으면 하는 마음이 간절하다."

그녀는 훗날 "세상이라 불리는 곳으로부터 차단되어" 있었지만 그것을 후회하지 않는다고 말했다. 따라서 처음에는 상황 때문에, 나중에는 명성 때문에 불가피하게 두드러지게 됨에 따라, 그녀는 자신과 같은 부류의 사람들 사이에서 눈에 띄지 않고 동등한 조건에서 움직일 수 있는 힘을 잃고 말았다. 그리고 소설가에게 그 상실은 심각한 일이었다. 그래도『성직 생활의 장면들』의 빛과 햇살 속에서, 보다 크고 성숙한 정신이 사치스런 자유의 감정과 함께 그녀의 "아득한 과거"의 세상으로 점점 널리 퍼지는 것을 느끼면서, 상실에 대해 이야기하는 것은 아무래도 부적절해 보인다. 그런 정신에는 모든 것이 획득이다. 모든 경험은 지각과 숙고의 층들을 아래로 하나씩 차례대로 스며들면서 영양을 공급하고 풍성하게 가꿨다.

우리가 그녀의 삶에 대해 알고 있는, 그야말로 얼마 되지 않는 양의 정보를 바탕으로 픽션을 대하는 그녀의 태도를 파악하면서 말할 수 있는 것은 기껏 그녀가 배웠다 하더라도 대체로 일찍 배우지 않은 어떤 가르침들을 가슴속 깊이 새겼다는 정도이다. 그 가르침들 중에서 그녀의 가슴에 가장 깊이 새겨진 것은 관용이라는 우울한 미덕이었다. 그녀의 공감은 일상의 운명과 깊이 연결되어 있으며, 그것은 평범한 기쁨과 슬픔에 대해 생각할 때 가장 행복하게 작동했다. 그녀는 자신의 개성의 감각과 연결되는 그런 낭만적인 치열성을 전혀 보이지 않으며, 그녀의 개성은 충족되지도 않고 억압되지도 않은 상태에서 세상을 배경으로 그 모양을 예리하게 새기고 있었다. 제인 에어의 불같은 이기주의에, 위스키 잔을 앞에 놓고 꿈에 젖는 오만한 늙은 성직자의 사랑과 슬픔은 과연 무엇이었는가?

초기에 발표한 책들, 그러니까 『성직 생활의 장면들』과 『아담 비드』 (Adam Bede)와 『플로스 강변의 물방앗간』(The Mill on the Floss)의 아름다움은 대단하다. 엘리엇의 작품에 등장하는 포이저 가와 도드슨 가와 길필 가, 바튼 가, 그리고 나머지는 모두 각자의 환경 속에서 서로 의존하며 살고 있는데, 이들의 장점을 평가하는 것은 불가능하다. 왜냐 하면 그들이 피와 살을 가진 살아 있는 인간들이고, 우리가 어떤 때는 싫증을 느끼고 어떤 때는 공감하며 그들 사이를 돌아다니지만 그들이 하는 말과 행동을 언제나 별다른 이의 없이 받아들이기 때문이다. 그런 지지를 우리는 오직 위대한 원조(元祖)들에게만 보낸다.

그녀가 장면마다 어느 한 인물 쪽으로 아주 자연스럽게 일으키는 기 억과 유머의 범람은 고대 잉글랜드 시골의 전체 조직이 고스란히 부활 할 때까지 이어지는데, 그 범람은 자연적인 과정과 공통점이 너무나 많 기 때문에, 우리는 거기에 비판할 것이 있다는 인상을 받지 못한다. 우 리는 받아들이고, 확장한다. 우리는 위대한 창조적인 작가들만이 안겨 줄 수 있는 달콤한 온기와 정신의 해방을 느낀다. 몇 년 간 밀쳐놓았다 가 다시 그 책들을 펼치게 되면, 그것들은 우리의 예상과 정반대로 그

때와 똑같은 에너지와 열기를 뿜는다. 그러면 우리는 무엇보다도 붉은 과수원 담에 부서지는 햇살 속에서처럼 그 온기 속에 한가로이 빈둥거리고 싶어진다. 만약에 이런 식으로 미들랜드[150]의 농부들과 그들의 아내들의 기질을 따르는 것에 경솔한 포기 같은 요소가 있다면, 그곳 상황에 그것이 옳기 때문이다. 우리는 너무도 넓고 깊게 인간적이라고 느끼는 것을 좀처럼 분석하려 들지 않는다. 그리고 셰퍼튼[151]의 세계와 하이슬로프[152]의 세계가 서로 얼마나 멀리 떨어져 있는지를, 그리고 농부들과 농업 노동자들의 정신이 조지 엘리엇의 독자들 대부분의 정신과 얼마나 동떨어져 있는지를 고려한다면, 우리가 농가 주택에서 대장간으로, 통나무 집 거실에서 교구 목사관의 정원으로 쉽고 또 즐겁게 돌아다닐 수 있는 것은 조지 엘리엇이 우리가 겸손이나 호기심의 정신에서가 아니라 공감의 정신에서 그들의 삶을 공유하도록 만들고 있다는 사실 덕분이다.

엘리엇은 절대로 풍자 작가가 아니다. 정신의 움직임이 너무나 굼뜨고 둔중하기 때문에, 그녀는 코미디에는 어울리지 않는다. 그러나 그녀는 인간 본성의 중요한 요소들을 아주 큰 묶음으로 모아서 관대하고 건전한 이해력을 바탕으로 대략적으로 분류한다. 그녀의 작품을 다시 읽으면서 발견하듯이, 이 이해력은 등장인물들을 생생하고 자유로운 존

---

150 잉글랜드의 중부 지방을 일컫는다.

151 런던 중심부에서 남서쪽으로 15마일 떨어져 있는 교외 마을.

152 "아담 비드"에 나오는 가공의 마을.

재로 만들 뿐만 아니라 등장인물들에게 우리의 웃음과 눈물을 좌지우지할 힘까지 부여했다.

유명한 포이서 부인[153]이 있다. 포이서 부인이 죽을 때까지 특이한 성향을 발휘하도록 하는 것은 쉬운 일이었을 것이며, 때문에 조지 엘리엇은 그녀가 같은 장소에서 다소 자주 웃도록 만든다. 그러나 책을 덮고 나면, 기억이 간혹 현실 속에서인 듯 세부적이고 미세한 것들을 불러내는데, 우리가 책을 읽을 당시에는 그것들보다 더 두드러진 특징이 그것들을 알아차리지 못하도록 막았던 것이다. 우리는 포이서 부인의 건강이 좋지 않았다는 것을 회상한다. 그녀가 한마디도 언급하지 않은 일들도 있었다. 그녀는 병든 아이에겐 인내 그 자체였다. 그녀는 토티[154]를 맹목적으로 사랑했다. 엘리엇의 등장인물들 중 다수에 대해 이런 식으로 깊이 생각할 수 있으며, 그러면 전혀 중요하지 않은 인물에도 그런 특성들이 숨어 있을 폭과 여백이 있다는 사실을 발견할 수 있다. 그런데 조지 엘리엇은 이런 특성들을 그 모호함으로부터 끌어낼 생각을 전혀 품고 있지 않다.

그러나 이처럼 온갖 관용과 공감이 팽배한 가운데, 초기의 책들에도 보다 강한 압박의 순간들이 있다. 그녀의 기질은 폭이 아주 넓다는 점을, 그러니까 바보들과 낙오자들, 어머니들과 아이들, 개들과 풍성한 미들랜드 들판들, 정신이 맑거나 에일 맥주에 취해 있는 농부들, 말 거

---

153 "아담 비드"의 등장인물. 겉으로 드러나는 모습은 거칠지만 속은 따뜻하다.

154 "아담 비드"에 등장하는 포이서 부부의 아기.

래싱들, 여관 주인들, 성직자들과 목수들을 두루 포용할 수 있다는 점을 보여주었다. 그런 온갖 것들을 어떤 로맨스가 넉넉히 품고 있다. 그것은 조지 엘리엇이 스스로에게 허용하는 유일한 로맨스인 과거와의 로맨스이다.

책들은 놀랄 만큼 재미있게 읽히며 오만함이나 가식의 흔적을 전혀 보이지 않는다. 그러나 그녀의 초기 작품의 넓은 범위를 염두에 두고 있는 독자에게, 회상의 안개가 점점 걷힌다는 것이 명백히 느껴질 것이다. 그녀의 힘이 줄어든다는 뜻은 아니다. 왜냐하면 우리의 판단에 그녀의 힘이 성숙한 『미들마치』에서 정점에 이르기 때문이다.

그러나 들판과 농장의 세계는 더 이상 그녀를 만족시키지 못한다. 현실의 삶에서 그녀는 성공을 다른 곳에서 추구했으며, 비록 과거를 돌아보는 것이 차분하고 위로의 성격이 강할지라도, 초기의 작품들에서도 조지 엘리엇 본인이었던 그 불안정한 정신, 그러니까 언제나 엄격하고 질문을 던지고 고투하던 존재의 흔적이 있다. 『아담 비드』에서는 디나에 조지 엘리엇을 암시하는 요소가 있다. 그녀는 『플로스 강변의 물방앗간』의 매기에서 훨씬 더 공개적이며 더 완전하게 자신을 드러낸다. 그녀는 『자넷의 후회』(Janet's Repentance)에서 자넷이며, 로몰라[155]이고, 지혜를 찾다가 래디슬로[156]와의 결혼을 통해서 사람은 좀처럼 깨닫지 못하는 존재라는 사실을 확인하는 도로시아이다.

---

155 조지 엘리엇이 15세기를 배경으로 쓴 역사 소설 "로몰라"(Romola)의 주인공.

156 래드슬로와 도로시아는 조지 엘리엇의 소설 "미들마치"에 등장하는 인물들이다.

조지 엘리엇과 충돌을 빚는 사람들이 그녀의 여주인공 때문에 그렇게 한다고 우리는 생각하는데, 그렇게 판단할 충분한 이유가 있다. 왜냐하면 그녀의 여주인공들이 그녀의 여러 측면들 중에서 최악의 면을 겉으로 드러내고, 그녀를 힘든 곳으로 이끌고, 그녀를 자의식 강하고 남을 가르치려 들고 이따금 통속적으로 행동하는 그런 사람으로 만들기 때문이다. 그럼에도 만약에 그 자매(姉妹) 관계를 모두 지워버린다면, 예술적으로 보다 완벽하고 훨씬 더 즐겁고 안락한 세상이 될지는 몰라도 지금보다 훨씬 더 작고 훨씬 더 열등한 세상이 남을 것이다. 그것을 하나의 실패로 보는 경우에, 사람들은 그 실패에 대해 설명하면서, 그녀가 37세가 될 때까지 소설을 전혀 쓰지 않았다는 사실을, 또 그녀가 그때부터 자기 자신을 분노 같은 무엇인가와 고통의 결합으로 보기 시작했다는 사실을 떠올린다.

오랫동안 그녀는 자기 자신에 대해서는 전혀 생각하지 않는 쪽을 택했다. 그러다가 창작 에너지의 첫 번째 분출이 다 소진되고 자신감이 생겼을 때, 그녀는 개인적인 관점에서 더욱 많은 글을 썼지만, 그녀는 젊음을 성급하게 포기하지 않는 가운데 그렇게 했다. 여주인공들이 그녀 자신이 했을 법한 말을 할 때면 언제나 그녀의 자의식이 특별히 두드러진다. 그녀는 여주인공들을 가능한 모든 방법으로 위장했다. 그녀는 여주인공들에게 아름다움과 부(富)까지 허용했으며, 어울리지 않게 브랜디를 좋아하는 취향까지 만들어냈다. 그러나 그녀가 자신의 천재성이라는 바로 그 힘에 의해서 목가적인 장면 속으로 발을 들여놓지 않을 수 없었다는, 불안하면서도 활기를 주는 사실은 그대로 남았다.

플로스 강변의 물방앗간의 집안에 태어났다고 주장하는 고상하고 아름다운 소녀는 여주인공이 주위에 파멸을 초래할 수 있다는 사실을 보여주는 가장 명백한 예이다. 그녀가 어리고 집시들을 따라 집을 나가거나 인형에 못을 박는 것으로 만족할 수 있는 한, 유머가 그녀를 통제하며 그녀를 사랑스런 존재로 지켜준다. 그러나 그녀는 발달하고, 조지 엘리엇은 어떤 일이 벌어졌는지를 채 알기도 전에 집시나 인형, 세인트 옥스[157]가 더 이상 줄 수 없는 것을 요구하는 성숙한 여자를 앞에 두고 있다. 먼저 필립 워켐[158]이 창조되고 후에 스티븐 게스트[159]가 창조되었다. 워켐의 나약함과 게스트의 상스러움이 종종 지적되었다. 그러나 둘은 나약함과 상스러움을 통해서 조지 엘리엇이 남자의 초상을 제대로 그려내지 못한다는 점을 보여주는 것이 아니라, 그녀가 여주인공에게 어울리는 짝을 상상해야 할 때 손을 떨게 만들었던 그 불확실성과 허약, 더듬거림을 보여준다.

가장 먼저, 조지 엘리엇은 자신이 알고 사랑했던 가정의 세계 그 너머로 내몰리면서 중산층의 응접실에 발을 들여놓지 않을 수 없다. 거기서 젊은 남자들은 여름날 오전 내내 노래를 부르고, 젊은 여자들은 앉

---

157 "플로스 강변의 물방앗간"에 나오는 가상의 장소.

158 "플로스 강변의 물방앗간"에 등장하는 인물로 매우 지적이다.

159 "플로스 강변의 물방앗간"에 등장하는 인물로 잘생기고 매력적이고 부유하다.

아서 시장에 내다 팔 흡연 모자[160]에 수를 놓고 있었다. 그녀는 그곳이 자신이 서 있을 자리가 아니라고 느끼고 있다. 그녀가 "훌륭한 사회"라고 부르는 것에 대한 서투른 풍자가 그 점을 뒷받침하고 있다.

훌륭한 사회는 포도주와 벨벳 카펫, 6주 앞의 만찬 약속, 오페라, 요정이 나올 것 같은 무도회장을 갖고 있다. … 훌륭한 사회는 과학은 패러데이(Michael Faraday)가 처리하고, 종교는 최고의 집에서 만나는 상급 성직자에 의해 처리되도록 한다. 그런 사회가 어떻게 믿음과 강조를 필요로 하겠는가?

여기엔 유머나 통찰의 흔적은 전혀 없으며, 오직 그 기원이 개인적인 것 같은 양심의 흔적만 있다. 그러나 우리 사회 제도의 복잡성이 경계들을 가로지르며 떠도는 소설가의 공감과 인식력에 끔찍할 만큼 큰 부담으로 작용하기 때문에, 매기 털리버[161]가 조지 엘리엇을 타고난 환경에서 끌어낸 것도 나쁘지 않았다.

조지 엘리엇은 훌륭한 감정적인 장면을 끌어들이길 고집했다. 그녀는 사랑해야 하고, 절망해야 하고, 남자 형제를 두 팔로 꼭 끌어안고 물에 빠져 죽어야 한다. 위대한 감정적인 장면들을 깊이 조사할수록, 위

160 남자들이 옛날에 담배를 피우면서 담배연기가 머리카락에 배는 것을 막는 동시에 멋을 내기 위해 쓴 모자를 말한다.

161 "플로스 강변의 물방앗간"의 주인공. 어린 때는 똑똑하고 충동적인 아이로 그려진다. 작품 마지막에 19세로 묘사된다.

기의 순간에 우리 머리 위에서 환멸과 수다의 소나기로 폭발할 구름이 일어나서 모이고 두꺼워질 것이라는 예상이 더욱 불안스럽게 다가온 다. 그것은 부분적으로 대화가 방언이 아닐 때 그녀가 대화를 장악하는 힘이 느슨해지기 때문이고, 또 부분적으로 그녀가 나이 탓에 피곤해서 감정을 집중하는 노력을 포기하기 때문이기도 하다.

그녀는 여주인공들이 말을 아주 많이 하도록 허용한다. 그녀는 언어 를 적절히 표현하는 능력이 떨어진다. 그녀는 하나의 문장을 선택하고 그 안에 장면의 핵심을 압축해 집어넣는 솜씨를 결여하고 있다. 나이틀 리 씨[162]가 웨스턴 가의 무도회에서 "당신은 누구와 춤을 추시려 합니 까?"라고 물었다. 이에 엠마는 "당신이 원한다면, 당신과 춰야겠지요." 라고 대답했다. 그녀는 할 말을 충분히 다 했다. 그러나 캐저본 부인[163] 은 한 시간가량 말을 했을 것이고, 그러면 우리는 창밖을 내다 봐야 했 을 것이다.

그럼에도, 여자 주인공들을 냉정하게 쫓아버리고 조지 엘리엇을 그 녀의 "아득한 과거"의 농업 세계에 한정시켜 보라. 그러면 당신은 그녀 의 위대성을 약화시킬 뿐만 아니라 그녀의 진정한 특색까지 잃게 된다. 그 위대성은 그녀의 위대성이라는 깃을 우리는 의심하지 못한다. 초기 의 책들에서 드러나는 관점의 폭과 중요한 특징들의 뚜렷한 강조와 불 그레한 빛, 그리고 훗날의 책들에서 드러난 탐구력과 깊은 사고는 우리

---

162 제인 오스틴의 "엠마"에 나오는 남자 주인공.
163 조지 엘리엇의 "미들마치"에 등장하는 인물.

로 하여금 오래 머물면서 우리의 한계를 넘어서까지 상세히 설명하라고 유혹한다.

그러나 우리가 종국적으로 시선을 줄 곳은 여자 주인공들이다. 도로시아 캐저본은 "나는 어린 소녀일 때부터 나의 종교를 발견하려고 언제나 노력해 왔어."라고 말한다. "나는 기도를 아주 많이 하곤 했어. 지금은 기도를 거의 하지 않아. 나는 단지 나 자신만을 위한 욕망을 품지 않으려고 노력하고 있어.…" 그녀는 그들 모두를 대신해 말하고 있다. 그것은 그들의 문제이다. 그들은 종교 없이 살 수 없으며, 그들은 어린 소녀일 때 누군가를 찾기 시작한다. 각자는 여자로서 선(善)에 대한 열정을 깊이 품고 있으며, 이 열정은 그녀가 열망과 고뇌 속에 서 있는 장소를 책의 심장으로, 그러니까 숭배의 장소처럼 고요하고 속세와 단절된 곳으로 만들지만, 그녀는 누구에게 기도를 해야 하는지 더 이상 알지 못한다.

그들은 배우면서 자신의 목표를 추구한다. 여자의 일상적인 일에서도 그렇고, 보다 넓은 마음으로 여성들에게 이바지하는 방향으로도 그렇다. 그들은 자신이 추구하는 것을 발견하지 못하며, 우리도 그 이유에 대해 이상하게 생각할 수 없다. 고통과 감수성으로 팽배한 상태에서 너무나 많은 시대를 묵묵히 견뎌온 여자의 낡은 의식은 내면에서 흘러 넘치며 무엇인가를, 아마도 인간 존재의 사실들과 조화를 이루지 못하는 무엇인가를 요구하고 있는 것 같다. 그런데 그들은 그것이 무엇인지 좀처럼 알지 못한다.

조지 엘리엇은 너무나 강한 지성을 갖추고 있기 때문에 그런 사실들을 함부로 건드리지 못하거나, 단호한 진실을 약화시키지 못한다. 여주인공들의 분투가 보여준 엄청난 용기를 제외한다면, 그 투쟁은 그들에게 비극으로 끝나거나 훨씬 더 우울한 어떤 타협으로 끝난다.

그러나 그들의 이야기는 조지 엘리엇 본인의 이야기의 불완전한 버전이다. 조지 엘리엇에게도 마찬가지로 여자의 짐과 복잡성으로 충분하지 않았다. 그녀는 안식처 그 너머까지 나아가서 낯선 밝은 색으로 빛나고 있는, 예술과 지식의 열매들을 직접 따야 한다. 극소수의 여자들이 그것들을 딸 수 있었듯이, 그녀도 그 열매들을 따면서 자신의 유산을, 그러니까 관점의 차이와 기준의 차이를 부인하지도 않을 것이며 부적절한 보상을 받지도 않을 것이다.

따라서 우리는 기억할 만한 인물인 그녀가 과도하게 칭송을 듣고, 자신의 명성을 피하고, 낙담하고, 조심스런 태도를 보이다가, 몸서리치며 사랑의 품에 안기는 것을 본다. 마치 거기에만 만족이 있고, 정당화가 가능한 것처럼. 동시에 그녀는 "까다로우면서도 간절한 야망"을 품은 가운데 삶이 자유롭고 탐구하는 정신에 제공할 수 있는 모든 것을 갖겠다고 손을 뻗고 있으며, 여자로서 품는 포부로 남자들이 지배하는 현실 세계에 맞서고 있다. 그 문제는 그녀의 창작물에 어떻게 작용했든 그녀에게 승리감을 안겨주었다. 그녀가 감히 시도해 성취한 모든 것을 회상할 때, 말하자면 슬픔에 짓눌린 그녀가 이중의 부담에 신음하던 육신이 닳아 죽을 때까지 어떻게 그 슬픔을 극복하고 더 많은 지식과 더 많은 이해력을 추구했는지를 회상할 때, 우리는 그녀의 무덤에 월계수와 장미를 아낌없이 놓지 않을 수 없다.

14

러스킨[164]

19세기의 우리 아버지들은 도대체 뭘 잘못했기에 그렇게 많은 질책을 받는가? 칼라일과 러스킨의 이름을 달고 있는 그 많은 책들을 이곳 저곳 보다가 간혹 던지게 되는 질문이다. 그리고 이 위대한 인간들의 삶을 들여다보면, 우리 아버지들이 자신들의 선생들이 그런 어조로 자신들을 대하도록 만든 측면이 있다는 점을 뒷받침하는 증거가 발견될 것이다. 틀림없이, 우리 아버지들은 자신들의 위대한 인물들이 세상의 나머지로부터 고립되어 지내기를 바랐다.

천재성은 거의 광기만큼이나 반사회적이었으며, 광기와 마찬가지로 인류의 일상적인 일과 의무로부터 철저히 분리될 필요가 있었다. 따라

---

164 버지니아 울프의 남편인 레너드 울프(Leonard Woolf)가 버지니아 사후에 묶어낸 세 번째 에세이집 "Captain's Death Bed and Other Essays"(1950)에 실렸다.

서 그 시대의 위대한 인간은 자신의 산봉우리로 물러나서, 거기서 자신이 차단당한 일상적인 활동을 하고 있는 세대를 비판하면서 한 사람의 예언가가 되고 싶은 유혹을 강하게 느꼈다.

칼라일이 관공서 어딘가에서 일할 준비가 되어 있었을 때, 그를 위한 자리는 어디서도 발견되지 않았으며, 따라서 그는 평생 책을 거듭 쓰면서도 마음속으로 책을 쓰는 일은 가장 존경 받는 삶이 아니라는 것을 통렬히 의식하고 있었다. 그에게 쏟아진 대중의 숭배도 보다 현명하게 다뤘더라면 완전히 지워버릴 수 있었던 것을 중화시키지 못했다.

러스킨은 환경에 관한 한 반대쪽 극단에서 시작했지만, 그도 칼라일과 마찬가지로 고립 쪽으로 흘러갔다. 그는 우리로 하여금 두 사람 중에서 그의 삶이 더 슬픈 삶이라는 확신을 품도록 만든다.

그럼에도, 그가 출생할 때 모든 요정들이 힘을 합해 이 천재를 보호하면서 최대한 육성하기로 했다면, 요정들이 추가로 무엇을 더 할 수 있었을까? 그는 처음부터 재산과 안락과 기회를 누렸다. 그는 소년일 때 이미 천재성을 인정받았으며, 그는 첫 책을 발표하면서 24세의 나이에 당대에 가장 유명한 사람들 중 한 명이 되었다.

그러나 요정들은 어쨌든 그가 원한 선물들을 그에게 주지 않았다. 노턴(Charles Eliot Norton) 교수에 따르면, 1869년 즈음에 러스킨(1819-1900)을 보았다면, "당신은 그렇게 슬픈 인간을 지금까지 본 적이 없다고 나에게 말할 것이며, 인생 경험에 의해 천성이 고통에 그렇게 예민하게 변한 사람은 아마 보지 못했을 것이다". 탁월한 달변의 재능은 처음에 그에게 이익보다 피해를 훨씬 더 많이 안겨주었다. 60년 가까운 세월이 흐른 뒤에도 여전히, 『현대 화가들』(Modern Painters)의 문체는 페이지마다 숨을 멎게 할 정도로 훌륭하다. 마치 영어라는 언어의 모든 원천들이 우리의 즐거움을 위해 일제히 햇살 속에서 연주하는 것처럼, 우리가 단어들에 경탄하지만, 그 단어들이 우리에게 어떤 의미를 지니는지를 묻는 것은 적절하지 않은 것 같다.

어느 정도 시간이 지난 뒤에, 그의 독자들의 내면에 있는, 이처럼 게으르게 쾌락을 즐기는 기질에 울화통이 터진 나머지, 러스킨은 자신의 원천들을 서둘러 막아버리고 자신의 언어를 매우 생기 있고, 자유롭고, 『포르스 클라비게라』(Fors Clavigera)[165]와 『프라이테리타』(Praeterita)[166]에 쓴 것과 같은, 거의 구어체의 영어로 한정시켰다. 이런 변화들에, 그리고 그의 정신이 연이어 여러 주제에 쉬지 않고 관심을 두었던 현상에, 부유하고 교양 있는 아마추어의 무엇인가가, 격정과 아량과 광휘가 가득한 무엇인가가 있는데, 우리는 그것을 정의하는 방법을 거의 알지 못한다. 이 아마추어는 자신이 소유한 모든 것을, 진지하게 받아들여질 부와 광휘를 내놓을 것이지만, 영원히 아웃사이더로 남아야 하는 저주를 받았다.

성미 급한 이런 달변의 분출을 읽으면서, 우리는 우리 자신이 보호받는 쾌적한 삶을 기억하고 있다는 사실을 확인한다. 심지어 우리가 읽

---

165 존 러스킨이 1870년대에 영국 노동자들에게 보낸 일련의 편지에 붙인 이름이다.

166 존 러스킨이 1880년대에 쓴 자서전이다.

고 있는 주제에 대해 아주 무식한 때조차도, 그 책에서 느껴지는 대단한 거만과 과도한 자신감은 지식에서 비롯된 것이 아니라 학습이라는 고된 일에 소진되지 않은 정신의 조바심에서 비롯된 것처럼 보인다.

우리는 그가 대부분의 남자들이 현실 세계를 직면하도록 강요받은 뒤에도 몇 년 동안, 다시 노턴 교수의 말을 인용하면, "자신만의 세계에 살면서" 실제 생활을 통한 경험과 자제력, 그리고 다른 누구보다 그 자신에게 더 절실히 필요했던 이성의 발달을 이룰 기회를 어쩌다 잃어버리게 되었는지를 기억하고 있다. 방석이 여기저기 놓여 있는 자리에서서 "사람들은 착해야 한다"는 내용으로 설교를 했다는 어린 시절부터 그의 삶의 열정이 가르치고 개혁하는 것이었다는 점을 고려한다면, "그가 삶과 세상에 맞서며 자신을 괴롭히는 것"이 얼마나 끔찍한 일이고 경우에 따라서 얼마나 헛된 일인지가 쉽게 이해된다.

그러나 그를 단순히 한 사람의 예언가로만 여기고 그의 책들을 읽는 것을 망각한다면, 우리는 그를 꽤 부당하게 대우하게 될 것이다. 왜냐하면 자기 독자들에게 자신이 생기 넘치고, 완고하고, 무절제하고, 재미있고, 사랑스런 존재라는 점을 느끼게 할 수 있는 저자가 있다면, 그 사람이 바로 러스킨이기 때문이다. 그를 예언가로 만든 것은 오히려 그의 추종자들이었다.

세상의 모든 것에 관한 그의 열망은 아마 다른 분야에서 다윈(Charles Darwin)의 작품들이나 『로마 제국 쇠망사』를 낳았던 그 집중력만큼 소중할 것이다. 예술에 관한 그의 작품들을 현대의 예술 비평가에게 제시하거나 경제에 관한 그의 작품들을 현대 경제학자에게 제시한다면, 거기에 현 세대에게 받아들여질 수 있는 것이 거의 없다는 사실이 확인될 것이다.

그 풍부한 표현력에 끌려 『현대 화가들』을 선택한 비전문적인 독자까지도 다음절어를 많이 써가면서 오류는 상상에도 없다는 식으로 제시하는, 예술과 도덕에 관한 일부 진술에 꽤 놀란다. 6권으로 된 『포르스 클라비게라』를 꾸준히 한 번 읽으면서 우리가 스스로를 구원할 수 있는 길을 정확히 발견하는 것은 절대로 쉬운 일이 아니지만, 우리 모두가 저주받았다는 사실은 너무도 분명하게 드러난다.

그럼에도, 그의 미학이 틀리고 그의 경제학이 아마추어에 불과할 수 있을지라도, 당신은 그 단점들의 피라미드에도 결코 억눌러지지 않을 어떤 힘을 생각해야 한다. 그것이 그가 살아 있는 동안에 사람들이 그를 곧잘 '스승'(Master)이라고 부른 이유였을 것이다.

그는 열정의 어떤 유령에 사로잡혀 지냈으며, 그래서 열정을 갖지 않은 사람들은 그를 공격하거나 칭송했지만, 그의 열정의 영향력 아래에서 그들은 단순히 수동적으로 남지 못한다. 지금도 『포르스 클라비게라』의 채찍이 멀리서 우리를 격려하기 위해 우리의 등을 자주 치는 것 같다.

그의 힘 중 아주 많은 부분이 풍자로 흘러가거나, 그가 잘 알았듯이, 선천적으로 준비가 제대로 되어 있지 않은 개혁의 시도로 흘러간 것을 유감스럽게 생각하지 않기가 어렵다. 또 그가 위대한 인간들이 지나친

찬사로 인해 고립되지 않고 능력을 최대한 발휘하도록 격려하는 그런 시대에 살았더라면 얼마나 좋았을까, 하는 소망을 품지 않기도 마찬가지로 어렵다.

지금도 러스킨으로부터 합금이 아닌 순수한 가치를 얻기를 원한다면, 우리는 『현대 화가들』이나 『베네치아의 돌들』(Stones of Venice)이나 『깨와 백합』(Sesame and Lilies)을 읽을 것이 아니라 『프라이테리타』를 읽어야 한다. 거기서 그는 설교하거나 가르치거나 비판하는 것을 멈추었다. 그는 오랫동안 이어질 죽음의 시기로 접어들기 전에 마지막으로 글을 쓰고 있으며, 그의 기분은 여전히 완벽하게 맑고, 평소보다 더 한결같으며, 확실히 자비롭다. 그의 글 대부분과 비교하면, 이 책은 문체가 극도로 단순하지만, 그 단순성이야말로 완벽한 기량의 꽃이 아닐까. 단어들은 그의 의미 위에 투명한 베일처럼 놓여 있다. 그리고 그 책을 마무리하는 단락은 글쓰기가 거의 불가능한 때에 쓰였음에도 불구하고 우리가 따로 오려내서 숭배하는, 정교하게 다듬고 화려하게 장식한 번드르르한 단락들보다 틀림없이 더 아름답다.

폰테 브란다(Fonte Branda)[167]를 나는 찰스 노턴과 함께 단테가 그것을 보았던 바로 그 아치 아래에서 마지막으로 보았다. 우리는 그곳의 물을 함께 마시고, 그날 밤 그 위의 언덕을 같이 걸었다. 그

---

167 이탈리아 시에나에 위치한 샘으로 13세기에 지어졌다.

때 언덕에서는 향기 나는 잡목림 사이에서 반딧불이들이 아직 어두워지지 않은 대기 속에서 희미하게 반짝이고 있었다. 그것들이 자주색 잎들 사이를 미세하게 쪼개진 별빛처럼 움직이면서 얼마나 아름답게 빛을 발하던지! 사흘 전에 시에나로 들어올 때에도, 우레가 일어날 것 같은 밤으로 빠져들고 있던 일몰을 뚫고, 저것들이 그렇게 아름답게 빛을 발하더니! 거대한 구름의 하얀색 가장자리는 서쪽으로부터 여전히 빛을 받고 있었으며, 활짝 열린 황금색 하늘은 '시에나는 이 문보다 더 큰 심장을 보여줍니다'(Cor magis tibi Sena pandit)라는 황금색 글씨가 적혀 있는 시에나 문의 심장 뒤로 고요했으며, 반딧불이들은 하늘과 구름의 온 곳에서 위로 오르거나 아래로 떨어지고 있었으며, 번개와 결합하면서, 별들보다 더 강렬했다.

15
토머스 하디의 소설들[168]

토머스 하디(1840-1928)의 죽음이 영국의 픽션의 예술을 머리 없는 상태로 남겨 놓았다는 식으로 말할 때, 우리는 아주 명백한 진실을 말하고 있다. 하디가 살아 있는 동안에, 작가들 중에서 자신의 천직이 세속적이지 않고 소박한 노인을 왕관처럼 두르고 있다고 느끼지 않은 작가는 한 사람도 없었다. 이 노인은 통치권을 주장하려는 노력을 조금도 하지 않았지만, 그럼에도 그는 이 세대에게 어느 한 목소리가 말할 수 있는 것보다 훨씬 더 많은 것을 상징했다.

그런 존재의 효과는 정말로 헤아리기 어렵다. 한 사람의 작가로서 그의 위대성, 그러니까 그가 다른 시대의 위대한 작가들 사이에 차지하는

---

168 토머스 하디가 세상을 떠나고 8일 후인 1928년 1월 19일자 TLS에 게재되었다.

위치는 이마 훗날 비평가들에 의해 더 정확히 평가받을 것이다. 그러나 그보다 절대로 덜 중요하지 않음에도 불구하고 성격상 더 빨리 사라지게 되어 있는 또 다른 종류의 영향에 대해 증언하는 것은 지금 살아 있는 사람들의 몫이다.

그의 영향은 정신적인 영향이었다. 그는 글 쓰는 일을 명예로운 일로 만들었으며, 진정성을 갖고 글 쓰는 것을 바람직하게 보이도록 만들었다. 그가 살아 있는 동안에도, 그가 실천한 예술에 대해 인색하게 생각할 이유는 전혀 없었다. 그의 천재성과 나이와 거리가 교류의 모든 가능성을 제거했을 수 있고, 그의 삶의 평범함과 수수함이 그에게 전설이나 소문도 흩트려놓지 못할 모호함을 안겨주었지만, 그가 존재하는 동안에 우리 사이에 왕이 있었지만 지금은 왕이 없다고 말하는 것은 절대로 과장이 아니다. 그러나 수사적인 칭송으로 그에 대해 그런 식으로 쓰는 것은 절대로 적절하지 않다. 그가 우리에게 유일하게 요구했던 것은 진실을 말해야 한다는 것이었는데, 그것은 더 이상 엄격할 수 없는 요구 사항이었다.

그렇다면, 그가 우리에게 남긴 17권의 픽션을 고려하는 마당에 우리의 과제는 그 작품들을 가치에 따라 등급을 매기거나 그것들이 영국 문학에서 최종적으로 차지할 위치를 결정하는 것이 아니다. 그보다는, 그의 천재성의 폭넓은 윤곽을 발견하고, 현재의 삶에도 여전히 힘으로 작용하고 있는 자질들과 그렇지 못한 자질들을 구별하고, 세월이 제시할 보다 정확한 평가를 시도하기보다는 추측하는 것으로 만족해야 한다.

이제 그 시작인 1871년으로, 그러니까 그의 첫 소설『절망적 처방』(Desperate Remedies)으로 돌아가서 그곳을 출발점으로 삼도록 하자.

여기 한 젊은이가 있다. 그가 쓴 서문에 따르면, "어떤 방법에 이르는 길을 느끼고 있는" 청년이다. 상상력이 아주 풍부하고, 냉소적인 경향이 있으며, 책으로만 배워서 풋내기 냄새가 난다. 이 청년은 등장인물들을 창조할 수 있지만 그 인물들을 제대로 통제하지는 못한다. 그는 틀림없이 자신의 기법의 어려움 때문에 힘들어 하고, 서툰 솜씨 때문에도 속상해 하고, 자신의 인간적인 등장인물들이 외부의 힘들과 맞붙게 하려는 타고난 욕망에도 휘둘리고 있으며, 우연을 이용해 작품을 끌고 가려는 모습을 극단적일 만큼 강하게 보이고 있다.

그는 소설은 장난감이나 주장이 아니라 삶을 충실하게 다룰 수 있으며, 남자들과 여자들의 운명을 재미있는 방향으로는 기록하지 못하더라도 진실하게 기록할 수 있다는 확신에 이미 사로 잡혀 있다. 그 시대에 비범한 통찰력을 가진 비평가가 있었다면, 그 비평가는 이 첫 번째 책에서 가장 주목할 만한 것은 등장인물이나 플롯이나 유머가 아니라 페이지마다 메아리치고 있는 어떤 폭포 소리라고 말했을 것이다. 그것은 훗날 엄청난 규모로 커 간 힘의 첫 번째 표현이다.

하디가 이미 비가 지붕과 경작지에 어떻게 다르게 내리는지를, 바람이 가지를 스치는 소리가 나무의 종류에 따라 어떻게 다른지를 잘 알고 있었음에도, 그것은 자연을 관찰하는 힘이 아니다. 그것은 자연의 상징을 만드는 힘이고, 그것은 언덕이나 물방아나 황무지로부터, 인간의 드라마에 공감하거나 인간의 드라마를 조롱하거나 인간의 드라마를 무관심하게 지켜볼 줄 아는 어떤 영혼을 소환하는 힘이다.

이미 그 재능은 그의 것이 되어 있었으며, 이 거친 스토리 속에서 서로 얽혀 있는 미스 앨드클리프와 시트리아의 운명은 이미 신들의 눈이 지켜보는 가운데 자연 앞에서 전개되고 있다. 그가 시인이라는 점이 명백히 드러났어야 했는데 그렇지 못했으며, 그가 소설가라는 점은 아직 불확실했을 수 있다.

그러나 이듬해 『푸른숲 나무 아래에서』(Under the Greenwood Tree)가 발표되었을 때, "어떤 방법을 느끼려던" 노력의 상당 부분이 극복된 것이 분명했다. 앞서 나왔던 책의 껄끄러운 독창성의 일부가 사라졌다. 두 번째 책은 첫 책과 비교하면 완성된 편이고, 매력적이고, 목가적이다. 작가가 오두막의 뜰과 늙은 농촌 여자들을 주로 그리는 영국 풍경 화가로, 말하자면 빠른 속도로 용도 폐기되고 있는 낡은 방법들과 단어들을 망각의 늪으로부터 끌어내서 보존하려고 노력하는 화가로 변신해도 별로 이상하지 않을 것 같다. 그럼에도, 옛것을 사랑하는 어떤 인정 많은 사람이, 주머니에 현미경을 넣고 다니는 어떤 자연주의자가, 언어의 변화하는 형태를 세심하게 연구하는 어떤 학자가 근처의 숲에서 작은 새가 올빼미에게 죽음을 당하면서 아주 격하게 내지르는 비명을 그런 치열함으로 들은 적이 있었던가? 그 새의 비명은 "고요와 섞이지 못하고 고요의 일부가 되었다". 다시 우리는, 고요한 여름날 아침에 바다 저 멀리서 들려오는 포성처럼, 이상하고 불길한 어떤 메아리를 듣는다.

그러나 초기에 나온 이 책들을 읽을 때, 낭비의 느낌이 든다. 하디의 천재성이 완고하고 집요하다는 느낌이 있다. 먼저 한 가지 재능이 그를 하고 싶은 대로 하고 나면, 다른 재능이 나타나 또 그렇게 한다. 그 재능들은 서로 조화를 이루며 나아가는 데 동의하지 않을 것이다. 정말로, 그런 것이 시인이면서 동시에 사실주의자이기도 한 작가의 운명이고, 들판과 언덕의 충직한 아들이면서도 책에서 배운 지식에 따른 회의(懷疑)와 낙담으로 고통을 당하고 있는 사람의 운명이며, 옛날 방식과 평범한 시골 사람들을 사랑하면서도 조상들의 신앙과 육신이 자기 눈앞에서 유령처럼 투명하게 변해가는 것을 보게 되어 있는 사람의 운명이다.

이 같은 모순에 자연이 균형 잡힌 발달을 방해할 요소를 한 가지 더 보탰다. 일부 작가들은 천성적으로 모든 것을 의식하고 있으며, 다른 작가들은 많은 것을 의식하지 않고 있다(이 점에 대해 우리는 비평가로서 제대로 설명하지 못할지라도 독자로서 그것을 잘 알고 있다). 헨리 제임스와 플로베르 같은 일부 작가들은 자신의 재능이 안겨주는 전리품을 최대한 활용할 줄 알 뿐만 아니라, 그런 능력을 뛰어넘어 창작 활동에서 자신의 천재성을 통제할 줄도 안다. 그들은 언제나 맑은 정신으로 깨어 있으며 놀라는 경우가 절대로 없다.

반면에 디킨스와 스콧 같은 무의식적인 작가들은 자신이 동의하지 않은 상태에서 돌연 높이 고양되어 거기에 휩쓸린다. 높은 파도가 가라앉고 나면, 그들은 무슨 일이 일어났는지, 왜 그런 일이 일어났는지에 대해 아무 말도 하지 못한다. 우리는 하디를 그런 작가들에 포함시켜야 한다. 그런 성향은 그의 힘의 원천이기도 하고 그의 약함의 원인이기도 하다.

"통찰의 순간들"이라는 하디의 표현은 그가 쓴 모든 책에서 발견되는, 놀라울 정도의 아름다움과 힘이 느껴지는 단락들을 정확히 묘사하고 있다. 우리도 예견하지 못하고 그도 통제하지 못하는 힘의 돌연한 폭발로 인해, 어떤 한 장면이 나머지로부터 두드러지는 것 같다. 그 장면은 마치 홀로 영원히 존재하는 것처럼 보인다. 패니[169]의 시신을 실은 마차가 물방울을 떨어뜨리고 있는 나무들 아래의 길을 따라 달리는 장면이 있다. 또 고창증으로 배가 부풀어 오른 양이 풀밭에서 버둥거리는 장면이 있다. 트로이가 꼼짝 않고 서 있는 밧셰바의 주위를 돌면서 칼을 번쩍이며 그녀의 머리 타래를 자르고 그녀의 가슴에 애벌레를 뱉는 장면이 있다. 눈에 생생하지만, 눈에만 그런 것이 아니다. 모든 감각이 다 관여하고 있기 때문이다. 그런 장면들은 우리에게 분명히 각인되고, 그 광휘는 남는다. 그러나 그 힘은 올 때처럼 그렇게 없어진다. 통찰의 순간 다음에 평범한 낮이 길게 이어지며, 우리는 어떤 기능 또는 기술이 야생의 힘을 포착하여 그것을 최대한 유익한 방향으로 바꿔놓았을 수 있다고 믿지 못한다. 따라서 소설들은 불균형으로 가득하며, 그 소

---

169 토머스 하디의 네 번째 소설인 "성난 군중으로부터 멀리"(Far from the Madding Crowd)에 등장하는 인물이다. 이 작품은 문학적으로 성공을 거둔 하디의 첫 작품으로 평가받는다.

설들은 세련되게 다듬은 것이 아니라 들쭉날쭉 난도질한 것 같다. 거기엔 언제나 무의식의 흐릿함이 있고 참신함의 후광과 표현되지 않은 것들의 여백이 있는데, 이런 것들이 종종 아주 깊은 만족감을 낳는다.

하디 본인은 자신이 하고 있는 것을 꽤 의식하지 않는 것처럼 보인다. 그의 의식은 그가 낳을 수 있는 것보다 더 많은 것을 품고 있는 것 같다. 그는 자신이 의미하는 바를 온전히 파악하는 과제를 독자들에게 넘겼으며, 따라서 독자들은 본인들의 경험을 바탕으로 그의 의미를 보완해야 한다.

이런 이유들 때문에, 하디의 천재성은 발달에서 불확실한 모습을 보이고, 결실에서 고르지 못한 모습을 보였지만, 그 순간이 올 때엔 장엄한 성취를 이루었다. 『성난 군중으로부터 멀리』에서 그 순간이 완전하고 충만하게 찾아왔다. 주제도 옳고 서술 방법도 옳았으며, 시인과 시골 사람, 감각적인 사람, 우울하고 사색적인 사람, 학문이 깊은 사람 등 모두가 힘을 합해, 유행이 아무리 변하며 난도질을 해도 위대한 영국 소설들 중 하나로 남을 그런 책을 낳았다.

먼저, 하디가 다른 어떤 소설가보다 더 뚜렷하게 우리 앞에 제시하는 물리적인 세계의 느낌이 있다. 인간의 존재의 편협한 전망이 어떤 풍경에 둘러싸여 있다는 느낌을 주는데, 이 풍경은 따로 존재함에도 인간 드라마에 깊고 엄숙한 아름다움을 부여한다.

죽은 자들의 무덤과 양치기들의 오두막이 두드러지는 어둑한 구릉이 하늘을 배경으로 솟아있고, 바다의 파도처럼 부드럽지만 견고하고 영원한 하늘은 무한히 멀리 구르듯 흘러가면서 그 주름들 안에 고요한 마을들을 포근히 감싸고 있다. 마을들에서는 낮에 연기가 흐릿한 기둥을 이루며 피어오르고, 밤에는 램프들이 광막한 어둠 속에서 탄다. 거기 높은 곳 세상의 등뼈 위에서 양을 돌보고 있는 가브리엘 오크는 영원한 양치기이며, 별들은 고대의 봉화이다. 그는 오랫동안 양을 옆에서 지켜왔다.

그러나 아래 계곡의 땅은 온기와 생명으로 가득하다. 농장들은 분주하고, 헛간은 채워져 있으며, 들판은 소와 양의 울음소리로 요란하다. 자연은 수확을 많이 낳고, 장엄하고 욕망이 강하면서도 악의적이지 않으며, 여전히 열심히 일하는 인간들의 위대한 어머니이다. 그리고 지금 처음으로 하디가 유머 감각을 백분 발휘하고 있다. 유머는 시골 남자들의 입에서 가장 자유롭게, 가장 풍부하게 꽃을 피운다. 잰 코건과 헨리 프레이, 조지프 푸어그래스는 하루 일과가 끝나면 맥아제조장에 함께 모여 맥주잔을 기울이면서, 순례자들이 순례자의 길(Pilgrims' Way)[170]을 걸었던 이래로 사람들의 머릿속에서 피어나며 표현할 길을 찾고 있던, 날카롭기도 하고 시적이기도 한 유머를 풀어놓는다. 그런 유머를 셰익스피어와 스콧, 조지 엘리엇도 엿듣기를 좋아했지만, 어느 누구도 하디만큼 깊은 이해력으로 그것을 사랑하거나 듣지는 않았다.

---

170 순례자들이 걸었던 길로, 영국 햄프셔 주 윈체스터에서 켄트 주 캔터베리에 있는 토머스 베킷(Thomas Becket) 대주교(1119?-1170)의 성지까지를 일컫는다.

그러나 웨식스 소설들[171]에서 개인으로서 두드러지는 것은 농민들의 역할이 아니다. 농민들은 공통적인 지혜의 연못을, 영원한 생명의 저수지를 이룬다. 농민들은 남녀 주인공의 행동에 대해 논평하지만, 트로이나 오크나 패니나 밧세바는 왔다가 가면서 사라지는 반면에, 잰 코건과 헨리 프레이와 조지프 푸어그래스는 남는다. 그들은 밤에 술을 마시고 낮에 논밭을 간다. 그들은 영원하다. 우리는 소설 속에서 그들을 거듭 만나며, 그들은 언제나 자신들에게 전형적인 무엇인가를, 말하자면 개인에게 속하는 특성들보다는 한 민족을 규정짓는 특성들을 더 많이 갖고 있다. 농민들은 건전한 정신을 가진 위대한 성역이며, 시골은 행복의 마지막 성채이다. 농민들이 사라질 때, 민족에게 희망이 전혀 없다.

오크와 트로이, 밧세바와 패니 로빈을 통해, 우리는 소설들 속의 남자와 여자들이 최대한의 능력을 발휘하는 모습을 본다. 모든 책에서 서너 명의 등장인물이 주도적으로 이야기를 끌고 가면서 원소들의 힘을 끌어들이는 피뢰침처럼 우뚝 서 있다. 오크와 트로이와 밧세바, 유스타시아와 와일드브와 벤[172], 헨커드와 루세타와 파프리[173], 그리고 주드와

---

171 웨식스(Wessex)는 잉글랜드가 927년에 통일되기 전에, 그레이트브리튼의 남부와 서부에 519년부터 있었던 앵글로 색슨 왕국이었으며 수도는 윈체스터였다. 토머스 하디의 주요 작품들은 주로 이 지역을 배경으로 하고 있다. 그래서 그의 작품들을 그런 이름으로 부른다.

172 유스타시아와 오일디브와 벤은 토머스 하디가 1878년 발표한 "귀향"(The Return of the Native)의 등장인물들이다.

173 헨커드와 루세타, 파프리는 "캐스터브리지 시장"(The Mayor of Casterbridge)에 등장하는 인물들이다.

수 브라이드헤드와 필롯슨[174]. 등장인물의 집단들 사이에도 비슷한 점이 있다. 그들은 개인으로서 살고 있고 개인으로서 다 다르지만, 그들은 또한 유형으로도 살고 있으며 유형으로 닮은 점을 갖고 있다.

밧셰바는 밧셰바이지만 여인이고, 유스타시아와 루세타와 수의 자매이다. 가브리엘 오크는 가브리엘 오크이지만 남자이고, 헨커드와 벤과 주드의 형제이다. 밧셰바는 아무리 사랑스럽고 매력적일지라도 약하며, 헨커드는 아무리 완고하고 잘못 안내 받고 있을지라도 강하다. 이것은 근본적이며, 이것이 하디의 통찰의 핵심이며 그의 본성 가장 깊은 원천에서 건져 올려지고 있다.

여자는 보다 약하고 육감적이며, 여자는 더 강한 남자에게 매달리며 남자의 통찰을 흐려 놓는다. 그럼에도, 위대한 그의 책들에서 생명력이 그 불변의 틀 위로 얼마나 자유롭게 쏟아지고 있는지 모른다. 밧셰바가 자신이 가꾸는 농작물 사이에 서 있는 마차에 앉아서 작은 거울을 보면서 자신의 사랑스런 모습에 미소를 지을 때, 우리는 그녀가 작품이 끝날 때까지 엄청난 고통을 겪을 것이고 또 다른 사람들이 고통을 겪도록 할 것이라는 점을 알 수 있다. 그것은 우리가 알고 있는 하디의 힘을 증명하는 증거이다. 그러나 순간은 생명의 아름다움과 충만을 안고 있다. 매 순간이 그렇다.

그의 등장인물들은 남자든 여자든 똑같이 그에게 무한히 매력적인

---

174 주드와 수 브라이드헤드와 필롯슨은 "무명의 주드"에 등장하는 인물들이다.

창조물이었다. 그는 남자들보다 여자들을 더 걱정하는 모습을 보이며, 그는 여자들에게 더 깊은 관심을 보인다. 여자들의 아름다움이 헛될 수 있고 여자들의 운명이 가혹할 수 있지만, 삶의 열정이 그들의 안에 있는 한 그들의 걸음은 자유롭고, 그들의 웃음은 달콤하다. 그리고 자연의 가슴에 묻혀 자연의 침묵과 경건의 일부가 되거나 위로 올라가 구름의 움직임과 꽃 피는 삼림지의 야성을 배우는 능력은 그들의 것이다.

남자들, 그러니까 여자들처럼 다른 인간들에 대한 의존 때문이 아니라 운명과의 충돌 때문에 고통 받는 남자들은 우리에게 보다 단호한 동정을 요구한다. 가브리엘 오크 같은 남자에게, 우리는 일시적 두려움마저 느낄 필요가 없다. 우리에게 그를 꽤 자유롭게 사랑하는 것이 허용되지 않을지라도, 우리는 그를 존경해야 한다. 그는 독립된 삶을 영위하고 있으며 적어도 남자들에게는 자신이 당하는 만큼 타격을 입힐 수 있다. 그는 교육보다 성격에서 비롯된, 앞을 예견하는 능력을 갖고 있다. 그는 기질의 측면에서 안정적인 모습을 보이고, 애정에 확고한 모습을 보이고, 매사에 꽁무니 빼는 일 없이 주의를 기울이고 인내심을 발휘한다. 그러나 그는 절대로 꼭두각시가 아니다. 그는 일상적인 일에서 가정적이고 평범한 동료이다. 그는 사람들의 눈길을 끌지 않고 길을 걸을 수 있다. 요약하면, 우리로 하여금 그의 등장인물들이 각자의 열정과 특성에 따라 움직이고 있는 인간 동료라고 믿도록 만드는 하디의 능력을, 진정한 소설가의 능력을 그 누구도 부정하지 못한다. 한편, 하디의 작품에 등장하는 인물들은 우리 모두에게 공통적인, 상징적인 무엇인가를 갖고 있는데, 등장인물을 그런 식으로 다듬는 능력은 시인의 재능에 속한다.

남자들과 여자들을 창조하는 하디의 능력을 고려하면서, 우리가 하디와 그의 동료들을 뚜렷이 가르는 심오한 차이들을 강하게 의식하게 되는 것이 바로 이 지점이다. 우리는 이런 등장인물들 다수를 돌아보면서 스스로 그들을 기억하는 이유가 무엇인지 묻는다. 우리는 그들의 열정을 회상한다. 우리는 그들이 서로를 얼마나 깊이 사랑했는지, 그리고 그들이 어떤 비극적인 결말을 맞았는지를 기억하고 있다. 우리는 밧세바를 향한 오크의 충직한 사랑을, 와일디브와 트로이와 피츠스파이어스 같은 남자들의 떠들썩하지만 덧없는 열정을 기억하고 있다. 우리는 클림이 자식으로서 자기 어머니에게 품었던 사랑을, 엘리자베스 제인을 향한 헨커드의 질투어린 아버지의 열정을 기억하고 있다.

그러나 우리는 그들이 어떤 식으로 사랑했는지에 대해서는 기억하지 않는다. 우리는 그들이 한 걸음 한 걸음 점진적으로 미세하게 서로 어떤 식으로 말하고 서로를 어떤 식으로 변화시키며 알게 되었는지에 대해 기억하지 않는다. 그들의 관계는 지적인 이해들로 이뤄져 있지 않으며, 아주 사소해 보이는 지각의 미세한 차이도 너무나 깊다. 모든 책들에서 사랑은 인간 삶을 형성하는 위대한 사실들 중 하나이다. 그러나 사랑은 하나의 재앙이다. 사랑은 돌연 대단히 압도적으로 일어나며, 사랑에 대해서는 할 말이 별로 없다.

연인들 사이의 대화는 열정적이지 않을 때 실용적이거나 철학적이다. 마치 그들이 일상의 의무에서 해방되는 것이 그들에게 상대방의 감정을 조사하려는 욕구보다 삶과 삶의 목적에 대해 질문하려는 욕구를 더 강하게 남기는 것처럼 말이다. 설령 그들의 감정을 분석하는 것이 그들의 성격 안에 포함되어 있을지라도, 삶이 너무나 분주하게 돌아가기 때문에 그들은 그럴 시간을 갖지 못한다. 그들은 운명의 노골적인 주먹질과 교묘한 장난과 점점 커지는 적의를 다루는 데 자신의 모든 힘을 쏟아야 한다. 그들에겐 인간 희극의 미묘함과 섬세함에 쏟을 것이 하나도 남아 있지 않다.

따라서 우리가 다른 소설가들의 작품에서 우리를 아주 즐겁게 만들었던 자질들 중 일부를 하디의 작품에서는 발견하지 못할 것이라고 자신 있게 말할 수 있는 때가 온다. 하디는 제인 오스틴의 완벽성이나 메러디스의 재치나 새커리의 관심의 폭이나 톨스토이의 놀라운 지적 힘을 갖추고 있지 않다. 위대한 고전 작가들의 작품에는 몇몇 장면이 스토리와 별도로 변화의 범위 밖에 서도록 하는 효과의 종국성(終局性) 같은 것이 있다. 우리는 그 장면들이 이야기에서 어떤 의미를 지니는지에 대해 묻지 않으며, 주위에 놓여 있는 문제들을 해석하는 데에도 그것들을 이용하지 않는다. 한 번의 웃음, 한 번의 수줍음, 대여섯 마디의 대화, 그것으로도 충분하다. 우리의 기쁨의 원천은 영원하다. 그러나 하디는 이런 집중과 완전성을 전혀 갖고 있지 않다. 그의 빛은 인간의 가슴에 직접 떨어지지 않는다. 그의 빛은 인간의 가슴 위를 스치듯 지나서 황야의 어둠 위로, 폭풍에 흔들리고 있는 나무들 위로 옮겨간다.

우리가 방 쪽으로 뒤돌아볼 때, 난롯가에 모여 있던 집단은 흩어진다. 각각의 남자와 여자는 홀로 폭풍과 싸우고 있으며, 그들은 다른 인간들이 보지 않을 때에 자신의 모습을 가장 노골적으로 드러내고 있다. 우리는 피에르나 나타샤[175]나 베키 샤프[176]를 알듯이 그들을 알지는 못한다. 우리는 그들을, 그들이 우연한 방문객이나 정부 관리, 귀부인, 전쟁터의 장군에게 드러낼 때처럼, 안팎으로 속속들이 모든 점에서 알지는 못한다. 우리는 그들의 생각들의 복잡성과 혼란을 알지 못한다. 지리적으로, 그들은 영국 시골의 똑같은 지역에 붙박이처럼 남아 있으며, 하디가 사회적 계급에서 자작농이나 농부보다 위의 계급을 묘사하기 위해 그들을 벗어나는 경우는 드물며 행복한 결과를 낳지도 못했다.

응접실과 클럽 모임과 무도회에서, 말하자면 여가가 있고 교육 수준이 어느 정도 있는 사람들이 함께 모이고 코미디가 생겨나고 성격의 미묘한 차이가 드러나는 곳에서, 그는 거북해하고 불안해한다. 그러나 그 반대도 똑같이 진실이다. 우리는 하디의 남자들과 여자들이 서로 어떤 관계를 맺고 살아가는지에 대해선 잘 모르지만, 그들이 시간과 죽음과 운명과 어떤 관계를 맺고 살아가는지에 대해서는 알고 있다. 우리는 그들이 도시의 불빛과 군중 앞에서 금방 동요하는 모습을 보지 못하지만, 그들이 땅과 폭풍과 계절 앞에서 분투하는 모습은 볼 수 있다. 우리는 그들이 인류가 직면할 수 있는 가장 끔찍한 문제들 중 일부를 대하는

---

175 피에르와 나타샤는 톨스토이의 "전쟁과 평화"에 등장하는 인물이다.

176 윌리엄 메이크피스 새커리가 1847~1848년에 발표한 "허영의 시장"의 주요 등장인물이다.

태도를 알고 있다. 그들은 우리의 기억 속에 인간 이상으로 엄청나게 큰 모습으로 남아 있다.

우리는 그들을 세부적으로 보지 않고 장엄하게 확대된 모습으로 본다. 우리는 테스가 잠옷을 입은 채 "왕에게나 어울릴 법한 존엄스런 표정으로" 세례 의식을 읽고 있는 모습을 본다. 우리는 마티 사우스[177]가 "추상적인 휴머니즘의 고상한 특성을 위해서 섹스의 속성을 냉담하게 거부한 존재처럼" 윈터본의 무덤에 꽃을 놓고 있는 것을 본다. 그들의 말은 성서의 존엄과 시적 분위기를 풍긴다. 그들은 내면에 정의할 수 없는 어떤 힘을, 사랑 또는 증오의 힘을 간직하고 있다. 그 힘은 남자들의 경우에 삶에 반항하는 원인이고 여자들의 경우에 고통을 감내할 수 있는 무한한 능력이다. 성격을 지배하는 것이 이 힘이며, 이 힘은 성격 뒤에 숨겨진 섬세한 특성들을 찾는 작업을 불필요하게 만든다.

이것은 비극적인 힘이며, 만약에 우리가 하디를 그의 동료들 사이에 놓는다면, 우리는 그를 영국 소설가들 중에서 가장 위대한 비극 작가라고 불러야 한다. 따라서 우리가 그를 진정으로 평가하길 원한다면, 우리는 내적 투쟁이 아니라 외적 투쟁을 보아야 하고, 그의 문장들을 읽을 것이 아니라 그의 장면들을 읽어야 하고, 그의 산문을 읽을 것이 아니라 그의 시를 읽어야 한다.

그러나 지금 하디의 철학의 위험 지대에 가까워지고 있으니, 경계를

---

177 마티 사우스와 윈터본은 하디의 "숲의 사람들"(The Woodlanders)에 등장하는 인물이다.

늦추지 않도록 하자. 상상력 풍부한 작가의 글을 읽을 때, 그의 책장과 적절한 거리를 유지하는 것보다 더 절실히 필요한 것은 없다. 특히 뚜렷한 경향을 가진 작가의 글을 읽는 경우에, 의견에 집중하면서 그 작가가 어떤 신념을 가졌다는 식으로 판단하고 그를 일관된 어떤 관점에 묶어두는 것보다 더 쉬운 일은 없다.

하디도 인상을 쉽게 받는 정신이 결론을 내리는 능력에서 가장 뒤떨어진다는 원칙에 절대로 예외가 아니다. 해설을 제시하는 것은 인상에 푹 빠진 독자를 위해서다. 아마 작가가 의식하지 않고 있을, 보다 깊은 의도를 지지하기 위해 작가의 의식적인 의도를 옆으로 밀쳐둬야 하는 때를 아는 것은 독자의 몫이다.

하디 본인은 이것을 잘 알고 있었다. 한 편의 소설은 "하나의 인상이지 주장이 아니다."라고 그는 우리에게 거듭 경고했다. "아직 정리되지 않은 인상들도 나름의 가치를 지니며, 어떤 진정한 삶의 철학에 이르는 길은 삶의 사건들이 우리에게 우연히 일어날 때 그 사건들에 대한 다양한 해석들을 겸허하게 기록하는 데에 있는 것 같다."

하디에 대해서, 그가 가장 위대한 순간에 우리에게 인상들을 주었고 가장 허약한 순간에 주장들을 제시했다고 말하는 것은 확실히 맞는 말이다. 『숲의 사람들』과 『귀향』 『성난 군중으로부터 멀리』, 무엇보다 『캐스터브리지 시장』에서, 우리는 하디가 삶에서 받은 인상을 별도로 의식적으로 정리하지 않은 상태 그대로 보고 있다. 그가 직관적인 통찰을 다루도록 해 보라. 그러면 그의 힘은 사라지고 만다. "테스, 별들이 세계라고 했니?"라고, 둘이 벌통을 갖고 시장으로 갈 때 어린 에이브러햄이 묻는다. 그러자 테스는 별은 "사과나무에 달린 사과와 비슷해. 그것들 대부분은 멋지고 온전하며, 몇 개만 벌레 먹듯 망가져 있어."라고 대답한다. "그럼 우리는 어떤 별에 살고 있는 거야? 멋진 별에 살고 있는 거야, 아니면 망가진 별에 살고 있는 거야?" "망가진 별에 살고 있어." 그녀가 대답한다. 혹은 그녀를 가장한 비관적인 사상가가 그녀를 대신해 말한다. 단어들은 우리가 그 살과 피만 본 어떤 기계의 스프링처럼 차갑고 날것 그대로 튀어나온다. 우리는 돌연 공감의 분위기에서 빠져나오지만, 그 분위기는 조금 뒤에 작은 수레가 멈추면 다시 생겨난다. 그러면 우리는 우리의 행성을 지배하고 있는 역설적인 방법들의 구체적인 예를 보게 된다.

그것이 『무명의 주드』가 하디의 책들 중에서 가장 고통스런 책인 이유이며, 이 책은 우리가 합당하게 페시미즘이라고 부를 수 있는 유일한 책이다. 『무명의 주드』에서 주장이 인상을 지배하는 것이 허용되며, 그 결과 책의 고통이 압도적임에도 그 책은 비극이 아니다. 재앙이 꼬리를 물고 일어날 때, 우리는 사회에 맞서는 사건이 공정하게, 또는 사실들에 대한 깊은 이해를 바탕으로 옹호되지 않고 있다는 느낌을 받는다. 여기엔 톨스토이가 사회를 비판할 때 그의 고발을 소름끼치게 만든 인간의 폭과 힘과 지식 같은 것은 전혀 없다. 여기서 우리는 우리에게 신들의 중대한 불공평을 드러낸 것이 아니라 인간들의 사소한 잔인성을 드러냈다.

하디의 진정한 힘이 어디에 있는지 보고 싶다면, 『무명의 주드』와 『캐스터브리지 시장』을 비교하기만 하면 된다. 주드는 대학의 학과장들과 세련된 사회의 관습에 맞서며 비참한 항의를 계속한다. 헨커드는 다른 인간들과 겨루는 것이 아니라, 그 자신의 밖에 있는 무엇인가와, 야망과 능력을 가진 인간들에게 반대하고 있는 무엇인가와 겨루고 있다. 어떤 인간도 그가 잘못되기를 바라지 않는다. 심지어 그가 모욕을 준 파프리와 뉴슨과 엘리자베스 제인까지도 한결같이 그에게 동정을 표하고 있으며, 더 나아가 그의 성격의 힘을 존경하기까지 한다.

헨커드는 운명에 정면으로 맞서고 있으며, 하디는 대부분 자기 잘못으로 파멸을 맞은 옛 시장을 지지하면서, 우리가 어떤 불평등한 경쟁에서 인간의 본성을 지지하고 있다고 느끼도록 만든다. 여기엔 페시미즘이 조금도 없다. 책 전체에 걸쳐서, 우리는 그 이슈의 숭고함을 자각하고 있으며, 그럼에도 그 이슈는 대단히 구체적인 형태로 우리에게 제시되고 있다.

헨커드가 시장에서 자기 아내를 선원에게 파는 첫 장면에서부터 헨커드가 에그돈 히스에서 죽음을 맞는 장면에 이르기까지, 스토리의 박력은 최고 수준이고, 해학도 풍부하고 시원시원하며, 이야기의 흐름도 장대하고 자유롭다. 부정한 일을 고발하는 마을 사람들의 행렬, 다락에서 파프리와 헨커드 사이에 벌어진 싸움, 쿡솜 부인이 헨커드 부인의 죽음에 대해 하는 말, 피터스 핑거라는 여관에서 악당들이 뒤쪽이나 앞쪽을 신비스럽게 압도하고 있는 자연과 나누는 대화는 영국 픽션의 아름다운 장면들에 꼽힌다.

각자에게 허용된 행복의 크기는 하찮지만, 투쟁의 대상이 헨커드의 투쟁처럼 인간의 법들이 아니라 운명의 명령인 한, 그리고 그 투쟁이 확 트인 공간에서 벌어지고 뇌의 활동보다 육체의 활동을 요구하는 한, 그 경쟁엔 위대함이 있으며, 쇠약한 곡물 상인이 에그돈 히스의 오두막에서 맞는 죽음은 살라미스의 아이아스(Ajax)의 죽음에 비교할 만하다. 진정으로 비극적인 감정은 우리의 감정이다.

이것과 같은 힘 앞에서 우리는 픽션에 적용하는 일반적인 테스트들이 아무 소용이 없다는 느낌을 받지 않을 수 없다. 위대한 소설가는 선율이 느껴지는 산문의 거장일 것이라고 우리는 계속 주장할 것인가? 하디는 절대로 그런 작가가 아니다. 그는 현명함과 철저한 진정성을 바탕으로 자신이 원하는 구절을 찾는 길을 느끼고 있으며, 그렇게 찾은 구절은 종종 절대로 잊히지 않을 예리함을 보인다. 그런 구절을 찾는 데 실패하는 경우에, 하디는 임시변통으로 편안하거나 서툴거나 낡은 말투로, 어떤 때는 지극히 평범하게, 또 어떤 때는 문어적으로 처리할 것이다.

문학에서 표현 양식을 분석하는 작업은 스콧의 경우를 제외하고는 그다지 어렵지 않으며, 표현 양식은 겉으로 보기에 아주 나빠도 틀림없이 목표를 성취한다. 마찬가지로, 작가는 질퍽거리는 시골 길의 매력이나 겨울에 뿌리들만 남은 들판의 매력을 합리화하려 시도할 수 있다. 그리고 도싯셔(Dorsetshire)[178] 자체처럼, 그의 산문은 단단함과 날카로

---

178 잉글랜드 남서 지방에 있는 도싯 주를 옛스럽게 이런 식으로 부르기도 했다.

움이라는 요소들로부터 위대성을 얻고, 라틴어의 울림과 함께 구르며, 그가 살던 남쪽 지방의 구릉 지대의 균형처럼 어떤 거대하고 기념비적인 균형 속에서 스스로를 다듬어나갈 것이다. 그렇다면 다시 우리는 소설가가 개연성을 지키고 현실에 충실해야 한다고 주장할 것인가?

하디의 플롯의 공격성과 복잡성에 가까운 것을 발견하려면, 우리는 엘리자베스 시대의 연극으로 돌아가야 한다. 그럼에도 우리는 그의 이야기를 읽는 그대로 받아들이고 있으며, 그의 공격성과 멜로드라마는 기이한 것에 대한 농민의 사랑 때문에 생긴 것이 아니라면 시(詩)의 야생적인 정신의 일부인 것이 틀림없다. 극도의 아이러니와 냉혹함을 통해서, 삶에 관한 어떤 읽기도 삶 자체의 기이함을 능가하지 못한다는 것을, 또 변덕과 부조리의 어떤 상징도 우리 인간의 존재를 이끄는 놀라운 상황을 나타낼 수 없을 만큼 지나치게 극단적일 수 없다는 것을 보았던 그런 시 말이다.

그러나 우리가 웨식스 소설들의 거대한 구조를 고려할 때, 사소한 사항들, 말하자면 이 등장인물이나 저 장면, 깊고 시적인 아름다움이 느껴지는 이 구절 등에 집중하는 것은 무의미해 보인다. 하디가 우리에게 남긴 것은 그보다 더 큰 무엇이다. 모든 위대한 소설가처럼, 그는 우리에게 우리가 알고 있는 세상과 비교할 수 있는 어떤 세상을 주었을 뿐만 아니라 그 세상을 대하는 태도도 물려주었다. 그런데 이 태도가 훨씬 더 중요하며, 그것은 소설가가 묘사한 세상이 영원히 사라진 뒤에도 오랫동안 이어질 것이다. 이 정신은 장면 안에 들어 있음에도 장면과 따로 존재한다. 그 정신은 작가가 사용하는 기술과 언어에도 있을 뿐만 아니라 작가의 삶과 성격에도 있다. 위대한 작가일수록, 다양한 요소들이 하나로 더욱 완벽하게 융합된다. 그것이 위대한 어느 소설의 효과가 너무나 압도적이고 너무나 완전함에도 불구하고 말로 분석하는 것이 극도로 어려운 작업이 되는 이유이다.

웨식스 소설들을 읽을 때, 우리는 삶이 강요하는 속박과 옹졸함으로부터 우리 자신을 해방시킬 수 있어야 한다. 우리의 상상은 확장하고 높이 솟아야 하며, 우리의 유머는 큰 소리로 웃어 넘겨야 하며, 우리는 대지의 아름다움을 깊이 들이쉬어야 한다. 그러나 우리는 또한 슬퍼하며 생각에 잠긴 어떤 정신의 그늘로도 들어갈 줄 알아야 한다. 그 정신은 더없이 슬픈 분위기에 젖어 있을 때조차도 여전히 올곧게 처신하며, 대부분이 화를 내는 쪽으로 이동하는 때조차도 남자들과 여자들의 고통을 헤아리는 부드러움을 절대로 잃지 않는 그런 정신이다.

따라서 하디가 우리에게 준 것은 단순히 주어진 어떤 시대와 장소에서 벌어지는 삶의 기록은 절대로 아니다. 그것은 놀라운 어떤 상상력에, 심오하고 시적인 어떤 천재성에, 다정하고 인간적인 어떤 영혼에 모습을 드러낸, 세상과 인간 운명에 관한 한 통찰이다.

오늘날 우리가 그에게 감사해야 할 부분은 결코 소진되지 않는 가치를 지닌 선물인 바로 이것이다.

16
디포[179]

100년 주기로 어떤 인물이나 작품에 관한 기록을 남기는 사람을 엄습하는 두려움, 그러니까 점점 작아지고 있는 어떤 유령을 평가하면서 점점 가까워지고 있는 그 유령의 해체를 예견하게 되지 않을까, 하는 두려움은 『로빈손 크루소』의 경우에 아예 존재하지도 않을 뿐만 아니라 그런 걱정 자체가 우스워진다. 『로빈손 크루소』가 1919년 4월 25일에 200세가 된다는 것은 진실일 수 있지만, 그 200년의 결과는 사람들이 그 작품을 지금도 읽고 있고 또 앞으로도 읽을 것인가 하는 문제를 놓고 추측하는 것과 거리가 아주 멀며, 오히려 그렇게 짧은 시간에 『로빈손 크루소』가 불멸의 존재가 되는 것이 가능했다는 사실에 경탄하도

179　1919년에 TLS에 게재되었다.

록 만든다. 그 책은 단 하나의 정신이 노력한 결과 맺게 된 산물이기보다는 민족 전체가 익명으로 낳은 산물을 많이 닮았다.

그 작품의 탄생 200년을 축하하는 문제라면, 그것은 스톤헨지[180]의 역사를 축하하는 것과 비슷하다. 이런 생각을 품게 되는 부분적인 이유는 우리 모두가 『로빈슨 크루소』를 어릴 때부터 누군가가 큰 소리로 읽어 주는 것을 들으며 성장했다는 사실에 있다. 그래서 우리는 디포와 그의 이야기에 대해, 그리스인들이 호메로스에 대해 품고 있는 마음과 상당히 같은 마음을 품게 되었다.

디포 같은 사람이 있었다는 생각은 우리에게 절대로 떠오르지 않으며, 『로빈슨 크루소』가 펜을 든 어떤 인간의 작품이라는 소리는 우리의 마음을 불쾌한 방향으로 흔들어 놓거나 아무런 의미를 지니지 않을 것이다. 어린 시절의 인상은 대단히 오래 지속되고 깊이 새겨진다. 지금도 다니엘 디포라는 이름은 『로빈슨 크루소』의 속표지에 등장할 권리가 전혀 없는 것처럼 보인다. 만약 그 책의 탄생 200년을 축하한다면, 우리는 단지 그것이 스톤헨지처럼 여전히 존재하고 있다는 사실을 약간 불필요하게 암시하고 있을 뿐이다.

그 책의 엄청난 명성은 오히려 저자에게 부당하게 작용했다. 왜냐하면 그 명성이 그에게 일종의 익명의 명예를 안긴 반면에, 그가 우리의 어린 시절에 큰 소리로 읽혀지지 않았던 다른 작품들의 작가라는 사

---

180 영국 윌트셔 주 솔즈베리 평원에 있는 선사 시대 거석 기념물을 말한다. 높이 8m에 무게가 50t에 달하는 거석 80여 개가 원을 그리며 서 있다.

실이 뚜렷하게 드러나지 않도록 만들었기 때문이다. 한 예로, '크리스천 월드'(Christian World)의 에디터가 1870년에 "영국의 소년과 소녀들"에게 벼락 맞아 훼손된 디포의 무덤 위에 기념물을 세우자고 호소했을 때, 대리석에 "로빈슨 크루소의 작가를 추도하며"라는 글귀가 새겨졌다. 『몰 플랜더스』(Moll Flanders)에 대한 언급은 전혀 없었다. 이 책과 『록사나』(Roxana), 『캡틴 싱글턴』(Captain Singleton), 『잭 대령』(Colonel Jack) 등의 책에서 다뤄진 주제들을 고려한다면, 그 같은 배제에 화가 나더라도 놀랄 필요는 없다. 우리는 이 작품들이 "거실 테이블을 위한 작품은 아니다"라는, 디포의 전기 작가 라이트(Thomas Wright)의 말에 동의할 수 있다.

그러나 그런 유익한 내용물을 작가의 작풍을 최종적으로 결정하는 자료로 이용하는 데 동의하지 않는다면, 그 작품들이 겉으로 거칠어 보이거나 『로빈슨 크루소』에 대한 칭송이 보편적인 탓에 그 작품들이 마땅히 누려야 할 명성보다 훨씬 더 형편없는 명성을 누리게 되었다는 사실을 우리는 유감으로 생각해야 한다. 기념물이라는 이름에 걸맞은 기념물이라면 어떤 것이든, 적어도 『몰 플랜더스』와 『록사나』는 디포의 이름만큼이나 깊이 새겨야 한다. 그 작품들은 우리가 의문의 여지없이 위대하다고 부를 수 있는, 소수의 영국 작품에 포함된다. 그 작품들보다 더 유명한 동료 작품의 탄생 200년 행사는 당연히 우리가 『로빈슨 크루소』의 위대성과 공통점이 아주 많은 그 작품들의 위대성은 어디에 있는지에 대해서도 고려하도록 만든다.

리처드슨과 필딩보다 훨씬 앞서는 시대에 소설가로 변신했을 때, 디포는 이미 노인이었으며, 소설의 형태를 구체화하고 소설을 제 궤도에 올려놓은 최초의 인물 중 한 사람이다. 그러나 그가 시기적으로 앞섰다는 사실에 대해 상세히 설명할 필요는 없다. 그가 부분적으로 자신이 소설을 쓰는 최초의 사람 중 한 사람이라는 사실을 깊이 인식한 데서 비롯된, 소설이라는 예술에 대해 구체적으로 어떤 개념을 갖고 소설 창작에 임했다는 사실을 전하는 것만으로도 충분하다.

소설은 진정한 이야기를 들려주고 건전한 도덕을 설교함으로써 그 존재를 정당화해야 했다. 디포는 이렇게 썼다. "이런 식으로 창작을 통해 이야기를 제공하는 것은 틀림없이 대단히 괘씸한 범죄이다. 그것은 가슴에 커다란 구멍을 내는 그런 종류의 거짓말이며, 그 구멍을 통해 거짓말하는 버릇이 점진적으로 들어오게 된다." 따라서 그는 자신의 작품의 머리말이나 텍스트 속에서 자신이 창작을 이용하지 않고 순전히 사실에 의존하고 있다는 점을, 그리고 그의 목적은 사악한 사람을 선한 사람으로 바꾸거나 순진한 사람에게 경고하는 도덕적 욕망이라는 점을 예외 없이 강조한다. 다행히, 이것들은 그의 타고난 기질과 재능과 부합하는 원칙들이었다. 그가 자신의 경험을 픽션으로 풀어내기 전까지, 사실들은 60년에 걸친 삶의 부침 속에서 그의 내면으로 깊이 파고들었다. 그는 "나는 얼마 전에 나의 인생의 장면들을 이 이행시에 압축했다."고 썼다.

어떤 인간도 이보다 더 변화무상한 굴곡을 겪지 않았으리.

부자였다가 가난뱅이가 되기를 13번이나 반복했으니.

그는 몰 플랜더스의 역사를 쓰기 전에 뉴게이트[181]에서 18개월을 보
내면서 절도범과 해적, 노상강도, 화폐 위조범들과 대화했다. 그러나
삶과 사건에 의해서 사실들이 당신에게 강요되는 것과, 당신이 사실들
을 게걸스럽게 삼키면서 그것들을 지워지지 않게 간직하는 것은 다른
문제이다. 디포는 빈곤의 괴로움을 알고 그 희생자들과 대화를 했을 뿐
만 아니라, 환경에 고스란히 노출된 채 스스로 헤쳐 나가야 하는, 보호
받지 못하는 삶이 그의 상상력을 자극하면서 그의 예술에 적절한 주제
로 그에게 호소력을 발휘했다. 위대한 소설들의 첫 부분에서, 그는 예
외 없이 남녀 주인공을 역경에 처하도록 만든다. 따라서 남녀 주인공들
의 존재 자체가 끝없는 투쟁이 되며, 그들의 생존은 어쨌든 운과 그들
자신의 노력의 결과이다.

몰 플랜더스는 뉴게이트에서 거기 수감된 여자 죄수의 몸에서 태어
났으며, 캡틴 싱글턴은 어릴 때 훔쳐져 집시들에게 팔렸으며, 잭 대령
은 신사 계급으로 태어났음에도 소매치기 견습생이 되었으며, 록사나
는 보다 나은 보호를 받으며 시작했으나 15세에 결혼하면서 남편이 파
산하고 다섯 아이와 함께 "이루 말할 수 없는 처지"로 전락한다.

181 런던의 감옥으로 1188년부터 1902년까지 존재했다.

따라서 이 소년들과 소녀들 각자는 개척해야 할 세계와 싸워야 할 전투를 앞에 두고 있다. 이런 식으로 창조된 상황은 디포의 선호와 완전히 맞아떨어졌다. 그 주인공들 중에서 가장 두드러지는 몰 플랜더스는 출생 때부터, 혹은 기껏 6개월의 휴식이 끝난 뒤부터 "악마들 중에서 가장 악랄한 가난"에 쫓기며, 바느질을 할 수 있게 되자마자 자신의 생계를 직접 꾸려야 했으며, 이곳저곳으로 내몰렸다. 그런 상황에서 그녀는 자신의 창조자에게 그가 제공할 수 없는 가정적인 분위기를 절대로 요구하지 않고, 대신에 낯선 사람들과 관습들에 대해 알고 있는 지식을 요구한다.

처음부터, 그녀의 존재 권리를 입증하는 부담은 그녀에게 지워진다. 그녀는 전적으로 자신의 지혜와 판단에 의존해야 하며, 비상사태가 발생할 때면 그녀는 그때마다 경험을 바탕으로 머릿속으로 고안한 도덕을 근거로 해결해야 한다. 그 이야기의 생생함은 부분적으로 그녀가 매우 어린 나이에 일반적으로 받아들여지던 법들을 어긴 까닭에 추방자의 자유를 누렸던 사실 덕분이다. 절대로 불가능했던 한 가지는 그녀가 편안하고 안전하게 정착하는 일이었다.

그러나 처음부터 작가의 특이한 천재성이 빛을 발하면서 모험 소설의 분명한 위험을 피하고 있다. 그는 우리가 몰 플랜더스가 혼자 힘으로 살아가는 여자이며 모험의 연속만을 위한 소재만은 아니라는 점을 이해하도록 만든다. 그것을 입증하려는 듯이, 그녀는 록사나처럼 불행하더라도 열정적으로 사랑에 빠지기 시작한다. 그녀가 스스로 일어서고 다른 사람과 결혼하고 자신의 정착과 번영을 간절히 기대하는 것은 절대로 그녀의 열정에 모욕이 아니지만, 그녀의 출생이 지운 부담에 휘둘리는 것은 그렇지 않았다. 그리고 그녀는 디포의 모든 여자들처럼 이해력이 풍부한 사람이다.

그녀는 목적을 이루기 위해서라면 거짓말도 양심의 가책을 전혀 받지 않고 하기 때문에, 그녀가 진실을 털어놓을 때 거기엔 부인할 수 없는 무엇이 있다. 그녀에겐 개인적인 애정을 고상하게 가꾸는 일에 허비할 시간이 전혀 없다. 눈물 한 방울과 한 순간의 절망만 허용될 뿐, 금방 "스토리는 계속된다".

그녀는 폭풍에 온몸으로 대담하게 맞서는 것을 사랑하는 그런 정신을 갖고 있다. 그녀는 힘을 행사하는 데서 기쁨을 느낀다. 그녀가 버지니아에서 결혼한 남자가 바로 자기 오빠라는 사실을 확인했을 때, 그녀는 혐오감을 강하게 느끼며 그 남자 곁을 떠나야 한다고 고집한다. 그러나 그녀가 브리스틀에 발을 내딛자마자, 이야기는 이런 식으로 전개된다. "나는 기분 전환을 위해 배스로 갔다. 이유는 아직 내가 늙음과 거리가 아주 멀 듯이, 언제나 쾌활했던 나의 기질이 여전히 극도로 쾌활했기 때문이다."

그녀는 매정하지 않으며, 누구도 그녀에 대해 경솔하다는 식으로 비난할 수 없으며, 삶은 그녀를 기쁘게 해주고, 삶을 충실히 살고 있는 여주인공은 우리 모두를 이끌고 있다. 더욱이, 그녀의 야망은 그 자체에 그 야망을 고귀한 열정의 범주에 속하게 만드는 그런 종류의 상상력을 포함하고 있다. 약삭빠르고 당연히 현실적일 수밖에 없는 그녀는 그럼에도 로맨스에 대한 욕망에, 그녀의 눈에 어떤 남자가 신사처럼 비치도록 만드는 자질에 대한 욕망에 사로잡히고 있다.

그녀는 자신의 재산 규모에 대해 어느 노상강도를 속였을 때 이렇게 쓰고 있다. "정말로 그는 진정으로 씩씩한 정신의 소유자였으며, 그것이 나에게 더욱 비통하게 다가왔다. 악당보다는 명예를 아는 남자에게 망가지는 것이 그래도 위안이 될 수 있으니까." 그녀가 마지막 파트너와 함께 플랜테이션에 도착했을 때 그가 거기서 일하기를 거부하고 사냥을 선호했다는 이유로 그를 자랑스럽게 여기는 것과, 그녀가 "그가 본디 모습처럼 매우 멋진 신사처럼 보이도록 하기 위해" 그에게 가발과 손잡이가 은으로 된 칼들을 사주면서 즐거움을 느끼는 것은 바로 이런 기질과 부합한다. 더운 기후에 대한 그녀의 사랑과 그녀가 자기 아들이 밟은 땅바닥에 입을 맞출 때의 그 열정, 잘못이 "정신의 야비함에서, 그러니까 높은 곳에 설 때 오만하거나 잔인하거나 가혹해지고 낮은 곳에 설 때 비열하거나 의기소침해지는 그런 정신에서 비롯된 것이 아니라면", 그 어떤 잘못에도 너그러운 그녀의 관용도 그런 기질과 부합한다. 세상의 나머지에 대해 그녀는 오직 선의만 품고 있다.

온갖 세상 풍파를 다 겪은 이 늙은 인간의 자질과 장점이 무한히 많기 때문에, 우리는 바로우(George Borrow)의 글[182]에 등장하는 런던 브리지 위의 사과 파는 여자가 그녀를 "성모 마리아"라고 부르고 그 책을

---

182 영국 소설가이자 여행 작가(1803-1881)인 바로우가 쓴 "라벤그로"(Lavengro)를 말한다.

자신의 매점에 있는 사과 전부보다 더 소중하게 여긴 이유를 잘 이해할 수 있다. 또 바로우가 그 책을 노점 깊은 곳으로 갖고 가서 눈이 아프도록 읽은 이유도 이해할 수 있다.

그러나 우리는 인물의 그런 특징들에 대해, 몰 플랜더스의 창조자가 흔히 일컬어지는 바와 달리 단순히 한 사람의 저널리스트에 불과한 존재가 아니라는 점을, 또 심리의 본질에 대한 인식이 전혀 없는 가운데 사실들을 문학적으로 기록하는 존재에 불과한 것이 아니라는 점을 증명하는 것으로만 생각한다. 그의 등장인물들이 저자의 선호에도 불구하고 그들 스스로 형태를 취하고 본질을 확보해 나간다는 말은 맞는 말이다. 저자는 미묘한 어떤 관점이나 비애감을 강조하거나 질질 끌고 가는 예가 절대로 없으며, 그는 마치 그런 것들이 자신도 모르는 사이에 찾아온 것처럼 차분하게 앞으로 나아간다. 왕자가 자기 아들의 요람 옆에 앉고 록사나가 "그가 잠든 아기의 모습을 보며 대단히 즐거워하는 것"을 보고 있을 때와 같은 상상력은 그에게보다 우리에게 더 많은 것을 의미하는 것처럼 보인다.

뉴게이트의 절도범처럼, 우리가 꿈속에서 중요한 문제에 대해 발설하는 일을 사전에 차단하기 위해서 중요한 문제들은 2인칭과 소통하는 식으로 말할 필요가 있다는 점에 대해 신기할 정도로 현대적인 주장을 편 뒤에, 그는 자신이 본론에서 벗어난 것에 대해 사과한다. 그는 자신의 등장인물들을 자신의 마음속에 아주 깊이 받아들인 것 같다. 그래서 그는 왜 그러는지 정확히 알지 못하는 상태에서 등장인물들의 삶을 살았으며, 모든 무의식적인 예술가들처럼 그는 자신의 작품 속에 자신의 세대가 발굴해낼 수 있었던 것보다 훨씬 더 많은 금을 남겨 놓는다.

그러므로 그의 등장인물에 대한 우리의 해석이 그를 당혹스럽게 만들 수 있다. 우리는 그가 자신에게도 숨기려 들었던 의미들을 우리 스스로 발견하고 있다. 그래서 우리가 몰 플랜더스를 비난하는 그 이상으로 존경하는 일이 벌어지게 된다. 우리는 디포가 그녀의 죄를 정확히 어느 정도까지 허용할 것인지에 대해 마음을 결정했다고 믿지 못한다. 혹은 디포가 버림받은 사람들의 삶을 고려하면서 심오한 질문을 많이 제기했고 또 말로 언급하지 않았어도 그 질문들에 대해 자신의 신앙 고백과 일치하지 않는 대답을 암시했다는 것을 모르고 있었다고 우리는 믿지 못한다.

"여자들의 교육"에 관한 그의 에세이가 제시하는 증거를 근거로, 우리는 그가 자신의 시대보다 훨씬 앞서서 여성들의 능력에 대해 깊이, 또 많이 생각했다는 사실을 알고 있다. 그는 여자들의 능력에 대해 매우 높이 평가했으며, 여자들에게 가해진 불공정에 대해 매우 가혹하게 점수를 매겼다.

우리를 문명화된 기독교 국가로 여기면서, 나는 여자들에게 배움의 이점을 부여하길 거부하는 것을 세상에서 가장 야만적인 습관 중 하나라고 종종 생각했다. 우리는 매일 여자들을 비난하면서 어리석고 주제넘은 짓을 하고 있다. 여자들도 우리와 똑같이 교육의

이점을 누린다면, 그들이 우리보다 죄를 덜 지을 것이라고 나는
확신한다.

여성의 권리를 주장하는 사람들은 아마 몰 플랜더스와 록사나를 자신들의 수호성인으로 좀처럼 꼽지 않을 것이지만, 그럼에도 디포가 그들을 통해서 그 주제에 대해 매우 현대적인 원칙들을 제시하길 원했을 뿐만 아니라, 그들을 우리의 공감을 끌어낼 그런 특별한 고난이 따르는 상황 속에 놓은 것은 분명하다. 몰 플랜더스는 여자들에게 필요한 것은 용기이며 용기는 "자신의 위치를 지킬 수 있는 능력"이라고 말한다. 그녀는 동시에 용기에서 얻을 수 있는 혜택의 실제적인 예들을 제시한다.

똑같은 처지에 놓인 부인인 록사나는 결혼의 예속에 반대하는 주장을 더 교묘하게 펼친다. 그녀는 "너무나 새로운 것을 시작했으며", 상인은 그녀에게 이렇게 말했다. "그것은 일반적인 관행과 상반되는 논쟁의 한 방법이었어요."

그러나 디포는 뻔한 설교를 할 그런 작가가 아니다. 록사나가 우리의 주의를 잡아끄는데, 이유는 그녀가 다행히도 그녀 자신이 어떤 좋은 의미로도 여자들에게 하나의 예가 되고 있다는 점을 의식하지 않고 있으며, 따라서 그녀가 자신의 주장 중 일부는 "애초에 나의 생각에 없었던 어떤 고상한 변종 같은 것이었다."는 점을 자유롭게 인정할 수 있기 때문이다. 그녀 자신의 약점에 대한 인식과 그런 인식이 야기한, 그녀 자신의 동기에 대한 정직한 질문은 너무나 많은 문제 소설들의 순교자들

과 선구자들이 각자의 개인적인 신조를 떠받치는 기둥으로 전락하는 때에 그녀를 신선하고 인간적인 존재로 남도록 만드는 행복한 결과를 낳았다.

그러나 디포가 우리의 존경을 받는 것은 그가 메러디스의 견해들 일부를 예견한 것으로 여겨질 수 있다거나 입센에 의해 희곡으로 바꿀 수 있었던 장면들을 쓴 것으로 여겨질 수 있다는 사실에 있지 않다. 여자들의 지위에 대한 그의 생각이 어떻든, 그것은 그의 중요한 어떤 미덕의 부차적인 결과일 뿐이다. 그 미덕은 바로 그가 흘러가고 말 사소한 것을 다루지 않고 오래 지속될 중요한 측면을 다루고 있다는 점이다.

그는 종종 지루하다. 그는 과학적인 여행자의 사실적인 정확성을 모방할 수 있다. 그 묘사가 어느 정도로 정밀할 수 있는가 하면, 진실의 무미건조함을 완화시키기 위해 진실의 윤곽조차 아직 갖추지 않은 것까지 그의 펜이 추적하거나 그의 뇌가 생각할 수 있는 것이 아닌가 하는 의심이 들 정도이다. 그는 식물적인 본성 전부와 인간적인 본성의 많은 부분을 무시한다. 이 모든 것을 우리는 인정할 것이다. 위대하다고 불리는 다른 많은 위대한 작가들에게도 그 정도의 결점들은 있지만 말이다.

그렇다고 해서 그 점이 남아 있는 것의 특이한 강점을 훼손시키지는 않는다. 그는 처음부터 자신의 범위를 제한하고 자신의 야망을 한정시킨 덕분에 어떤 통찰의 진리를 성취하는데, 이런 진리는 그가 목표로 잡고 있다고 공언한 사실의 진리보다 훨씬 더 드물고 더 영속적이다.

몰 플랜더스와 그녀의 친구들이 그에게 호소력을 발휘하는 것은 그들이 우리가 흔히 표현하듯이 "그림처럼 사실적"이기 때문도 아니고, 그가 단언하듯이 그들이 대중에게 도움이 될 수 있는 그런 사악한 삶의 예들이기 때문도 아니다. 그의 관심을 자극한 것은 고난의 삶에 의해 일깨워진 그들의 타고난 성실성이었다. 그들에게 변명은 절대로 없었으며, 어떤 친절한 피난처도 그들의 동기를 약화시키지 못했다. 빈곤은 그들의 엄격한 감독이었다.

디포는 그들의 실패에 대해 말로 하는 판단 그 이상의 것을 선언하지 않았다. 그러나 그들의 용기와 정신력과 성실성이 그를 기쁘게 만들었다. 그는 그들의 사회가 선한 대화와 유쾌한 이야기, 서로에 대한 믿음, 풋내 나는 신선한 도덕으로 가득하다는 사실을 발견했다.

그들의 운명은 무한히 다양했으며, 그 다양성을 디포는 자신의 삶 속에서 칭송하고 음미하고 경이의 눈으로 바라보았다. 무엇보다, 이 남자들과 여자들은 역사가 시작된 이래로 남녀 인간들을 움직이게 만들었던 열정과 욕망에 대해 공개적으로 자유롭게 대화했으며, 따라서 지금도 그들은 활력을 그대로 간직하고 있다. 공개적으로 바라보는 모든 것에는 어떤 존엄이 있다. 그들의 역사에 너무나 큰 역할을 하는 돈이라는 야비한 주제도 그것이 용이함과 결과를 나타내지 않고 명예와 정직과 삶 자체를 나타내게 될 때 야비한 것이 아니라 비극적인 것이 된다. 당신은 디포가 지루하다는 식으로 반대할 수 있지만, 그가 사소한 문제들에 몰두했던 적은 결코 없었다.

정말로, 그는 평이한 문체를 즐기는 위대한 작가들의 집단에 속한다. 이런 작가들의 작품은 인간 본성 중에서 가장 유혹적이지는 않아도 가장 지속적인 것에 관한 지식에 토대를 두고 있다. 헝거퍼드 브리지에서 바라본 런던의 경치, 말하자면 잿빛이고, 중후하고, 거대하고, 차량과 비즈니스로 분주하고, 선박의 돛대와 도시의 탑과 돔이 없었다면 지루했을 풍경이 그를 떠올리게 만든다. 길모퉁이에서 제비꽃을 들고 있는 넝마를 걸친 소녀들, 그리고 아치의 피난처 아래에서 성냥과 구두끈을 인내심 있게 펴놓고 있는, 세상 풍파에 단련된 늙은 여인들이 그의 책들 속의 등장인물처럼 보인다. 디포는 크랩(George Crabbe) 학파와 기싱(George Gissing) 학파의 특징을 보이지만, 그 엄격한 학습의 장소에서 그는 동료 학생일 뿐만 아니라 그곳의 창설자이기도 하고 스승이기도 하다.

/7
캡틴의 임종의 자리[183]

캡틴이 여자 침실 바닥에 깐 매트리스에 누워서 죽어가고 있었다. 침실의 천장은 하늘 그림이 그려져 있었고, 벽에는 장미로 덮인 격자 세공이 그려져 있었으며, 장미 덤불 위에는 새들이 앉아 있었다. 그 전에 거울들이 문들 안으로 들여졌기 때문에, 마을 사람들은 반사되는 빛 때문에 그 방을 "천개의 기둥이 있는 방"이라고 불렀다.

그가 누워서 죽어가고 있던 8월의 어느 아침이었다. 그의 딸이 그가 좋아하는 꽃을 한 다발 그에게 갖다 주었다. 카네이션과 모스 로즈였다. 그는 딸에게 자신이 구술하는 몇 마디 말을 받아 적으라고 일렀다.

---

183 1935년 9월 26일자 TLS에 게재되었다.

"사랑스런 날이며, 오거스타가 방금 나에게 카네이션 세 송이와 장미 세 송이를 갖다 주었다. 꽃다발이 아주 아름답다. 창문을 열자, 공기가 너무나 달콤하다. 지금 시간은 정확히 오전 9시 정각이며, 나는 노퍽 해안의 바다에서 2마일 떨어져 있는, 랭엄이라 불리는 곳에서 침대에 누워 있다. … 단어의 일반적인 의미를 빌린다면, 나는 행복하다. 나는 공허한 느낌도 전혀 없고, 갈망의 느낌도 전혀 없다. 나의 감각은 훼손되지 않았다. … 몇 년 동안 문득 문득 생각했고, 최근 몇 개월에 걸쳐 치열하게 생각한 끝에, 나는 기독교가 진리라는 확신을, 그리고 하느님이 사랑이라는 확신을 품게 되었다. … 지금 시간은 정확히 9시 반이다. 안녕, 세상이여!

1848년 8월 9일 아침 일찍, 동이 틀 무렵에 그는 세상을 떠났다.

그러나 거울들과 그림으로 그린 새들 사이에 누워서 사랑과 장미를 생각하면서 죽어가고 있는 이 남자는 누구였는가? 기이하게도, 그는 선장이었으며, 그보다 더 기이하게도, 그는 나폴레옹 전쟁 때 교전을 무수히 많이 했던 선장이었다. 뭍에서 파란만장한 삶을 살았으며, 전투와 살인, 정복으로 가득한 모험에 관한 이야기를 기다란 서가를 가득 채울 만큼 많이 썼던 인물이었다. 그의 이름은 프레데릭 매리엇이었다.

그렇다면 그에게 꽃을 갖다 준 딸 오거스타는 누구였는가? 그녀는 그의 자녀 11명 중 하나이지만, 그녀에 관해 대중에게 알려진 유일한 사실은 언젠가 그녀가 아버지와 함께 쥐 사냥을 가서 어마어마한 크기의 쥐를 잡아 그것을 맨손으로 아버지에게 들어 보여 구경꾼들을 즐겁게 해줬다는 것뿐이다. "노퍽의 쥐들은 몸집이 잘 자란 기니피그그만큼 크다는 사실을 알아야 해." 짐작컨대, 그녀의 그런 행동은 틀림없이 그녀의 아버지가 감탄을 연발하도록 만들었을 것이다. 그녀의 아버지는 자기 딸들이야말로 "진짜 사냥감"이라는 식으로 말했다.

그렇다면 랭엄은 무엇이었는가? 랭엄은 노퍽에 있는 사유지였으며, 그것을 캡틴 매리엇은 샴페인을 마시다가 서식스 하우스와 교환했다. 그리고 서식스 하우스는 해머스미스에 있던 주택이었으며, 그는 서식스 공작의 시종으로 일하는 동안에 거기서 살았다.

그러나 여기서 확신이 흔들리기 시작한다. 그가 서식스 공작과 말다툼을 하고 그의 시종을 그만둔 이유는 무엇이었는가? 해군 본부에서 오클랜드 경(Lord Auckland)과 겉보기에 평온하게 면담을 한 뒤에 자신의 혈관을 자를 정도로 격노한 이유는 무엇이었는가? 그가 아내와의 사이에 자식을 11명이나 두고서는 아내를 떠난 이유는 무엇이었는가? 그가 시골의 주택에 사로잡힌 상태에서 런던에서 살았던 이유는 무엇이었는가? 그가 화려한 사교 모임의 중심이었으면서도 갑자기 시골에 칩거하며 움직이기를 거부한 이유는 무엇이었는가? B 부인이 그의 사랑을 거부한 이유는 무엇이었으며, S 부인과의 관계는 어떤 관계였는가? 이런 질문들은 우리가 던질 수 있는 질문이지만, 헛된 질문이다. 그의 딸 플로렌스(Florence)가 그의 일생에 대해 쓴, 얇은 책 2권도 우리에게 그런 이야기를 들려주길 거부하고 있으니 말이다. 영국 소설가들이 살았던 삶 중에서 가장 능동적이고 별나고 모험적인 것으로 꼽히는 그의 인생은 더없이 모호한 인생이기도 하다.

이런 모호성이 생기게 된 이유들 중 일부는 표면적이다. 우선, 들려 줘야 할 이야기가 너무 많았다. 캡틴은 1806년에 코크레인 경(Lord Cochrane)의 선박 임페리우스 호의 해군 소위 후보생으로 삶을 시작했다. 그때 그의 나이 열네 살이었다. 그가 16세이던 1808년 7월에 기록한 일지 중 일부를 발췌한다.

7월 24일. 포대에서 포를 제거하다

25일. 프랑스 군대를 저지하기 위해 교량들을 불태우고 포대를 해체하다

8월 1일. 포대에서 황동 포를 제거하다

15일. 세트 연안에서 프랑스의 공문서 전달용 쾌속선을 나포하다

18일. 통신 시설을 점령하여 파괴하다

19일. 통신 시설 한 곳을 폭파하다

그런 식으로 일지는 계속된다. 이틀에 한 번씩, 그는 범선을 한 척 제거하고, 요새를 점령하고, 포함들과 교전을 벌이고, 배들을 나포하거나 프랑스 해군에 쫓겼다. 바다에서 생활한 첫 3년 동안에, 그는 전투를 50회 벌였으며, 바다에 빠진 사람을 구하기 위해 셀 수 없을 만큼 자주 바다로 뛰어들었다. 그가 물고기처럼 수영을 잘 했기 때문에 도움이

필요 없었는데도, 한번은 자신의 의지와 상관없이 행상선(行商船)[184]의 나이 많은 부인에게 구조되었다. 이 여인도 마찬가지로 물고기처럼 헤엄을 잘 쳤다. 훗날 그는 버마와의 전쟁에서 승리를 자주 거뒀으며, 그 덕분에 그에게 금박의 버마 전투 선박을 무기로 갖고 다니는 것이 허용되었다.

개인적인 일지에서 발췌한 내용을 확장하면, 틀림없이 몇 권의 책으로 늘어날 수도 있었을 것이다. 그러나 그 개인적인 일지가 어느 부인에 의해서, 그러니까 평생을 살면서 교량을 불태워 보지도 않았고 포대를 해체하지도 않았고, 프랑스 군인의 머리통을 박살내 보지도 않은 여자에 의해서 어떻게 확장될 수 있었겠는가? 매우 현명하게도, 그녀는 마셜(John Marshall)[185]의 『해군 전기』(Naval Biography)와 관보에 의존했다. 그녀는 "관보의 디테일은 널리 알려진 대로 건조하지만 신뢰할 만하다."고 말했다. 따라서 공적인 삶은 신뢰할 수 있을지라도 건조하게 다뤄지고 있다.

그러나 개인적인 삶은 그대로 남았다. 그가 가까이 지냈던 친구들의 이름과 그가 지출한 돈, 그가 개입한 언쟁을 근거로 판단한다면, 그의 개인적인 삶도 공적인 삶만큼이나 폭력적이고 그 방식도 아주 다양했다. 그러나 여기서 다시 삼가는 태도가 역력했다. 그것은 부분적으로 그의 딸이 아버지의 삶을 글로 남기는 작업을 미뤘기 때문이다. 거의

---

184 해안에 정박중인 선박에 식료품이나 잡화를 팔러 다니는 배를 말한다.

185 영국 해군 장교(1784?-1837)로 활동하며 영국 해군 장교들의 전기 작가가 되었다.

24년이 지나서야, 그녀가 글을 쓰기 시작했으니 말이다. 친구들도 죽고 편지들도 사라진 뒤의 일이었다. 또 부분적으로 그녀가 자식으로서 아버지에게 존경심을 품을 수 있었기 때문이다. 또 그녀가 "전기 작가는 표면 아래의 사실들을 절대로 건드려서는 안 된다."는 믿음을 품고 있었기 때문이기도 하다. 따라서 유명한 정치인 R. P. 경은 그냥 R. P. 경이고, S. 부인은 그냥 S. 부인이다. 그래서 우리가 갑작스런 불평에 놀라는 일은 오직 가끔씩 일어날 뿐이며 그것도 거의 모두가 우연히 일어난다. "나는 행동의 자유를 누리며 모든 것을 시도하고 맛보았으나, 나는 그것이 허영이었다는 것을 깨달았다." "나는 가정적으로나 농사의 측면으로나, 법적으로나 금전적으로 많은 곤경에 처했다." 아니면 그야말로 한 순간만 우리에게 어떤 장면을 들여다보는 것이 허용되고 있다. "당신은 소파에서 휴식을 취하고 있고, C는 발판 위에 당신과 나 옆에 앉아" 있으며, 그 장면은 "나의 기억에 그림처럼 지속적으로 떠오르면서" 편지에 담겼다. 그러나 캡틴이 덧붙이고 있듯이, "그것은 '공기, 희박한 공기'처럼 모두 사라졌다". 그것은 모두, 또는 거의 모두 사라졌으며, 캡틴에 대해 알기를 원하는 후손은 그의 책들을 읽어야 한다.

대중이 여전히 그의 책들을 읽기를 원하고 있다는 것은 그의 작품 중에서 가장 잘 알려진『피터 심플』(Peter Simple)과『제이콥 페이스풀』(Jacob Faithful)이 몇 년 전에 세인츠베리(George Saintsbury) 교수와 마이클 새들리어(Michael Sadleir)의 소개 글과 함께 멋진 판형으로 다시 출간되었다는 사실로 뒷받침되고 있다. 어느 누구도 그 책들이 걸작에 속한다고 생각하지 않음에도, 그 작품들은 꽤 잘 읽히고 있다. 그 작품들은 불멸의 장면이나 등장인물을 만들어내지 않았으며, 소설의 역사에서 신기원을 이루는 것과도 거리가 멀다.

계보를 읽는 눈을 가진 비평가는 그 작품들에서 디포와 필딩, 스몰렛 (Tobias George Smollett)의 영향을 추적할 수 있다. 어쩌면 문학과 거리가 먼 이유들로 인해서 그 작품들에 끌리고 있을지도 모른다. 옥수수밭 위의 태양, 쟁기를 따르고 있는 갈매기, 문에 기대선 시골 사람들의 소박한 이야기 등은 한 세기의 허물을 벗고 소박한 그 시절로 돌아가고 싶은 욕망을 불러일으킨다.

그러나 살아 있는 어떤 작가도 과거를 다시 끌어내지 못한다. 왜냐하면 그렇게 하려고 노력함에도 불구하고, 어떤 작가도 일상적인 하루를 되살리지 못하기 때문이다. 살아 있는 작가는 과거를 유리 같은 것을 통해서 감상적으로, 또 낭만적으로 본다. 그런 식으로 본 과거는 지나치게 아름답거나 지나치게 잔인하다. 그 과거는 일상성을 결여하고 있다. 그러나 1806년의 세계와 캡틴 매리엇의 관계는 1935년의 세계와 지금 이 순간을 사는 우리의 관계와 같다. 그 세계는 거리에 응시할 만하거나 언어에 귀를 기울일 만한 특별한 것이 전혀 없는 그런 평범한 종류의 장소였다. 그래서 캡틴 매리엇에게 머리를 땋아 늘어뜨린 선원이나 상스런 영어를 내뱉는 행상선의 여자는 특별할 것이 하나도 없었다. 그러므로 1806년의 세계는 우리에게 진정하고 일반적이면서 예리하고 특이하다. 그리고 1세기 전에 평범했던 어느 날을 되돌아보는 즐거움이 시들해질 때, 우리는 우리의 비판적 기능이 고전의 반열에 오르지 않은 책을 즐기고 있다는 사실 때문에 책 읽기를 계속한다.

예술가의 상상력이 대단히 활발하게 작동하고 있을 때, 그 상상력은 예술가의 노력의 흔적을 거의 남기지 않는다. 그래서 그런 높은 영역들에서 일어나는, 눈에 보이지 않는 결합들과 완전한 융합들 사이를 돌아다닐 때, 우리는 살금살금 매우 조심스럽게 다녀야 한다.

이 책들의 경우에 다니기가 보다 쉽다. 다소 거친 이 책들에서, 우리는 픽션의 기술에 더 가까이 다가설 수 있다. 뼈와 근육과 동맥을 더 선명하게 볼 수 있는 것이다. 경이로울 정도는 아니어도 충분히 많은 것을 타고난 건전한 어느 장인이 작품을 다듬는 과정을 추적하는 것은 비평에서 훌륭한 훈련이다. 그리고 우리가 『피터 심플』과 『제이콥 페이스플』을 읽을 때, 캡틴 매리엇이 적어도 거장이 되는 데 필요한 재능들 대부분을 미완성 상태로 갖고 있었다는 점을 의심할 수 없게 된다.

그에 대해 우리는 단순히 소년들을 위한 이야기의 작가라고 생각하고 있는가? 그가 시인처럼 언어를 함축적으로 사용할 줄 아는 능력을 가졌다는 사실을 보여주는 구절을 보도록 하자. 픽션의 경우에 항상 그렇듯이, 완전한 효과를 확인하기 위해서 이 구절은 등장인물들의 감정을 바탕으로 읽어야 한다. 제이콥은 아버지가 죽은 뒤 여명에 템스 강의 거룻배 위에 홀로 있다.

나는 주위를 둘러보았다. 아침 안개가 강 위에 걸려 있었다. … 태양이 떠오르자, 안개가 점점 걷혔다. 나무와 집과 푸른 들판, 조수를 타고 올라오고 있는 다른 거룻배들, 끊임없이 지나가는 보트들, 개 짖는 소리, 많은 굴뚝에서 피어나는 연기 등등. 이 모든 것이 내 위에서 차츰 깨어졌다. 나는 나 자신이 번잡한 세상 속에 살고 있으며 나름대로 수행해야 할 임무를 갖고 있다는 사실을 떠올리지 않을 수 없었다.

캡틴이 대단히 강건했음에도 불구하고 살짝 건드리기만 해도 봇물처럼 터지는 언어적 감수성을 갖고 있었다는 사실을 뒷받침할 증거가 필요하다면, 코에 관한 묘사가 있다.

그것은 매부리코도 아니었고, 매부리코를 뒤집어놓은 것도 아니었다. 그것은 끝이 뭉툭하거나, 지나치게 굵거나, 염증이 있거나, 주름살이 있지도 않았다. 어떤 면으로 보아도, 그것은 지적인 코였다. 그것은 얇고, 뿔처럼 단단하고, 맑고, 울리는 소리를 냈다. 콧소리는 당연했으며, 재채기는 꺼림칙했다. 그 모습만도 대단히 인상적이었으며, 학교 수업 시간에 코를 풀 때 들리는 소리는 섬뜩했다.

제이콥이 열병을 앓다가 깨어나면서 도미니가 "대지여, 죽도록 뭍으로 던져진 거룻배 소년 위로, 연꽃 위로, 수련 위로 빛을 내려 주소서!"

라고 이상한 소리를 중얼거리는 것을 들을 때 자기 위로 어렴풋이 나타나고 있는 코를 보았는데, 그 코가 바로 그런 코였다. 그리고 그는 간결하고 탄력 있는 산문을 한 번에 몇 페이지씩 썼는데, 그런 산문은 단단한 이 땅 위에서 어떤 큰 집단을 이 사건에서 저 사건으로 활기차게 이동시키는 훈련을 받은 작가들에게 자연스럽게 나오는 언어 능력이다.

더 나아가, 그는 어떤 세계를 창조할 수 있다. 너무나 생생하고 신뢰할 수 있고 진정한 것들인 선박들과 사람들, 바다와 하늘의 한가운데에 우리를 놓는 능력이 그에게 있는 것이다. 피터가 집에서 온 편지를 인용하고 그 장면의 다른 쪽이 나타날 때, 우리가 갑자기 의식 상태로 돌아오는 경우가 그런 예이다. 견고한 땅인 잉글랜드, 제인 오스틴의 그 잉글랜드, 교구 목사관이 있고 시골 집이 있고 젊은 여인들은 집에 머물고 있고, 젊은이들은 바다로 나간 그런 잉글랜드가 나타나는 것이다. 너무나 대립적이면서도 아주 밀접히 연결되어 있는 두 개의 세계가 한순간에 서로 합쳐진다.

그러나 아마 캡틴의 최고 재능은 등장인물을 묘사하는 능력일 것이다. 그의 책장은 두드러진 얼굴들로 가득하다. 당당한 거짓말쟁이 캡틴 커니가 있고, 종일 침대에 누워 지내는 캡틴 호튼이 있고, 첵스 씨가 있고, 면양말 11켤레를 얻어내는 트로터 부인이 있다. 캡틴이 메모지에 펜으로 캐리커처를 휘갈겨 그리곤 했듯이, 그 인물들은 모두 살아 있는 얼굴을 바탕으로 특징적으로 그려지고 있다.

그렇다면, 이런 온갖 능력을 갖췄음에도 그가 능력을 제대로 발휘하지 못하도록 막았던 것은 무엇이었을까? 주의력이 미끄러지고, 눈이 그저 인쇄된 단어들을 등록만 하는 이유는 무엇인가? 당연히, 한 가지 이유는 이 평평한 세상에 높이가 전혀 없다는 사실이다. 그 세상은 폭력적이고 흥분한 상태에 있으며 캡틴 매리엇의 개인적인 일지처럼 싸움과 도피로 가득하지만, 변화가 없고 한결같다는 느낌이 든다. 똑같은 감정이 되풀이되고 있는 것이다. 우리는 무엇인가에 다가서고 있다는 느낌을 전혀 받지 못한다. 끝은 절대로 어떤 완성이 아니다.

다시, 그의 등장인물들은 단호하고 격렬하지만, 능력을 최대한으로 발휘하는 사람은 없다. 왜냐하면 등장인물을 만드는 데 필요한 요소들 중 일부가 결여되어 있기 때문이다. 어떤 문장 하나(『피터 심플』 중에서)가 일이 그런 식으로 돌아가는 이유를 암시한다. "이 일 다음에, 우리는 두 시간 동안 대화했지만, 연인들이 하는 말은 당사자들 외에 다른 사람들에게는 매우 어리석게 들리며, 독자는 그런 것 때문에 힘들어할 필요가 없다."

인간의 보다 강렬한 감정들이 배척당하고 있다. 사랑이 추방되었다. 사랑이 추방될 때, 사랑과 동맹을 맺은 다른 소중한 감정들도 마찬가지로 사라지기 쉽다. 유머는 그 안에 열정의 힘을 담고 있어야 한다. 죽음은 우리를 생각하게 만드는 무엇인가를 갖고 있어야 한다. 그러나 여기엔 일종의 밝은 단단함 같은 것이 있다. 그가 이상하게도 육체적으로 혐오감을 일으키는 것, 예를 들면 물고기에 뜯어 먹힌 아이의 얼굴이나 증류주로 부풀어 오른 여자의 신체에 대해 사랑을 품지만, 그는 성적으로 고상하기보다 고상한 척 굴고 있으며, 그의 도덕은 어린 소년들을 설교로 훈계하는 선생의 말솜씨를 갖고 있다.

간단히 말해, 쾌락의 멋진 폭발이 있은 뒤에 캡틴 매리엇이 우리에게 걸었던 마법이 약해지고 우리가 픽션의 사실들의 베일 속을 들여다보는 시점이 온다. 그 사실들이 그 자체로 재미있는 것은 사실이다. 그 사실들은 소형 범선과 소형 보트에 관한 것이고 그것들의 작동에 관한 것이지만, 그런 것들에 관한 관심은 다른 종류의 관심이며, 침실 벽장이 잠에서 깨어나고 있는 사람의 꿈과 조화를 이루지 못하듯이, 그 관심은 상상력과 조화를 이루지 못한다.

피상적인 책들의 경우에 책을 다 읽고 나면 아무것도 남지 않는 예가 많지만, 여기서 우리는 어떤 인물의 존재와 마주하게 된다. 그 인물은 능동적인 정신과 독설이 두드러진 퇴역 해군 장교이다. 그는 1835년에 아내와 가족을 데리고 유럽 대륙을 가로지르면서 일기에 자신의 의견을 남겨야 했던 그런 인물이다. 이야기를 쓰는 일이 지겨워지고 문학적인 삶에 싫증이 났음에도, 그는 어쨌든 자신의 정신을 표현해야 했으며, 그의 정신은 용감한 정신이고 관습에 얽매이지 않는 정신이었다. "돈이 부족한 상황이 아니었다면, 틀림없이 나는 더 이상 글을 쓰지 않았을 것이다."

강제 징집대에 대해 그는 혐오스런 것으로 보았다. 영국의 아이들이 공장에서 하루에 17시간씩 노동하고 있는 때에 왜 영국 박애주의자들은 아프리카 노예들에 대해 걱정하는가, 라고 그는 물었다. 그의 의견에 수렵법(狩獵法)은 가난한 사람들을 더 비참하게 만드는 원인이었으며, 장자상속법은 바뀌어야 하고, 로마 가톨릭교회에 대해서도 할 말이 있었다. 정치와 과학, 종교, 역사 등 온갖 종류의 주제가 보이지만, 아주 짧은 시간만 보일 뿐이다. 일기 형태라서 그런지, 아니면 역마차의 급격한 요동 때문인지, 아니면 정규 교육의 결여와 군함을 타고 다니며 보낸 젊음이 사색적인 사람에게 나쁜 훈련이라서 그런지, 캡틴이 2시간 동안 모든 것을 멈추고 자신의 정신을 살핀 뒤에 말한 바와 같이, 그의 정신은 "만화경 같다". 그러나 곧 그는 그렇지 않다고 자기 분석과 함께 덧붙였다.

그의 정신은 만화경을 닮지 않았다. 그의 표현을 빌리면, "이유는 만화경의 패턴은 규칙적인데, 나의 뇌에는 아무튼 규칙성이 거의 없기 때문이다". 그는 이것에서 저것으로 옮겨 다닌다. 지금 그는 리에주[186]의 역사에 대해 허겁지겁 말하다가, 다음 순간에 이성과 본능에 대해 논하고, 이어서 낚싯바늘로 물고기를 잡을 때 물고기에게 어느 정도 고통을 안겨주는지에 대해 생각하다가 거리를 다니며 산책한다. 그러다가 문득 X자로 시작하는 이름을 접하기가 매우 어렵다는 생각이 그의 머리를 스친다. 그는 "쉬어!"라고 외친다. "아니야. 탈것의 바퀴는 멈출 수 있고 육체도 한 동안 쉴 수 있지만, 정신은 쉬지 못해." 그래서 불안이 과도한 상태에서, 그는 아메리카로 떠난다.

---

186 벨기에의 도시로 현재 리에주 주의 주도이다.

우리는 다시 그를 보지 못한다. 그가 아메리카에 대한 의견을 기록한 6권의 책이 그가 그곳의 주민들과 갈등을 빚도록 만들었음에도 불구하고 특별히 설명해주는 것은 아무것도 없기 때문이다. 그러다가 그의 딸이 사전과 관보를 덮으면서 자신이 알고 있던 몇 가지 "희미한 기억들"에 대해 생각한다. 그녀가 그 기억들이 사소하다는 점을 인정하고 있고 또 그 기억들을 아주 무작위적인 방식으로 결합시키고 있지만, 그녀는 그를 매우 생생하게 기억하고 있다.

그의 키는 5피트 10인치(약 177cm)이고, 몸무게는 196파운드(약 88kg)였던 것으로 그녀는 기억하고 있다. 그의 턱에 옴폭 들어간 곳이 있었으며, 눈썹 중 하나가 다른 하나보다 높았다. 그래서 그는 언제나 미심쩍어 하는 듯한 표정을 지었다. 정말로, 그는 매우 불안해하는 사람이었다. 그는 한밤중에 형제의 방으로 뛰어 들어가 형제를 깨워서 당장 오스트리아로 가서 헝가리의 성을 구입해서 큰돈을 벌자고 제안하곤 했다. 그러나 안타깝게도 그는 결코 큰돈을 벌지 못했다고 그녀는 회상한다. 랭엄에 있던 그의 건물과, 그가 가장 좋아했던 목초지에 만든 거대한 모형, 딸이 구체적으로 제시하지 못하는 다른 사치품 등, 그가 남긴 부(富)는 별로 크지 않았다.

그는 글쓰기에 열심히 매달려야 했다. 그는 식탁 테이블에 앉아서 책을 썼으며, 식탁에 앉으면 그는 잔디밭과 그가 가장 아꼈던 수소 벤 브레이스가 거기서 풀을 뜯고 있는 모습을 볼 수 있었다. 그리고 그는 글자를 너무나 작게 썼기 때문에 필경사가 핀을 꽂아 자리를 표시해야 했다. 또한 그는 옷을 놀랄 정도로 깔끔하게 입었으며 아침 식탁에는 하얀색 도자기 그릇만 올리도록 했다. 또 시계를 16개나 두었으며, 그는 그것들이 일제히 시간을 알리는 소리를 듣는 것을 즐겼다. 그가 격한 열정의 소유자이고, 간섭하기에 위험한 존재이고, 집에서 종종 "매우 엄숙했음"에도 불구하고, 그의 자식들은 그를 "베이비"로 불렀다.

그녀는 "이런 사소한 것들은 글로 적고 보니 슬프리만큼 무의미해 보인다."고 결론을 내린다. 그럼에도 그녀가 장황하게 이야기를 늘어놓자, 그 이야기들은 나비의 날갯짓처럼 여름날 아침과, 모든 여정 끝에 여자 침실의 침상에 누워 자기 딸에게 사랑과 장미에 대해 마지막 말을 하며 죽어가던 캡틴을 불러낸다. 그녀는 이렇게 말한다. "장미들이 서로 환상적으로 묶였을수록, 아버지는 더욱더 좋아했다." 정말로, 그가 죽은 뒤에 한 다발의 카네이션과 장미가 "그의 육신과 매트리스 사이에 눌린 상태로 발견"되었다.

18
몽테뉴[187]

　언젠가 몽테뉴는 바르 르 뒤크[188]에서 시칠리아의 르네(René) 왕이 직접 자신의 모습을 그린 초상화를 본 적이 있었다. 그때 몽테뉴는 이렇게 물었다. "그가 크레용으로 자신을 그렸듯이, 누구나 펜으로 자신을 그리는 것이 정당하지 않은 이유가 있는가?" 그때 누군가가 즉석에서 그것은 정당할 뿐만 아니라 그것보다 더 쉬운 것도 없다고 대답했을 수 있다. 타인은 우리를 피해 갈 수 있지만, 우리 자신의 특성들은 너무나 친숙하다. 그렇다면 이제 시작하도록 하자. 그런데 그 과제를 시도하자마자, 펜이 우리 손에서 저절로 빠져 나간다. 그 과제는 오묘하고, 신비하고, 굉장히 힘든다.

187　1924년 1월 31일자 TLS에 게재되었다.

188　프랑스 북동부 뫼즈 주에 위치한 도시로 현재 주도이다.

어쨌든, 문학 세계를 통틀어서 얼마나 많은 사람들이 펜으로 자기 자신을 그리는 데 성공했을까? 아마 몽테뉴와 피프스(Samuel Pepys), 루소(Jean-Jacques Rousseau) 정도에서 그칠 것이다. 토머스 브라운의 『의사의 종교』는 질주하는 별들과 낯설고 소란한 어떤 영혼을 흐릿하게 들여다보게 하는 색유리 같다. 어느 유명한 전기에서, 반들반들 광을 낸 거울 하나가 다른 사람들의 어깨들 사이로 엿보고 있는 보스웰의 얼굴을 비추고 있다.

그러나 자신의 인생의 부침을 따르면서 자신의 영혼의 전체 지도와 무게, 색깔, 원주를 혼란스럽고 다양하고 불완전한 모습 그대로 제시하며 이런 식으로 자기 자신에 대해 말하는 기술은 오직 한 사람, 몽테뉴에게만 가능하다. 여러 세기의 세월이 흘렀지만, 그 초상화 앞에는 언제나 군중이 있다. 거기서 군중은 그 그림의 깊은 속을 들여다보고 거기에 비치는 자신의 얼굴을 보고 또 오래 볼수록 더 많은 것을 보지만, 그들이 보는 것이 무엇인지에 대해서는 절대로 정확히 말하지 못한다.

새로운 판들이 그 그림의 매력이 영원하다는 점을 증명하고 있다. 여기 잉글랜드의 나바르 소사이어티(Navarre Society)가 카튼(Charles Cotton)의 번역으로 다섯 권짜리로 다시 찍은 것이 있다. 반면에 프랑스에서는 루이 코나르(Louis Conard)의 회사가 몽테뉴의 작품 전체를 출간하고 있으며, 이 판을 위해 아르맹고(Arthur Armaingaud) 박사는 평생 동안 연구 활동을 벌였다.

자기 자신에 관한 진실을 들려주는 것은, 그러니까 가장 가까운 곳에 있는 자기 자신을 발견하는 것은 절대로 쉬운 일이 아니다.

이 길을 개척한 것으로 전해오는 고대인은 오직 두세 명뿐이다
[몽테뉴가 말했다]. 그 이후로 아무도 그 길을 따르지 않았다. 그
것은 생각보다 훨씬 더 험한 길이며 따르기 어려운 길이다. 그것
은 영혼의 길만큼이나 구불구불하고 불확실하다. 복잡한 내부 굴
곡들의 깊은 난해함을 꿰뚫고, 너무나 많은 사소한 움직임들을 선
택하고 이해할 수 있어야 한다. 그것은 새롭고 특별한 임무이다.
그것은 우리가 세상에서 가장 흔하게 권장되는 일들을 멀리하도
록 만든다.

가장 먼저, 표현의 어려움이 있다. 우리 모두는 사고라 불리는 이상
하고 즐거운 과정에 빠져들지만, 우리가 생각하는 것을 말로 표현하는
문제라면, 우리가 전달할 수 있는 것이 얼마나 적어지는지 모른다. 우
리가 그 유령을 붙잡아 꼼짝 못하도록 하기도 전에, 그것은 우리의 마
음을 통과해서 창밖으로 나가 버린다. 아니면 유령이 서서히 가라앉으
면서, 떠돌이 빛으로 잠시 밝혔던 그 깊은 어둠 속으로 다시 돌아간다.
얼굴과 목소리, 억양은 우리의 단어들이 결여하고 있는 것을 보완하고,
단어들의 약함을 말의 특징으로 강화한다. 그러나 펜은 엄격한 도구이
다. 펜은 그야말로 약간의 말밖에 하지 못한다. 펜은 나름으로 온갖 종
류의 습관과 의식(儀式)을 갖고 있다. 펜은 또 독재적이다. 펜은 언제

나 보통 사람들을 예언자로 바꾸고, 비틀거릴 수밖에 없는 인간 언어의 여행을 펜들의 경건하고 장엄한 행진으로 바꾸고 있다. 몽테뉴가 죽은 자들 중에서 단연 돋보이는 것은 바로 그런 이유 때문이다.

그의 책이 바로 그 자신이라는 점에 대해서 우리는 한 순간도 의심을 품을 수 없다. 그는 가르치기를 거부하고 설교하기를 거부했으며, 그는 자신이 다른 사람들과 다를 바가 하나도 없다는 점을 지속적으로 강조했다. 그의 모든 노력은 자기 자신을 글로 적고, 타인들과 소통을 꾀하고, 진실을 말하는 것이었으며, 그것은 "생각보다 훨씬 더 험난한 길"이다.

자기 자신을 전하는 것도 어려운 일이지만, 온전히 자기 자신이 되는 것은 극도로 더 어려운 일이다. 이 영혼, 즉 우리 안의 삶은 우리 밖의 삶에 결코 동의하지 않는다. 만약에 어떤 사람이 용기를 내어 자신의 영혼에게 무엇을 생각하고 있는지를 묻는다면, 그 사람의 영혼은 거의 언제나 다른 사람들이 하는 말과 정반대의 말을 한다.

예를 들어, 다른 사람들은 병약한 늙은 신사들은 집에서 지내며 결혼 생활에 충실한 모습을 보여줌으로써 나머지 사람들을 교화시켜야 한다고 오래 전에 마음을 정했다. 반대로, 몽테뉴의 영혼은 사람이 여행하기에 적절한 때는 나이가 들었을 때라고, 또 사랑에 바탕을 둔 예가 매우 드문 결혼은 삶의 말년 쪽으로 갈수록 깨어지는 것이 차라리 더 나을 만큼 형식적인 관계가 되기 쉽다고 말한다.

정치와 관련해서, 정치인들은 언제나 제국의 위대성을 칭송하고 미개인을 개화시키는 행위의 도덕적 의무를 설교한다. 하지만 몽테뉴는 멕시코의 스페인 사람들을 보라면서 분노를 터뜨렸다. "너무나 많은 도시들이 폐허가 되었다. 너무나 많은 민족들이 몰살당했다. … 세상에서 가장 풍요롭고 가장 아름다운 부분이 진주와 후추 무역을 위해 완전히 뒤엎어졌다. 저질스럽기 짝이 없는 승리들!" 이어서 농민들이 그에게 와서 부상을 입고 죽어가던 남자가 있었으나 법이 자기들에게 죄를 뒤집어씌울지 모르는 상황이라서 그 사람을 그냥 내버려뒀다고 했을 때, 몽테뉴는 이렇게 반문했다.

> 내가 이 사람들에게 무슨 말을 해줄 수 있겠는가? 이 인간의 관직이 그들을 곤경에 빠뜨린 것이 분명하다. … 세상엔 법만큼 총체적으로 잘못된 것도 없고, 법만큼 일상적으로 잘못된 것도 없다.

여기서, 영혼은 점점 반항적으로 변하면서 몽테뉴가 대단히 무서워하는 귀신들 중에서 보다 뚜렷한 형태를 갖춘 인습과 의식(儀式)에게 채찍을 휘두르고 있다. 그러나 영혼이 비록 중심 건물과 떨어져 있을지라도 전체 사유지를 넓게 조망할 수 있는 탑의 내실에 있는 그 불에 대해 골똘히 생각할 때 그 모습을 지켜보도록 하라. 정말로, 영혼은 그냥 보기에도 너무나 이상한 창조물이다. 영혼은 영웅적인 것과 거리가 멀며, 풍향기처럼 변덕스러우며, "숫기 없으면서도 건방지며, 정숙하면서도 욕정에 넘치며, 재잘거리면서도 조용하며, 부지런하면서도 허약하며, 재치 있으면서도 둔하며, 우울하면서도 유쾌하며, 거짓이면서도 진실하며, 빈틈없으면서도 무식하며, 자유롭고, 탐욕스럽고, 방탕하다". 한마디로 말해, 영혼은 너무나 복잡하고 너무나 막연하고 공적인 자리에서 드러내는 모습과 너무나 어긋나기 때문에, 인간은 그 영혼을 찾으려 노력하다가 평생을 보낼 수도 있다.

영혼을 추구하는 데 따르는 즐거움은 거기에 따를 수 있는 세속적 가능성의 훼손보다 더 큰 것을 보상해준다. 자기 자신을 아는 사람은 그때부터 독립적인 존재가 되며, 그 사람은 절대로 지루해 하지 않는다. 인생은 너무나 짧을 뿐이며, 그는 심오하면서도 도를 넘지 않는 행복에 흠뻑 젖는다. 그 사람만이 삶을 사는 반면에, 의식(儀式)의 노예들인 다른 사람들은 꿈속에서 사는 듯 인생이 흘러가도록 가만 내버려 둔다.

다른 사람들의 행동을 그대로 따라 하면서 당신 자신을 그들과 일치시키도록 해 보라. 그러면 눈치 채지 못하는 사이에 권태가 영혼의 온갖 미세한 신경들과 기능들 위로 퍼질 것이다. 그러면 영혼은 외적으로 요란하게 꾸미는 한편으로 내적으로 비어가면서 따분해 하고 냉담해지고 무관심해지게 된다.

삶의 기술이 탁월한 이 위대한 거장에게 그 비결을 들려달라고 요구하면, 틀림없이 그는 우리의 탑의 내실로 물러나서 거기서 책장을 한 장씩 넘기면서 공상을 지속적으로 추구하다가 그 공상들을 따라 굴뚝 끝까지 올라갈 것이며, 세상을 통치하는 일은 남들에게 넘기라고 조언할 것이다. 칩거와 명상이 그의 처방에 제시된 중요한 요소임에 틀림없다. 아니, 그렇지 않을 수도 있다. 몽테뉴는 결코 명백하게 밝히지 않는다. 눈꺼풀이 내리 누르는 듯한 눈과 꿈 꾸듯 하기도 하고 미심쩍어 하기도 하는 듯한 표정에다가 반은 웃고 반은 우울해 보이는 그 명석한 인간에게서 분명한 대답을 끌어내는 것은 불가능하다. 진실은 책들과 채소와 꽃이 있는 시골의 삶이 종종 극도로 따분하다는 것이다. 그는 자신의 푸른 완두콩이 다른 사람들의 완두콩보다 더 훌륭하다는 사실을 절대로 보지 못했다. 그가 세상에서 가장 사랑한 곳은 파리였다.

독서에 대해 말하자면, 그는 어떤 책도 한 번에 한 시간 이상 읽지 못했다. 그의 기억력은 너무 형편없었다. 이 방에서 저 방으로 이동하는 사이에 머릿속에 들어 있던 것을 망각할 정도였다. 책에서 얻는 지식은 전혀 자랑스러워할 것이 못되며, 그렇다면 과학의 성취들은 어느 정도의 가치를 지닐까? 그가 언제나 똑똑한 사람들과 어울렸고 그의 아버지도 그런 사람들에게 확실히 존경심을 품었지만, 그는 그들도 나름대로 멋진 순간들과 환희, 통찰력을 갖고 있음에도 불구하고 그들 중 가장 현명한 사람들도 어리석음의 가장자리에서 전전긍긍하고 있는 것을 관찰했다.

당신 자신을 관찰해 보라. 어느 한 순간에 우쭐하다가도, 그 다음 순간에 깨어진 유리잔이 당신의 신경을 곤두서게 할 것이다. 모든 극단은 위험하다. 길의 가운데를, 그러니까 아무리 질퍽거려도 바퀴 자국이 많이 나 있는 가운데를 지키는 것이 최선의 방법이다. 글을 쓸 때는 평범한 단어들을 선택하고, 격한 감정 표현이나 웅변을 피하라. 그럼에도 시는 달콤하다. 당연히 최고의 산문은 시로 가득하다.

그렇다면, 우리는 민주적인 소박을 목표로 잡아야 할 것 같다. 우리는 탑 안에서 그림이 그려진 벽과 편리한 책장을 갖춘 우리의 방을 즐길 수 있겠지만, 아래 정원에 땅을 파고 있는 남자가 있다. 오늘 아침에 자기 아버지를 매장한 사람이다. 진정한 삶을 살고 진정한 언어를 말하는 사람은 그 사람 같은 부류이다. 이 말엔 틀림없이 진리의 한 요소가 들어 있다. 테이블의 낮은 쪽 끝부분에서 일들에 대한 대화가 매우 세밀하게 오간다. 학식이 높은 사람들보다 무지한 사람들 사이에 중요한 자질들이 훨씬 더 많다. 그러나 다시 말하지만, 무질서한 군중은 얼마나 비열한가! "그들이야말로 무지와 불공정과 불일치의 어머니이다. 그런데 현명한 사람의 삶이 바보들의 판단에 의존하는 것이 과연 합리적인가?"

군중의 정신은 허약하고, 부드럽고, 저항의 힘을 결여하고 있다. 그들에게는 알아 두면 편할 것들을 일러줘야 한다. 사실들을 실제 모습 그대로 직시하는 것은 그들에게 어울리지 않는다. 진리는 태생이 좋은 영혼에게만 알려질 수 있다. 몽테뉴가 더 정확히 설명해 주었으면 좋았을 텐데, 우리가 모방할, 태생이 좋은 영혼들은 과연 누구인가?

그러나 그렇지 못하다. 몽테뉴는 이렇게 말한다. "나는 절대로 가르치지 않는다. 나는 단지 이야기를 들려줄 뿐이다." 어쨌든 그가 자신의 영혼에 대해서도 "혼란을 일으키지 않고 한마디로 깔끔하게" 말하지 못하는 마당에 어떻게 타인들의 영혼에 대해 설명할 수 있었겠는가?

그의 영혼조차도 날이 갈수록 그에게 더욱더 깊은 어둠에 묻히는 것처럼 보였으니 말이다. 아마 한 가지 특성 또는 원칙이 있었을 것이다. 말하자면, 누구도 규칙을 제시해서는 안 된다는 것이다. 예를 들면, 에티엔 드 라 보에티(Etienne de La Boétie)[189] 같은, 사람들이 닮고 싶어 하는 인물들의 영혼은 언제나 더없이 유연하다. "반드시 단 한 가지만을 고집하는 것은 그냥 존재하는 것이지 삶을 살아가는 것은 아니다." 법들은 인습일 뿐이며, 인간 충동들의 엄청난 다양성과 혼란을 반영하지 못한다. 버릇과 습관은 영혼들에게 자유로운 활동을 감히 허용하지 않는 겁 많은 본성들을 떠받치기 위해 고안된 편의일 뿐이다. 그러나 개인적인 삶을 영위하고 또 그런 사적인 삶을 가장 소중하게 여기는 우리는 태도에 대해 의심을 대단히 강하게 품는다. 우리는 직접적으로 항의하기 시작하고, 그러다가 점잔 빼는 태도를 취하고, 법들을 마련한 다음에, 우리는 죽는다.

우리는 우리 자신을 위해서 살고 있는 것이 아니라 타인들을 위해서 살고 있다. 우리는 공적인 일에 자신을 희생시키는 사람들을 존경해야 하고, 그들을 명예롭게 대접해야 하고, 불가피한 타협을 용인하는 그들에게 동정을 표해야 하지만, 우리 자신은 명성과 명예, 그리고 타인들에게 의무를 지게 하는 온갖 관직을 그냥 흘려보내도록 하자. 어림할 수 없는 우리의 가마솥을, 대단히 매력적인 우리의 혼동을, 충동들의

---

189 프랑스의 판사이자 작가, 철학자(1530~1563)이다. 몽테뉴의 친구로도 유명하며 "자발적 복종"(Discourse on Voluntary Servitude)을 썼다.

범벅을, 우리의 영원한 기적을 끓게 만들자. 매 순간 영혼이 경이를 밀어 올릴 테니까. 운동과 변화가 우리의 존재의 핵심이다. 경직도 죽음이고, 일치도 죽음이다. 그러니 우리의 머리에 떠오르는 것을 말하고, 같은 일을 되풀이하고, 자신을 부정하고, 터무니없는 것을 벗어던지고, 대단히 환상적인 공상들을, 세상이야 어떤 식으로 행동하고 생각하고 말하든, 따르도록 하라. 삶 외에는 아무것도 중요하지 않으니까. 물론 질서도 중요하다.

그렇다면 우리의 존재의 핵심인 이 자유는 통제되어야 한다. 그러나 우리가 어떤 권력에 도와 달라고 호소해야 하는지를 알기는 어렵다. 이유는 개인적인 의견에 대한 모든 제한, 즉 공법이 조롱 당해 왔기 때문이다. 몽테뉴는 인간 본성의 비참함과 나약함, 허영에 대한 경멸을 결코 멈추지 않는다. 그렇다면 아마도 우리를 안내할 존재를 찾아서 종교쪽으로 눈길을 돌리는 것도 괜찮지 않을까? "아마도"라는 단어는 그가 즐겨 쓰는 표현 중 하나이다. "아마도"와 "내 생각엔", 그리고 인간의 무지에 대한 경솔한 단정을 수정하는 뜻을 가진 온갖 단어들을 그는 즐겨 썼다. 그런 단어들은 사람이 노골적으로 말하는 경우에 매우 불손할 수 있는 의견을 약화시키는 데 도움을 준다. 사람이 모든 것을 다 말해야 하는 것도 아니고, 현재로서는 단지 암시만 하는 것이 바람직한 일도 있기 마련이기 때문이다. 사람은 자신의 글을 이해할 수 있는 극소수의 사람들을 위해 글을 쓴다.

어쨌든 반드시 신의 안내를 추구하도록 하라. 그러나 사적인 삶을 사는 사람들을 위한 또 하나의 감시관이, 우리의 눈에 보이지 않는 내면의 검열관이 있다. 이 내면의 검열관의 비난은 다른 어떤 존재의 비난보다 매섭다. 왜냐하면 그 검열관이 진리를 알고 있기 때문이다. 그 검열관이 인정한다는 뜻으로 울리는 종소리보다 더 달콤한 것은 없다. 그것은 우리가 복종해야 하는 재판관이다. 그것은 우리가 태생이 좋은 영혼의 선물인 질서를 성취하는 것을 돕는 검열관이다. 사적인 영역 안에서도 질서를 유지하는 것이 진정으로 고상한 삶이니까.

그러나 이 재판관은 자신의 빛을 근거로 행동할 것이며, 어느 정도의 내부 균형을 통해서 불확실하고 늘 변화하는 그런 평형 상태를 성취할 것이다. 이 평형 상태는 영혼을 통제하긴 하지만 탐구하고 실험하는 영혼의 자유를 절대로 방해하지 않을 것이다. 다른 안내자가 없다면, 그리고 선례가 없다면, 공적 삶을 잘 사는 것은 틀림없이 훨씬 더 어려운 일일 것이다. 우리에게 도움을 줄 예들이 고대인들 중에 호메로스와 알렉산더(Alexander) 대왕, 에파미논다스(Epaminondas) 같은 두세 명의 인물과 현대인 중에 에티엔 드 라 보에티 같은 사람이 있음에도, 그것은 어디까지나 각자가 따로 배워야 하는 기술이다. 그러나 그것은 하나의 기술이며, 그 기술이 작동하고 있는 그 물질은 늘 변하고, 복잡하며, 무한히 신비롭다. 그 물질이 바로 인간의 본성이다.

우리는 인간 본성 가까이에 있어야 한다. "사람은 살아 있는 자들 사이에서 살아야 한다." 우리는 우리를 동료 인간들로부터 차단시키는 그런 기행이나 세련을 두려워해야 한다. 이웃 사람들과 그들의 오락이나 건물, 언쟁을 놓고 쉽게 대화하거나 목수들과 정원사들의 대화를 진심으로 즐길 줄 아는 사람은 축복 받은 사람이다.

소통하는 것은 우리의 중요한 활동이며, 사교와 우정은 우리의 최고의 기쁨이다. 독서는 지식을 얻는 것도 아니고 생계를 버는 것도 아니며, 우리의 교류를 우리 자신의 시대와 지역 그 너머까지 확장하는 것이다. 세상엔 이런 경이들이 있다. 할시온[190]과 발견되지 않은 땅들, 개의 머리에다가 눈이 가슴에 달린 인간들, 아마 우리의 것보다 월등히 더 탁월한 법과 관습 등등. 아마 우리는 이 세상 속에서 졸고 있을지 모르며, 아마 우리가 지금 결여하고 있는 어떤 감각을 가진 존재들에게 뚜렷이 보이는 다른 것들이 있을 수 있을 것이다.

그렇다면 여기에, 온갖 모순과 조건에도 불구하고, 명백한 무엇인가가 있다. 이 에세이들은 어떤 영혼과 소통하려는 시도이다. 적어도 이 점에 대해서 그는 아주 솔직하다. 그가 원하는 것은 명예가 아니다. 또 인간들이 미래에 그의 말을 인용하는 것을 바라는 것도 아니다. 그는 시장에 어떤 동상도 세우고 있지 않다. 그는 단지 자신의 영혼과 소통하기를 원할 뿐이다.

소통은 건강이고, 소통은 진리이고, 소통은 행복이다. 공유하는 것은 우리의 의무이다. 또 대담하게 밑으로 내려가서 가장 깊숙한 곳에 숨겨져 있는, 병든 생각들을 대낮의 환한 햇빛 속으로 끌어올리고, 아무것

---

190 동지 무렵에 바다의 풍파를 가라앉힌다는 이야기가 전해오는 신화 속의 새를 말한다.

도 숨기지 않고, 뻔뻔스럽게 굴지 않으며, 무지하다면 솔직히 무지하다고 말하고, 친구들을 사랑한다면 그들이 그 같은 사실을 알게 하는 것도 우리의 의무이다.

… 왜냐하면, 나 자신이 매우 확실한 경험을 통해 알게 된 바와 같이, 친구들의 상실 앞에서는 그들과 어떤 망설임이나 비밀도 갖지 않고 완벽한 소통을 누릴 때의 양심 같은 달콤한 위안이 절대로 있을 수 없기 때문이다.

여행을 하면서 자신을 온갖 것들로 둘둘 감은 상태에서 침묵과 의심 속에서 "미지의 공기의 전염으로부터 자신을 지키려 드는" 사람들이 있다. 그들은 식사도 집에서 먹던 음식과 똑같은 것으로 해야 한다. 자기 마을의 장면과 관습을 닮지 않은 것이면 무엇이든 나쁜 것으로 다가온다. 그들은 오직 돌아오기 위해 여행을 떠난다. 그것은 여행을 시작하는 방법으로는 완전히 잘못되어 있다. 우리는 밤을 어디서 보낼 것인지, 혹은 언제 돌아올 것인지에 대해 정하지 않은 상태에서 여행을 시작해야 한다. 여정이 전부니까. 아주 절실히 필요함에도 누리기가 너무나 어려운데, 여행을 시작하기 전에 우리와 비슷한 부류의 사람을 한 사람 발견해야 한다. 함께 여행하면서, 우리가 머릿속에 가장 먼저 떠오르는 것을 말할 수 있는 그런 사람이어야 한다. 즐거움이란 것은 공유하지 않는 경우에 전혀 풍미를 갖지 못하기 때문이다.

감기에 걸린다든지 두통을 앓게 된다든지 하는 위험들에 대해 말하자면, 즐거움을 위해서 언제나 가벼운 병에 걸릴 위험은 감수해야 한다. "즐거움이 가장 중요한 이득이다." 게다가, 만약에 자신이 좋아하는 것을 한다면, 우리는 언제나 우리에게 유익한 일을 할 것이다. 박사들과 현자들은 반대하겠지만, 그래도 박사들과 현자들은 자신들의 비참한 철학에 빠져 지내도록 그냥 내버려두라. 평범한 남자들과 여자들인 우리 자신을 위해서, 자연이 우리에게 베푼 감각들을 모두 활용함으로써 자연의 넉넉한 마음에 보답하고, 우리의 상태를 최대한 다양하게 가꾸고, 이번에는 이 면을 나중에는 저 면을 온기 쪽으로 돌리고 해가 떨어지기 전에 젊음의 키스와 카툴루스(Gaius Valerius Catullus)[191]의 시를 노래하는 아름다운 목소리의 메아리를 한껏 즐기도록 하자.

모든 계절이 다 마음에 들고, 습한 날이든 맑은 날이든, 적포도주든 백포도주든, 일행이 있든 고독하든 아무런 문제가 되지 않는다. 애석하게 삶의 환희를 줄이는 수면마저도 꿈으로 가득할 수 있으며, 가장 흔한 행위들, 말하자면 산보와 대화, 그리고 자신의 과수원에서 누리는 고독도 정신의 연상 작용에 의해 고양되고 환하게 밝아진다.

아름다움은 온 곳에 있으며, 아름다움은 선(善)으로부터 손가락 두 개를 붙인 폭의 거리밖에 떨어져 있지 않다. 그러니 건강과 건전한 판단을 위해서 여정의 끝에 대해서는 깊이 생각하지 않도록 하자. 죽음이

---

191 고대 로마의 서정시인(B.C. 84?~ B.C. 54?)으로 고전적인 영웅들이 아니라 개인적인 삶을 주로 노래했다.

여, 배추를 심고 있거나 말을 타고 있을 때 우리의 위로 내리기를. 아니면 우리를 어떤 통나무집으로 가도록 해서 거기서 이방인들이 우리의 눈을 감기도록 해 주기를. 하인의 흐느낌이나 손의 건드림이 우리를 허물어뜨릴 수 있으니까. 가장 좋은 것은, 죽음이 우리가 소녀들과 선한 동료들 사이에서 일상의 일을 하고 있을 때 우리를 발견하는 것이다. 그때 우리의 동료들은 항의도 전혀 하지 않고 비탄의 소리도 전혀 내지 않을 것이다. "오락과 축제, 재치, 환희, 평범하고 공통적인 대화, 음악, 사랑의 시들 속에서" 죽음이 우리를 발견하기를. 그러나 죽음에 관한 이야기는 이것으로 충분하다. 중요한 것은 삶이니까.

에세이들이 급히 끝이 아니라 일시적 정지 지점에 다가갈수록, 더욱 선명하게 나타나는 것은 삶이다. 죽음이 가까워질 때, 그 사람의 자아와 그 사람의 영혼, 그 사람의 존재의 모든 사실을 더욱 강렬하게 흡수하게 되는 것이 삶이다. 그런 사실들의 예를 꼽는다면, 여름과 겨울에 실크 스타킹을 신고, 포도주에 물을 태우고, 만찬 후에 머리를 자르고, 물을 마시는 잔이 반드시 있어야 하고, 절대로 안경을 끼지 않고, 목소리가 커지고, 손에 지팡이를 들고 다니고, 할 말을 하지 않고, 발을 초조하게 흔들고, 귀를 곧잘 긁고, 힘을 키우기 위해 육류를 좋아하고, 치아를 냅킨으로 문지르고(감사하게도, 치아는 좋은 상태다), 침실까지 커튼을 드리우고, 무를 좋아했다가 좋아하지 않게 되었는데 신기하게도 지금은 다시 좋아하는 점 등이다. 이 중에서 어떤 사실도 조사하지 않고 그냥 넘겨도 좋을 만큼 사소하지 않으며, 게다가, 우리는 상상의 힘으로 사실들을 변화시킬 때 이상한 힘을 느낀다. 영혼이 어떤 식으로 자신의 빛을 비추고 그림자를 드리우는지를 관찰하라. 또 영혼이 어떤 식으로 본질적인 것을 가치 없는 것으로 만들고 허약한 것을 본질적인 것으로 만들고, 대낮을 꿈들로 채우고, 유령에게도 현실 속의 실체만큼 강하게 자극을 받고, 죽음의 순간에 사소한 것을 농락하는지를 관찰하라. 또 영혼의 이중성과 복잡성을 관찰하라.

영혼은 친구의 상실에 대한 소식 앞에서 동정심을 표하면서도 타인의 슬픔에서 달콤 쌉쌀한 악의적인 쾌감을 느낀다. 영혼은 믿는 동시에 믿지 않는다. 특히 젊은 시절에 영혼이 인상들에 얼마나 민감한지를 관찰해 보라. 부유한 어떤 남자는 자기 아버지가 소년 시절에 돈을 부족하게 줬다는 이유로 절도를 하고 있다. 이 벽을 그 사람은 자기 자신을 위해서 세우는 것이 아니라 자기 아버지가 그런 것을 좋아했다는 이유로 세우고 있다. 영혼은 영혼의 모든 행위에 영향을 미치는 신경들과 공감들과 연결되어 있었음에도, 1580년에는 그 누구도 영혼이 작동하는 방식이나 영혼이 어떤 것인지에 대해 명쾌하게 알지 못했다. 영혼은 너무나 신비스러운 것이고, 사람의 자아는 세상에서 가장 위대한 괴물이며 기적이라는 정도만 알려져 있었다. 우리 인간이 대단히 소심하고, 무난한 인습적인 방식들을 너무나 사랑하는 존재였으니까. "나 자신과 더 친하게 되고 나 자신에 대해 아는 것이 더 많아질수록, 나 자신의 추함이 나를 더욱 놀라게 만들고 나 자신에 대한 이해력은 더 떨어진다." 관찰하고 또 관찰하고 영원히 관찰하라. 그리고 잉크와 종이가 존재하는 한, 몽테뉴는 다른 일을 하지 않고 끊임없이 글을 쓸 것이다.

그러나 만약에 우리가 그가 정신을 놓고 있는 그 일로부터 잠시 눈을 떼고 위를 쳐다보도록 할 수 있다면, 삶의 기술의 이 위대한 거장에게 던져야 하는 최종적인 질문이 하나 남는다. 짧고 신통찮은 진술이나 길고 학식 높은 진술, 논리적이고 모순적인 진술로 채워진 이 방대한 책에서, 우리는 날마다, 또 해마다 고동치고 있는 영혼의 맥박과 리듬을, 세월이 흐름에 따라 거의 없다고 봐도 좋을 만큼 섬세해지는 어떤 베일을 통해 들었다. 여기에 삶이라는 위험한 모험에서 성공을 거둔 누군가가 있다. 그는 자기 나라에 봉사하다가 은퇴했으며, 지주이고 남편이고 아버지였으며, 왕들을 즐겁게 하고 여인들을 사랑하고 옛날 책들을 놓고 몇 시간이고 생각에 잠길 수 있었던 사람이다. 더없이 미묘한 것들을 대상으로 집요하게 실험하고 관찰한 결과, 그는 마침내 인간의 영혼을 이루고 있는 모든 변덕스러운 부분들을 기적적으로 서로 꿰맞추는 데 성공했다. 그는 자신의 손으로 세상의 아름다움을 움켜쥐었다. 그는 행복을 성취했다. 그는 다시 살아야 하는 일이 벌어진다면 똑같은 삶을 살 것이라고 말했다.

그러나 우리가 우리의 눈 아래에서 공개적으로 살고 있는 어떤 영혼의 매혹적인 광경을 깊은 관심을 갖고 지켜볼 때, 이런 질문이 저절로 일어난다. 쾌락이 모든 것의 목적인가? 영혼의 본질에 대한 이런 압도적인 관심은 어디서 나오는가? 타인들과 소통하려는 이런 압도적인 욕망은 왜 일어나는가? 이 세상의 아름다움은 충분한가, 아니면 다른 곳에 이 미스터리에 대한 설명이 있는가? 그러나 이런 질문에 대한 대답은 절대로 있을 수 없다. 오직 추가적인 질문만 있을 뿐이다. "나는 무엇을 아는가?"

19
베닛[192]씨와 브라운 부인[193]

소설을 썼거나, 쓰려 했거나, 썼다가 실패하는 어리석은 짓을 저지른 사람이 이 방에서 내가 유일한 것 같은데, 그게 차라리 잘 된 것 같기도 하군요. 그리고 여러분에게 현대 픽션에 관한 강연을 해 달라는 초청을 받고 내가 스스로에게 어떤 악령이 나의 귀에 대고 나의 운명을 받아들이라고 재촉했는지 물었을 때, 어떤 자그마한 형상이, 남자 같기도 하고 여자 같기도 한 형상이 내 앞에 나타나서 "내 이름은 브라운이야. 나를 잡을 수 있으면 한번 잡아 봐."라고 하더군요.

192　1923년에 버지니아 울프의 "제이콥의 방"(Jacob's Room: 1922)에 대한 서평을 쓰면서 울프가 역사에 오래 남지 못할 등장인물을 창조했다고 비판했던 영국 소설가 아놀드 베닛(Arnold Bennett)을 말한다.

193　1924년 5월 18일, 케임브리지 대학에서 열린 이단자 협회(Cambridge Heretics Society) 모임에서 발표한 내용이다.

대부분의 소설가들에게 이와 똑같은 경험이 있습니다. 브라운 또는 스미스, 아니면 존스가 그들 앞으로 다가서면서 세상에서 가장 유혹적이고 매력적인 목소리로 "나를 잡을 수 있으면 잡아 봐."라고 말하지요. 그래서 소설가들은 이 환영에 이끌려 허우적거리면서 책을 내고 또 냅니다.

소설을 추구하는 일에 인생의 황금기를 쏟으면서도 대부분의 소설가들은 그 대가로 현금을 거의 챙기지 못합니다. 그 유령을 붙잡는 소설가는 거의 없으며, 대부분은 유령이 걸치고 있는 드레스의 한 조각이나 머리카락을 한 움큼 잡는 것으로 만족하지요.

남자들과 여자들이 훗날 거꾸로 자신에게 영향을 미치게 될 어떤 인물을 창조하고 싶다는 유혹을 느끼기 때문에 소설을 쓴다는 나의 믿음은 아놀드 베넷 씨의 인정을 받았습니다. 여기 인용할 어느 서평에서, 그는 이렇게 말하고 있습니다. "훌륭한 픽션의 토대는 인물의 창조이며 그 외에 다른 것은 아니다. … 문체도 중요하고, 구성도 중요하고, 관점의 독창성도 중요하다. 그러나 이런 것들은 인물들의 타당성만큼 중요하지 않다. 만약에 인물들이 현실적이라면, 그 소설은 성공 가능성이 있다. 그러나 인물들이 현실성을 결여하고 있다면, 그 소설의 운명은 망각이다. …" 그리고 그는 현재 영국에는 일류로 꼽힐 만한 젊은 소설가들이 전혀 없다고 결론을 내리고 있습니다. 이유는 젊은 소설가들이 현실적이고 진정하고 설득력 있는 인물들을 창조하지 못하기 때문이라더군요.

이런 것들이 내가 오늘밤에 대담하게 논하고자 하는 문제들입니다. 나는 우리가 픽션의 "인물"에 대해 말할 때 그것이 뜻하는 바가 무엇인지를 밝히고, 베닛 씨가 제기하는 현실성의 문제에 대한 의견을 제시하고, 베닛 씨가 단언하는 바와 같이 젊은 소설가들이 인물을 창조하는 일에 실패하고 있는 것이 사실이라면, 그들이 실패하는 이유들을 일부 제시하고 싶습니다.

이것이 내가 매우 포괄적이고 대단히 막연한 주장을 펴게 할 것이라는 점을 나는 잘 알고 있습니다. 대단히 어려운 문제이기 때문이지요. 우리가 인물에 대해 아는 것이 얼마나 적은지 한번 생각해 보세요. 또 우리가 예술에 대해 아는 것이 얼마나 적은지 한번 생각해 보세요.

그러나 본론으로 들어가기 전에 명쾌하게 정리하기 위해, 나는 에드워드 7세 시대[194] 사람들과 조지 5세 시대[195] 사람들로 구분하자고 제안하고 싶습니다. 웰스와 베닛, 골즈워시를 나는 에드워드 7세 시대 사람들이라고 부르고, 포스터와 로런스, 스트레이치, 조이스, T. S. 엘리엇을 나는 조지 5세 시대의 사람들이라고 부를 것입니다. 그리고 내가 지나친 이기심에 빠져 1인칭으로 말을 하더라도 여러분에게 그 점을 용서해달라고 부탁하고 싶습니다. 정보를 많이 접하지도 못하고 오해할 수 있는 한 개인의 의견을 세상 전반의 의견으로 돌리고 싶지 않기 때문이지요.

---

194 에드워드 7세의 재위 기간은 1901년부터 1910년까지였다.

195 조지 5세의 재위 기간은 1910년부터 1936년까지였다.

나의 첫 번째 단언은 여러분도 인정할 것이라고 생각합니다. 이 방의 모든 사람이 인물에 대한 어떤 심판관이라는 것이지요. 만약에 어떤 사람이 인물 읽기를 실천하지 않거나 그 분야에 어느 정도의 기술을 갖고 있지 않다면, 그 사람은 재앙을 겪지 않는 상태로 1년도 채 살지 못할 것입니다. 우리의 결혼과 우정도 인물 읽기에 달렸으며, 우리의 사업도 인물 읽기에 크게 의존하지요. 인물 읽기의 도움을 받아야만 해결될 수 있는 문제들이 매일 일어나고 있습니다. 이제 나는 용기를 내어 아마 논란의 여지가 더 많은 두 번째 주장을, 그러니까 1910년 12월 즈음에 인간의 성격이 변했다는 취지의 주장을 제시할 것입니다.

지금 나는 누군가가 정원에 나가듯이 밖으로 나갔다가 거기서 장미한 송이가 핀 것을 보았거나 암탉이 알을 낳은 것을 보았다는 식으로 말하고 있지 않습니다. 변화는 갑작스럽지도 않았으며, 그런 일처럼 명확하지도 않았지요. 그럼에도 불구하고, 어떤 변화가 분명히 있었습니다. 이 대목에선 자의적일 수밖에 없으니, 그 변화의 시점을 1910년경으로 정하도록 하지요.

그 변화의 첫 번째 신호들은 새뮤얼 버틀러(Samuel Butelr)의 책들에, 특히 『만인의 길』(The Way of All Flesh)에 기록되고 있으며, 버나드 쇼의 희곡들이 계속 그 변화를 기록하고 있습니다. 누구나 삶에서, 아주 평범한 예를 들면 자신의 요리사의 성격에서도 그 변화를 확인할 수 있습니다.

빅토리아 시대의 요리사는 깊은 곳에서, 그러니까 무섭고 조용하고 컴컴하고 수수께끼 같은 아래쪽에서 리바이어던처럼 살았던 반면에, 조지 5세 시대의 요리사는 햇살과 시원한 공기를 즐기는 존재이며, 응접실을 들락거리며 지금은 '데일리 헤럴드' 신문을 빌리고 조금 있다가는 모자에 관한 조언을 구하지요. 인류의 변화하는 힘을 보여주는 더 진지한 예가 필요합니까? 『아가멤논』을 읽으면서, 시간이 흐르는 과정에 당신이 클리템네스트라[196]에게 언제나 전적으로 동정심을 느끼지 않는지 보세요. 아니면 칼라일 부부의 결혼 생활[197]을 고려하면서 칼라일 본인이나 아내에게 그 끔찍한 가정의 전통이 야기한 낭비와 헛됨을 슬퍼해 보세요. 그 전통이 천재성을 가진 여인이 책을 쓰지 못하고 대신에 벌을 쫓아다니고 스튜 냄비나 닦으며 보내도록 했지요. 모든 인간관계, 예를 들어 주인과 하인 사이, 남편과 아내 사이, 부모와 자식 사이의 관계가 변했습니다. 그리고 인간관계가 변할 때, 동시에 종교와 품행, 정치, 문학에도 변화가 일어납니다. 이 변화 중 하나가 1910년경에 일어났다는 데에 우리 모두가 동의하기로 하지요.

나는 사람들이 재앙을 겪지 않고 단 1년을 살기 위해서라도 인물 읽기에 많은 기술을 확보해야 한다고 말했습니다. 그러나 인물을 읽는 기

---

196 고대 그리스 신화 속에서 아가멤논의 아내로 나온다. 고대의 이야기에 따르면, 그녀는 자신의 연인이 아가멤논을 살해하는 것을 돕는다.

197 토머스 칼라일은 1826년에 제인 웰시(Jane Welsh)와 결혼했으며, 이들의 결혼은 영국 문단에서 불행한 결혼으로 유명했다. 새뮤얼 버틀러는 "신이 칼라일과 칼라일 부인이 서로 결혼하도록 한 것은 매우 잘한 일이다. 그렇게 함으로써 네 사람이 아니라 두 사람만 불행할 수 있었으니까."라는 말을 남겼다. 그래도 칼라일은 아내가 먼저 세상을 떠나자 큰 아픔을 느끼며 그녀를 추모하는 글을 남겼다.

술은 젊은이들의 기술이지요. 중년기와 노년기에, 그 기술은 주로 실용적인 목적과 우정과 다양한 모험을 위해 행해지며, 인물 읽기 기술에서 실험은 거의 행해지지 않습니다.

그러나 소설가들은 세상의 나머지와 다릅니다. 왜냐하면 소설가들은 실용적인 목적에 충분할 만큼 인물에 대해 많이 배운 뒤에도 인물에 대한 관심을 놓지 않기 때문이지요. 소설가들은 한 걸음 더 나아가, 인물 자체에 영원히 흥미로운 무엇인가가 있다고 느끼지요. 삶의 실용적인 문제가 다 해결될 때에도, 소설가들에게는 사람들에 관한 무엇인가가 그대로 남습니다. 그것은 소설가들의 행복과 안락, 소득에 아무런 영향을 미치지 않음에도 불구하고 그들에게는 여전히 매우 중요해 보입니다.

소설가들에게 인물 공부는 정신을 빼앗는 일이 되었지요. 말하자면, 인물에 강박적으로 매달리고 있다는 뜻입니다. 소설가들이 인물에 대해 말할 때 그들이 뜻하는 바가 무엇인지를, 또 소설가들이 때때로 자신의 관점을 글로 구체화하도록 촉구하는 충동이 어떤 것인지를 설명하기가 매우 어렵다는 사실을 나는 확인하고 있습니다.

그래서 여러분이 허락한다면 나는 분석하고 요약하는 대신에 여러분에게 간단한 스토리를 하나 들려주고 싶습니다. 아무리 무의미한 이야기일지라도, 리치몬드[198]에서 워털루로 가는 여행에 관한 진정한 이야기라는 사실 하나만은 확실하니까요. 그러면 내가 인물이라는 표현

---

198 리치몬드와 워털루는 런던 안의 지역을 말한다. 리치몬드는 주거 지역이고 워털루는 문화적 명소가 많은 지역이다.

으로 무엇을 의미하는지를 보여줄 수 있을 것이고, 여러분은 인물이 걸칠 수 있는 다양한 양상들을 깨닫는 동시에 그것을 말로 설명하려고 노력하자마자 나를 괴롭힐 끔찍한 위험들을 보게 될 것이라고 나는 기대합니다.

몇 주 전 어느 날 밤에, 나는 기차 시간에 늦은 탓에 가장 가까운 객차에 점프하듯 올라탔지요. 나는 자리에 앉으면서 이상하게 불편한 감정을, 그러니까 이미 거기 앉아 있던 두 사람의 대화를 방해하고 있다는 느낌을 받았습니다. 그들은 젊지도 않았고 행복하지도 않았습니다. 그런 것과는 거리가 먼 사람들이었지요. 그들은 모두 늙은 사람이었습니다. 여자는 60세가 넘었고, 남자도 40세를 넘어선지 오래되었을 것 같았습니다. 두 사람은 서로 마주 보고 앉아 있었지요. 태도와 얼굴의 홍조로 판단하건대 몸을 앞으로 기울인 채 단호하게 말하고 있었던 것이 분명한 남자는 몸을 뒤로 젖히며 자세를 바로 하면서 침묵에 빠졌습니다. 내가 그를 방해했고, 그는 화가 나 있었지요. 그러나 편의를 위해 브라운 부인이라고 부를 그 늙은 부인은 오히려 안도하는 눈치였습니다. 그녀는 낡은 옷을 말쑥하게 차려입은 노부인이었으며, 극도로 단정한 차림은 극단적인 가난을 암시하는 듯했습니다. 단추가 단단히 채워져 있고, 수선하고, 솔질을 한 옷차림이었지요.

그녀에게서 기죽은 분위기가 강하게 느껴졌지요. 고통 받고, 고민하는 표정인데다가, 체구도 아주 왜소했지요. 깨끗한 작은 부츠를 신은 두 발은 겨우 객차 바닥에 닿을 정도였습니다. 그녀에겐 부양해 줄 사람이 아무도 없고, 모든 일을 그녀 스스로 결정해야 하고, 여러 해 전에 버림받거나 미망인이 된 탓에 홀로 외아들을 키우며 몹시 힘든 삶을 살았으며, 그 아들은 십중팔구 지금 빚에 허덕이고 있을 것이라고 나는 느꼈습니다. 내가 자리에 앉을 때, 이런 온갖 생각이 나의 머리를 스쳐 지나쳤지요.

그때 나는 대부분의 사람들처럼 어쨌든 나 자신이 중요한 존재가 될 수 없는 그런 낯선 사람들과 함께 여행을 하는 데 대해 꽤 불편해 하고 있었습니다. 나는 남자를 보았지요. 브라운 부인의 친척은 절대로 아니라는 느낌이 들더군요. 그는 몸집이 크고, 억세고, 덜 세련된 유형이었지요. 장사하는 사람 같았습니다. 북부 지방에서 온 곡물상 같았어요. 주머니칼이 달려 있고 비단 손수건 장식까지 있는 청색 정장 차림이었으며 튼튼한 가죽 가방을 갖고 있었지요. 그러나 그에겐 브라운 부인과 해결해야 할 어떤 불쾌한 일이 있었음에 틀림없었습니다. 두 사람이 내 앞에서는 논하고 싶어 하지 않는, 은밀하고 아마 사악한 일이었을 것입니다.

그 남자를 나는 스미스 씨라고 부를 생각인데, 그가 두 사람이 이야기하던 주제로 다시 돌아가면서 겉으로 점잔을 빼며 말하더군요.

"맞아요. 크로프트 씨 가족은 하인들 일로 불행을 겪었지요."

"아, 불쌍한 사람들." 브라운 부인이 사소한 일을 갖고 잘난 체 하며 말을 받더군요. "나의 할머니는 하녀를 두었는데, 그 하녀는 할머니가 열다섯 살 때 와서 할머니가 여든 살이 될 때까지 함께 지냈지요."(이 말은 아마 우리 두 사람에게 어떤 인상을 주기 위해서 일종의 상처받은 공격적인 자존심에서 나왔을 것입니다.)

"오늘날엔 그런 일이 별로 없는데." 스미스 씨가 부드러운 어조로 말하더군요.

이어서 그들은 침묵을 지켰지요.

"그들이 거기에 골프장을 짓지 않는 것이 참 이상해요. 난 그 젊은이들 중 하나가 그렇게 할 것이라고 생각했는데." 스미스 씨가 말했지요. 틀림없이 침묵이 그를 불편하게 만들었을 테니까요.

그래도 브라운 부인은 별로 대답하고 싶지 않은 눈치였습니다.

"그들이 여기에 얼마나 큰 변화를 일으키고 있는지 몰라요." 스미스 씨는 창밖을 보면서, 그리고 동시에 나를 훔쳐보면서 말했지요.

브라운 부인의 침묵을 근거로 할 때, 그리고 스미스 씨가 말을 하면서 보이는 그 어색한 상냥함을 근거로 할 때, 그가 그녀에게 불쾌하게 어떤 권력을 행사하고 있었던 것이 분명했습니다. 그 일은 그녀의 아들의 몰락일 수도 있고, 아니면 그녀의 과거 삶에 있었던 어떤 고통스런 사건일 수도 있고, 그것도 아니면 그녀의 딸의 실패일 수도 있었습니다. 아마 그녀는 어떤 재산을 넘길 서류에 서명하러 런던으로 가고 있었을지 모릅니다. 틀림없이 그녀는 자신의 의지와 반대로 스미스 씨의 손아귀에 잡혀 있었습니다. 내가 그녀에게 동정심을 강하게 느끼기 시작할 때, 그녀가 갑자기 뜬금없는 말을 하더군요.

"떡갈나무가 2년 연달아 쐐기벌레에게 잎을 먹히면 죽게 되는가요?"

그녀는 꽤 밝은 표정으로, 교양 있고 호기심이 느껴지는 목소리로 말했습니다.

스미스 씨는 화들짝 놀랐으나 편하게 대화할 주제가 주어졌다는 사실에 안도감을 느끼더군요. 그는 그녀에게 곤충들이 야기하는 전염병에 대해 매우 빨리, 아주 많은 이야기를 들려주었습니다. 그는 켄트 주에 과일 농장을 하는 형제가 하나 있다면서 그녀에게 켄트 주에서 과일 농부들이 해마다 하는 일들에 대해 들려주었지요.

그가 말하는 동안에, 아주 이상한 일이 벌어졌습니다. 브라운 부인이 하얀 손수건을 꺼내서 자신의 눈을 가볍게 두드리기 시작했지요. 그녀는 울고 있었습니다. 그러나 그녀는 그가 하는 말을 꽤 차분하게 계속 듣고 있었지요. 그는 그녀가 우는 모습을 그 전에도 자주 보았다는 듯이, 그리고 그것이 불쾌한 버릇이라는 듯이, 목소리를 조금씩 높이고 또 화를 조금씩 더 내면서 말을 계속하더군요. 마침내 그녀의 울음이 그의 신경을 건드리고 말았지요. 그는 갑자기 말을 멈추고 창밖을 내다보다가, 내가 들어올 때 그랬던 것과 똑같이, 몸을 앞으로 기울이고, 마치 터무니없는 짓을 더 이상 참아주지 못하겠다는 듯이, 위협적인 태도로 말했습니다.

"그러면 우리가 얘기하던 그 문제로 돌아가지요. 모든 것이 잘 되겠죠? 조지는 화요일에 거기에 올 거구요?"

"우린 늦지 않을 거예요." 브라운 부인이 위엄 있게 다시 자신을 추스르면서 말했지요.

스미스 씨는 아무 말을 하지 않더군요. 그는 일어나서 코트 단추를 채우고 가방을 챙긴 뒤에 기차가 클래펌 정크션 역에 채 서기도 전에 기차에서 뛰어내리더군요. 그는 자신이 원하는 것을 챙겼지만 수치심을 느꼈지요. 그는 늙은 부인의 시선을 벗어나게 되었다는 사실에 안도감을 느끼는 것 같았지요.

이제 브라운 부인과 나만 남았습니다. 그녀는 반대편 구석 자리에 그대로 앉아 있었습니다. 매우 깔끔하고, 매우 작고, 다소 기묘하고, 심하게 고생하는 듯한 차림이었지요. 그녀의 인상은 아주 강렬했습니다. 그녀의 인상은 한 줄기 외풍처럼, 탄내처럼 나에게로 쏟아졌지요. 그녀의 인상은, 그 강렬하고 특이한 인상은 무엇으로 이뤄져 있었습니까?

그런 상황에 처하는 경우에 사람의 머리에 앞뒤가 맞지 않고 무관한 온갖 생각들이 다 떠오르지요. 온갖 종류의 장면들의 한가운데에서 브라운 부인을 보게 되지요. 나는 바닷가의 집에서 기이한 장식들 사이에, 이를테면 성게나 유리 상자에 담긴 배의 모형들 사이에 있는 그녀에 대해 생각했지요. 벽난로 선반에는 그녀의 남편이 받은 메달들이 놓여 있고요. 그녀는 방을 들락거렸으며, 의자 모서리에 앉거나, 접시들을 놓고 식사를 하거나, 침묵 속에 오랫동안 응시하곤 했지요. 쐐기벌레와 떡갈나무가 이 모든 것을 떠올리도록 만든 것 같습니다.

그때 고립된 이 공상적인 삶 속으로 스미스 씨가 갑자기 끼어들었지요. 나는 그가 바람이 심하게 부는 어느 날 불쑥 나타나는 것을 보았지요. 그는 문을 두드렸고, 이어서 문을 쾅 닫았지요. 빗물을 뚝뚝 떨어뜨리고 있는 그의 우산이 현관을 수영장으로 만들었지요. 그들은 비밀스럽게 함께 앉았지요.

이어 브라운 부인은 끔찍한 사실을 직면했습니다. 그녀는 비장한 결정을 내렸습니다. 일찍이, 동 트기 전에, 그녀는 가방을 싸서 직접 역까지 옮겼지요. 그녀는 스미스가 거기에 손을 대지 못하게 할 생각이었습니다. 그녀는 자존심을 심하게 다쳤으며, 자신의 정박지에서 닻을 끌어 올렸지요. 그녀는 하인들을 둔 좋은 집안 출신이었지만, 세부적인 것은 두고 볼 일이었지요. 중요한 것은 그녀의 성격을 알아내는 것, 나 자신을 그녀의 환경 속으로 깊이 집어넣는 것이었지요. 기차가 멈추기 전까지, 나는 그녀의 상황이 다소 비극적이고 영웅적이면서도, 다소 엉뚱하고 공상적이라고 느낀 이유를 설명할 시간을 전혀 갖지 못했습니다. 나는 그녀가 짐을 들고 거대한 역 속으로 사라지는 것을 보았지요. 그녀는 매우 작고, 매우 끈질겨 보였습니다. 동시에 그녀는 매우 허약하고 매우 비장해 보였지요. 그리고 나는 그녀를 다시 보지 못했으며, 나는 그녀가 어떻게 되었는지 절대로 알지 못할 것입니다.

그 스토리는 그 점에 대해 어떤 힌트도 하지 않은 상태에서 끝납니다. 그러나 내가 이 일화를 여러분에게 들려주는 것은 나 자신의 창의력을 보여주거나 리치먼드에서 워털루까지 여행의 즐거움을 보여주기 위해서가 아닙니다. 여러분이 이 이야기에서 봐주기를 바라는 것은 바로 이것입니다. 여기에 다른 사람에게 어떤 인상을 주고 있는 한 인물이 있습니다. 여기에 누군가가 거의 자동적으로 그녀에 관한 소설을 쓰기 시작하도록 만드는 브라운 부인이 있습니다. 나는 모든 소설들이 반대편 구석에 앉은 늙은 부인 같은 것으로 시작한다고 믿습니다. 바꿔 말하면, 나는 모든 소설이 인물을 다룬다고 믿습니다. 또 나는 너무나 서투르고, 장황하고, 극적이지 않고, 너무나 풍요롭고, 유연하고, 생생한 소설들의 형식이 발달하게 된 것은 교리를 설교하거나, 노래를 부르거나, 영국 제국의 영광을 축하하기 위한 것이 아니라 인물을 표현하기 위해서라고 믿고 있습니다.

내가 방금 인물을 표현하기 위해서라고 했지만, 여러분은 당장 그 표현이 대단히 넓은 의미로 해석될 수 있다고 생각할 것입니다. 예를 들어, 늙은 브라운 부인이라는 인물은 여러분이 태어난 나라가 어디냐에 따라, 또 여러분의 나이에 따라 매우 다르게 다가올 것입니다.

그 기차 안에서 일어난 사건을 영국인과 프랑스인, 러시아인의 관점에서 3가지 버전으로 쓰는 것은 아주 쉬운 일이지요. 영국 작가는 늙은 부인을 하나의 "인물"로 만들 것입니다. 그는 그녀의 기이한 특성과 버릇, 그녀의 단추와 주름살, 그녀의 리본과 사마귀를 끌어낼 것입니다. 그녀의 인격이 책을 지배할 것입니다. 프랑스 작가는 이 모든 것을 지워버리고, 인간의 본성에 관한 보편적인 관점을 제시하기 위해, 그러니까 보다 추상적이고, 균형 잡히고, 조화로운 전체를 위해 브라운 부인이라는 개인을 희생시킬 것입니다. 러시아 작가는 육신을 뚫고 영혼을, 워털루 로드를 배회하며 인생에 대해 거창한 질문들을 던지고 있는 영혼만을 드러낼 것입니다. 그러면 그 질문들은 책을 다 읽고 난 뒤에도 우리의 귀에 계속 들릴 것입니다.

　이제 나이와 나라 외에 고려해야 할 것으로 작가의 기질이 있습니다. 인물에서 여러분은 이것을 보고, 나는 저것을 봅니다. 여러분은 그것이 이런 의미라고 말하고, 나는 그것이 저런 의미라고 말합니다. 그리고 글쓰기에 대해 말하자면, 작가는 각자의 원칙에 따라 선택합니다. 따라서 브라운 부인은 작가의 나이와 국가, 기질에 따라서 무한히 다양한 방법으로 다뤄질 수 있지요.

　그러나 지금 나는 아놀드 베닛 씨가 말한 내용을 떠올려야 합니다. 그는 소설이 오래 살아남을 기회를 누리려면 인물이 현실적이어야 한다고 말합니다. 그렇지 않은 소설은 반드시 죽고 만다는 뜻이지요. 그러나 나는 스스로 이런 질문을 던집니다. 현실성이란 무엇인가? 그리고 현실성을 판단하는 심판관은 누구인가? 어떤 인물은 베닛 씨에게 현실적일 수 있어도 나에게는 비현실적일 수 있습니다. 예를 들어, 그 서평에서 그는 『셜록 홈즈』(Sherlock Holmes)의 왓슨 박사가 그에게는 현실적이라고 말하지만, 나에게 왓슨 박사는 짚이 가득 든 자루에 불과하고, 바보이고, 익살맞은 인물일 뿐입니다. 그래서 책이 계속 나오고 인물도 꼬리에 꼬리를 물고 등장하는 것이지요. 특히 오늘날의 책들의 경우에 인물들의 현실성에 관한 의견만큼 심하게 갈리는 분야도 따로 없습니다.

　그러나 시야를 더욱 넓힌다면, 베닛 씨의 의견이 완벽하게 옳다고 나는 생각합니다. 말하자면, 여러분에게 위대한 소설로 보이는 작품들,

그러니까 『전쟁과 평화』와 『허영의 시장』, 『트리스트램 샌디』, 『마담 보바리』(Madame Bovary), 『오만과 편견』, 『캐스터브리지의 시장』, 『빌레트』에 대해 생각한다면, 여러분은 당장 너무나 현실적(이 표현을 나는 현실과 똑같다는 뜻으로 이해하지 않습니다)일 것 같은 인물에 대해 생각하게 됩니다. 그 인물은 여러분이 그 인물 자체에 대해 생각하게 하는 힘을 지녔을 뿐만 아니라, 온갖 것을, 이를테면 종교와 사랑, 전쟁, 평화, 가족생활, 시골의 무도회, 일몰, 월출, 영혼의 불멸성까지 그 인물의 눈으로 보도록 만드는 힘을 지녔습니다.

나에겐 『전쟁과 평화』에서 인간 경험의 주제 중에서 배제된 것은 거의 없는 것처럼 보입니다. 그리고 이 모든 소설들에서, 위대한 소설가들은 모두 그들이 원하는 대로 우리가 어떤 인물을 통해서 세상을 보도록 만들었습니다. 그렇게 하지 않았다면, 그들은 소설가가 아니라 시인이나 역사가, 팸플릿 저자였을 것입니다.

그러나 여기서 베닛 씨가 추가로 말한 내용을 검토하도록 하지요. 그는 조지 5세 시대의 작가들 중에는 위대한 소설가가 한 사람도 없다고 했습니다. 이유는 그 소설가들이 현실적이고 진정하고 설득력 있는 인물들을 창조하지 못했기 때문이라는 것입니다. 그 점에 나는 동의하지 못합니다. 내가 생각하기에, 그 문제에 다른 방식으로 접근할 수 있을 것 같습니다. 나에겐 적어도 그렇게 보이지만, 나는 그 문제가 나 자신이 편견을 갖고 있고 낙천적으로, 또 근시안적으로 대하기 쉬운 문제라는 점을 잘 알고 있습니다.

나는 여러분이 그것을 넓은 마음으로 공정하게 볼 것이라는 희망을 품고서 나의 견해를 제시할 생각입니다. 그렇다면, 오늘날의 소설가들이 베넷 씨에게만 아니라 전반적인 세상에도 현실적으로 보이는 인물들을 창조하는 것이 그렇게 어려운 이유가 무엇일까요? 10월이 다시 돌아오는데도 출판사들이 언제나처럼 우리에게 걸작을 제시하지 못하고 있는 이유는 무엇일까요?

틀림없이, 한 가지 이유는 1910년을 전후해 글쓰기를 시작한 남자들과 여자들이 엄청난 어떤 문제에 직면했다는 사실이지요. 그 문제는 바로 그들이 일을 배울 수 있는 현존 영국 소설가들이 한 사람도 없었다는 사실입니다. 콘래드가 있지만 그는 폴란드인이지요. 그 같은 사실이 그를 외따로 떼어놓고 있으며, 따라서 그는 아무리 존경스러울지라도 영국 신인 작가들에게는 큰 도움이 되지 못합니다. 토머스 하디는 1895년 이후로 소설을 전혀 쓰지 않았지요.

나의 판단에, 1910년에 가장 탁월하고 가장 큰 성공을 거둔 소설가들은 웰스와 베넷, 골즈워시였습니다. 지금 이 사람들을 찾아가서 소설 쓰는 법을, 그러니까 현실적인 인물을 창조하는 방법을 가르쳐달라고 부탁하는 것은 제화공을 찾아가서 시계 만드는 방법을 가르쳐달라고 부탁하는 것이나 다를 바가 없습니다.

이렇게 말한다고 해서 여러분이 내가 그들의 책을 높이 평가하지 않거나 즐기지 않는다는 인상을 받지 않기를 바랍니다. 그 책들은 대단한 가치를 지닌 것처럼 보이고 정말로 절대적으로 필요한 것들입니다. 시계를 갖는 것보다 부츠를 갖는 것이 더 중요한 계절이 있지요. 메타포를 버린다면, 나는 빅토리아 시대의 창조적인 활동이 있은 뒤에는 문학뿐만 아니라 삶을 위해서도 누군가가 웰스와 베닛과 골즈워시가 썼던 책들을 써야 한다고 생각합니다.

그럼에도 그 책들은 너무나 이상해요! 가끔 나는 그것들을 책이라고 부르는 것이 과연 맞는지 의아한 생각까지 들기도 합니다. 왜냐하면 그 책들이 너무나 이상하게도 독자들에게 불완전하고 불만스럽다는 감정을 남기기 때문이지요. 그 책들을 완성하기 위해서는 무엇인가를 하는 것이, 이를테면 어떤 협회에 가입하거나, 더욱 절실하게, 수표를 끊는 일이 필요한 것처럼 보입니다. 그런 조치가 취해지면, 불안이 가라앉고 책이 완성됩니다. 그러면 그 책은 서가에 꽂힐 수 있고 그 후로 다시 읽을 필요는 없을 것입니다.

그러나 다른 소설가들의 작품이라면 이야기는 완전히 달라집니다. 『트리스트램 샌디』나 『오만과 편견』은 그 자체로 완전합니다. 그 작품들은 그것 하나로 독립적이며, 다 읽고 나면 독자들에게 다시 읽고 싶고 더 잘 이해하고 싶은 욕망 외에 다른 것은 아무것도 남지 않습니다. 차이는 로런스 스턴과 제인 오스틴이 사물들 자체에, 인물들 자체에, 책 자체에 관심을 두었다는 점이지요. 따라서 모든 것이 책 안에 있었으며, 책 밖에는 아무것도 없었지요.

그러나 에드워드 7세 시대의 작가들은 인물 자체나 책 자체에 절대로 관심을 두지 않았습니다. 그들은 책 밖의 무엇인가에 관심을 두고 있었지요. 그래서 그들의 책은 책으로서 불완전했으며, 독자에게 스스로 능동적으로, 또 실질적으로 완성시켜줄 것을 요구했지요.

객차 안에서 작은 파티가 벌어진다고 상상하면 그 차이를 더 분명하게 볼 수 있습니다. 웰스와 골즈워시, 베닛이 브라운 부인과 함께 워털루로 여행하고 있습니다. 내가 말했듯이, 브라운 부인은 옷차림이 남루하고 체구가 매우 작습니다. 그녀는 세파에 시달린 것 같고 잔뜩 걱정하는 표정을 짓고 있습니다. 내가 보기에, 그녀가 여러분이 교육 받은 여자라고 부르는 그런 사람인지 의심스럽지요.

우리 초등학교의 불만스런 조건으로 인해 나타나게 된 이 모든 징후들을 내가 절대로 인정할 수 없는 그런 속도로 파악하면서, 웰스는 그 즉시 보다 훌륭하고, 보다 유쾌하고, 보다 즐겁고, 보다 행복하고, 보다 대담하고, 보다 당당한 세계의 어떤 비전을 창유리로 투사할 것입니다. 그 세계에는 곰팡내 나는 철도 객차들과 완고한 늙은 여자들은 존재하지 않으며, 기적의 거룻배가 아침 8시까지 캠버웰로 적도 과일을 싣고 오고, 공공 탁아소와 분수, 도서관, 응접실, 식당, 결혼이 있고, 모든 시민이 관대하고 솔직하고, 용기 있고, 멋지고, 웰스 본인 같습니다. 그러나 브라운 부인을 조금이라도 닮은 사람은 한 사람도 없지요. 유토피아에는 브라운 부인 같은 사람은 절대로 없습니다.

정말로, 나는 그녀를 당연히 되어야 할 그런 존재로 만들려는 열정에 빠져 있는 웰스가 그녀의 현재 모습에 대해 단 한 번이라도 생각해 보았을 것이라고 생각하지 않습니다. 그리고 골즈워시는 무엇을 보았을까요? 덜튼의 공장의 벽들이 골즈워시의 마음을 사로잡을 것이라고 생각해도 괜찮을까요? 그 공장에는 매일 도기 항아리를 스물다섯 다스씩 만드는 여자들이 있습니다. 마일 엔드 로드에는 그 여자들이 벌어오는 파딩[199]에 의존하며 사는 어머니들이 있지요. 그러나 서리[200] 주에는 지금도 나이팅게일이 노래하는 소리를 들으며 시가를 피우는 고용주들이 있습니다. 분노에 불타고, 정보로 넘쳐나고, 문명을 규탄하는 골즈워시는 브라운 부인에게서 물레 위에서 깨어져 구석으로 던져진 그런 항아리만을 볼 것입니다.

에드워드 7세 시대의 사람들 중에서 유일하게 베닛 씨만이 시선을 객차 안에 둘 것입니다. 정말로, 그는 엄청난 주의력으로 모든 디테일을 관찰할 것입니다. 그는 광고가 있다는 것도 알아차릴 것이고, 스와니지와 포츠머스[201]의 사진들도 볼 것이고, 쿠션이 단추들 사이에 어떤 모습으로 삐어져 나와 있는지에 대해서도 관심을 둘 것입니다. 또 베닛 씨는 브라운 부인이 휘트워스의 시장에서 3파운드 10실링 3펜스를 주고 산 브로치를 어떻게 꽂고 있으며, 양쪽 장갑을 어떤 식으로 수선해 끼고 있는지에 대해서도 묘사할 것입니다. 정말이지, 왼쪽 장갑의 엄지손가락은 완전히 다른 것으로 교체한 상태였습니다. 그리고 그는 중산층 주민들, 그러니까 극장에 갈 능력은 되지만 자동차를 살 수 있는 사

---

199   영국의 옛 화폐로 4분의 1 페니에 해당했으며 1961년에 폐지되었다.

200   동쪽으로 켄트 주와 접하고 있다.

201   스와니지와 포츠머스는 잉글랜드 남쪽의 해안 도시들이다.

회적 계급에 아직 이르지 못한 시민들의 편의를 위해서 리치몬드에 정차하는 윈저발(發) 직행 열차가 어떤지에 대해 길게 관찰할 것입니다. 그럼에도, 중산층 주민들은 특별한 행사(베넛은 어떤 행사들인지에 대한 이야기를 들려줄 것입니다)가 있는 경우에는 회사(베넛은 어떤 회사가 있는지에 대한 이야기를 들려줄 것입니다)로부터 자동차를 빌릴 수 있는 것이 사실입니다.

이어서 베넛은 옆걸음으로 차분하게 브라운 부인 쪽으로 조금씩 다가서면서 그녀가 다쳇[202]에 프리홀드(freehold)[203]가 아닌 카피홀드(copyhold) 토지를 약간 갖게 된 사연에, 게다가 그것마저도 번게이 씨라는 사무 변호사에게 저당을 잡히게 된 사연에 관심을 둘 것이지만, 왜 내가 베넛 씨를 창조하는 일을 떠안아야 하죠? 베넛 씨 본인이 소설을 쓰지 않습니까?

나는 나의 머리에 가장 먼저 떠오르는 책 『힐다 레스웨이즈』(Hilda Lessways)를 펼칠 것입니다. 베넛 씨가 소설가라면 반드시 해야 하는 일을, 말하자면 우리로 하여금 힐다가 현실적이고 진실하고 설득력 있는 존재라는 느낌을 갖도록 하는 일을 어떤 식으로 처리하는지를 보도록 하지요. 그녀는 조심스럽고 절제된 동작으로 문을 닫았습니다. 그녀

---

202 잉글랜드 버크셔 주의 소도시인 윈저의 로열 버러에 속하는 마을.

203 중세 이후로 영국에는 토지 소유 형태가 3가지가 있었다. 프리홀드는 오늘날 우리가 아는 소유권에 해당하고, 리스홀드(leasehold)는 프리홀드 토지를 소유한 사람으로부터 일정 기간 동안 임차하는 것을 말하고, 카피홀드는 해당 토지가 소재지 영주의 것이라는 점에서 리스홀드와 다소 비슷하다.

의 그런 행동은 그녀와 어머니의 관계가 어색하다는 점을 보여주지요. 그녀는 『모드』(Maud)[204]를 읽기를 즐겼으며, 그녀는 치열하게 느낄 줄 아는 능력을 타고 났습니다. 지금까지는 괜찮지요. 베닛 씨는 모든 터치가 중요한 첫 부분에서 힐다가 어떤 부류의 소녀인지를 여유를 보이면서도 분명하게 보여주려고 노력하고 있습니다.

그러나 이어서 그는 힐다 레스웨이즈가 아닌 그녀의 침실 창에서 본 경치를 묘사하기 시작합니다. 변명은 임차료를 거두는 남자인 스켈론 씨가 그 길을 따라 걸어오고 있다는 것입니다. 베닛은 이렇게 적고 있습니다.

> 턴힐의 토지 관리인의 관할 구역이 그녀의 뒤에 자리 잡고 있었
> 으며, 안개 자욱한 파이브 타운스[205]가 남쪽으로 펼쳐지고 있었다.
> 턴힐은 말하자면 파이브 타운스의 북쪽 전초 기지 같은 곳이었다.
> 운하가 채털리 우드의 기슭을 곡선을 크게 그리며 휘감으면서 체
> 셔의 순결한 평원과 바다를 향해 길을 재촉하고 있다. 운하 옆에,
> 정확히 힐다의 창문 맞은편에 제분소가 하나 있었다. 이 제분소는
> 가끔 도기를 굽는 가마들과 굴뚝들만큼 많은 연기를 피워 올리면

---

204 앨프리드 테니슨이 1854년에 쓴 시.

205 베닛이 어린 시절과 젊은 시절을 보낸 스태퍼드셔 포터리즈를 구성하던 타운 6곳 중 5곳을 일컫는다. 그 지역은 턴스톨, 버슬렘, 핸리, 펜톤, 스토크, 롱턴의 타운으로 구성되었으며, 이 6개의 타운은 1910년에 스토크-온-트렌트로 합쳐졌다. 이 중에서 베닛은 작품에서 펜톤을 배제했다.

서 양쪽으로 시야를 가렸다. 이 제분소에서부터 벽돌을 깐 길이, 상당히 긴 줄을 이루고 있는 새로운 소주택들과 그 집들에 딸린 정원들을 분리시키면서 레스웨이 부인의 집이 서 있는 레스웨이 즈 스트리트로 쭉 곧게 뻗고 있었다. 스켈론 씨는 이 길로 왔음에 틀림없다. 그가 한 줄로 늘어선 소주택들 중에서 가장 먼 곳에 위치한 주택에 살고 있었으니까.

통찰력 번득이는 글 한 행이면 묘사에 해당하는 이 모든 행들을 합한 그 이상의 일을 해냈을 테지만, 그래도 이 묘사를 소설가에게 필요한 고역 정도로 여기도록 하지요. 지금 힐다는 어디에 있습니까? 아니, 이럴 수가. 힐다는 지금도 여전히 창밖을 내다보고 있습니다. 욕망이 크고 불만이 많았기 때문에, 그녀는 집들을 볼 줄 아는 눈이 있는 소녀였습니다. 그녀는 종종 늙은 스켈론 씨를 그녀가 침실 창으로 본 빌라들에 빗댔지요. 따라서 빌라에 대한 묘사가 있어야 했습니다. 베닛 씨는 이런 식으로 이어갑니다.

소주택들이 이루는 줄은 프리홀드 빌라스라고 불렸다. 토지의 대부분이 카퍼홀드이고 "벌금"을 지급하고 "법원"의 봉건적인 승인이 있어야만 소유권이 바뀌는 그런 지역에서 의도적으로 오만하게 지은 이름이었다. 주거지 대부분은 점유자의 소유였으며, 각자의 대지에서 모두 절대 군주였던 이 점유자들은 밤에 말리려고 걸어놓은 셔츠와 타월이 펄럭이는 가운데 검댕이투성이 정원에서 꾸물꾸물 움직였다. 프리홀드 빌라스는 빅토리아 시대 경제의 최종 승리를, 신중하고 근면한 장인(匠人)의 절정기를 상징했다. 그것은 어느 건축 협회 사무총장이 낙원에 대해 꾸는 꿈과 일치한다. 그리고 그것은 정말로 매우 진정한 성취였다. 그럼에도 불구하고, 힐다의 비이성적인 경멸은 이 점을 인정하지 않을 것이다.

이제야 나타나다니! 마침내 우리는 힐다에게 다가가고 있지요. 그러나 속도는 그다지 빠르지 않습니다. 힐다는 이런 존재도 될 수 있고 저런 존재도 될 수 있고 그것도 아닌 또 다른 존재가 될 수도 있지만, 힐다는 집들을 보았을 뿐만 아니라 집들에 대해 생각도 했으며, 힐다는 어느 집에 살았습니다. 그리고 힐다는 어떤 종류의 집에 살았습니까? 베닛 씨는 이렇게 쓰고 있습니다.

그것은 차주전자 제조업자였던 그녀의 할아버지 레스웨이즈가 지은 4채의 집 중에서 독립적인 테라스를 가진, 가운데의 2채 중 하나였다. 그것은 4채의 집 중에서 가장 훌륭했으며, 틀림없이 테라스의 소유자가 거주하는 곳이었다. 귀퉁이 집들 중 하나는 식료품점이었으며, 이 집은 지주의 정원 터를 다른 정원보다 더 넓게 만들기 위해 그 만큼 터를 빼앗겼다. 테라스는 소주택들의 테라스가 아니라, 1년에 26파운드에서 36파운드까지 책정되어 있는 주택들의 테라스였다. 이 만한 금액은 장인과 소규모 보험 대리인과 지대 징수관들의 능력을 넘어서는 수준이다. 게다가, 테라스는 널찍하게 잘 지어졌으며, 그 건축은 약간 격이 떨어지긴 해도 조지 5세 시대의 편리한 생활의 흔적을 어느 정도 보여주었다. 그것은 틀림없이 타운의 새로 개발한 구역 안에서 가장 훌륭한 주택가일 것이다. 프리홀드 빌라스에서 나와서 그곳으로 오면서, 스켈론 씨는 분명히 보다 훌륭하고 보다 넓고, 보다 자유로운 곳으로 왔다. 바로 그때 힐다는 어머니의 목소리를 들었다. …

그러나 우리는 그녀의 어머니의 목소리나 힐다의 목소리를 들을 수 없습니다. 우리는 단지 지대(地代)와 프리홀드와 카피홀드와 벌금에 관한 사실들을 들려주는 베닛 씨의 목소리만 들을 수 있을 뿐입니다. 베닛 씨는 무엇을 하려 할까요? 나는 베닛 씨가 하려는 것에 대해 나름대로 의견을 갖게 되었습니다. 그는 우리가 그를 대신해서 상상하도록 만들려고 노력하고 있습니다. 그는 우리에게 최면을 걸어서 그가 집을 지었기 때문에 당연히 그 집에는 어떤 사람이 살고 있다고 믿게 만들려고 하고 있습니다. 베닛 씨가 구석에 자리 잡고 있는 브라운 부인을 놀라운 관찰력을 총동원해서, 또 엄청난 동정심과 인간애를 동원해서 본적은 한 번도 없었습니다.

거기 객차의 구석에 그녀가 앉아 있습니다. 그 객차는 리치몬드에서 워털루로 여행하고 있는 것이 아니라 영국 문학의 한 시대에서 다음 시대로 넘어가고 있습니다. 브라운 부인은 영원하고, 브라운 부인은 인간 본성이고, 브라운 부인은 오직 표면적으로만 변하고, 거기에 올랐다가 내리는 것은 소설가들이니까요. 그녀는 거기에 그렇게 앉아 있으며, 에드워드 7세 시대의 작가들 중에선 한 사람도 그녀를 그다지 열심히 보지 않았지요. 그들은 창문 밖으로 매우 강하게 수색하듯이, 또 동정적으로 공장을, 유토피아를, 심지어 객차의 장식과 실내 소품을 보았지만, 그들이 그녀를, 인간의 삶을, 인간의 본성을 보는 경우는 절대로 없었습니다. 그래서 그들은 자신들의 목적에 부합하는 소설 쓰기 기술을 발달시켰으며, 그들은 자신의 일에 도움이 되는 도구를 만들고 관행을 확립했지요. 그러나 그 도구는 우리의 도구가 아니며, 그 일은 우리의 일이 아닙니다. 우리에게 그 관행은 폐허이고 그 도구는 죽음이지요.

나의 언어가 모호하다고 불평할 수도 있을 것 같군요. 관행은 무엇이고, 또 도구는 무엇이며, 베닛 씨와 웰스 씨, 골즈워시 씨의 관행이 조지 5세 시대 작가들에게 나쁜 관행이라는 말은 또 무슨 뜻인가요? 이 질문은 어렵습니다. 그래서 나는 쉬운 방법을 시도할 생각입니다.

글쓰기에서 말하는 관행은 예절에서 말하는 관행과 그다지 다르지 않지요. 삶이나 문학에서나 똑같이, 한편으로 호스티스와 그녀의 미지의 손님 사이의, 다른 한편으로 작가와 그의 미지의 독자 사이의 깊은 틈을 건너는 다리가 되어줄 수단이 필요합니다. 호스티스는 날씨에 대해 많이 생각합니다. 왜냐하면 여러 세대의 호스티스들이 날씨가 모든 사람이 보편적으로 관심을 갖는 주제라는 사실을 확립했기 때문이지요. 호스티스는 따분한 5월을 맞고 있다는 말로 시작함으로써 미지의 손님과 서로 마음을 연 다음에 중요한 문제로 나아갑니다.

문학에서도 마찬가지입니다. 작가는 독자가 알고 있고, 따라서 독자의 상상력을 자극하고 독자가 친교라는 훨씬 더 어려운 일에서 기꺼이 협력하도록 할 수 있는 무엇인가를 독자 앞에 놓음으로써 독자와 접촉할 수 있어야 합니다. 그리고 이 공통적인 만남의 장소에 쉽게, 어둠 속에서 눈을 감은 상태에서 거의 본능적으로 닿는 것이 매우 중요하지요.

내가 앞에서 인용한 단락에서 베닛 씨는 이 공통적인 토대를 이용하고 있습니다. 그의 앞에 놓인 문제는 우리가 힐다 레스웨이즈의 현실성을 믿도록 만드는 것이었습니다. 그래서 그는 에드워드 7세 시대의 작가이기 때문에 힐다가 살고 있는 집의 종류에 대해, 그녀가 창문으로 본 집의 종류에 대해 정확하고 세밀하게 묘사하는 것으로 소설을 시작했습니다. 집의 재산권은 에드워드 7세 시대의 작가들이 친교로 쉽게 나아갈 수 있는 공통의 토대였지요. 우리가 볼 때엔 간접적임에도, 그 관행은 놀랄 정도로 효력을 발휘했으며, 이 방법에 의해서 힐다 레스웨이즈 같은 인물 수천 명이 세상에 등장하게 되었습니다. 그 시대와 그 세대에게 그 관행은 훌륭한 관행이었지요.

그러나 여기서 나 자신의 일화를 갈기갈기 찢어 해부하는 것이 허용된다면, 여러분은 내가 어떤 관행의 결여를 얼마나 예리하게 느끼고 있는지, 그리고 한 세대의 도구들이 다음 세대에게 아무런 쓸모가 없을 때 그것(관행의 결여)이 얼마나 심각한 문제가 되는지를 보게 될 것입니다. 그 일화는 나에게 강력한 인상을 안겨주었습니다. 그러나 내가 그 인상을 여러분에게 어떤 식으로 전할 수 있었습니까? 내가 할 수 있는 것은 거기서 나온 말을 최대한 정확히 보고하고, 그녀가 입은 것을 세세하게 묘사하고, 나의 마음속으로 밀려온 모든 장면들을 간절히 전하고, 그런 것들을 이리저리 굴리고, 너무나 생생한 인상을 외풍 한 줄기나 탄내에 비유하는 방식으로 묘사하는 것입니다.

솔직히 말하면, 나도 마찬가지로 그 늙은 부인의 아들과 대서양을 가로지르는 그의 모험과 그녀의 딸과 그 딸이 웨스트민스터에서 여성 모자 가게를 운영하는 방식, 스미스 씨 본인의 과거의 삶, 셰필드에 있는 그의 집 등에 관해 3권짜리 소설을 제조하고 싶다는 유혹을 강하게 느꼈습니다. 나에게 그런 이야기들이 세상에서 가장 음울하고, 부적절하고, 기만적인 것처럼 보일지라도 말입니다.

그러나 만약에 그런 식으로 했더라면, 나는 내가 의미하는 바를 말해야 하는 끔찍한 고역에서 벗어날 수 있었을 것입니다. 그리고 내가 의미하는 바에 닿기 위해서, 나는 거듭 뒤로 돌아가야 했을 것입니다. 이것과 저것을 갖고 실험하고, 각 단어를 나의 통찰과 연결시키고, 그 단어를 최대한 정확히 결합시키고, 어쨌든 우리 사이에 공통적인 어떤 토대를, 그러니까 여러분에게 믿기 어려울 만큼 지나치게 기이하거나 비현실적이거나 억지스러워 보이지 않을 어떤 관행을 발견해야 한다는 것을 알고 있으면서 이 문장을 시도하고 또 저 문장을 시도해야 했을 것입니다.

나는 그런 힘든 과제를 회피했다는 점을 인정합니다. 나는 나의 브라운 부인이 나의 손가락 사이로 빠져나가도록 내버려 두었습니다. 나는 여러분에게 그녀에 대해서는 아무것도 말하지 않았습니다. 그러나 그것은 부분적으로 에드워드 7세 시대의 위대한 작가들의 잘못입니다. 나는 그들에게 이 부인의 인물 묘사를 어떤 식으로 해야 하는지에 대해 물었습니다. 그들이 모두 나보다 나이가 많고 더 훌륭한 인물들이니까요. 그들의 대답은 이랬습니다. "그녀의 아버지가 해러게이트[206]에서 가게를 운영하는 것으로 시작하라. 임차료를 확인하라. 그리고 1878년에 가게 보조원의 임금을 확인하라. 그녀의 어머니가 죽은 원인을 찾아라. 암을 묘사하라. 흰 무명을 묘사하라. -----를 묘사하라."

그러나 나는 "그만! 그만!"이라고 외쳤지요. 그리고 유감스럽게도 나는 추하고, 꼴사납고, 부조리한 그 도구를 창밖으로 던져버리고 말았습니다. 왜냐하면 내가 암과 흰 무명을 묘사하기 시작했더라면, 나의 브라운 부인, 그러니까 나 자신이 여러분에게 전할 방법을 전혀 모르면서도 줄기차게 매달리고 있는 그 광경이 흐릿해지고 바래지다가 영원히 사라져버렸을 테니까요.

그것이 내가 에드워드 7세 시대의 도구들은 우리가 사용하기에 좋지 않은 도구라고 말할 때 뜻하는 바입니다. 에드워드 7세 시대의 도구들은 상황의 구조를 엄청나게 강조했지요. 그들은 우리가 어떤 집에 살고

---

206 잉글랜드 노스요크셔 주에 위치한 도시로 온천으로 유명하다.

있는 인간을 추론해낼 수 있을 것이라고 기대하면서 그 집을 주었습니다. 그 집에 사는 인간들에게 마땅히 누려야 할 것들을 부여하기 위해서, 에드워드 7세 시대의 도구들은 그 집을 아주 살기 편하게 만들었습니다. 그러나 만약에 여러분이 소설은 먼저 사람들에 관한 것이어야 하고 그 다음에 그들이 살고 있는 집에 관한 것이어야 한다고 고집한다면, 그것은 소설을 시작하는 방법으로 틀린 길입니다. 따라서 잘 아시다시피 조지 5세 시대의 작가는 당시에 쓰이고 있던 방법을 버리는 것으로 시작해야 했습니다. 조지 5세 시대의 작가는 브라운 부인을 독자에게 전할 어떤 방법도 갖지 못한 상태에서 그녀를 마주한 채 혼자 남겨졌지요.

그러나 이 말은 부정확합니다. 작가는 절대로 혼자이지 않습니다. 언제나 대중이 그와 함께 있지요. 대중은 작가와 같은 자리에 있지는 않아도 적어도 그 다음 문으로 들어갈 수 있는 구획 안에 있습니다. 지금 대중은 한 사람의 낯선 여행 동료와 비슷합니다.

영국에서 대중은 암시를 매우 잘 받아들이고 매우 유순한 존재입니다. 대중이 관심을 기울이게 할 수만 있다면, 그 대중은 여러 해 동안 자신들을 향해 하는 말이면 무엇이든 절대적으로 믿으려 들 것입니다. 만약에 여러분이 강한 확신을 갖고 대중에게 "여자는 모두 꼬리를 갖고 있고 남자는 모두 육봉을 갖고 있다."는 식으로 말한다면, 대중은 꼬리 달린 여자와 육봉 달린 남자를 보는 방법을 배우고 그 말이 매우 혁명적이라고 생각할 것이며, 혹시 당신이 "터무니없는 말일 뿐이야. 꼬리는 원숭이에게 있고 육봉은 낙타에게 있는 거야. 남자와 여자는 뇌를 갖고 있고 심장을 갖고 있어. 그들은 생각하고 느끼거든.”이라고 말하면 대중은 여러분의 말을 부적절한 것으로 여길 것입니다. 대중에게 이 말은 부적절하고 야비한 농담처럼 들릴 것입니다.

여기서 다시 본론으로 돌아가지요. 여기 영국 대중이 작가 옆에 앉아서 일치된 의견을 큰 소리로 말하고 있습니다. “늙은 부인들은 집을 갖고 있어. 그들은 아버지를 두고 있어. 그들은 소득도 있어. 그들은 하인을 두고 있어. 그들은 뜨거운 물주머니를 갖고 있어. 그것이 우리가 그들이 늙은 부인이라는 사실을 아는 방법이야. 웰스 씨와 베닛 씨와 골즈워시 씨는 이것이 늙은 부인을 알아보는 방법이라고 언제나 우리에게 가르쳤어. 그러나 지금 당신의 브라운 부인은 어떻게 되는가? 우리가 그녀를 어떻게 믿지? 우리는 그녀의 빌라가 앨버트라 불리는지 발모랄이라 불리는지조차도 몰라. 또 그녀가 장갑에 얼마의 돈을 지출했는지도 모르고, 그녀의 어머니가 암으로 죽었는지 폐결핵으로 죽었는지도 몰라. 그런 그녀가 어떻게 살아 있는 존재가 될 수 있지? 아니야. 그녀는 단지 당신의 상상에서 나온 허구일 뿐이야.”

그리고 늙은 부인들은 당연히 상상으로 만들어지는 것이 아니라 프리홀드 빌라와 카피홀드 사유지로 이뤄져야 합니다.

그래서 조지 5세 시대의 소설가들은 곤경에 빠졌습니다. 한편에는 자신은 사람들이 만들어낸 것과 많이 다르다고 항의하고 있는 브라운 부인이 있었습니다. 이 부인은 자신의 매력 중에서 순간적으로 흘러가는 것일지라도 가장 매혹적인 측면을 봄으로써 자기를 구해달라고 소설가를 유혹하고 있습니다. 다른 한편에선 에드워드 7세 시대의 소설가들이 집을 건설하고 부수는 데 적절한 도구들을 나눠주고 있었습니다. 그들 외에 뜨거운 물주머니부터 먼저 봐야 한다고 단호히 주장하는 영국 대중이 있었습니다. 그 사이에 기차는 우리 모두가 내려야 하는 역을 향해 돌진하고 있었지요.

내가 생각하기에, 그런 것이 조지 5세 시대의 젊은 소설가들이 1910년경에 처했던 곤경이었습니다. 그들 중 많은 이들은 그런 도구들을 내던지지 않고 이용하려고 노력했던 탓에 초기의 작품을 망쳐 놓았지요. 이 대목에서, 나는 구체적으로 E. M. 포스터와 D. H. 로런스에 대해 생각하고 있습니다. 그들은 타협하려고 노력했지요. 그들은 자신이 직접 경험한 어떤 인물의 기이함과 의미와, 공장법에 관한 골즈워시의 지식과 파이브 타운스에 관한 베닛의 지식을 서로 결합시키려 노력했지요.

그들은 그런 식의 결합을 시도했지만, 브라운 부인과 그녀의 특성들을 너무나 강렬하고 너무나 예리하게 느꼈기 때문에, 그 결합을 오랫동안 시도하고 있을 수 없었습니다. 뭔가 조치가 취해져야 했지요. 생명과 사지(四肢)에 어떤 대가를 치르고 소중한 재산에 어떤 피해를 입더라도, 기차가 멈추고 그녀가 영원히 사라지기 전에, 브라운 부인은 구조되어야 하고, 표현되어야 하고, 세상과 소중한 관계를 맺을 수 있어야 했습니다. 그리하여 충돌하고 부수는 것이 시작되었습니다.

따라서 우리는 주변의 온 곳에서, 시와 소설과 전기에서, 심지어 신문 기사와 에세이에서도 깨어지고 떨어지고 충돌하고 파괴되는 소리를 듣고 있습니다. 그것은 조지 5세 시대의 지배적인 소리입니다. 만약 과거에 아름다운 선율이 흐르던 시대들이 있었다는 것을 생각하면, 또 셰익스피어와 밀턴, 키츠, 혹은 제인 오스틴과 새커리, 디킨스에 대해 생각하면, 그 소리는 오히려 우울한 소리입니다. 또 언어와 그 언어가 자유로울 때 날아오를 수 있는 높이에 대해 생각하고, 똑같은 독수리가 포획되어 머리가 벗겨지고 힘없이 우는 것을 본다면, 그 소리는 다소 멜랑콜리한 소리이지요.

이런 소리들이 귀에 들리고 이런 공상들이 머리에 떠오르는 가운데 이 사실들을 고려한다면, 나는 베닛 씨가 조지 5세 시대의 작가들이 독자들로 하여금 인물을 현실적인 존재로 믿도록 만들지 못한다고 불평할 때 그에게도 어떤 이유가 있었을 것이라는 점을 부정하지 않습니다. 나는 조지 5세 시대 작가들이 가을마다 빅토리아 시대처럼 3편의 불멸의 걸작을 내놓지 않고 있다는 사실에는 동의하지 않을 수 없습니다. 그러나 나는 비관하지 않고 오히려 낙관하고 있습니다. 왜냐하면 백발의 늙은 세대에서 시작되든 애송이 젊은 세대에서 시작되든 관습이 더 이상 작가와 독자 사이의 소통의 수단이 되지 못하고 거꾸로 장애가 되고 방해가 될 때마다, 이런 사태가 불가피하다고 생각하기 때문이지요.

지금 우리는 쇠퇴로 인해 힘들어하고 있는 것이 아니라, 작가들과 독자들이 더욱 흥미로운 우정의 교류를 위한 서막으로 받아들일 규범이 전혀 없다는 사실 때문에 힘들어하고 있습니다. 이 시대의 문학적 관습이 너무나 피상적이기 때문에, 의지가 약한 사람은 자연히 화를 내기 마련이고 의지가 강한 사람은 문단의 토대와 규칙 자체를 파괴하려 들기 마련입니다. 사람들이 서로 마음 놓고 이야기할 수 있는 주제가 날씨뿐이니 말입니다.

이런 분노의 신호는 어디서나 분명히 드러나고 있습니다. 문법이 곧잘 무시당하고, 구문이 해체되고 있습니다. 주말을 이모와 함께 보내고 있는 소년이, 안식일의 엄숙함이 약해짐에 따라, 그냥 단순한 절망에서 제라늄 꽃밭을 마구 뒹구는 것과 다르지 않습니다.

물론, 보다 성숙한 작가들은 울화를 그런 식으로 방종하게 터뜨리는 일에 빠지지 않습니다. 그들의 진정성은 지독하며, 그들의 용기는 엄청납니다. 문제는 그들이 포크와 손가락 중 어느 것을 쓸 것인지를 모르고 있다는 사실입니다. 따라서 조이스 씨와 엘리엇 씨의 작품을 읽다보면 여러분은 조이스의 외설과 엘리엇의 불명료함에 크게 놀라게 됩니다. 『율리시스』에 나타나는 조이스의 외설은 내가 볼 때 절망한 한 남자, 말하자면 숨을 쉬기 위해서 유리창을 깨뜨려야 한다고 느끼는 남자의 의식적이고 계산된 외설인 것 같습니다. 유리창이 깨어지는 순간, 그는 고결해집니다. 그러나 그것이 얼마나 큰 에너지의 낭비입니까! 그리고 외설이 대단히 풍부한 에너지나 야만 상태가 흘러넘치는 것이 아니라 신선한 공기를 필요로 하는 한 남자의 공공심 있는 행위일 때, 그것이야말로 얼마나 무미건조합니까!

이제 엘리엇의 불명료함에 대해 말해야 합니다. 나는 엘리엇이 현대

시에서 가장 사랑스런 시구 몇 줄을 썼다고 생각합니다. 그러나 그가 약자를 존경하라느니, 우둔한 사람을 배려하라느니 하는 사회의 낡은 어법과 공손함에 대해 얼마나 갑갑해 하고 있습니까! 내가 그의 시 구절 중 어느 한 구절의 매혹적인 아름다움을 음미하면서 나 자신이 이 행에서 다음 행으로, 마치 이 막대기에서 저 막대기로 위태롭게 옮겨 다니는 곡예사처럼, 어지럽고 위험스런 도약을 해야 한다고 생각할 때, 나는 옛날의 문학적 적절성을 절실히 필요로 하고 있고, 또 미친 듯이 날뛰며 발버둥치지 않고 책을 들고 그늘에서 조용히 꿈을 꾸었던 우리 조상들의 나태를 부러워한다는 점을 고백하지 않을 수 없습니다.

다시, 스트레이치 씨의 책 『빅토리아 시대의 탁월한 인물들』과 『빅토리아 여왕』을 보면, 거기서도 시대의 흐름과 결에 맞서 글을 쓰는 노력과 긴장이 눈에 보입니다. 당연히, 그 강도는 훨씬 약하지요. 왜냐하면 스트레이치가 확실할 수밖에 없는 사실들만을 다루고 있을 뿐만 아니라 주로 18세기의 자료를 바탕으로 나름대로 매우 신중한 규범을 만들었기 때문입니다. 이 규범 덕분에 그는 땅 위에서 가장 높은 존재들과 테이블에 함께 앉을 수 있고, 그 특이한 의상으로 가린 채 많은 것을 말할 수 있지요. 이 의상을 걸치지 않고 발가벗은 상태로 갔더라면, 그는 남자 하인들에게 방에서 쫓겨났을 것입니다.

지금도 『빅토리아 시대의 탁월한 인물들』과 매콜리 경의 에세이들 일부를 비교해 보면, 매콜리 경이 언제나 틀렸고 스트레이치가 언제나 옳다는 느낌이 들겠지만, 그럼에도 여러분은 매콜리 경의 에세이에서 그의 시대가 그보다 뒤처져 있다는 점을 보여주는 어떤 몸통이나 어떤 흐름이나 어떤 풍요를 느낄 것입니다. 매콜리 경의 모든 힘은 그의 작품 속으로 고스란히 쏟아졌으며, 감추기나 개종의 목적에 쓰인 힘은 하나도 없습니다.

그러나 스트레이치는 우리가 보도록 하기 전에 먼저 우리가 눈을 뜨도록 해야 했으며, 또 단어들을 찾아 매우 예술적인 문장으로 엮어내야 했지요. 그 같은 노력은 아름답게 감춰졌을지라도 그의 작품 안에 들어갔어야 할 힘 일부를 강탈해 버리고, 그의 시야를 제한해 버렸지요.

그렇다면, 이런 이유들 때문에 우리는 실패와 미완의 시기를 감수해야 하지요. 진실을 말할 방법을 찾는 데 너무나 많은 힘을 쏟는 곳에서 진실은 다소 소모되고 혼란스런 상태에서 우리에게 닿게 됩니다. 브라운 부인에게 그녀가 최근에 유명하게 만든 이름들의 일부를 전한다면 율리시스와 빅토리아 여왕, 프루프록 씨[207]가 있는데, 이들은 그녀의 구조자들이 그녀에게 닿을 무렵에 다소 창백하고 단정치 못한 상태였지요. 그리고 근심에 잠긴 신(神)이 여러분의 욕구를 충족시킬 능력과 열망을 갖춘 일단의 작가들을 여러분에게 안겨주었을 때, 만약 여러분이 잠을 자기를 원하지 않는다면, 그때 우리가 듣는 것은 바로 그런 작가들의 도끼 소리이지요. 나의 귀에 들리고 있는 이 힘차고 고무적인 소리 말입니다.

---

207 T.S. 엘리엇이 전문적으로 시를 쓰기 시작한 뒤에 발표한 첫 번째 작품인 'J. 앨프리드 프루프록의 사랑의 노래'(The Love Song of J. Alfred Prufrock)의 주인공.

장황하게 늘어놓은 것이 아닌가 하는 걱정이 앞서지만, 지금까지 나는 강연을 시작하면서 던진 질문들 중 몇 개에 대답하려고 노력했습니다. 나는 개인적으로 조지 5세 시대의 작가가 어떤 형태의 문학 활동을 하든 직면하게 되어 있는 곤경들 중 일부에 대해 설명했습니다. 조지 5세 시대의 작가를 변명하려고 노력했지요.

이제 내가 여러분에게 책을 쓰는 작업의 파트너로서, 객차의 동료로서, 브라운 부인과 함께 여행하는 동료로서, 여러분이 져야 하는 의무와 책임에 대해 감히 말해도 괜찮을지 모르겠습니다. 여러분의 의무와 책임에 대해 거론하는 이유는 그녀가 그녀에 관한 이야기들을 들려주고 있는 우리에게도 보일 뿐만 아니라 침묵하는 여러분에게도 보일 수 있기 때문입니다. 일상적인 생활을 영위하는 과정에 지난주에 여러분은 내가 묘사하려고 노력했던 그 주보다 훨씬 더 낯설고 흥미로운 경험들을 했습니다. 여러분은 여러분을 깜짝 놀라게 만들 대화의 조각들을 엿들었습니다. 여러분은 밤에 감정의 착잡함에 어리둥절한 상태에서 잠자리에 들었습니다. 하루에 수천 가지의 생각들이 여러분의 뇌를 통과했으며, 수천 가지의 감정들이 서로 만나 충돌을 빚고 놀랄 정도로 무질서하게 사라졌습니다.

그럼에도 불구하고, 여러분은 작가들이 이 모든 것들의 단 한 가지 버전으로, 어떻든 간에 그 놀라운 유령 같은 것과 전혀 닮지 않은 브라운 부인의 어떤 이미지로 여러분을 속이도록 허락하고 있습니다. 여러분은 소박하게도 작가들은 여러분과 다른 피와 뼈로 이뤄져 있다고, 또 그들이 브라운 부인에 대해 여러분보다 훨씬 더 많이 알고 있다고 생각하는 것 같습니다. 그것보다 더 치명적인 실수는 없습니다.

우리 사이의 밀접하고 동등한 동맹의 건강한 결과물이어야만 하는 책들을 타락시키고 거세해버리는 것은 바로 이런 식으로 독자와 작가를 구분하는 태도이고, 또 독자들이 품고 있는 이런 겸손과 작가들이 전문가로서 스스로 선한 일을 하고 있다는 식으로 생각하는 태도이지요. 따라서 매끈하고 부드러운 소설들과 과장되고 터무니없는 전기들, 우유 같고 물 같은 비평, 장미와 양(羊)의 순수를 아름다운 음조로 노래하는 시들이 생겨나고, 또 그런 것들이 현재 문학으로 높이 칭송 받고 있습니다.

여러분의 역할은 작가들에게 높은 대좌에서 아래로 내려와서 우리의 브라운 부인을 가능하다면 아름답게 묘사하되 어쨌든 진실하게 묘사하라고 촉구하는 것입니다. 여러분은 브라운 부인이 무한한 능력과 무한한 다양성을 가진 늙은 부인이라는 점을 주장해야 합니다. 그녀는 어느 곳에나 등장할 수 있고, 어떤 옷이든 입을 수 있고, 어떤 말이든 할 수 있고, 전혀 뜻밖의 일도 할 수 있습니다. 그러나 그녀가 말하는 것들과 그녀가 하는 행동들, 그녀의 눈과 코, 그녀의 말과 그녀의 침묵은 압도적인 매력을 지닙니다. 이유는 물론 그녀가 우리가 기준으로 삼으며 살아가고 있는 정신이고 삶 자체이기 때문이지요.

그러나 지금 당장 그녀를 완전하고 만족스럽게 표현하는 것을 기대하지 말아야 합니다. 발작적인 것을, 불분명한 것을, 단편적인 것을, 실패를 인내해야 합니다. 여러분에게 도움을 청하는 것은 어떤 훌륭한 명분을 위해서랍니다. 내가 마지막으로 어떤 성급한 예상을 하려 하기 때문이지요.

우리는 지금 영국 문학의 위대한 시대들 중 하나를 앞두고 전율하고 있습니다. 그러나 그 위대한 시대에 닿는 것은 우리가 브라운 부인을 절대로, 절대로 버리지 않겠다고 결심할 때에만 가능합니다.

버지니아 울프 연보

= 1882년 1월 25일: 런던의 사우스 켄싱턴에서 행복하게 살던 레슬리 스티븐 (Leslie Stephen)과 줄리아 덕워스 스티븐(Julia Duckworth Stephen) 부부의 셋째 자녀이자 둘째딸로 태어났다. 이름은 애들라인 버지니아 스티븐(Adeline Virginia Stephen)이었다.

언니 바네사(Vanessa)는 버지니아보다 2년 반 빨랐고, 오빠 토비(Thoby)는 1년 반 빨랐다. 버지니아의 부모는 1883년 10월에 아드리안(Adrian)을 낳았다. 이 부부에겐 그 전의 결혼에서 얻은 아이가 4명 있었다.

레슬리 스티븐은 유명한 학자이자 철학자였다.

남자 형제들은 공립학교를 거쳐 대학 교육을 받았으나 버지니아와 언니는 집에서 배우다가 나중에 대학에서 수업을 들었다. 딸들에게 어머니 줄리아는 라틴어와 프랑스어와 역사를 가르치고 레슬리는 수학을 가르쳤다.

소녀들의 홈스쿨링을 보완한 것은 바로 아버지의 서재였다. 버지니아는 거기서

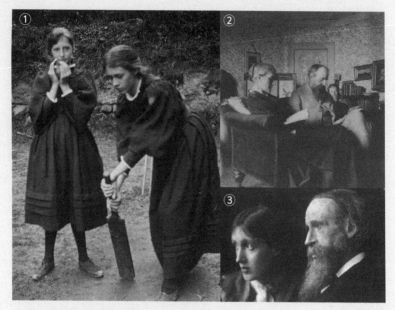

<사진 1>은 버지니아 울프와 언니 바네사 벨이 1894년에 탤런드 하우스에서 크리켓을 하는 모습이고, <사진 2>는 줄리아와 레슬리 스티븐 부부가 탤런드 하우스 서재에서 책을 읽는 모습이다. 뒤쪽에 버지니아 울프가 보인다. <사진 3>은 버지니아 울프가 그녀의 아버지 레슬리 스티븐 경과 함께 한 모습이다. 이 사진들의 출처는 Wikimedia Commons이다.

G. E. 무어(George Edward Moore)와 에드워드 모건 포스터 등 아버지의 유명한 친구들을 만날 수 있었다. 그래서 버지니아는 어릴 때부터 문학의 세계에 깊이 빠져들 수 있었다.

= 1882년 11월: 레슬리 스티븐이 『영국 인명 사전』(Dictionary of National Biography)의 에디터가 되었다. 그는 그 자리를 9년 동안 지키면서 총 63권 중 26권을 편집했다.

= 1891년 2월: 버지니아는 언니 바네사와 함께 스티븐 가 안에서 일어나는 사건들

과 삶을 기록하는 '하이드파크 게이트 뉴스'를 만들기 시작했다. 이 기록은 어머니의 죽음이 있었던 1895년까지 이어졌다.

= 1895년 5월 5일: 버지니아의 어머니 줄리아 스티븐이 49세의 나이로 세상을 떠났다. 여름에 버지니아에게 신경 쇠약 증세가 처음 나타났다.

= 1897년: 버지니아는 이 해부터 1901년까지 킹스 칼리지 런던의 여성학부에서 고전과 역사 등을 배웠다. 여기서 여권 운동의 선구자들과 접촉하게 되었다.

= 1899년: 토비 스티븐이 케임브리지 트리니티 칼리지에 입학했다. 거기서 그는 리튼 스트레이치와 색슨 시드니-터너(Saxon Sydney-Turner), 클라이브 벨(Clive Bell), 레너드 울프와 친구가 되었다.

= 1900년: 버지니아는 아버지의 격려에 힘을 얻어 전문적으로 글을 쓰기 시작했다.

= 1904년 2월 22일: 레슬리 스티븐 경(1902년에 작위를 받았다)이 암으로 세상을 떠났다. 직후 버지니아를 포함한 자식들의 반응은 음울한 집에서 탈출하자는 것이었다. 버지니아는 두 번째 쇠약 증세를 겪었고 5월에 처음 자살을 시도했다. 바네사와 토비, 버지니아, 아드리안은 고든 스퀘어 46번지(블룸스베리)로 이사했다. 그들은 새로운 곳에서 자유분방한 라이프스타일을 추구했다. 이때 버지니아는 소설가가 자신의 운명이라는 것을 처음으로 깨달았다.

= 1905년: 토비가 케임브리지 친구들과 그 외의 다른 사람들을 위해 '서스데이 이브닝스'(Thursday Evenings) 모임을 시작했다. 이것이 '블룸스베리 그룹'의 시작이다. 화가였던 바네사는 화가들을 위해 '프라이데이 클럽'을 조직했다. 버지니아는 '가디언'과 '콘힐 매거진', 'TLS' 등 다양한 매체를 위해 서평과 기사를 쓰기 시작했다. 1905년 한 해 동안에만 에세이를 30편 썼다.

버지니아는 몰리 칼리지 야간 학급에서 학생들을 가르치기 시작했다.

= 1906년 11월 20일: 토비가 장티푸스로 26세의 나이에 세상을 떠났다. 바네사는

11월 22일에 클라이브 벨과 결혼을 약속했다.

= 1907년 2월 7일: 바네사가 클라이브 벨과 결혼했다. 두 사람은 고든 스퀘어 46번지에 그대로 살고, 버지니아와 아드리안은 4월에 피츠로이 스퀘어 29번지로 거처를 옮겼다.

= 1911년: 버지니아는 브런스윅 스퀘어 38번지의 공동 주택으로 옮겼다. 아드리안과 던컨 그랜트(Duncan Grant), 존 메이너드 케인스와 함께 사는 주택이었다. 모두 블룸스베리 그룹의 회원들이었다.

= 1912년: 1월에 레너드 울프가 버지니아에게 프러포즈를 했고, 버지니아는 5월 29일에 그의 청혼을 받아들였다. 두 사람은 8월 10일에 결혼했다. 버지니아는 30세였고, 레너드는 31세였다. 레너드는 탁월한 작가이자 비평가였으며, 문학뿐만 아니라 경제학과 노동 운동에도 관심이 많았다.

버지니아는 여름에 심각한 신경 쇠약에 걸려 9월에 자살을 기도했으며 1915년까지 건강이 완전히 회복되지 않았다. 그녀의 병은 조울증으로 짐작되는데, 당시에는 이 병을 효과적으로 치료할 수 있는 방법이 없었다.

= 1914년: 제1차 세계대전 발발.

= 1915년: 버지니아와 레너드는 런던 근처 리치몬드의 호가스 하우스로 이사하고 인쇄기를 구입하기로 결정했다. 3월에 『항해』(The Voyage Out)를 발표했다.

= 1917년 4월: 인쇄기가 호가스 하우스에 도착했다. 버지니아와 레너드는 재미삼아 호가스 프레스라는 출판사를 차렸다. 버지니아 울프의 '벽의 얼룩'(A Mark on the Wall)과 레너드 울프의 '세 유대인'(Three Jews)을 『두 개의 스토리』(Two Stories)라는 제목으로 출간한 것이 그들의 첫 번째 인쇄물이었다. 이 책은 성공작이었다. 출판사의 방침은 가장 훌륭하고 독창적인 작품을 낸다는 것이었다. 호가스 프레스에서 나오는 책의 표지 디자인은 대개 바네사가 맡았다.

<사진 4>는 버지니아 울프와 그녀의 남편 레너드 울프가 결혼하기 한 달 전인 1912년 7월 23일 열린 약혼식에서 찍은 사진이다. <사진 5>는 1923년 6월 리튼 스트레이치와 버지니아 울프의 모습. 오토라인 모렐이 찍었다. <사진 6>은 오토라인 모렐이 1924년 6월에 찍은 T.S. 엘리엇과 버지니아 울프. 이 사진들의 출처는 모두 Wikimedia Commons이다.

⑦

<사진 7>은 몽크스 하우스에서 찍은 것으로, 왼쪽부터 앤젤리나 가넷과 바네사 벨, 클라이브 벨, 버지니아 울프, 존 메이너드 케인스, 리디아 로포코바이다. 1939년 이전에 촬영한 것으로 짐작된다. 출처는 Wikimedia Commons이다.

= 1918년 11월 11일: 제1차 세계대전 종전.

= 1919년 9월: 버지니아와 레너드는 서식스 주 로드멜의 몽크스 하우스로 이사했다. 10월에 호가스 프레스에서 『밤과 낮』(Night and Day)이 출간되었다. 그 후로 그녀의 책은 모두 호가스 프레스에서 출간되었다.

= 1920년: '메무아르 클럽'(Memoir Club)이라는 이름으로 블룸스베리 그룹을 부활시켰다. 그룹의 활동은 이름이 암시하듯, 회원 자신에 관한 글을 쓰는 데 초점이 맞춰졌다. 버지니아가 이 기간에 쓴 자전적인 글은 1976년에 『존재의 순간들』(Moments of Being)이라는 제목으로 발표되었다.

= 1922년: 『제이콥의 방』이 출간되었다. 버지니아는 12월에 작가이자 정원 디자이

너인 비타 색빌-웨스트(Vita Sackville-West)를 만났다.

= 1924년 3월: 버지니아와 레너드는 태비스톡 스퀘어 52번지로 이사했다. 이들의
  집은 리튼 스트레이치와 아서 웨일리(Arthur Waley), 비타 색빌-웨스트, 존 메
  이너드 케인스, 로저 프라이 등 다양한 지식인들이 모이는 문학 및 예술의 중
  심지가 되었다. 『베닛 씨와 브라운 부인』이 출간되었다. 『댈러웨이 부인』(Mrs.
  Dalloway)을 집필 중이었다. 비타 색빌-웨스트와의 우정이 점점 더 중요해졌
  다. 1924년부터 울프가 죽을 때까지, 색빌-웨스트의 픽션 모두는 호가스 프레
  스에서 나왔다.

= 1925년: 『보통 독자』(The Common Reader)가 4월에, 『댈러웨이 부인』이 5월에
  각각 출간되었다. 버지니아는 8월에 찰스턴에서 쓰러진 뒤 4개월 동안 건강이
  좋지 않았다. 12월에, 울프는 비타의 집에서 3일 밤을 보냈는데, 이때 비타는 자
  기 남편 해럴드 니콜슨에게 "그녀와 동침했어."라고 썼다. 이것이 버지니아 울
  프가 여자와 성관계를 가졌다는 사실을 뒷받침하는 유일한 증거이다. 버지니아
  는 『등대로』(To the Lighthouse)를 쓰기 시작했다.

= 1926년: 비타가 울프 부부에게 개 한 마리를 주었는데, 이것이 나중에 『플러쉬』
  (Flush)의 모델이 된다.

= 1927년 5월: 『등대로』 출간.

= 1928년 10월: 『올란도』(Orlando) 출간. 버지니아는 케임브리지의 여자 대학
  들에서 두 차례 강연을 했는데, 이것이 훗날 『자기만의 방』(A Room of One's
  Own)으로 다듬어졌다. 비타가 메리 캠벨(Mary Campbell)과 사랑을 시작하면
  서 버지니아와 비타의 관계가 냉각된다.

= 1929년 10월: 『자기만의 방』 출간.

= 1931년 10월: 『파도』(The Waves) 출간.

= 1932년 1월 21일: 리튼 스트레이치가 세상을 떠났다.

= 1933년 10월:『플러쉬』출간.

= 1936년: 버지니아는『세월』(The Years)을 끝내고 4월에 쓰러져 10월까지 건강
이 좋지 않았다.

= 1937년; 3월에『세월』출간. 이어 4월 12일자 '타임'의 표지 인물로 선정되었다.
바네사의 장남 줄리안 벨이 6월에 스페인 내전에 참전했다가 7월 18일 29세의
나이로 사망했다.

= 1938년 6월:『3기니』(Three Guineas) 출간.

= 1939년: 영국이 독일에 선전포고를 했다. 버지니아와 레너드는 서식스의 집으로
영원히 옮겼다. 바네사는 찰스턴으로 영원히 이사했다.

= 1940년: 버지니아 울프가 쓴 로저 프라이의 전기『로저 프라이』가 7월에 출간되
었다. 7월에 런던 공습이 시작되었다. 피츠로이 스트리트에 있던 바네사의 작업
실이 폭탄에 파괴되었고, 메클렌버그 스퀘어에 있던 버지니아와 레너드의 아파
트도 심각한 피해를 입었다.

= 1941년: 버지니아는『막간』(Between the Acts)을 끝내고 3월에 불안과 우울증으
로 몸이 아팠다. 그녀는 3월 28일 우즈 강에 스스로 빠져 죽었으며, 그녀의 시신
은 3주 후에 발견되었다. 그녀의 자살이 제2차 세계대전 동안에 전쟁으로 인한
긴장 때문이었던 것으로 받아들여지지만, 그보다는 그녀가 간혹 경험하던 신경
쇠약이 영원할 것 같다는 두려움이 더 강하게 작용했던 것 같다.

= 1961년 4월 7일: 바네사 벨이 찰스턴에서 죽었다.

= 1969년 8월 14일: 레너드 울프가 세상을 떠났다.

인명 찾기

376